重现经典

重现经典
编委会

主编　　陈众议

编委　[排名不分先后]

陆建德　　余中先
高　兴　　苏　玲
程　巍　　袁　伟
秦　岚　　杜新华

| 重现经典 |
| 编委会 |
| 推荐语 |

近世西风东渐,自林纾翻译外国作品算起,已逾百年。其间,被翻译成中文的外国作品,难以计数。几乎每一个受过教育的中国人,都受过外国文学作品的熏陶或浸润。其中许多人,就因为阅读外国文学作品而走上文学创作的道路。比如鲁迅,比如巴金,比如沈从文。翻译作品带给中国和中国人的影响,从文学领域渗透到社会生活的各个方面。从某种意义上可以说,是翻译作品所承载的思想内涵把中国从古老沉重的封建帝国,拉上了现代社会的轨道。

仅就文学而言,世界级的优秀作品已浩如烟海。有些作家在他们自己的时代大红大紫,但随着时间的流逝而湮没无闻。比如赛珍珠。另外一些作家活着的时候并未受到读者的青睐,但去世多年后则慢慢被读者接受、重视,其作品成为文学经典。比如卡夫卡。然而,终究还是有一些优秀作品未能进入普通读者的视野。当法国人编著的《理想藏书》1996年在中国出版时,很多资深外国文学读者发现,排在德语文学前十位的作品，竟有一多半连听都没有听说过。即使在中国读者最熟悉的英美文学里，仍有不少作品被我们遗漏。这其中既有时代变迁的原因，也有评论家和读者的趣味问题。除此之外，中国图书市场的巨大变迁，出版者和翻译者选择倾向的变化，译介者的信息与知识不足，时代条件的差异，等等，都会使大师之作与我们擦肩而过。

自 2005 年 4 月始，重庆出版社大力推出"重现经典"书系，旨在重新挖掘那些曾被中国忽略但在西方被公认为经典的文学作品。当时，我们的选择标准如下：从来没有在中国翻译出版过的作家的作品；虽在中国有译介，但并未得到应有重视的作家的作品；虽然在中国引起过关注，但由于近年来的商业化倾向而被出版界淡忘的名家作品。以这样的标准选纳作家和作品，自然不会愧对中国广大读者。

随着已出版书目的陆续增加，该书系已引起国内外读者的广泛关注。应许多中高端读者建议，本书系决定增加选纳标准，既把部分读者熟知但以往译本存在较多差误的经典作品，以高质量重新面世，同时也关注那些有思想内涵，曾经或正在影响着社会进步的不同时期的文学佳作，力争将本书系持续推进，以更多佳作满足不同层次读者的需求。

自然，经典作品也脱离不了它所处的时代背景，反映其时代的文化特征，其中难免有时代的局限性。但瑕不掩瑜，这些作品的文学价值和思想价值及其对一代代读者的影响丝毫没有减弱。鉴于此，我们相信这些优秀的文学作品能和中华文明继续交相辉映。

丛书编委会修订于 2010 年 1 月

DIE STADT HINTER DEM STROM

大 河 背 后 的 城 市

[德]赫尔曼·卡萨克 著　尹岩松 译

重庆出版集团 重庆出版社

图书在版编目（CIP）数据

大河背后的城市 /（德）赫尔曼·卡萨克著；尹岩松译. — 重庆：重庆出版社，2023.10
ISBN 978-7-229-17705-8

Ⅰ.①大… Ⅱ.①赫…②尹… Ⅲ.①长篇小说—德国—现代 Ⅳ.①I516.45

中国国家版本馆CIP数据核字（2023）第111364号

大河背后的城市
DAHE BEIHOU DE CHENGSHI
[德] 赫尔曼·卡萨克 著 尹岩松 译

出　品　人：华章同人
出版监制：徐宪江　秦　琥
责任编辑：彭圆琦
特约编辑：黄　夏
营销编辑：史青苗　孟　闯
责任校对：王昌凤
责任印制：梁善池
书籍设计：潘振宇 774038217@qq.com

重庆出版集团
重庆出版社　出版
（重庆市南岸区南滨路162号1幢）
北京天恒嘉业印刷有限公司　印刷
重庆出版集团图书发行有限公司　发行
邮购电话：010-85869375
全国新华书店经销
开本：850mm×1168mm　1/32　印张：14.375　字数：260千
2023年10月第1版　2023年10月第1次印刷
定价：79.80元

如有印装问题，请致电023-61520678
版权所有　侵权必究

I	012
II	026
III	038
IV	052
V	070
VI	090
VII	110
VIII	124
IX	148
X	174

目

194	XI
210	XII
236	XIII
266	XIV
292	XV
324	XVI
352	XVII
372	XVIII
394	XIX
438	XX

录

当火车减慢速度，缓缓驶过终点站前高耸的河桥时，罗伯特走到了车厢的窗户旁，又看了一眼那片远去的土地。终于到了！他不由得松了一口气，然后将目光转向了桥下构成边界的那条碧水潺潺的大河。河道两旁镶嵌着布满污泥的鹅卵石条带，提前入夏的高温已经烤干了石头上附着的泥浆。此刻正值破晓时分，坠落的曙光笼罩着大地上的一切。

罗伯特在半梦半醒中度过了这一夜，这种状态让他的整个旅途显得尤为漫长难耐。火车驶进了一个比较狭小的车站，在停车前的间隙里，他又检查了一下那封公函，正是市政府的这封公函把他召唤到了这里。其实，在旅途中，他已经确认过多次。他把那封公函放到了钱包旁边触手可及的地方，提起箱子，下了火车。密集的人流裹挟着罗伯特前行，穿过一个隧道后，他来到了海关检查站。那儿有一名矮墩墩的检查员正在漫不经心地查验着旅客们的证件，他的脸上流露着一副怏怏不乐的表情。箱子里的东西，包括那些住宿和短途旅行时的必需品，他也都随手翻看了一下。然后他迟疑了一下，这时罗伯特赶紧把那封公函递给了他。"通过！"这名守卫者喊道，然后伸展手臂做了一个放行的手势。

对罗伯特来说，这儿是一片完全陌生的土地，没有任何人在等待他。他之前了解过，火车站距离市中心还有相当长的一段路。所以当他走出隧道，在露天广场上看到有轨电车时，他感到非常开心，这一点完全在他的意料之外。售票员询问是否有人要进城——他回应说自己要去市政府——售票员让他上了车。车厢里灯光昏暗，不过还是能看清楚车厢里坐满了衣着朴素的乘客。女人们都戴着浅色的头巾，并将它打结固定在下巴处。她们像男人们一样，膝盖上都摆放着一只编织篮，篮子上盖着一块亚麻布，亚麻布下放着旅途中的吃食。罗伯特买了票，然后在车厢中间找了个空位坐了下来。

大家仿佛就在等他一个人。一声短促的响铃过后，电车就出发了。他们很快就超过了一些之前同行的人，这些人三五成群地走在通往市区的马路上。电车的窗户玻璃被刷成蓝绿色，所以很难看清窗外的景色。电车似乎驶入了一片宽阔的空地，空地上零星散落着几栋房屋，周遭的这些只能依稀辨认出大致的轮廓。

电动马达单调的嗡鸣声让乘客们感到昏昏欲睡，特别是在他们经历了一整夜的旅途颠簸之后。许多乘客都向前耷拉着脑袋，身体伴随车子的颠簸而不断摇摆，然后又会因为到站而突然惊醒。罗伯特也有一种迷迷瞪瞪的感觉。大部分的乘客在中途陆续下了车，到达了各自的目的地。直到最后一批乘客离开后，他才感到有些不安。他从窗户处向外张望，却发现完全是徒劳，一切都沐浴在车窗那魔幻的蓝色之中。大街上没有任何东西，也没有什么城市该有的建筑表明他正在驶近市区。他四处张望搜寻售票员的身影，但是一无所获。他不知道，售票员和司机其实是同一个人。他感觉自己就好像是踏上了一趟永远没有终点的旅程。列车再一次停了下来，虽然这中间只过去了几分钟，他却有一种恍如隔世的感觉。他听到前面平台上杂乱的脚步声离自己越来越远，于是便站起身，走出了车厢。

虽然轨道还在继续向前延伸，但显然这里就是这趟车的终点站。罗伯特发现自己似乎到了一个较大城市的市郊，他更想知道的是自己在哪里能找到住宿的地方，或者至少是能让他存放行李的地方。他本想要向那位司机打听一下，但这会儿司机好像被大地吞噬了一般，突然就消失得无影无踪。在熹微的晨光笼罩下，残破的房屋、栅栏和道路设施仿佛都被蒙上了一层灰尘。这个时间，人们都还没有出来，所以罗伯特站在一个椭圆形的广场上有些茫然无措。广场向外延伸出了几条岔路，中间有一个喷泉，泉水里映射着暗淡的光泽。喷泉上的一个雕塑将一股水流从锥形的容器中引到了水池的另一侧。旁边的一个小木牌上写着"此水可供饮用"的字样。

罗伯特背靠着石头水池宽阔的边缘，把那封市政府的公函又掏了出来，信里许诺在行政处给他安排一个特殊的职位。尽管这封公函言辞之间极尽恳切，但在浏览那几行文字时，他觉察到了其中流露出的坚决语气，这读来更像是一道命令。对于他的工作内容，信里却没有提及只言片语，只是要求罗伯特一大早就去市政府报到，进一步了解详情。

他的目光四处游走，想要熟悉一下周围的环境。这时，他有了一个新奇的发现。周围街道旁边的一排排房屋，只剩下正面矗立在那里，所以当人们斜着仰视天空时，可以通过那些空洞洞的窗户看到天空的景象。这让罗伯特感到很惊奇，他不由得向前走近了几步。这时，他发现几乎所有的外墙都光秃秃的，墙后也都是空无一物。慢慢地，他已经适应了周围的景象而不再感到那么惊讶了。相反地，那不远处还有几栋屋顶保存良好的建筑，它们看起来就像外来者，显得与这幅城市废墟图景格格不入。

这时，他注意到有几个年轻的妇人和小姑娘匆匆忙忙地来到了喷泉边。她们把水壶放在一个铁箅子上，然后让喷涌而出的水柱灌满它。她们一边忙碌，一边将目光投向了远方，似乎在眺望城市另一边的景色。她们的脸颊也在越来越强烈的朝霞映衬下泛着亮光。她们身上穿着鲜亮的纯色连衣裙，色彩浓重而又款式各异。罗伯特心底突然萌生出这样一种感觉：自己与她们中的某个人甚至是某些人似曾相识，但他只是无法回忆起更确切的内容。这时，其中的一位姑娘把盛满的水壶推到了一边，给后面的姑娘腾出了位置，然后便朝罗伯特走了过来。而他一点也不觉得诧异。这个姑娘好像是注意到了罗伯特身边的行李箱，因为她指了指那个箱子，又伸出手臂指向了对面一栋房子的大门。罗伯特还在犹豫时，她麻利地拍了几下手，抓起两只水壶，微微扬了扬头，示意他赶紧跟上。

这个姿态让他心中浮现出一位年轻女子的形象，她曾如同命中注定般闯入了他的生活。那道身影已经转身离开，罗伯特满脸疑惑地看着其他女孩，那几个正在喷泉旁忙碌着的女孩只是对着他轻轻点了点头。于是，他拿起行李箱，急忙追了上去。他也注意到了她那似曾相识的步态，女孩在前面迈着矫健而又轻盈的步伐，水壶的重量似乎没有给她带来任何的负担。当她走到那扇死气沉沉的屋门前时，她并没有踏入那扇大门，而是钻进了旁边的一个小豁口，罗伯特之前并未留意这个小豁口。这个小口开凿得很整齐，那是一条下行石阶的入口，石阶通往一条地下过道。

过道两旁是一间间低矮的地下室，偶尔会有光线从上面的一口竖井穿透下来。因为许多地下室的门都是敞开着的，或者压根没有门，所以他在经过的时候会时不时地往里面瞥上几眼。他感觉里面应该是住了很多人。他的那位女同伴终于在一个深深的小隔间前停了下来，小隔间里堆放着一些盒子、布袋和行李箱。她示意他把行李放下，又指引他去对面的房间。当她准备走进通道继续前行时，罗伯特才在她的身后喊道："我在哪里还能再找到你啊？"

她停下了脚步，把两只水壶中的一只放到了地上。然后转身半面对着他，把食指放到了嘴巴前，意味深长地重复着这个动作。但是由于光线太过昏暗，所以罗伯特不能确定那是安娜还是一个陌生人的影像。然后就剩下他独自一人了。

那个罗伯特的房间像是一个古老的斋堂。墙面被刷成了白色，光滑的筒形穹顶上，用铁链悬挂着的几盏旧式灯具散发着不自然的昏黄光芒。几张长长的木桌旁，一群上了年纪的男男女女或坐或蹲。他们用铁勺把冒着热气的液体从一个简易的金属碗里舀出来，然后急不可耐地送进嘴里。空气中升腾的雾气让人视线模糊，只能听到一些不规则的叮当声，那是勺子碰到了铁碗的边缘或是沿着碗底刮擦的声音。碗里的东西似乎一直没有被吃完，进食者似乎也一直没有平息饥饿，仍停留在不断地咀嚼和品尝的动作中。尽管他们中的大部分人都穿戴着自己最好的物件，但从他们的衣着来看，这个圈子的人来自不同的阶层。他们面无表情，就像是从服装店的杂志目录上剪下来的真人大小的时装模特。他们中的大部分人都佩戴着许多首饰，比如项链、胸针、领带别针，手上戴着戒指和手镯。随着用餐者的动作，他们身上的那些金银饰物的光芒璀璨夺目，钻石和宝石，可能是真的，也可能是仿制的，也在闪闪发光。很多人都戴着帽子，穿着大衣，好像随时准备出发。罗伯特在长凳间摸索着，想看看有没有可能给自己找个位置，——有人指引他到这里找口吃的——这时，他突然听到有人在喊自己的名字，同时感觉有人从后面扯住了他的胳膊。

那个声音里充满了喜悦与惊讶："罗伯特！你怎么会在这里？"

他将身体转了过去，这时他发现对面正是自己的父亲。罗伯特脸色骤然变得苍白，但还没等他说什么，老人就继续自言自语，就像是一个长久以来始终得不到倾诉的人一样，喋喋不休地说着一些无关紧要的话。

"真好，"老人高兴地说，"又见到你了。你的脸色看起来不太好啊，罗伯特，你还是那么爱抽烟吗？我在这儿已经戒烟了。家里的情况怎么样，老婆和孩子呢，他们都还好吧？你现在怎么样啊，孩子，我是说，你过得开心吗？你知道的，我总是愿意为你付出一切。可惜你没有成为律师，否则你早就可以接手我的律师事务所了，如果那样的话就好了。但那个时候你总是痴迷于那些古老的知识。所以，我不得不选择了费尔伯，我知道你不欣赏他，我明白，但费尔伯有他的独到之处，这一点毋庸置疑。就像以前说过的，我们早就和解了，不是吗？工作总是没完没了，让人得不到片刻喘息。但你不和我们一起吃早餐吗？来吧，咱俩凑近一点，这样大家都能坐得下。"

罗伯特反复用拇指和食指揉了揉镜片下的眼睛。眼前的这张面孔慢慢与罗伯特脑海中原先的图像融合到了一起，毫无疑问，他听到的的确是自己父亲的声音。他摇了摇头，向前倾了倾身子，也许这样就能驱除眼前的幻象——因为在他看来，这会儿发生的一切都是那么地不可思议。耳边又清晰地响起了不停咀嚼的咂摸声。他双手撑在木桌上，目不转睛地盯着这个幻化成他父亲模样的幽灵。这辈子这种话他听的还少吗?有时父亲对他来说不正是如幽灵一般的存在?而现在,这位亡灵又活灵活现地坐在了自己面前?

"吃吧,"父亲要求道,"趁热吃。"

"我一直以为,"罗伯特低声说,"你不是已经死了吗?"

"嘘,"老人拿手在嘴边比画道,一边又扯动嘴角挤出一个笑容,"这话可没人愿意听。"

"这可真是太离奇了——"罗伯特开始说道。

"这有什么好奇怪的?"父亲盯着罗伯特问。

"我竟然在这里遇见你。"罗伯特说,"确实当时我并不在家!"——他想了想,找了一个合适的表述——"事发时。"

"事发时你不在家,没错。"老人悄悄地回答,"所以你也不可能知道。"

"母亲曾写信给我,说你突然……"罗伯特说了半句便戛然而止。

"你知道你母亲是个什么样的人,"父亲意味深长地笑着说,"对她来说,一切似乎都还不够糟糕。当我中风的时候——你可能已经注意到了,我的面部有些细微的扭曲——,毫无疑问,她在精神上放弃了我。但我避开了一切纷扰,也没留下什么遗言,便来到了这里安心疗养。你也看到了,这对我来说还算不错。"

"但为什么你从来没有给我写过信,"罗伯特问,"从来没有给过我任何你还活着的消息?"

"人应该,"老人说,"就让流言蜚语自生自灭吧,生活原本就是由幻象构成。你得原谅我。"父亲又把注意力转移到了平平无奇的早餐上。

罗伯特望着一众食客,还是无法接受现实。

当时不是已经有迹象表明父亲已经去世了吗?几个月前,罗伯特去看望母亲时,她穿着一件黑色的衣服,但这对老年妇女来说并不稀奇。关于父亲的事情,很少有人提及,提起他也好像在尴尬地谈论一个陌生人一样。但他的旧书房却一成不变,仿佛总是在等待着主人归来。现在那家律师事务所由费尔伯经营,办公室门上还挂着以前的名牌。在回忆这些细节时,罗伯特突然发现,母亲从未和他一起去过父亲的墓地。

"所以你根本就没有死?"罗伯特把思绪拉回到了现实,便又开口问道。

"看看我,多疑的托马斯[1]。"父亲喊道。他把勺子放在桌子上,用狡黠的眼神看着儿子。"我是不是看起来比以前更好,更年轻了?"

仿佛是为了打消最后的疑虑,罗伯特双手抓住父亲的肩

---

[1] 源自圣经故事,耶稣的门徒之一托马斯对于耶稣基督的复活持怀疑态度,应基督的要求,通过触摸方式来验证其复活的真实性。译者注,下同。

膀，使劲地来回摇晃。"是真的，"他说，"你总是这个样子。"

"当你结婚超过三十年，就会想要摆脱周遭的环境，再次为自己而活。"罗伯特听到了父亲开朗的大笑，这笑声是他从未听到过的。

"你又变回以前的你了。"他笑着应和道。突然间，灯管里的光线摇曳了起来。

"现如今，"父亲咂咂嘴，继续说道，"我没什么好抱怨的。当年我游历到了此处。隐姓埋名的生活也同样让人着迷。我永远不可能离开工作，所以现在我在准备梅尔滕斯离婚诉讼案的诉状，我所有的闲暇时间都耗在这上面了。这件事需要谨慎处理。我很高兴能在这里见到你，毕竟我们需要冷静下来开诚布公地讨论一下这个问题。不过当然不是此时此刻，对于这么棘手的事情来说，这儿可能算不上一个严肃的场合。"

他不无鄙夷地看了看挤满了男男女女的这个房间。罗伯特注意到，他的父亲喝汤时还是像以前一样会发出很大的声音。而他们周围的人都在专心致志地埋头吃着东西，好像彼此无话可谈，吃饭才是唯一的事情。

"这件事还没解决吗？"罗伯特问道，"我以为当时法院已经批准离婚了。"

"也许吧，"父亲说，"但法院会在这里对这个案件举行第二次庭审。这也是我搬来这里的原因之一。当时你也卷进了这个案子，也就是说，我设法使你和你的证词未出现在审判之中，这一点我做得很巧妙吧。你以前经常到梅尔滕斯家去，不是吗？当时，听了梅尔滕斯夫人对我说过的一些话之后，我觉得有些事情最好不要暴露在公众面前。我手头没有相关的档案，不过，正如之前所说的，我有机会时会和你私下里说说这件事。"

"甚至有可能，"罗伯特想了想说，"我刚刚看到了安娜。"

"在这里？"这个律师喊道，"梅尔滕斯夫人会在这里？那我处理起这件事来可就太方便了。"

"我不确定，"罗伯特说，"我只是觉得，好像是安娜指引我到这里来的。"

"这必须得调查一下，罗伯特。难道，你是收到了对方的传票才来这里的？"

"我认为可能并非如此。"罗伯特说，他逐渐厌倦了这个话题。"我收到了市政府的这封公函——请看！"他从胸前的口袋里掏出文件，递给了父亲，他的父亲接过后仔细阅读了起来。

"这是一份很重要的文件。"他赞许地说道，"我们市政府直接下达公函——这种情况很少见。这也说明，"他把信件还给儿子时，不无自豪地说，"你可以在这儿待很长时间了，这对我们来说至关重要。如果你不用总是寻找延长停留时间的理由，就可以省去很多烦恼和忧虑。所以现在这一点你尽可以放心了。"

令罗伯特感到心安的是,在父亲看来,这封信函与之后的安娜审判案中的证人审讯关系不大,因为市政府是一个纯粹的行政机关,只是间接影响司法系统,而司法系统本身是独立的。这位父亲更多地是把这封信函视作一张外交护照,它能够让罗伯特获准担任要职。

罗伯特说,他很快就会知道自己究竟为什么而来。他只是不明白,父亲为什么会和这么奇怪的一群人一起待在这些沉闷的地下室里。

"这些是什么人?"他大声问道,"我刚刚看见了这个城市的一小部分,断壁残垣让我联想到遭受了地震或者是受到战争影响的某个地方。这到底是怎么回事?"

"你什么时候来的?"父亲问。

"我刚到,正准备给自己找个住的地方,然后就到了这里。"

"如果你才刚来,"父亲语气中带着某种优越感,轻轻地努了努嘴唇说道,"那你肯定还不知道,在这里生活可以说就如同身处地狱一般。你慢慢就会习惯了。"

罗伯特还没来得及得到更详细的解释,刺耳的闹铃声就响了起来。听到这个信号,食客们纷纷跳起来,向出口处涌了过去,由于通道过于狭窄,人群便拥挤到了一起。罗伯特看到自己与父亲渐行渐远,以至于还没来得及和父亲约定再次相见的时间。然后,他自己也被这股人流裹挟着,就像由一个柔韧的面团包裹着一样,在通道中慢慢地被推着前行。

过了一会儿,直到通道出现多个分岔口时,他才成功脱离了人群。那些用罗伯特无法理解的字母和数字组成的标牌指向不同的方向。他随便选了一条路来碰碰运气,希望这条路能把他带出这个迷宫,走到外面去。但经过他身边的人总是行色匆匆,当他想向其中的某个人询问时,所有人都是冷漠地摇了摇头,似乎在忙着什么更重要的事情。

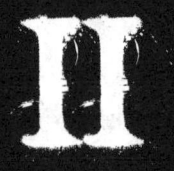

罗伯特漫无目的地走着，却意外来到了一座庭院的空地上，这片空地周围环绕着一些不高不矮的建筑物。虽然此地与喷泉广场呈现出相像的景象，却透露出有人在这里常年居住的气息。在许多高耸的墙壁边上，不规则地嵌入了一些方石和柱子残垣，这些东西明显是来自古老的建筑。院子的地面上铺满了破旧的石板，有些地方镶嵌着马赛克装饰物的几何图案还隐隐透着微光。石板的接缝处苔藓丛生，一些裂缝中挤出了一簇簇被太阳晒蔫儿了的杂草。有几块石板似乎是最近才被拆掉的，以便给人种花腾出一片狭小的场地。几级宽大的石阶通向了一个独立的圆拱门，这个门很有可能曾经是一座古代宫殿的内门。

在这座昔日的恢宏宫殿里，杂乱无章地建了一排排房屋。大厅的基石和厚重的宫殿拱顶确定了这些房屋的位置和布局。高高的窗户已经被堵了起来，只留下狭小的窗口，细窄的阳台像敞开的鸟笼一样悬在半空。地板和楼梯都是用名贵的石材建造的，这与后来搭建起的那些寒酸的建筑物形成了奇特的对比。人们可以畅通无阻地穿过中间那些低矮的房屋，随后很快就会发现自己来到了一个新的四方形庭院。天空强烈的光线让明亮的地方变得更加闪亮，同时也让阴影处显得尤为黑暗。

旧宫殿最初可能是想要建造成一座坚固的堡垒，所以整体呈现为长方形。从边缘房屋构成的轮廓仍然能够判断出它原来的规模。宫殿的三面都朝着城市的其他地方，而北面则掩映着那片人迹罕至的荒地，这片荒地的地势急速地下沉到了大河的鹅卵石河床上——这条大河正是罗伯特在铁路桥上穿过的那条河。河流的拱形路线中最接近城市的地方，就是昔日的宫殿或者说是经过多次划分之后而今在此位置上延伸出的这片建筑群：城市的市政府。

在这些相互勾连的建筑物里整齐排列着一个个房间，看起来就如同蜂巢一般，房间地面平整，一群男男女女端坐在大理石桌旁。他们在整理着文件，并且用特殊的符号或者印章对这些文件进行标记。还有一些人在全神贯注地准备书写文件，并且时不时地翻看着从铁柜里取来的大量档案。通常情况下，装有清单和表格的文件夹会被传来传去，每个人都会从中取走一些东西或者又添加一些东西。人们毫无激情地重复着这样的工作，遵循的是长期以来一成不变的模式，而并不需要太多的个人主动性参与。当这些男男女女从工作中抬起头来时，他们的表情中就会流露出一种空洞的严肃。一个类似头巾的绿色头饰将他们光滑的脸庞上那庄严的入迷神情映衬了出来。他们所有人身上都穿着灰黄条纹的外套，统一的制服掩盖了男女之别。右胳膊上的徽章显示了这些公务员们不同的工作重要性和等级。文件传送员马不停蹄地在各个部门之间来回奔波，他们的忙碌让这种原本沉默的事务变得嘈杂起来。

迟疑了一会儿之后，罗伯特拦住了其中一个人，并让他看了一下市政府的公函。这位信使瞥了一眼文件顶头的档案号，双臂交叉放在胸前，然后让罗伯特跟着他。他带着罗伯特穿过墙间的一条通道，越过一个空旷的广场——那是一片光秃秃的宽阔院落，院落的尽头是一座比较高大的建筑。到达这里之后，信使让他在入口的大厅里坐了下来。然后，他又被另一名信使领进了市政管理高级专署办事处的接待室。里面的扶手椅、桌子连同地板都是用彩色的大理石制成的。

没有任何解释，罗伯特只是单纯地被留在了房间里。房间里凝重庄严的气氛让人不由地心生肃穆。他对即将到来的会面感到十分紧张——直接面对市长或者他的一名下属，自己未来的个人发展就完全取决于此，这种紧张的气氛随着等待而在一分一秒地加剧。他焦躁地用左手的手指敲击着桌子的边缘。什么都没有发生，时间仿佛静止了。直到罗伯特通过一扇狭窄的侧门被传唤进了专员办公室，时间才又开始了运转。

这名专员向罗伯特迎了过来，几乎走到了门口。他也同样穿着条纹制服，罗伯特对这里的等级徽章还不够熟悉，所以他无法分辨出官员和低级别工作人员之间的区别。只不过，这个官员把绿色的头巾折成尖角系在胳膊上。这样一来，人们就会看到他光溜溜的脑袋。它看起来被精心地剃剪过，让人不由得联想到亚洲高僧的光头。他毕恭毕敬地跟罗伯特打了个招呼，然后指引他在一张大理石椅子上就座，罗伯特觉得那张铺了垫子的椅子坐上去十分舒服。然后，这位官员又回到了他的大办公桌那里，在堆砌得像防御工事一般的文件和设备后面，他面对着罗伯特坐了下来。桌上的一个麦克风和扬声器引起了罗伯特的注意。

"市长先生，"这名专员的声音嘹亮平稳却透露着疲惫，他继续说道,"市长拜托我代替他来接待您,尊敬的先生。我们非常感谢您能接受我们的邀请。我们之所以找您来,主要有两个原因:一方面是我们这边的行政工作突然出现了一个空缺职位,在我们看来,新找一个人来填补这一空缺似乎是必要的,也是最佳的解决方案;另一方面,我们有个印象,就是您,林德霍夫博士,到目前为止还没得到机会,将您与生俱来的能力以合适的方式发挥出来。我应该没有说错吧?"

"您说得很对。"罗伯特回应道,"我在楔形文字研究所做了近五年的研究助理。自从那家研究所不得不随着其他文化机构一起关门之后,我也只能自谋生路,但是一直毫无头绪。我在经济方面的拮据自然是不言而喻的。"

这名专员点了点头。"您的经历我们自然都清楚。"他说道,"不过,我们这里需要研究的领域并不是一个特定的过去,比如您对《吉尔伽美什史诗》[1]的学术研究。我想说的是,我们需要研究的是更为普遍的过去。其中涉及的主要是那些生活中即将变为过往的事情。林德霍夫博士,您的任务就是,在某些事件和现象被遗忘之前把它们记录下来。"

罗伯特专心致志地聆听着,脑袋微微前倾。"那么,"他说,"你

---

[1] 《吉尔伽美什史诗》是来自美索不达米亚的文学作品,是已发现的最早英雄史诗。史诗所述的历史时期大约在公元前2700年至公元前2500年之间,史诗主要讲述了苏美尔时代英雄吉尔伽美什的传说故事,并汇聚了两河流域的许多神话传说,共有3000多行。史诗所见的最早版本是用楔形文字刻在泥版之上。

们为我安排的应该是一个文物保管员的职位吧？"

"为人类的记忆建碑立传，怎么做都不为过。"那名专员如同演讲一般用干巴巴的匀速语调继续说道，"个体的生命是短暂的，它往往不能为命运的进程提供足够的空间。人们留下了许多没有生命的死物——这一切都无法得以表达。因此，他们的存在是不完整的。"其间他咳嗽了一声。

"囿于片刻的事物，便会消亡。"他继续言道，"我们称之为艺术的东西正是精神的生动流传。庙宇和雕像，图像和歌谣，它们是比人类和民族更加永恒的存在，记载下来的文字是精神最忠心的仆人。《吉尔伽美什史诗》与《奥义书》的颂歌或《荷马史诗》《道德经》《神曲》，如果只是为了从这些古老的艺术长卷中撷取某些篇章而没有真正记录其精髓，那么今天我们的人类世界就与蝼蚁的世界别无二致。"

那名专员说到这里便停了下来，然后审视着罗伯特。后者仿佛在听醉酒之言一般，并没有真正用心去聆听其中的细节。专员讲这些话时，语调舒缓，仿佛讲述的是世界上最为自然的事情，却让自己陷入了越来越激动的状态。渐渐地，罗伯特的目光已经从那名专员的身上移开，沉入到他身后的背景之中，那里有一扇宽阔的门通向阳台。一道低矮的石栏杆又将阳台围了起来，越过那里人们可以看到远处的风景。地平线延伸成一条宽阔的曲线，而在最远处，光秃秃的山脊像一座座岛屿一样从银色的雾气中升起。其中有一处闪烁着火红的亮点，可能是某栋建筑的窗玻璃，经太阳一照，便把耀眼的光芒给反射了回来。专员的头和肩膀都落在门框之中，他看起来就如同一位端坐在巨幅中世纪油画正前方的圣人一般。倘若他投下一片阴影，可能天地便会因此而颠覆。

"我有种感觉，"罗伯特说，"您说的正是我心中所想。它们对我来说很熟悉，但我永远也无法将它们如此信手拈来地表达出来。"

"我是否应该把这当作是一种默认，"专员问道，"您已经准备好接受我们即将委托给您的工作了？"

罗伯特有些尴尬地表示，他还尚未对自己将要承担的工作形成准确的认识。这时，他得知市政部门希望征召自己担任档案管理员和编年史作者。

"这份工作的任务，"专员解释说，"不仅包括记录我们这个城市的风俗习惯和特点，而且还包括追踪、调查居民们的命运变迁，以便用文字的形式来记录对普遍经验有利的东西。"

专员还说，这个职位是独立的，林德霍夫博士可以自行决定哪些是值得调查和保存的东西，他建议博士先熟悉一下这一地区上个世纪的文献资料。老门的那栋大楼里有几间办公室可供他使用。

罗伯特想知道为什么他们不选择一个长期在当地居住并且熟悉地方情况的人。但专员并未正面回答这个问题，而是转口说道，陌生人更能够用客观而又毫无偏见的眼光看待事物。他说，也不能任由杂七杂八的当地人去细查城市的档案，因为除了以前的重要文献外，其中可能还会有某位或者某些市民遗留下来的秘密文件。整理这些文件，肯定会给罗伯特提供十分重要的信息。这取决于秩序精神在多大程度上起作用，是的，正如高级市政官员所说的那样，从这个城市的发展状况中解读出正当有效的精神。

"正当有效？"罗伯特惊讶地问道。他不由得想起了地下室里的奇特陈设，回忆起父亲把生活在此地比作是身处地狱，眼前也浮现出城市中的满目疮痍。但在他看来，现在似乎不是好奇发问的恰当时机，而且这份他已经许诺了的工作会给他这种机会，让他逐渐了解自己即将要生活的环境，尽管从踏入这种环境的那一刻起便让他感觉非比寻常。

专员认为，在一切变化之中既隐藏了过去又蕴含着当下。最后，他又谈到了市政府为那些信赖他们的居民所作出的努力，让他们的生活免受各种意外的影响，使个体的人生之路与命运的总线达到协调一致。

罗伯特的脑海里已经浮现出自己被泛黄的古老书籍包围着的画面，自己用手撑着脑袋冥思苦想，沉陷于过往的命运之中。

那么他自己的命运呢？

一支时断时续的三和弦曲调，以短促的频率重复着，渐奏渐强，把他拉回现实世界。声音是从扬声器里传出来的。面对罗伯特惊异的眼神，专员回应道："市长先生有意与您进行私人会谈。"

罗伯特站起身来，他以为市长会马上进入这个房间。然而，专员却告诉他，市长并不会露面，而仅仅是通过麦克风与这座城市保持联系，他目前栖居在山脚下。在远处的那栋建筑里，在摇曳的灯光下，可以看到那山墙上的窗玻璃会时不时地因为反光而闪烁着光芒。专员补充道，市长如此亲自欢迎一位初来乍到者，这可真是一种难得的殊荣。

随着赋格曲的旋律逐渐减弱，高官把麦克风往罗伯特那边移了移，以便于他答话。

这时候扬声器里传来了市长的声音，专员应声站了起来。市长的语速沉缓，回声却响彻了整个房间；声音尽管低沉，却如同发射出了一条冰冷的光线；话音空灵缥缈，像X射线一样穿透身体。

从扬声器里飘出来的声音是这样说的："来到这里的人，最好像抛开甲板上的压舱物一样把头脑里理性的知识摒弃。西方人引以为傲的逻辑和理性，遮蔽了自然的面貌。因为——什么是自然？"

突如其来的问题让罗伯特吃了一惊。一个人在说话，别人看不见他，对他的形象也毫无概念，这种情况使得罗伯特仿佛置身于一个神秘的超自然领域。罗伯特飞快地扫了专员一眼，他的脸持续让人捉摸不透。扬声器里依然保持着沉默。

"自然，"罗伯特犹豫了片刻终于又接了下去，"是元素的运作。"

"那元素又是什么？"那个让人无法捉摸的声音继续探问道。

"——是宇宙万物。"罗伯特突然灵光乍现，继续补充道，"自然是诸神的语言。"

"其实这个问题最简单的答案就是：自然就是精神。"他听到彼端的那个声音回应道。

罗伯特觉得自己仿佛在接受一场考验，考验的结果将决定他能否获得这个职务。与此同时他也发现，那股想要探知这座城市秘密的强烈欲望在深深地蚕食着自己的内心。罗伯特抬头看向远方，远处窗户上的光芒依然在闪烁，在窗玻璃后面，市长仿佛置身于由光构成的磐石之中，正在静静地等待着答案。但罗伯特依旧无言以对。他不禁打了个哆嗦。这时，那个缓慢而低沉的声音再次响起："依赖这个能见世界的人，会把它的短暂瞬间视为现实。而精神属于不可视之物。现在，如果在这颗渺小的种子里，正酝酿着未来植物的成长和形态，如果这无形之中孕育着无论多么睿智的人脑都无法辨别的花朵和果实——这意味着什么？"

"这意味着，生命受制于比单纯的因果关系更高的法则。"罗伯特迅速地回答道。

"其实最简单的答案就是：自然就是精神。"那个声音说。

罗伯特感觉自己似乎被愚弄了。

"但是这个法则，"他喊道，"是每个人都要遵守的根本法则，如今是这样，几百年前甚至几千年前亦是如此，而且尤为重要的是，所有的生命在这个根本法则面前都是平等的，永远如此！"

"欢迎您到我们这里来，林德霍夫博士！"市长说。

扬声器里再次奏响了那首赋格曲，直到曲声渐渐消逝。罗伯特目不转睛地盯着那台机器，仿佛那个声音必定会在他耳畔再次响起。

"接见就到此为止了，您请坐！"这时那名专员说道。

"我的心中仍存许多的疑惑。"罗伯特迅速开口道。

"我们一般不会直接向市长发问，既然他已经给了您一个双重箴言，您尽管去干就是了。我在这里祝贺您的上任。"高级专员回应说。

"而且我怀疑自己能否胜任这个职务。"罗伯特坦言道。

"您再想想，博士。您跟我们的命运原本并无重叠之处，而是作为客人被我们这个集体接纳。有史以来，我们的编年史都是由客人主持记载的。当您对档案更加熟悉之后，您就会明白其中的原因。如果您需要一名陪同人员来为您的个人生活安排提供指导，我们这边随时可以为您安排合适的人。"

"我已经见过我父亲了，"罗伯特说，"而且——"他停顿了一下说，"难道高层的人什么都知道吗？"

"您无须担心任何事情。"专员一边彬彬有礼地说着，一边站了起来，微微鞠了一躬。

罗伯特离开了那里。在他的印象中，这位官员周身笼罩着一股疲惫的气息，他的笑容也因此显得有些苍白。在隔壁的房间里，高级专员的秘书接待了罗伯特。他长着一张圆润的脸庞，蓝色的眼睛透过明亮的镜片笑意盈盈地注视着罗伯特。

"我这里主要是办理一些手续。"他边说边把罗伯特当时从市里收到的那封公函放在面前的桌子上。他为罗伯特开具了一张通行证，让他可以随意进入住宿兵营、世袭房屋、墓穴辖区之类的地方。

秘书用手摩挲着红润的脸颊又补充道："地下的区域，向西北方向一直延伸，远远超出了我们能够看到的城市范围，非常遥远。"

他似乎是有意无意地随口说道，那些区域仿佛无边无际。但是因为愈加远离城市的中心，环境也会变得越发荒凉，所以人们前去远足的愿望也会自然而然地受到限制。

"请问您能在这里签下名吗？尊敬的博士。一般来说，我们不会颁发特别通行证，但您的情况看起来非常适合，所以毫无疑问您会得到一张。"

罗伯特掏出钢笔，签下了自己的名字。那名秘书在纸上盖了个章，并开具了一张住宿许可证、一张餐票和一张购物证明。凭借这些东西，罗伯特便能够满足个人的一切需求，相应的费用完全由市里承担。

秘书简要地解释说："工资是以实物支付的，并且根据职位的重要性分级发放。按照您档案员的职务等级，您可以享受十八个等级中第四个等级的福利。因为您在这里的任何地方都不需要钱，甚至连邀请亲戚、朋友也不需要钱。"——秘书镜片后面的眼睛里又闪烁着欢快的光芒——"如果您愿意的话，您的某一部分报酬也可以定期以当地通用的支付方式汇给您身在故里的家人。"

罗伯特点了点头。秘书把罗伯特的专属机密电话号码告诉了他，这种电话只允许高级官员使用。这之后，秘书又向罗伯特描述了一下老门的位置，在那里他能找到自己的办公室，又向他指明了去旅店的路。然后，那名秘书祝他工作顺利，接着便表示抱歉要去忙自己的日常工作去了。

罗伯特对他的行色匆匆备感失望，但还是礼貌地致谢，然后带着通行证和其他证件离开了市政府。

根据秘书的描述，罗伯特来到了旅馆所在的区域。这里仿佛处在一片节假日的静谧之中，与地下通道和地下室里的熙攘喧闹截然相反。从市政府寒意四散的房间里出来后，如果说起初空气中升腾的暖意让他感觉十分惬意，那么冉冉升起的太阳则很快就让人感觉炽热难耐。他把外套脱了下来，随意地搭在肩头，顺便瞄了一眼手腕上的表：现在是十点五十五分。

蜿蜒的小巷和胡同从宽阔的大道上岔开，远远望去，呈螺旋状分布，形成了一个五角形的广场。罗伯特已经习惯了映入眼帘的这些光裸破败的房屋，这片地区的房屋通常最多只有一两层，仿佛是过境的飓风把屋顶同上面的楼层直接撕裂开了，只留下一排排尖锐的锯齿状裂痕，还有光秃秃的方壁烟道像一座座小塔一样直冲云霄。房子外墙上的裂缝随处可见，壁上的泥灰浆也大都成片地脱落。在被狂风席卷过的房间内，厚厚的白色炉灶砖块零散地贴在门框之间和墙壁上。裂开的管道，生锈的铁架子就如同散落的骨架一样伫立在空气中。

为了防止坍塌，这些房屋又被反反复复地加装了许多支撑梁和钢制支架。有一些建筑被大火从内部掏空殆尽，而有些建筑的楼梯和地板是由石块拼接而成的，内部的结构得以保存，但墙面却被烧得面目全非。罗伯特突然意识到市政府内的大理石桌子和扶手椅确实是物以致用，尽管他起初还觉得它们着实有些不伦不类。

两轮小推车滚动在高低起伏的路面上时隆隆作响。男人们挨家挨户地把拱门处放置的垃圾收集起来，把它们从布满裂缝的提桶里倒进一个大圆木桶中。每次这样操作前，都会有一个人握住车轮的辐条，让小推车动起来。另一个人则控制着倾斜的水桶。然后借助于一种简易的抽水装置为街道洒水。从事这项工作的人都穿着皮围裙，戴着鸭舌帽。

死寂的房屋中和街道上处处一尘不染的状态让罗伯特感觉尤为奇怪。看不到烧焦的家具，也没有堆积的瓦砾，即使是在一栋建筑已经坍塌到只剩地基的地方，也铺开了一块干净的地方，那上面的角落里整齐地摆放着看起来像是老建筑物曾经用过的砖石。许多迹象表明，席卷这座城市的那场灾难已经过去相当长的一段时间了。在这些房屋的废墟里是否仍有人居住？底层的房间也许还存在着居住的可能性。一些迹象也表明，一楼的房间即使没人居住，也正被使用着，尤其是那些窗户口用刨光的木板覆盖住的地方。此外，这些木板似乎是新近加装上去的，以至于罗伯特又对那场大灾难发生的时间产生了怀疑。也许是时不时地就会反复发生？这样也能解释得通，人们没有对任何地方进行彻底的修复，而是更倾向于采用权宜之计。

罗伯特继续缓步前行，在他的眼前呈现出这样一番景象：其中一间房子的正面依靠着一架梯子，它一直伸展到了房屋的二楼，在梯子的最顶端站着一个穿着灰褐色工作服的女人。她拿着一把刷子，时不时把刷子浸入木桶，不知疲倦地擦洗着窗户上的木板。接着，她就像擦玻璃一样擦着木板，机械地用皮抹布把木头表面擦干，直到它们闪耀着黄白色的光芒。罗伯特不解地摇了摇头。不仅是因为这个女人的行为毫无意义，而且还因为他同时从中感觉到了一种自己无法解读的象征。如果他无法掌握那把左右这座城市和其中居民命运的钥匙，他就无法理解那个象征究竟是何所指。

当冷静下来思考这件事情时，他发现，从自己到来的几个小时来看，他在这里经历的一切都与正常的生活处于奇怪的矛盾之中。他与高级专员的对话就已经完全背离了正常生活的轨道。他们之间所谈论的内容，仿佛跟现实之间隔着一堵墙。他当时的确是刹那间便被市政府内的气氛吸引，以至于没有意识到这种不同寻常的境况。即使市长是通过麦克风与他交流，这也说得过去，因为从某种意义上说，这似乎也是合乎时宜的。但是，市长并没有像他所期望的那样，用具体的或者约束性的话语谈论他的新职务，而是直接把他引到事关人类生存的道德问题上，而这些问题事后看来不过是哲学上的钻牛角尖而已。罗伯特并非是自己主动申请这个职位的，而是被市里的有关部门征召而来的，所以更应该有人详细地给他解释一下自己的职责范围，让他清清楚楚地明白相应的工作计划和上班时间。在档案员和编年史家这种陈旧的头衔背后究竟隐藏着什么？或许他甚至要担负起中世纪守门人的角色。他突然意识到，自己手里甚至连一份书面合同都没有。那个红光满面、满脸笑容的秘书只是给他了一沓文件，除此之外满嘴都是一些关于第四等级和高级官员身份的陈词滥调。他现在是就这样被束缚在这里了，还是市政府其实对他正在进行暗中考察？

罗伯特本想吃一份冰激凌，于是他环顾四周寻找游乐场或是咖啡馆，却一无所获。到处都只有这些毫无生气的虚假建筑，就如同模型一般。人们甚至会觉得这像是某个电影里的布景。

罗伯特继续往前走了几步，一块砖石突然从风化的屋脊上掉落下来，他不由自主地靠在了墙上。墙面并未发生坍塌，它不是由帆布做的，而是实实在在地由石头组成的。这时，在街道的另一边走过一个女人，匆匆瞥了一眼因为石块掉落而四处飞扬的灰尘。

根据他人的描述，在五角形广场附近，有一条小路，在这儿罗伯特看到了旅店的招牌。他注意到，这间旅店是少数几座几乎没有破坏痕迹的建筑之一。他看了看表，手表上显示的依然是十点五十五分。罗伯特恼怒于自己竟然忘记了给手表上发条，于是猛地将金属门环撞向了旅店的大门。

因为没人应门，罗伯特只能不耐烦地一次又一次地重复着这个动作。过了一会儿，他试着把门把手按了下去，门竟然毫不费力打开了。他走进去之后发现自己来到了一个昏暗的前厅里。

一面镶着金色边框的大镜子立在一个低矮的托架上，微微地向前倾斜着；在它的旁边，有一个旋转木桩，上面插着一束假花。对面放置着一个圆桌，桌面上的大理石板已经开裂，围绕着圆桌排列着几张沙发椅，沙发椅破烂的面料下是金色的扶手和弧形的底座，这让人不由得联想到古老城堡中的奢华陈设。

罗伯特已经刻意清了好几次嗓子，但旅店的老板或是服务员依然没有露面。前厅一直通向一条昏暗的走廊，走廊的尽头有一条石制的螺旋楼梯向上延伸。

"喂!"他先是试探着叫了一声,然后便急促地升高了音调。

过了一会儿,从楼上传来了踢踏的脚步声,随即有个女声回应了他。终于,那人慢悠悠地走下了楼梯,一看到客人,她就噼里啪啦地说了一连串让人摸不着头脑的话。那是一位老妇人,她有着一双水白色的眼睛,头发被别在了脑后,手里提着一盏风灯。她说话的时候,就可以看到她那稀疏的牙齿。她将灯盏放在了楼梯脚那里,然后用双手将了将自己歪歪扭扭的围裙。

当罗伯特表示要在这里住下时,却发现她完全听不懂自己的话。她不知所措地看着罗伯特,然后一直重复着同一句话。罗伯特从她的语气中读出了遗憾与歉意,却也是无法领会其中真正的含义。

他无奈地耸了耸肩。恼人的是,他的行李箱本来可以让人一眼就看出他是个旅行者,但此时箱子却还在地下室的储藏间里。难道这里没有可以和他正常交流的人吗?他感到有些灰心丧气,然后环顾了一下四周。老妇人抬起了胳膊,手掌蓦地拍了下自己的大腿。然后,她朝着罗伯特走了过去,脸上流露出一副豁然开朗的表情,伸出食指指了指他,双手合在一起,放在歪向一侧的脸颊下方,微微地左右摇晃着脑袋和上身。比画完这个睡觉的姿势,她招手示意罗伯特随她一起上楼。她一边匆忙地踩着碎步往前走,一边从一个大包里找了把钥匙,打开了一扇双屏大门。罗伯特开心地跟了上去。这时,那名老妇人已走到了其中一扇窗户前,推开了百叶窗。这个像大厅一样的房间里，摆满了家具和家居用品。在一些铁制的床架——他飞快地数了数，一共有七张——周围横七竖八地摆放着未铺床单的床垫。衣柜和抽屉柜纵横交错，只留出一条窄窄的过道，沿墙的一个角落里，盘子、杯子、碟子只是随意地放置在各种破烂的家具中。

老妇人满怀期待地看着罗伯特。她的表情和手势像是在询问：您喜欢吗？她又一次张开双臂，仿佛是在邀请罗伯特尽情使用这些"奇珍异宝"。然后，她快步走到其他窗户前，让更多的光线照射到屋内来，又示意罗伯特靠过去欣赏窗边的风景。

"哎！哎！"她激动地叫喊道。但是她随即又满脸沮丧，因为她并没有成功唤起罗伯特的共鸣。

这里视野广阔，与专员办公室阳台外的景色别无二致。远处蜿蜒着一条银灰色的飘带，罗伯特辨认出那其实就是那条河。

这个时候，老妇人指指这个，又指指那个床架，似乎在等待他的许可，来指示应该为他整理哪张床铺。罗伯特摇了摇头。老妇人不由地满脸愁容。忽然，她又发出像鸟儿一样的叫声，快步走到了门口，钥匙串随之发出叮叮当当的声音。她催促着罗伯特随她一起来到了大厅里。不一会儿，她就又打开了几个房间，拉开了百叶窗，不停地用称赞的语气让罗伯特去注意那里各种各样的物件：这里有一张舒适的椅子或是地毯，那里有一张文件桌、一幅油画、一盏落地灯。

前面拐角处有一个较小的房间。其中一扇窗子外面是河谷，另一扇窗子则朝向地势较低的城市废墟。当然,老妇人似乎并不欣赏这种景致。不过,如果罗伯特总归要为自己找个容身之所的话,似乎这里就是他的不二之选了。如果把这房间里多余的东西挪走,再把其他房间里有用的东西放进来,也许这里就可以入住了。比如,可以在窗前放一张桌子,这样工作时就可以随时抬头看看远处的天空。这整幅画面也不乏浪漫色彩。

罗伯特没有注意到老妇人已经离开了。当他回到走廊,想要从其他房间里挑选一些合适的物件或其他物品时,他听到了楼梯上传来的窃窃私语声。在老妇人喋喋不休的话语中,时不时地夹杂着一个嘶哑的男声,那个声音只是提了几个简短的问题,但听起来颇具威严。然后,罗伯特便听到了老妇人上楼的"嗒嗒"声。门敞开着,罗伯特一直站在门槛处等候着,直到老妇人走上前来示意罗伯特跟上她。她又把他带回了前厅,此时这里已经点起了一盏灯。其中一张扶手椅上端坐着一位神情严肃、身材魁梧的先生,他留着一把亮丽的黑色胡须,被捻起来的胡须尖硬生生地向上翘起。他站起身来,从容不迫地打了一下招呼,便请罗伯特就座,而他自己又重新坐了回去。他从头到尾都小心翼翼地,就如同一个化了妆的木偶。

"您是旅店的店主吗?"罗伯特问道。

"我并不是旅店的店主,只是这里的主管。"大胡子先生回答道。但他又面无表情地补充说:"这只是暂时的——不是吗?"

罗伯特不知道暂时指的是他的主管职位还是这个落脚之处,

然后便把自己的证件和市政府颁发的居住许可证交给了他。

"很好,很好。市长秘书是我的朋友。房间您还满意吗?"这名主管说话有些费力,他那嘶哑的声音中似乎夹带着某种外国口音。

罗伯特很高兴能以自己听得懂的语言同对方交流,他向主管提出了自己对房间布置的要求,他不仅仅希望房间能住,而且希望能在这里找到家的感觉。

这位主管陷入了沉思,额头上的皱纹拧成了个十字。

"您明白我的意思吗?"罗伯特问。

"大概可以。我们看看到底成不成吧。这里的东西只有部分是属于这座房子的,很多是借来放在此地的。但是我们看看吧。因此也——"

这时候,这位主管用一个意味深长的手势中断了自己的话。他想借此表明这些客房仍处于不完善的状态,它们更适合用来摆放设施而不是用来住人的。他大概也想通过这个姿势为自己的无能为力表示抱歉。那位上了年纪的女仆站在远处不安地听着两人的对话。主管对她下达了一个指令,她点了点头,然后便消失了。

"您刚才说的是什么语言?"罗伯特问道。

"哦,只是普通百姓说的一种旧式方言。"主管说。他与工作人员和供应商常常得进行快速的交流。那位叫米尔塔的女仆人才来这里不久。"暂时的——不是吗?"他又补充道。

罗伯特从这位主管的贫瘠暗示中费劲地打听到,他目前是这里唯一的房客,这倒是让他可以不被别人打扰,活动起来也比较自由。他在这里吃饭是最方便的，因为公共食堂一般来说只向当地人开放。那位女仆厨艺精湛，她已经在忙着准备饭菜了，因为罗伯特经过长途旅行之后肯定已经是饥肠辘辘了。至于行李，罗伯特可以派个跑腿的去喷泉广场的地下室把它们取过来，因为行李上都有名字条，跑腿的很容易便可以找到它们。

主管站起了身，带着罗伯特走进餐厅。他迈着短促的小碎步向前移动着他那肥胖的身体，这让罗伯特不由得想到了木偶人的形象。

在宽敞的餐厅旁，有二十到三十张空桌椅摆放在室内的人工棕榈树之间。主管穿过一排排桌椅，走到一个靠边墙的座位处，然后说道："这是您的桌子，博士先生！"

然后他打开一个柜式写字桌，从里面拿出了一个皮革装订的破旧书卷，摊在罗伯特的面前。

"旅客登记簿！"他得意地笑着说，与此同时，他的胡子也骄傲地扬了起来。正当罗伯特暗忖这到底是不是一家正规的旅店时，他仿佛也看穿了罗伯特心中的疑虑。"只有尊贵的客人才会进行登记，"他随口而出，并恳请罗伯特也同样在这个簿子上留下自己的大名。然后，他表示晚餐前这段时间自己会暂时告退，而晚餐很快便会开始。

"现在几点了？"罗伯特在他身后追问道，"我的表停了。"

主管惊讶地转过头来。"中午。"他十分勉强地回答道。

"准确吗？"罗伯特问道，"我想调一下手表上的时间。"

主管耸了耸肩，淡定地穿过一排排桌子，走到大厅门口，把门关上了。

为了打发时间，罗伯特无聊地翻阅起了登记簿，然后发现最后一位客人在几个星期前就已经离开了。他暗自忖度要不要去找秘书帮忙，看看能否从这个荒凉的旅馆搬到一个条件稍微好点的酒店去呢？为什么他会被安排到这里来呢？难道仅仅如同主管所说的，因为他是秘书的朋友？罗伯特漫不经心地读着留言簿上陌生的名字，这些旅客来自不同国家，使用着不同的语言，有的人写下了常见的押韵格言，有的人夸夸这，也有的人抱怨抱怨那。把留言条目数与可以延续到上世纪的年份进行对比不难发现，来这里住宿的人似乎一直都很少。

老女仆显然很高兴店里来了客人，她在大厅里不停地进进出出，先是在桌子上铺了一块灰色格子布，接着又摆上餐具和餐巾，然后还拿来一个冷水壶和玻璃杯。等待用餐时间越久，罗伯特在空荡荡的大厅里就越感到茫然无措。但愿不会一直是这样一番景象。他打算无论如何都要在接下来的几天里，尽可能约着和父亲一起吃一两顿饭。

过了一会儿，一阵铜锣声响起。门开了，这使得最后几下敲击声响彻大厅。然后，米尔塔端着一个托盘出现了，跟在她身后的是一个南方人模样的女人。那个女人的脸颊和嘴唇上涂着油彩，头上戴着一顶帽子，大概是女主管，她身后跟着的是那名男主管，他手里还拿着锣槌。几个人表情严肃，相互保持着距离列成一队，缓缓地穿过一排排空桌，走向罗伯特。男主管随着脚步的节奏用锣槌打着拍子，而女主管也以同样的节奏扭动着臀部。他们身上廉价的丝线摩擦出"沙沙"的声音。这时，这几人围着罗伯特的桌子站成了半圆形，罗伯特不无尴尬地看着这支队伍。随着男主管的示意，女主管从米尔塔放下的托盘上拿起汤盅，放在桌子上，向罗伯特鞠了个躬，接着用银勺往他的盘子里舀了几勺。

这个过程似乎轮不到男主管帮忙，于是他的目光游移到了餐厅的天花板上。老女仆弯腰欠了欠身，女主管则将盖子放在汤碗上，伸手微微示意罗伯特用餐。男主管的胡子看起来比以前更黑了，他用审慎的眼光看了看桌子和罗伯特，暗暗地整理了一下桌布。然后，他祝罗伯特用餐愉快，接着用锣槌敲了下桌子。两个女人都转过身来，这支队伍便调转了方向，比画着和来时一样的滑稽手势，在主管的带领下穿过了大厅。罗伯特一直目不转睛地盯着他们，直到三个人从大厅里完全离开，他才拿起勺子，毫无顾忌地吃了起来。

很快，罗伯特就把盘子里的东西一扫而光，自己又重新装满了盘子，享用起了第二份。最后几口他吃得很慢。吃完后，他伸了个懒腰，便又恢复了等待。时间一分一秒地过去。寂静的大厅变得令人压抑。尽管罗伯特还没有完全吃饱，但中午也只是提供这样一个汤食，也许这个地方的习惯就是如此。用餐时间已经结束了。这里也没什么值得一看的。他觉得这种闲适比在市政府里的等待更让人不快。是不是有特殊的使命在等候他呢？他要熟悉位于老门那儿的存放档案的办公室,熟悉未知的事务。如果职责允许的话,他必须查明那位他刚来时迎接他的女子在哪。他越来越不怀疑,那个人就是安娜,如果是安娜的话,那么他们就有可能在一个陌生的地方相聚,不受环境和时间的限制,开启一段共同的旅程,分享彼此的生活命运。

"那肯定是安娜!"罗伯特低声自言自语道,然后把餐巾纸扔在桌子上,推开椅子站起身来。

这时,餐厅的门打开了,三个人缓缓地向他走来,动作又与之前如出一辙。这种夸张的仪式让罗伯特开始感到有些尴尬。但这似乎就是属于这个世界的秩序,罗伯特还是俯首听命了。他把椅子拉回桌边,老老实实地把餐巾纸放在腿上。直到三个人的队伍走到了他的桌前,他才抬起头来。

米尔塔像一个报丧者一样,脸上费力地摆出庄重的表情,用僵硬的手臂举着托盘,托盘上摆放着五颜六色的盘子,敞开着的钵具,还有带盖的碗。女主管提着一个扁平的篮子,里面放了一瓶开了塞的酒。男主管亲手把那个瓶子里的酒倒进了醒酒器里。

"客人不多啊。"罗伯特有些尴尬地说。

"可惜啊,时代不同了!"男主管回应道。

然后,他便仔细观察着盘子的更换情况。其中一个碗从托盘里拿出来的顺序明显欠妥,这个时候他面带愠色地呃了呃嘴。一切就绪之后，女人们从桌子旁撤身后退了几步，而男主管则在碗上方挥了挥双手，施法般把调料放了进去。他示意他的妻子上前，把醒酒器里的酒倒进客人的酒杯里。他本人则把两个碗调换了一下位置，纠正了最后一个小错误。

"麻烦你们了。"罗伯特说，对他来说，为了让他感到舒适而刻意做出的这些举动着实让人有些烦扰。

"可不能让人背后非议我们，说我们已经忘记了宴会上更细致的礼仪。"男主管回答说。

他用锣槌猛然敲了一下桌子，这把两个女人吓了一跳。然后他便回到了队伍的领头位置，神情严肃地和她们一起阔步离开了。罗伯特目送着这支小队伍的离开，直到餐厅的门关上，他才松了一口气。然后他伸手端起酒杯，酒色殷红，还在"嘶嘶"地轻声冒泡，紧接着便一饮而尽。

桌子上的食物是各种各样的沙拉和蔬菜，其中有一些是罗伯特不熟悉的，但是他并没去认真关注这些东西。他觉得每一道菜的味道都有些相似，但他还是吃了下去。

吃完后，他虽然肚子饱了，但并没有什么满足感。他决定将自己对这座城市的第一印象用关键词记录下来，同时详细地描述此次午餐的仪式，作为撰写编年史的前期工作，他认为这正属于市政府交给他的任务范畴。

老门坐落于从旅馆去喷泉广场的半路上。

罗伯特中午出发前询问过,旅馆里有没有城市地图或者景点手册。主管摇了摇头,只给他指示了旅馆拱形地下室的入口,在前厅边上螺旋楼梯的延伸处,一个没有台阶的斜坡通往这个入口。地下空荡荡的房间里,有一个连接地下墓穴竖井的通道,市区房屋下的地下墓穴延伸到各个地方。

主管说,想要在这错综复杂但结构清晰的系统里找到路线,自然需要很长时间,主要是因为地道的公共出入口并不多。比如,有一条走廊直接从旅馆通向市政府,也通向老门,或者说直接通向老门里面。由于种种原因,这和地面上的街道相比,有很多好处。因为一般来说,这里的居民在没有特殊指示的情况下是不允许从一个区域走到另一个区域的,也没有人确切了解自己所在区域的边界。对此只有城市的守卫可以给出答复,守卫分布在各个区域地下边界,人们通过他们胸前的空白标牌来识别他们。

罗伯特早已习惯了这座城市特有的面貌,以至于奇特的东西已经不会使他感到迷惑。为此他下定决心,不再直接提问。他把冒险看作是理所当然,于是便踏上了地下的道路,去看看他在老门内的办公室。

他在清晨匆匆穿过喷泉广场的地下墓穴时留下的印象得到了证实。纵横交错的石板路上,房室相接,拱顶相连,相较于地面上的街道和那里的破瓦颓垣,这里的生活要有活力得多。如果人们习惯了暮光，那么也就对飘浮在人和东西上那绿锈似的虚幻微光习以为常了。从敞开的门以及拉开的窗帘，罗伯特可以窥视到这些房间的内部。每个房间不仅诉说着贫穷，还散发着贫穷带来的霉臭味的吝啬。居住者零星的家当里，没有几件完整的物品。竖起的箱子常常用来充当缺少的桌子腿，板凳腿。不值钱的物件毫无顺序地散布在简易的木地板上：凹陷的易拉罐、生锈的钉子、工具零件、纸板箱、各种尺寸的空药瓶、沙龙舞的奖牌、破花瓶。杂物间里所有这些各个年代的废旧物像是博物馆里的古玩收藏。男人女人们盯着这些无关紧要的东西，好像永远看不够，眼里还散发出贪婪的光芒。

其他居民蹲在石头地板上，似乎是想让椅子和板凳得到保养，以便能用得更久些。他们皱眉蹙额，若有所思，时不时举起食指，仿佛记忆里的某些片段又鲜活起来。还有一些人坐在彼此对面，沉浸在游戏中，他们投掷骰子，然后根据点数把彩色的石头放在板子上的标记处。这些小木板房就像是一所大监狱里的牢房，这种布局让罗伯特实在无法理解。远方偶尔响起一个信号，听起来像是学校里的下课铃。一阵不安的噪声回荡在走廊上，像是低沉的抱怨蜂拥而至，同时伴随着杂乱且沉重的脚步声。随后声音渐渐平息直至消失。

当罗伯特小心翼翼地在地下小路中穿行时，他不由自主地萌生了这种感觉：他的出现越来越引起地下居民的注意。

起初只有几个人一直盯着他，后来在接下来的几个入口处，成群结队的人似乎在等待他的到来，他们在那里窃窃私语，表情中流露出难以伪装的嫉妒。有些人不是还握紧了拳头吗？

罗伯特甚至感觉自己听到这样的话："他在那里！""那个守门人！城市档案员！那个新来的！"他们的手指指向空中，是在提醒别人提防自己吗？

罗伯特放低视线，加快步伐。直到他觉得没有人跟着自己时，才放下心。也许是他对自己新岗位的性质不甚了解，所以使得自己的观察过于引人注目了。他把目光投向地下生活的种种习惯，与其说是出于一种轻率的愿望，不如说是出于一种可以理解的努力，即熟悉一个属于他观察任务的世界。可能是他高估了自己的职位，他的工作甚至还没有开始。他现在正在去往办公室的路上。在老门后的房间里，他的任务将会第一次展现在他面前。在接下来的一段时间里，他每天都要走过这条从旅馆到老门的路。这样一来，周围环境的新鲜感对他来说就会逐渐消失，他很快就会成为这个地方的熟人。这里似乎大家都彼此认识，那么因为他太过明显的热情，他有理由被误认为入侵者，甚至是侦查员。人们可能会害怕他的报道，因为这些报道给他们隐蔽的日常生活带来麻烦。但这完全是误解了他的意图。他从未想过要向当局报告任何可能导致城市设施发生变化的事情。尽管许多事情对他来说很奇怪，尽管他对城市体系了解甚少，但他已经从各种观察中确信，这里的秩序结构相互交织，所展现的每个细节都符合某种规划。因此，他也愿意压低自己的个人标准，放弃将这里的违反常理之处与其他地方和时代进行比较，而是毫无保留地适应现实。到目前为止，他在这座城市的最初经历已经教会了他，只有全然投身于目前的境况才有意义。而这是唯一需要说明的事情。

因此，如果他早些时候听到过诸如"新来的，大门后的作家，编年史家"之类的话，那么他的耳朵可能会与从完全不同评论中炮制出来的虚荣称号合奏共鸣。除此之外，他的身上还有什么特殊的东西会引起别人的关注呢？

罗伯特悠闲地四处溜达着，这跟其他人的行为举止很是相称。他不经意间注意到，到处站着坐着的人并没有给他特别的关注。他们哪来这么多的空闲时间？他不敢跟别人攀谈，因为他不想让人抓住把柄；而且他们中的大部分可能都像老米尔塔一样说的是当地的方言。

一个年轻小伙子似乎正挥手示意他进入旁边的房间，罗伯特不确定自己是否正确理解了他的手势。这也可能是一个指向性的手势，因为这个年轻人跟他的同伴们一起站在一堵墙前面，他们正借着一盏灯笼的光芒观看墙上的壁画。罗伯特认为不再继续注意他们才是个明智的决定。他不禁再次萌生这种感觉，即他所感知的一切都是一出戏中的一系列场景，只是他不知道自己在多大程度上被看作是观众还是剧中人。

他觉得自己似乎迷失了方向。他是否已经错过了进入老门的入口？走廊扩宽成了微长的前厅。许多人站在一间隔断的房间前等候着，房间里面的人正忙着给别人修面、剪头发、剪指甲，他们的工作服上落满了灰尘。理发师们忙得不亦乐乎，一刻不停歇地工作着，排队的人群在不断向前移动，却看不到尽头。刚刚做过美容的人似乎在前院里来回转了几圈后又回到了队伍里，他们闷闷不乐地抚摸着自己的脸颊和下巴，好像在感受胡茬的生长。

许多人还从口袋里掏出一张报纸，展开后不耐烦地浏览着又脏又破的页面。从加粗的大字标题中罗伯特可以看出，他们看的是来自世界各国的报刊，有波兰语、俄语、德语、意大利语、法语和英语的报纸。这些读报纸的人勾起了罗伯特对时事的渴望，他就从一旁窥视着一份又一份的报纸。仔细看过之后，罗伯特发现这些报纸都是几周或是几个月前的，有的甚至是几年前的。但这似乎并没有影响读者的兴趣，他们激情满满地读着行将风化碎裂的报纸，宝贝似的小心保护着。阅读时，几位男士有意玩弄着自己的左手小拇指，长长的指甲还经过了艺术处理。他们对这只爪子极为骄傲，恨不得为它准备一个保护套，因为这可以视为他们不需要从事普通体力劳动的有力证明。

罗伯特也加入了等候的人群，此时的他疲惫不堪而又有些心不在焉。突然他被一个声音吓了一跳："请出示您的证件！"

从他胸前的空白标牌罗伯特认出这是一位城市守卫。他面若冰霜，没有任何年龄的痕迹。罗伯特出示了市政府的通行证。守卫向他敬礼时说道："不建议您在这里接受服务，根据您的情况，最好是召唤一位理发师到您家里去。"

罗伯特没有因此停下排队的脚步，而只是回应了一个微笑。

"当然可以。"他说。他借此机会向城市守卫打听了一下通往老门的楼梯。守卫立刻提出要护送他过去。

但是罗伯特突然想起了安娜，他便拒绝了这位守卫的好意。眼下对罗伯特来说，比起熟悉自己的办公室，搞清楚安娜是不是真的在这座城市似乎更为重要。一想到安娜，他就有了新的动力。他兴奋地问："往喷泉广场那一带怎么走？"

守卫走了几步，朝罗伯特指向一个宽阔的石头入口，解释道："这片地区从那里开始。遇到岔路的时候最好朝右拐。全程大概是六公里。"

罗伯特现在仿佛已经正确认识到了他在这座地下墓穴城市逗留的意义和目标。他迈着坚定的步伐向前走去，然后又回身向那名守卫点头示意感谢他提供的信息。事后他才意识到，守卫用了一个古老的希腊术语来描述距离，这种表达今天已经没有人使用了。罗伯特觉得十分奇怪，但对安娜的期待让他不禁面露微笑。

一阵清新的风拂过他的脸颊。他从一个小竖井中爬了出来，这个竖井通向一个住宅区空荡荡的地基。顺着竖井，罗伯特来到地下室的房子中，房子没有天花板，裸露的石墙矗立在瓦砾中。如果从深处仰望天空，天空的蓝色比从地面上看到的还要强烈，人们仿佛能感受到地球上方的冰冷宇宙。

打扫得干干净净的房间，通过宽阔的开口彼此连接，这让罗伯特联想到了蜂窝系统，就像市政府庭院中公务员们的工作场所。只是这里似乎没有人居住。最近的墙壁上仍遗留着许多保存良好的壁画遗迹，这些壁画像丝带一样缠绕着整个房间。

罗伯特正准备仔细观察那面墙壁时，他听见了热闹的说话声和逐渐靠近的脚步声。罗伯特认出了那群人，这些人就是不久前他观看壁画时注意到的那群年轻人。他们也很快将目光转向了墙上的画作，之前向他挥过手的年轻人离开了同伴，朝罗伯特走来。通过他拖着腿走路的样子，罗伯特认出那是他学生时代的一个朋友。

"你好，林德霍夫！"

"你好，卡特尔！"

两个人握了握手。卡特尔仍然像以前一样留着茂密的深色头发，他把头使劲向后甩了一下，想要把头发弄到后面去。

"你也来这里了？"卡特尔一边说一边露出意味深长的微笑。"林德霍夫，老伙计，你一点都没变！很开心再次遇到你。我之前就关注你了,只不过你没有留意到而已。"

"我要是知道是你——"

"没事,"卡特尔打断道,"我们在这里能经常见面。"

罗伯特看着他年轻时候的朋友说:"咱们这几年来都没有见过,但是你都没什么变化。"

事实上,卡特尔的脸庞依然狭长、精致,灰色的眼睛在这一刻从被压抑的深处流露出信心和热情,正如罗伯特和他同窗几年中所熟悉的那样。只是在嘴角处显现出了他以前从未见过的痛苦模样。罗伯特发现卡特尔把自己打扮得如社交名流那样潇洒优雅,尽管他在财务上一直十分拮据。如果罗伯特指责他穿西装的奢侈,他应该会这样回应:人们不该将经济上的窘境表现出来,他宁愿向他人借钱或者干脆忍饥挨饿。他常常顶着西班牙贵族的光环把手里的最后一点钱充作慷慨的小费,自己却甚至连回家的车费都凑不出。随后的几个星期里,他就在工作室里靠喝稀汤和吃干面包度日。或许也正是这种高贵的外表,在别人面前掩饰了他内心的苦恼,凸显了那张稚气未脱的面容。

罗伯特问:"那你的胳膊怎么样了?"

"越来越虚弱了,"卡特尔回答道,"我渐渐地连画笔都提不起来了。我已经习惯用左手工作了。毕竟画画的不是手,而是脑袋。"

罗伯特没有回应这个画家的话,而是接着说道:"我最近没怎么关注艺术展览。我确实应该在这个方面多花点心思，而不是沉迷于自己研究的静僻世界里。"

他漠然地摆摆手说："算了，不用道歉。反正我早期的作品确实也不怎么样。"

罗伯特想起了一两幅他曾见证其创作过程的画。

"我不相信你还记得这一切，"画家一边把他的头发往后拨，一边若有所思地用指尖抚摸着额头，继续说道，"不，不，那是不成熟的准备工作，我现在才有了深入的了解，只是为时已晚。"

"为时已晚？"罗伯特重复了一遍。"你还不到35岁，居然这么说？"

"好吧，你知道——"卡特尔低声说道。他的眼神看上去十分悲伤，似乎被巨大的恐惧震撼到了，罗伯特记得，他的朋友过去有时也会露出这种表情。

罗伯特心不在焉地问道："你现在在做什么？"

"我之前希望能够再完成一幅画，但是我在这里的工作是修复壁画。如果不想弄虚作假，就得处处小心。你知道我曾用金色给我的画做底色，而我现在发现，一些古老的大师也用了相似的处理方法。这里的一些画作可以追溯到很早的时候。不过——"，卡特尔挽着罗伯特的胳膊，带着他来回走了几步，"不过你为什么会被派遣到这里来了？"

"派遣？"罗伯特笑了出来，"我是应贵市的邀请而来。我也感到很惊讶，他们任命我为这座城市的档案管理员。"

"啊！"画家停下脚步，不由自主地将手臂从罗伯特的肩膀上松开，并向后退了一步。

"原来是这样！"他说，"你到我们这里是担任编年史家来了！原来如此。"卡特尔陷入了沉默。

"你为什么这么惊讶？"罗伯特问道。他注意到了这位朋友动作上的变化。

"这很适合你。"卡特尔一边重复说道，一边审视打量着罗伯特。

"这有什么特别之处吗？"罗伯特问。

"好吧，肯定不是每天都有事，这可是一项责任重大的任务。"卡特尔补充道。他在此期间已经恢复了平静。"如果你是新来的档案管理员和编年史家，那么你也是我的上级，我和我的工作都受你管辖。"

罗伯特从这句话中听出了卡特尔震惊的理由。他玩笑似的拍了拍卡特尔的肩膀回答道："你不必过虑。我现在甚至还不知道我的职责是什么，只有你支持我，这份工作才能让我开心。另外，我还不知道自己是可以留在这里，还是很快就会被送回去了。"

"是的，"画家沉思地说，"你当然有可能被送回去，确实存在这种可能性。有些人可能希望这样，但我不希望。"

尽管罗伯特试图恢复这场对话起初几分钟的轻松氛围，

但是他并没有成功。这并不是不信任,而是卡特尔对他的某种敬畏之情。从这一刻开始,这种敬畏之情就像一道隔离层一样存在于他们之间。

卡特尔将新任档案管理员介绍给他的同伴们,他们——其中也有外国人——不情愿地欢迎他加入他们的圈子。他们讨论着这个房间里壁画的细节,修缮这幅壁画是卡特尔下一步的任务之一。

"我们正在一起讨论这项工作,"画家向罗伯特解释道,"因为考虑到这项工作耗时很长,我也有可能被上级提前召回。在这种情况下,大家必须要很熟悉我的处理方法,以便每个人都可以继续这项工作,而不会对这件艺术品产生任何不利影响。"

当大家在房间里分散开来,准备把一堆东西转移到硬纸盒里的时候,罗伯特把他的朋友拉到了一边。

"你比我更加熟悉这里,"他说,"我在找一个人,她好像在这里。是一位女士,她是梅尔滕斯医生的太太。我不知道她的丈夫是不是也在这里,但我猜他应该不在,因为他们离婚了。我今天早上在这里碰到我父亲了。我觉得,卡特尔,你应该还不认识我父亲。但是你一定知道他是个律师,他负责梅尔滕斯太太的离婚官司。这就是我想见她的原因。或许你认识她,知道她住哪儿或者在哪里能找到她。"

"我不认识梅尔滕斯夫人。"画家说。

"好吧,"罗伯特说,"之所以存在这种可能性,是因为我知道,她一直都对艺术问题很感兴趣,她很有可能知道你的名字。"

"我不认识她,"卡特尔又重复了一遍,"至少没听说过这个名字,或许见到了能认出来——但是这帮不到你。"

"抱歉打扰你这么久,"罗伯特说,"我得赶紧给市政府的居民登记处打个电话,了解一下情况。"当他与卡特尔惊奇的目光相遇时,又补充道:"我有权利使用电话。"

画家带有腔调地说:"你当然有权利。"罗伯特觉得他说话时的语气似乎有些疏远,"但是你不知道她的号码,所以想以这种方式了解梅尔滕斯夫人的情况几乎不可能成功。"

罗伯特愤怒地喊道:"我当然有市政府的号码,即使那是机密。秘书已经给我写下来了。"

画家冷静地说道:"我没有怀疑这一点。我指的是梅尔滕斯夫人的身份识别号码。政府不是根据路人的姓名来登记,而是根据他们的通行号码。因此,你看,只知道名字并没什么用。这里——"卡特尔用左手解开衬衫顶部的纽扣,掏出一枚锡币,他把这枚锡币藏在围着脖子的细绳上。"例如这个是我的,我在城市档案中的履历、以前的历史、职业、居住证明等都在这里。"

画家又小心翼翼地把那枚锡币放了回去,系上了衬衫的纽扣,罗伯特没有说一句话。

"为什么没有人给我身份识别号码?"他缓缓地说道,但其实也不是真的想问卡特尔。

"之后会补发的,"画家停顿了一下说,"只要你能够真正习惯这里,并且高层认定你到这里不只是短暂的访问。这也许只是市政府的一个疏忽。"

罗伯特咬了咬下嘴唇。

"我现在只能寄希望于运气了,希望能够与她偶遇。"

"她知道你在这里吗?"画家问道。

罗伯特给出一个肯定的猜测,但没有提到清晨的相遇。

"如果她知道你在这里,"卡特尔继续说,"你就不用单纯依赖运气,你完全可以想象得到,她也在设法与你见面。"

"但是也许她有足够的理由避开我?"罗伯特反驳道。

画家解释说:"即使如此,你也可能与她再次相遇。"

罗伯特难以置信地看着他。

卡特尔说:"我们不也是第二次见面吗?虽然第一次见面时你不肯与我相认。"

罗伯特本来想回应说,自己不是不想相认,但是他想起了安娜,并且早上并没有认出她,或者她也没认出他,于是他沉默了。

谈话的过程中,令他奇怪的是,他总觉得与这位朋友相比自己有所欠缺。与学生时代的日子相比,他觉得自己在此后的岁月里似乎没有丝毫进步,而他的朋友已经达到了他仍缺乏的成熟和自信程度。然而他们的年龄大致相同。这不仅仅是知识方面的问题，还有使事情变得简单的理所当然的领悟知识的方式。在市政府的谈话过程中、在他自己的职责范围内以及在旅馆主管的表现中，他都不由自主地产生这种感觉。这里的气氛还享有着共通之处，这好像是源自这座城市的设施和呈现的姿态，他不属于这座城市，但它却越来越吸引他。

"我就像是一条在渔网里挣扎的鱼。"他对卡特尔说。

"这已经是最糟糕的状况了，"画家说道，他的声音在这一刻甚至听起来十分真挚，"它不仅仅是在假装自由，同时它也有可能从网眼中溜出去，获得真正的自由。来吧，林德霍夫。你不是想去喷泉广场吗？咱们要是从自由通行的地下室穿过去就不用绕路了。"

画家提醒罗伯特前进的过程中目光留意右侧。两个人沉默着穿过一个又一个低矮的房间，这些房间就像空旷的天空下大地深处的破壁残垣。当停下来时，罗伯特被呈现在他面前的景象深深震撼。

光秃秃的城墙浑然一体，只留有几个宽阔的门洞。城墙环绕的广场中间，许多人步伐小心地来来往往。许多女人默默无语却又行色匆匆地忙碌着。这个房间和隔壁的房间里聚集的可能是不同出身和不同年龄的女人。目光所及之处，都是她们有序地忙碌着的身影，她们从橱柜和容器中取出各种熟悉的物品，可能是布料或衣服，把它们烫平后放在手中，然后再小心翼翼地放回箱子和五斗橱里，这与她们无意义的所作所为很是矛盾。因为她们一边点头一边一块一块地数着时，手里却空无一物，她们只是在模仿整理的动作。家具也只是存在于想象之中。对于一个虽然已经失去但是十分熟悉的生活结构的记忆画面是如此强烈，以至于她们觉得自己就是在拉箱子，开关柜门，尽管她们面对的只有空气。

她们的面部表情紧张且专注。有时候她们也会担心地摇摇头，好像有什么不对或者丢了什么东西，直到她们想到可能是放错了地方，带着胜利的微笑把东西从藏匿之处找回来。无论大小，她们就这样不断核查着自己臆想中的财物，自信满满地守护着幻想出来的物品，贪婪地监视着自己的所谓财富。

她们也把这件或那件物品递给其他人，摸摸物品是否完好无缺，并将其放置到新的货物堆里。其他人蹲在地板上，你可以看到她们把毛线穿进针里，在一件不存在的衣服上一针一线地缝制着。但是又看到她们好像是在检查下摆和接缝，不时叹息，稍作停顿，伸展一下弯曲的手指，然后用加倍的热情继续工作，因为库存和工作没有尽头。同时，她们所有人的动作，无论是收拾整理还是缝线织补，都保留了一些舞蹈性元素，仿佛她们知道自己是在表演一出哑剧。因为他们彼此之间的交流不是通过语言，而是借由目光。她们的目光里流露出一种狡黠的默契，就像是想偷卖别人商品的小偷们一样。但是，毫无疑问，他们管理的财产是他们自己的财产，这些财产从父母或者祖先的箱子和斗室中继承，或者是她们自身创造并且使之不断增加的财富。她们想将这笔财富传给自己的继承人。因此她们的忙碌，无论如何嘲弄每一个实际的目的，但都呈现出了永恒有效的特征。所有的手势都具有被重复测量的客观性、连续的行动一致性，即使它称不上是真正的行动，却将日常生活的劳累和徒劳汇聚成了一幅十分彻底的画面。

罗伯特看着这些女人的举动，视线一秒都没有离开过她们。他再次觉察到，只要她们接受了他的存在，就会把他当作因为拥有更好的学识从而地位更优越的人来对待。他开始环顾四周，寻找卡特尔，他正倚靠在一个角落，把这幅画面快速描绘在速写本上。直到这个时候，他才想到安娜是不是也在她们当中。

但是，就像早上在餐厅那样，这时警报信号响起，这个声音将妇女们从忙碌的欣喜中唤醒。她们用灵巧的手指整理想象中的东西，全神贯注地放好，然后便不慌不忙地走开了。

空旷的广场上笼罩着一抹难以察觉的黄昏气息。天还亮着，虽然已经没那么蓝了，但还发着光，好像随着太阳沉入地平线时，太阳光愈发把蓝色吸收进去了。

卡特尔合上了自己的速写本。

"时间到了。"他说，好像这一安排对罗伯特来说不言而喻。

"安娜有可能在她们中间吗？"罗伯特问道。他并没有注意到，当他提到梅尔滕斯夫人的名字时，就已经向他的朋友泄露了自己与她的关系。

但是画家没有继续这个问题，而是带着罗伯特穿过了最后一个开放的地下室，来到一条石制走廊前。罗伯特只要跟着KI的标志，就能找到去喷泉广场的楼梯。告别的时候，卡特尔答应罗伯特，不久后会去罗伯特老门后的办公室找他。但他拒绝去旅馆那里。

房间里桌子上两支蜡烛静静地泛着微光,罗伯特坐在舒适的椅子上,双臂交叉枕在脑后,眯起眼睛向后靠着。

在与卡特尔分开后,他很快就到达了熟悉的那片地下城,接着他向喷泉广场走去。他绕开了那个斋堂。一股食物腐烂的气味弥漫在走廊里,这意味着那些年迈的男男女女又再次围坐在冒着蒸汽的饭碗周围。他还找到了那个堆放行李箱的小隔间。他在最后一次见到安娜的地方停了一会儿,希望他强烈的愿望能把安娜召唤过来。但安娜不知所终,无论是在这里,还是在清晨被笼罩在一层玻璃般曙光中的喷泉周围,都看不到她的身影。

他如早上那样倚靠在石头水池的边缘,耳朵朝着水流均匀下落的方向,目光游移在正快速沉没于夜色的广场上。虽然周围的环境似乎没有黎明时那么不同寻常,一切都几乎更加熟悉了,但是因为想要见到安娜,他明天还是要和今天一样早早地就得赶到这里。

此时没人会指望他会出现在办公室里,所以他也不算错过入职。朋友卡特尔预言说,安娜必将再次与罗伯特重逢,这似乎是化作了泡影。但是"重逢"这个词或许不是像罗伯特在焦躁不安中所期待的那样,指向今天,或是下个小时。

一种口干舌燥的感觉开始折磨着他,他尝试着用双手从喷泉的水流中捧起一些水来饮用。这样喝起来不够凉爽,于是他向后仰着头,张大嘴巴接住汩汩流水。他喘着气,退了回来,用手帕擦去喷溅到脸上和眼镜上的水迹。之后,罗伯特并不是凭借着头脑中清晰的认知，而更多的是跟随着自己的感觉，穿过空荡荡的街道，朝旅馆走去。随着时间一分一秒地流逝，天光在与不断扩大的黑暗的斗争中逐渐式微，仅仅余留一丝微光。所以他只能依稀看出一幢低矮建筑的轮廓，这栋建筑是依附在那扇坚固拱门的一根柱子上。可以看出，离地面稍高的窗户上，厚重的百叶窗紧闭着。宽阔的通道被双层的铁栅栏封锁住了，眼前的这条街道沿着大门歪歪斜斜地延伸着。毫无疑问，老门就在他面前。他绕着老门慢慢走着，四处寻找侧楼的入口，却无功而返。无论怎样，这个时间过来确实有些晚了，于是他就沿着回旅店的方向继续向前走。这条街道上似乎没有人工照明，或者说是有的，但是没有投入使用。只有旅馆门口的上方闪烁着蓝色的灯光。

他在房间里发现一桌精心准备的饭菜，主管还十分恭敬地留下了几行字，说是他们在正常的用餐时间未能等到他的归来，因而揣测他是因为公务耽搁而没有准时出现。面包和水果被密封在冷藏容器中，与一大杯葡萄酒放置在一起。一张打印出来的便条提醒客人说，房间的电灯总是在日落一个小时后断电，但有蜡烛可用。罗伯特本想让老服务员米尔塔在日出的时候叫醒他。但是旅馆上上下下都冷冷清清的，门缝里也没透出一丝亮光，大家似乎都已经休息了。

罗伯特坐在那里，盯着蜡烛跳动的火苗，听着它发出噼噼啪啪的声音。他在房间发现了自己的箱子，于是便从箱子里拿出睡觉要用的东西，还没来得及伸个懒腰就睡着了。

他醒来的时候，房间已经沐浴在晨曦之中。他匆匆穿好了衣服。准备出门时，他在大厅遇到了主管，便焦躁地向他询问时间。主管回答说是上午了。

罗伯特想知道，这个时候喷泉广场上的妇女们是不是已经打完水了。

主管说灌水的时间可能已经过去了。至于早餐，高官们通常在办公室里或者在路上的咖啡馆里吃。他抬起帽子示意了一下，然后便离开了旅馆，旅馆朝向街道的门敞开着。

罗伯特本来期待能够遇见安娜，但是因为错过了时间，便决定出发去老门那里。他选择了城市地下的道路。地下的景象与前一天相似，他没有去关心人们的生活和行动，在到达理发师们工作的地下广场之前，他发现一条通往一段楼梯的岔路，这个楼梯浅浅的台阶向上延伸着。在一盏灯笼的照耀下，它直接通向宽阔的拱门下的一根柱子，拱门的栅栏现在是敞开着的。楼梯出口的对面是一扇狭窄的橡木门，门框上雕刻着五花八门的图案。门上装着一个黄铜做的门环，罗伯特推了推门环。片刻之后，一个年纪较大的公务人员打开了门，他穿着一件没有任何装饰的制服罩衫，宽大的袖口有点像是僧衣的制式。他庄重严肃地向这位档案管理员表示了欢迎，然后带着他走过小楼梯来到石制的走廊上。他们从那里走进一间长方形房间，里面铺满不同颜色的韧皮垫子。墙壁由厚厚的方石制成，窗边框斜向内加宽，给房间带来舒适的凉爽和温和的光亮。

这位公务员无疑是由市政府指派的，他将罗伯特带到一张横放在一扇窗户前的大书桌前。他给了罗伯特一点时间来熟悉一下这个房间，于是便自行离开了。在一部分墙壁里，从石地板到天花板都设置了高高的壁橱隔间，其中装满了手工装订的猪皮和羊皮纸古书，还有一些上面标有字母和数字的目录索引。中间是两张摆满了文件的书桌，一张站立式斜面桌，一辆用来装运书籍的可移动小车，低矮的椅子和坐垫布满了整个房间，营造出了静谧和与世隔绝的氛围。

同时，那位公务员用托盘送来了早餐，并请罗伯特自便。和档案馆的助手们吃的一样，就是简单的小米餐。这位年长的公务员介绍自己的名字是伯尔金，谨慎的措辞显示出了他的经验和掌控力。他向罗伯特介绍了一下档案馆的设施和管理人员。与此同时，罗伯特仔细观察着这张眼周遍是细纹、眉毛狭长而又充满睿智的脸。

伯尔金解释说："这里有十二个助手，他们被指派来维持档案馆的运行。履行职责的时候，我们轮流工作，以确保白天或晚上的任何时间工作都不会中断。档案馆必须随时准备回应市政府的紧急咨询，不能有延误。此外，每天还会收到新的文件、文本和材料，我们不仅需要登记，还需要立即按照内容进行分类或者替换。错过一天，哪怕错过一分一秒都将无法弥补。"

"我明白了。"罗伯特点了点头说，但是他因为这个说法而联想到了安娜，还有他们两人之间的关系。

如果这项活动正如伯尔金所说，以心智能力为前提，那么它当然在人类历史的进程中仅仅占据很小的份额，而且与市政府领导层依法治理整个城市国家的智慧相比，也算是微乎其微的了。档案馆助手的地位尽管比普通居民要高，但也只是听令于更高权力的指示。

"那我的工作呢？"罗伯特终于问道。

这位官员友好地说："作为档案馆的主管，您完全可以相信，我们中的每一个人都明确知道自己对档案馆的精神应该担负的职责。我敢说，我们是忠诚的，久经考验的仆人。您可以通过抽查来验证，我们在目前的活动中完全没有玩忽职守的行为。"

"伯尔金先生，"罗伯特说，"如果您能帮助我熟悉我的工作实质，我将不胜感激。"

这位公务员只是微微一笑，然后指向了书桌上的一个巨大的卡片箱，箱子里有很多可以拉出来的小箱子。

他说："这里是档案馆的基本使用指南，这是我们的戈特弗里德大师，也就是您的前一任，在他一生的工作中编制的。档案管理员通常在经过一段时间的考察后会获得这一称号——您也是，博士先生，您以后也会被冠以罗伯特大师的称号。您在指南中可以找到对每个关键词的事实解释，参考文献目录使用的提示，还有编辑过的和待评估的文献以及材料的位置。尽管我们几乎不需要卡片箱的帮助，因为我们参与了档案馆的建设。自它存在以来，我们就在这里了，所以对于档案馆的区域划分十分熟悉。但是这个设施可以为新人提供便利，让他在无须外界帮助的情况下就能尽快适应我们这里的生活。"

罗伯特注意到了他话里对自己的暗示，但没有打断他，也没有提任何问题，而是继续让这位公务员向他提供更多的信息。伯尔金继续说了下去。

"如果人们考虑到，这里管理的精神遗产虽然不是整个世界的，但至少是欧亚地区的，千百年来它们都汇集在这里——总的来说，从开始用文字记录人类的时代起——这些精神遗产不断地传播开来，那么人们可能会觉得老门后深深的地下层的空间固然不小，但也是不够充裕的，甚至可以说世界上任何一个档案馆的空间来存放这些东西都是不够充裕的。是的，正如我在您惊讶的眼神中所看到的，人们可以将这一事实视为疯子或狂者的妄言，尤其是如果我说，我们绝大多数手稿都被认为是鲜为人知的甚至是已丢失的文献资料。但是我们不是空想家，即使我们必须与幻想和人类与生俱来的智慧打交道。世界各地的图书馆和科学研究所会把有用或者没用的收集品都保存起来。与它们不同，我们的档案馆在每次收集后，都会有一个相应的自动筛选和过滤所有那些同类思想财富的过程。"他接着说道，"这些想法还没多到像天上的星星那样无法记录。对精神财富的规模和数量的计算方式，自然就像计算地球上的沙砾那样。如沙砾一般，想法的储备不会减少或者增加。只是想法出现的形式有所不同，某个想法重生的强度有所波动。"

罗伯特说:"如果我的理解是正确的,这里诞生的是人们曾经思考过并用他们的语言记录下来的所有重要事物的集合,也就是所有真正传统的集合。一个精神上的宝库和陷阱!"

伯尔金微微抬起左臂,露出宽大衣袖下的红色丝绸衬里。他朝上举起食指,仿佛要在空中画出一个记号,提醒式地重复着:"一个精神上的宝库和陷阱——真是个极好的词!库尔齐科本可能这样说过。"

他慢慢又放下了手臂,继续说:"如您所知,一个人面对生活、爱情、死亡、权威、真理和神法所采取的行为,受到固定仪式的约束,其中还包括发表见解时的某些仪式。这些仪式就像波浪一样在整个时间里有节奏地重复出现。您永远处在当下。如果谁掌握了全貌,那么就会认识到各个时期的对应物和人民的贡献。事实证明,每一个记录,无论是作为一首歌曲,作为一种思想,还是作为一种表现或描述,在精神空间中都有其对应物和蓝本。新的事物在力量和深度上并非永远超越旧有的事物。这样也使我们的工作负担减轻了不少。当然,我这些话有些多余了,您作为学者当然自己就能体会。"

罗伯特说:"无论我走到哪里,无论是涉及什么人和事,我总是一个学习者。当我在市政府里听高级专员讲话时,我就获益匪浅。"

助理伯尔金一边说,一边崇拜地低下头:"高级专员是地球上的伟人之一。与他相比,我们这些助理又算得了什么呢?"

罗伯特说："拜托您再多跟我讲一点有关档案馆的信息吧。"

"它的意义只能自己去体会，"伯尔金重新开始了他的思路，"当然在哲学家、诗人和博学的观察者的作品中，它包含了过去的总和，但是地球上具有创造性过程的基本思想大多与书面表达的见证相结合。就像它们，无论是谁写的，它们总是在信件、日记、手稿和留下的笔记中，只要在它们中"——说到这里，这位老助手放缓了语速来强调这些话——"只要在它们中，人类命运代表了宇宙的命运。"

罗伯特许久没有回应，但他的眼神刻印在了老助理的眼中。

最后，罗伯特说道："对这一切再三思虑之后，我只想问问，哪个主管机关有权力和能力决定个人的服务是否有价值。如果我没弄错的话，大概是神吧。"没有因为这位老助理的点头认可而中断，罗伯特很快继续说道："每个认真对待自己工作的人，都为工作奉献了自己的一生。很多事情可能在当下具有影响力，但随着时间的流逝，就会失去其光泽。其他一些事情在同时代的人眼中是微不足道或者暗淡无光的，但后世却为此感到骄傲。"

这位助手礼貌地回答说："所有写下来的东西都是永久的，它记录了当下。然而，人们可以想当然地认为，创作的意志、野心、虚荣心，对生活的一种朦胧的陶醉感，一种求知欲、一种冲动或知识的积累，这些往往是作家的驱动力，私人的、主观的，没有永生、只有短暂。只有权力为人发声时，权力的话语才能发挥创造性的力量。只有匿名的人，某种意义上说才是真的永垂不朽。然而，人是否是善恶力量的工具,是脱离尘世知识的神性还是魔性的器皿?我的博士先生,同时代的人经常处于谬误之中,给后世的建议,也不见得是正确的道路。但不管怎样,无论什么是有效的,有效范围是什么,都有一个主管机构,唯一的一个主管机构。您刚刚已经踏入了这个机构的中心——那就是这家档案馆。"

罗伯特带着怀疑的语气问道:"档案馆是个公正决定每一个创造性成就能够永垂不朽的绝对权威机构吗?"

老助手纠正道:"档案馆自然能够决定。正如市政府控制着人类命运的有效性和持续时间一样。"

"啊!"罗伯特突然发出短促的惊呼,然后激动地在房间里走来走去。他停下来说道:"这样的话把我叫到这里来做档案管理员有什么意义!我怎么敢对历史做出这样的判断!"

伯尔金轻声回答道:"无论是您还是我们这些助手都无法做出这种决定。评判本身不言自明。每件事从一开始就是已经决定好的——就像一个人命运的塑造。正如做出命运判决的不是市长而是市政府,在我们的辖区,做出评判的不是档案管理员而是档案馆。"

罗伯特喊道:"这是什么意思!档案馆!难道档案馆里存在着什么与人无关的机械装置吗?"

罗伯特双手握拳插在裤兜里,挑衅般地站在伯尔金面前。后者只是用手拂过长袍,仿佛是在用指甲掸掉灰尘,然后开口道:"我们助手不可能知道,市政府任命您为档案馆领导是有着什么样的构想。"

罗伯特为刚刚的鲁莽道了歉。伯尔金没有对他的道歉做出回应,而是说向他解释这个机构的本质十分困难,因为这个机构,对外人来说,乍一看确实有一些令人费解的东西。但是正如他刚刚暗示的那样,评判本身会通过每件事情的特点而自然产生结果。

伯尔金继续说:"我们这些助手只会让执行过程变得可见。那些没有被精神的生命力浸淫的作品会被排除在外,也就是说,它们在没有我们实际参与的情况下会自然瓦解。当然,我们有时候会加速这一过程,正如在遇到蛊惑人心的教义和屈服于廉价的生活目标的文学作品时,我们通常会采取这种做法。这样被浪费掉的愚蠢想法和感觉就可以快速地作为原料再次得到释放:在经过炼狱的洗礼过后获得释放。它们也需要净化。另一方面,我们还保留了这样或那样的精神疯狂和人类狂妄的恐怖画面,这样做是为了将愚蠢和可怕的顽固,这两个人类的祸害,钉在耻辱柱上。因为——"老助手靠近罗伯特说,"因为真理最重要的敌人不是谎言,而是愚蠢。"

伯尔金走向一张摆放着许多手稿的书桌。他说:"就在昨天提交上来的这些文件中,我发现一句话可以说明这个观点。这句话出自一个男人的日记,这个男人从未发表过只字片语。他只是一家公司的文员,过着毫不起眼的生活,暗自思索着一些事情。就在这个位置。"

罗伯特向那张纸上看去,助理念道:"我不相信灵魂不朽,但我相信愚蠢不灭。哪怕有一天我们的地球将不复存在，太空中的一片雾气仍将在它的位置上永远盘旋：那就是由人类的愚蠢形成的雾气。——从亚当开始。"

罗伯特说："看起来不错，不过要是没有最后几个字，它就会更全面。整句话就是典型的后期讽刺。"

助理赞许地说："您的评价真是鞭辟入里。"

他建议罗伯特先参观一下档案馆，顺便借这个机会去熟悉一下其他同事。助手们大多像伯尔金一样，是满头白发的年长男性，聪明又博学的目光在罗伯特身上只是短暂停留，随即便沉浸在阅读和写作那深邃的远方。在工作时，有些人蹲坐着，有些人靠在斜面桌上。他们的姿势和动作平静而又协调。他们没有表现出疲惫，而是一种舒缓的耐心。

档案馆的大部分房间分布在大门建筑体的地下楼层，一条螺旋式楼梯可以通到地下。伯尔金低声向罗伯特解释着助手们筛选、保存和删除的工作。

他说："您最好找机会去拜访一下我们的玛古斯大师，他住在档案馆最深处的地下室，是机密文件的保管者。"

这栋七层建筑的一层层厅室就如同岩石间雕琢而成的洞穴，里面整齐地排列着一排排卷帙、文件夹、书籍和古卷轴，在它们的见证中，过去可以像当下一样陈列在人们面前。灯火通明的房间里，身穿制服的年轻仆人们守卫着这个世界的精神储备，罗伯特用敬畏的目光扫过这些东西。在一些地窖里，中国包括西藏专区占据着大量的空间，这引起了罗伯特的注意，相反古希腊和罗马的文献则相对较少。比如，关于道家存在力量的解释，就列成了看不到边际的长长一排。但是现在不是研究这些细节的时候。这只不过是一场为了给新任档案管理员留下初步印象的简单巡游。

当他跟伯尔金一起沿着螺旋阶梯坑坑洼洼的石阶向上走着时，他不禁感叹道："多么宝贵的财富啊！这还真是万古长存啊！"

助理谨慎地说："博士先生，如果您愿意的话，完全可以搬到我们这里来。这里除了有一间办公室外，还有一个私人的客厅和卧室可以供您随时使用。"

罗伯特表达了他的兴趣。

伯尔金说："房间就在这对面大门的圆柱内。您早晚会注意到，跟我们这边不同，对面没有翼楼连接。可能本来是计划建造的，以此来保持整体的对称性，但是这栋建筑一直也没有完成。所以我们的老门和附属建筑从外观上看，其实向一侧倾斜着的，只不过看起来不是这么明显，那是因为在另外一侧，越靠近大门的位置，市区的房子就越密集。宽敞的塔柱是独立分开的，您可以在其中找到您的房间，塔柱通过一条隐藏的通道和我们档案馆是相通的，通道在与拱门平齐的地方。"

助理已经爬上了蜿蜒陡峭的楼梯。在两根柱子之间，从上方穿过拱门的走廊十分低矮，弯腰才能勉强通过。周遭昏暗，只有从圆形的孔洞中透进来的一点点光。另一根柱子上是一条同样陡峭的楼梯，向下通向一个门厅，那个半圆形的专属房间就在那里。

当他们走进房间时，伯尔金指出，这个房间还有一个秘密入口与地下墓穴的道路径直连接。

助手说："那个夹室里有一道暗门，不需要绕过长廊和档案室侧翼就可以进出房间。"

罗伯特非常欣赏这个优点；这个住所的冒险性质也深深吸引了他。

他们按照原路往回攀爬，再次回到了大门另一侧宽阔的石头地板上。当他们走进罗伯特已经熟悉了的那间档案管理员的长方形工作室时，伯尔金提到，在这一领导职位长期空缺期间，他也使用过这个房间。但是现在新任命的档案管理员搬进来了，他非常乐意腾出它。无论如何，罗伯特作为这些助手们的领导出现，这在档案馆中的许多方面都是必要的。

说完这些，他便把钥匙递给了罗伯特，其中包括正门和大门栅栏的钥匙，以及穿过暗门的秘密通道的钥匙。罗伯特打算先保留在旅馆的住所，但在特殊情况下，比如长时间或整晚外出的情况下，就可以在档案馆过夜。伯尔金在他的书桌上放了一本厚厚的空白书卷，他说这是用来记录当前的编年史的。之后，他就去了隔壁房间，用一种陌生的语言跟另一名助手交谈着。门是敞开着的。罗伯特应该写些什么呢？他犹豫着拧开钢笔，翻开空白书卷，在扉页上写道："罗伯特·林德霍夫博士今天开始了他的工作。"过了一会儿，他又若有所思地把钢笔拧了回去。

档案馆到底是为谁服务的，他清楚地感觉到，档案馆和国家图书馆有着根本上的不同。伯尔金在陪他参观档案馆的时候表示，档案馆的目的是让知识更清楚。但是谁使用档案馆，谁从中受益，一部最新记录的编年史会引起什么行动？

街道上一阵轻微的喧闹声打破了宁静。这时候，他考虑是否应该同伯尔金再谈一谈。隔壁房间的助手们并没有理会这一过程，而是全神贯注地投入在自己的工作中。罗伯特开始准备深入地研究一下商业雇员们的日记，但是外面越来越强烈的吵闹声分散了他的注意力，于是他从书桌前来到了窗户前。

街道上，目光所及之处，到处是成群结队的人，大部分是女性，他们站在门前，专心致志地注视着某个方向。就连天窗和窗孔中也有人探出头来，带着紧张的表情向外探望。这时，小巷里传来了急促的脚步声，越来越多的人加入到了等待的队伍中。人群中突然传来阵阵窃窃私语，妇女们互相碰碰对方，并不相识的陌生人也高兴地彼此点头示意，来互相提醒将要发生的事情。站在远处街角的人喊道："他们来了！他们来了！"呼喊声迅速蔓延开来，就连平日里最拖沓的居民也被吸引了过来。房屋前光秃秃的石头上闪烁着黄红色的光泽。

这种紧张的情绪也深深感染了罗伯特，他舒展地靠在宽阔的窗户围栏上。罗伯特很快便在观众中注意到了一个瘦削的男人，他戴着灰色的礼帽，面无表情，似乎正悠闲地踱来踱去，仿佛所有的喧嚣都与他毫不相干。但是他的目光似乎快速地记录下了每个短暂的瞬间，没有错过任何一个细节。有那么一瞬间，罗伯特甚至觉得自己也被记录了下来。等他意识到这一点时,那位戴着灰色礼帽的男人仿佛毫不在意,已经转身背对着他,然后便淹没在人群之中。

密密麻麻的人群站在街道两旁。这时候,一群孩子正摇摇晃晃地沿着街道走了过来。来的是长长的一队少男少女,他们小小的身子在路上蹦蹦跳跳,仿佛这条道路就是一扇悬浮着的拱门,他们不需要踏足便可以测量。他们大多是四个人一字排开,有的孩子紧紧地握着其他孩子的手,仿佛这样能给他带来安全感,有的则独自走着。

每个孩子的头上都戴着一个花环,许多孩子身上还别着或者是小拳头里攥着一小束花。走在最前面的是年龄最小的,大概刚学会走路,随后的队伍则是按照身高排列,年龄最大的可能十二三岁。女孩们穿着浅色的,大多是白色的连衣裙,男孩们则穿着蓝色的运动服或者水手服。有几个甚至背着书包,其他几个孩子的胳膊下紧紧夹着一个玩具,一个洋娃娃,一个轮胎或者一艘小船。

这乍看上去像是场游行,但那些物品让人打消了这个念头。这群孩子看起来更像是在迁徙。人们可能会联想到囚犯,想到不得不去另一个国家的流放者。他们的眼睛闪闪发光,太阳光似乎并不会灼痛他们的眼睛,因为他们的眼睛一眨不眨地抬头往上望着。孩子们的嘴巴大张着,给人的感觉他们仿佛是在歌唱,尽管人们听不到他们的声音。这个姿势与其说是凝固的吟唱,不如说看起来更像是无声的叫喊。许多人轻轻抬起眉头,形成几道纵横的皱纹,带走了这些脸庞上的无忧无虑,留下一些沉思,一些惊讶。自然有一些人在微笑,但这微笑并没有带给队伍真正的快乐,反而多了些感伤。孩子们头顶上有一层颤动着的面纱,罗伯特辨认出来那是一群闪着蓝绿色光芒的苍蝇,它们不停地绕着这些小人儿盘旋,时不时落在他们的手上和脸上,纠缠不休地让孩子们发痒,不断地发出嗡嗡声,但没有人驱赶它们。空气中传来刺耳的嗡鸣。观众中站在前排的一个好心人,抬起手抓住一只苍蝇,小心翼翼地捏起它的翅膀,满意地把它的腿全部扯掉,然后把它捏碎。

逐渐抵达老门的人群没有躲到一边,而是从大门拱顶中间穿了过去,正如罗伯特早上注意到的那样,大门的栅栏是敞开着的。孩子们没有理会周围注视着他们的大人,而是安静而又坚定地前行,尽管有人呼唤他们的乳名,但没有一个人回头。偶尔会有某个女人的目光停在这个或那个孩子身上,她的心中仿佛浮现出了一段相关的记忆和响起生命中令人愉悦的声音。此时此刻,罗伯特也不禁想起了自己的两个孩子,在楼下不断穿过的人群中寻找着埃里希和贝蒂娜。尽管他以为自己能在这里或那里,最终在这群各式打扮的小人儿中发现她们,但是她们并不在这群孩子当中,孩子们身上那些模糊特点的相似性要远远超出个体之间的差异。

他突然明白了,之前自己在城市中闲逛时,为什么会觉得这个城市呈现的是一幅可怕的荒凉景象:无论是在街道上、广场上还是在地下墓穴的区域,他没有在任何一个地方遇见过任何一个孩子，也从没见过孩子们嬉笑打闹的纯真模样，也没听到过自由清亮的童声。这里没有孩子，就和疗养院里一样，为了保护寻求治愈的病人，人们会把孩子们从公园和疗养区赶走。来这里之前，罗伯特常说，只有生过孩子的人才能忍受他们的大喊大叫，因为他们在街上不可预测的嚎叫声、持续不断的呼喊声和不受控制的号啕大哭常常让正在安静工作的他感到无比烦躁。但这里的孩子们却一言不发，也没有人哭泣，而是安静且充满热情地向前走着。他们像一群魔法师一样挤满了街道，如果他们不这么乖巧，如果他们快乐的叽喳声不停地涌进档案馆，那么罗伯特必定会感到难以忍受。但仅仅看到他们，就让这座没有孩子的城市瞬间呈现出了另一番景象。现在他也明白了，为什么人们那么兴奋地期盼着他们的到来，又那么虔诚地站着目送他们离开。

没有一个居民敢跟上前去。跟随在队伍后面的是城里的仆人，他们抬着敞篷轿子。轿子里面躺着小婴儿，这些婴儿的身子被裹了起来，嘴里还咬着奶嘴。如果不是他们伸出了小胳膊，踢了踢小腿，人们可能以为他们是些小蜡人。承担着轿子轻微负荷的城市仆人们神情淡漠。他们同罗伯特之前见到的打扫街道、收拾各家各户门前垃圾的人一样，穿着皮围裙，戴着有帽檐的帽子。他的身体不禁颤抖起来。这时候，观众们爆发出一阵阵赞美的呼声："那个绑着蓝丝带的小家伙多么可爱啊！多么纯洁！快看啊！头发上扎着鲜红蝴蝶结的那个小家伙是多么娇嫩啊！"妇女们，无论老少，都往前伸出双手，开始侧身摇摆。她们的身体一直这样热情地摇摆着,直到轿子从他们的目光中消失。苍蝇群也消散了。

就在最后一个城市仆人冷漠地锁上身后老门的栅栏的时候,那位助理走了出来——就是刚刚说感觉必须迅速瓦解,原料才能再次得以释放的那位——老伯尔金朝窗边的罗伯特走了过来。

他不慌不忙地说道:"大约每隔一天就会有一群孩子这样被居民们引领着穿过城市。这场剧目反复重演,但它对观众的吸引力丝毫不减。也就是说,如果参加者是自愿参加小型游行的,游行当然也算作练习课,对很多人来说,这是感人的且令人振奋的场景。"

罗伯特打断他:"我能不能问问,他们往哪去了?"

助理回答道:"他们来了——他们又走了,城市西北方向有大片的广袤土地。"

"在市政府的时候,他们已经跟我提起过那里。"罗伯特说。

伯尔金接着说:"孩子们不停地在城镇里穿梭,这是他们的天性。他们的生活还没有打上命运的烙印。"

罗伯特点点头说:"人们可能会想到天堂,想到知识的纯真,但是——"他停顿了一下接着说,"也可能想到有毒的苍蝇群,想到害虫!"

伯尔金说:"上到苍蝇,下至老鼠!它们是动物生命的残余,对它们来说,连大河都构不成边界。"

但是老助理似乎感觉自己已经说了太多,设想了太多。于是,他便中断了谈话,回到了档案室。

街道很快便恢复了往日的景象。大部分观众都已然散去,只有少数人还站在那里有些犹豫不决,随后也决定离开了。罗伯特本来打算专心研究桌上的文件,但他突然大吃一惊。愣了片刻之后,他猛地转身,还没来得及和助理们招呼一声,便急匆匆地离开了房间。助理们正全神贯注地忙着自己的工作,并没有注意到他的匆忙离去。

罗伯特在穿过前厅的走廊时随手抓起了帽子和手套。当身后的门缓缓关上时,他已经来到了门前的街道上了。这个时候,安娜正小心翼翼地朝他走来。

安娜穿着和前一天早上一样的旅行装，只是头上添了件头饰，一顶亮色的稻草园丁帽，上面系着一条色彩鲜艳的丝带，丝带末端欢快地随风飘动着。当在街上看到罗伯特时，她停下了脚步。安娜的脸上带着一丝温柔的哂笑，掩饰着她此时的尴尬。

他拉着她的手喊道："真的是你啊！"

"当然是我！"她说，"你也在这啊，罗伯！"她挣脱他的手，把夹克袖子拉得更紧，盖住了手腕。

"我昨天早上没能一眼就认出来你，你肯定在生我的气。"罗伯特说着这些话来缓解自己内心的愧疚。

安娜垂下眼睛问道："昨天早上？"

他说："你知道的。我从火车站出来，来到了一个宽阔的广场上，你正和其他女人一起在喷泉边上往水罐里灌水。"

她解释说："是的，我们总是一早便去打水，是昨天吗？我只知道你没有认出我。"

她紧盯着他的脸，便又笑了起来。

罗伯特担心地问："你怎么了？这件事让你伤心了吗？"

"没有，没有。"她否定道。

罗伯特继续说："你得知道，这里的一切对我来说都是新奇而又陌生的。来这里旅行完全出乎意料，旅途的辛苦，从火车站到城市的长途跋涉，我为一切都作好了准备，但我就是没有想到自己在这里见到的第一个人竟然是你。"

"确实如此。"她赞同道。

他说:"但是,我很快就感觉到,一定是你把我带进了拱形地下室。所以我在你背后喊你,但是光线太暗,我没法确定。"

她问:"你找到住处了吗?"

"找到了,谢谢。如果你当时就像现在这样开口说话,如果我能听见你的声音,我一定马上就会知道是你。但是你却让我噤声。"

"那也可能只是幻觉。"她说。

罗伯特拜托她道:"别开玩笑了,安娜。"

她问:"接下来发生了什么?"

"接下来——"他说,"接下来的事情,就说来话长了。基本上一整天我都在找你。"

"你找了我一整天吗?罗伯。你真好!"

"但是安娜!你知道我一直都在等你,一直。"

"与在这里的等待相比那又算得了什么!"她喊道,"但是现在我很高兴,因为你来了,你真的跟着我来了。"

罗伯特犹豫了,像是在考虑什么。他牵起她的胳膊说:"来吧,我们走一走。"

他们穿过被施了魔法的街道,仿佛这世界上就只剩他们两个人。他们左拐右拐,丝毫没有注意到,他们好像在一个圈里打转,不断来到同一个地方。他们步调一致,走得很慢,安娜的裙子时不时地卷到了膝盖上面。第一次重逢时匆忙交织的话语逐渐安静了下来。

当然，她猜测他也是乐于参加儿童游行的观众之一。没有人愿意错过这番景象。此刻的她不由自主地萌生出这样一种感觉：那未出世的孩子似乎也活生生地从她的眼前经过。——不，她没哭。她只是不知道他要去哪里，他们沿着街道逐渐走到老门，她的希望越来越渺茫。她宁愿避开这个地方。——她指的是哪个地方？自古以来，在那些门卫——那些灵魂守卫者，坐着的地方，在他们面前没有任何秘密可言。——但是她还是有自己的秘密，一直都有，甚至是在他面前，否则她就算不上女人了。

她的笑声在他听来像是隐秘的诱惑。他更加用力地抓住她的手臂。但是，即使没有她对老门的评价，罗伯特原本就打算向她隐瞒他和档案馆之间的关系。他清楚地记得，之前自己的话给卡特尔带来了多么不安的影响。但是，即使安娜不是真的从窗口看到了他，难道她没有注意到，他是从老门那里向她走来的吗？

"我刚从那里过来。"他说。

"你不是从下面来的吗？"她漫不经心地问，因为她知道拱门里面有地下墓穴的出口，那里直接通向街道。

他回答她："不是直接从那里过来的，我在档案馆里看到了孩子们的队伍，我是应邀去那里的。"

她叹了口气说："好吧，人们总是在忙碌。每个人总有一些事情要解决，要执行，要完成。"她一边继续说着，一边摆弄夹克上的纽扣，"他们大概要求你交出你所有的手稿和论文，他们会夺取人们写下的每一句话，以便利用它们——为了人类的利益，正如他们声称的那样！这很可笑，但是我的梦想也有可能在那里被审阅，我为自己的这个想法感到羞愧。"

"亲爱的，你太激动了！"罗伯特站住说。过了一会儿他问道，她是否也是开放地下室里表演舞剧的女性之一。

"我经常要为这些不断重复着的哑剧而忙碌，"尽管她觉得这个问题令人十分反感，但安娜还是耐着性子回答了他，"这是我们的常规训练。谁问的这个问题？"

"我才来这里。"他回避说。

"我们继续往前走吧！"她说话的语气像个慈母一样。

他们又一次并肩穿行在蜿蜒街道的阴影中，而对周围破败不堪的环境毫不在意。有时候他们的臀部会互相碰到一起。他们始终一言不发地向前走着。

两个人的心中都充斥着一种前所未有的坚定归属感。以往，他们只能偷偷摸摸地暗中往来。而现在，他们可以在众人面前自由地展现这种彼此的归属感。以前他们只能在遥远的乡间小路上偷偷见面，总是担心会遇到不想见到的熟人，他们可能会告诉安娜的丈夫或者是罗伯特的妻子。

"你知道吗，我在这还遇到了一个儿时的朋友，"罗伯特说，"我好多年都没跟他联系过了，他叫卡特尔。你不认识他，我知道，那是咱们俩初次见面之前的事情，但我当时肯定提到过他。你肯定在咱们的旧公寓里看过他的水彩画，那幅画挂在伊丽莎白的房间里。"

"哦,伊丽莎白,"她想了想说,"这都是多久以前的事情了?"

他继续说:"当时你还在上大学,还是个小姑娘。我还记得你第一次来我们学院找我的样子,我当时正在上东方语言的讨论课。我还向你解释了一个亚述黏土圆柱印章的来由,上面有一只跳跃状的独角兽。"

"这你还记得!"说话时她眼睛直视着前方。

"我们认识多久了,安娜!"

"很久了,罗伯!"

他说:"我们的联系有间断,特殊的间断。就是你突然结婚那段时间——但是也不该回忆过去了。"

"不该回忆过去吗?"她问道。

他们两个人在冷清的破屋间穿梭,走在空无一人的街道上。

他说:"我们又在一起了。最后一次分别是最糟糕的,你开车进了山里,再也没人听到你的消息了。我没想过我们还能像现在这样一起走着。卡特尔之前预言过,他说,只要你知道我在这,咱们就会再次相遇。"

"罗伯,"她说,"在这个地方建立不了新的关系,丝线只能编织到底。我们注定要在一起,不是吗?我们还没让我们的生活圆满。"

罗伯特被安娜坦率的自白感动到说不出话来,只是温柔地抚摸着她的手。他们之间的一切都自然而然地变得不同。如果她过去没有总是在关键时刻暗暗反对他,如果她没有设法阻挠,而是像她现在所说的那样,去让生活变得圆满,那该多好!

她继续轻松地说道:"现在我真的自由了,你也一样。"

罗伯特觉得安娜现在这种感受是因为她同她的丈夫已经离婚了,于是他问道:"那么,你们的离婚诉讼已经结束了吗?"

她漫不经心地说:"你这个笨蛋,你自己知道那件事已经结束了。为什么还假装不知道?"

"我可不知道,"他反对道,"我父亲告诉我,你们在这里正以新的方式协商离婚。"

"你父亲?为什么是你父亲告诉你?"

"昨天你离开我的时候,我遇见他了。在地下,饭厅里。"

"是这样,"她说,"为什么还没结束?就是你说的离婚诉讼,罗伯!"她的声音听起来很不确定,"我知道得太少了。算了。"

他们凝视着街道上呆板的废墟,抬头看着空荡荡的外墙,里面热闹好客的生活已经被燃烧殆尽了。在他们的脑海中,他们看到了房间和花园,以及远处的田野和土地,还有破碎的小桥。但每个人指尖上的痛感,却是因人而异。

"你的皮肤好凉!"他说。他把她的手举起,放到唇边,温柔地吻了吻。

"不要在这里!"她厉声说道,连忙抽回了手掌。

"你怕什么?"罗伯特喊道,"周围没有人,谁会认识我们?"

安娜说:"我想我们每个人都处在被监视的状态下。"她再一次紧张地把夹克袖子拉到手腕上。"我有些冷,罗伯。你还会继续待在我的身边吗?"

他解释说:"我们是在墙壁的阴影里面逗留太久了。我们到有太阳的地方去吧。"

"我害怕!"安娜小声说,但是她已经表现得十分镇定了。"原谅我,罗伯!我只是突然产生了一个不好的想法,你还不知道,这里的人们被赋予了许多标签。"

她果断地迈着大步匆匆走向阳光明媚的广场。当他们横穿广场时,安娜尝试着不经意地看向身后。

"看!"她高兴地一边说着,一边在离喷泉有些距离的地方停了下来,然后让罗伯特在她面前停下,转过身去。"你看,我们两个的影子是彼此交融在一起的!"她的声音听起来像是获得了解放,不再那么压抑了。

他高兴地说:"这里是我们第一次见面的地方。"

她将食指放在噘起的嘴巴上。罗伯特向一侧半弯着腰,缩短了影子的轮廓,通过灵巧的手臂和手部动作,让影子在地上跳起了舞。一动不动站着的安娜似乎觉得这很有趣。

他仔细观察后说:"你的影子看起来比我的影子要亮一些,奇怪,我以前从来没有发现。"

"你搞错了。"她激动地喊道。

"略微亮一些,"他坚持说,"这不会错的。你看,我把我的手抬起来,让影子落在你身体投射的影子上,它们在这个位置可以看出来越来越暗,你没看到这个对比吗?现在大致放在你心脏那里,现在——"

他将手掌小心翼翼地斜着垂下,更深的暗影清楚地划过她身影的膝盖处。

"你在做什么?"她说道。她的膝盖在颤抖,罗伯特顺势接住了昏倒的安娜。

她脸色苍白,连嘴唇都变得苍白。他把她往喷泉边抬了抬,她的腿拖在地面上。他小心翼翼地让她坐下,将她的上半身靠在喷泉的水池边上。罗伯特没有松开她,他拿出手帕,用水浸湿后,放在她的额头和太阳穴上,轻轻擦拭她干燥的嘴唇,直到她的嘴唇开始翕动起来。

"安娜!"他弯着腰,一遍又一遍地喊着,"安娜!"

她睁开眼睛,瞳孔大张,猛然间左看右看,目光透过罗伯特,却没有认出他。然后她又闭上了眼睛。他惊恐万分地抓住安娜绵软无力的手,寻找她的脉搏。出乎他意料的是,安娜的手腕上缠着厚厚的绷带,有弹性的绷带让他无法感受到她的脉搏。他满心疑惑地放弃了。当安娜第二次睁开眼睛时,她闪烁的目光平静下来,聚集在罗伯特脸上。

"哦!"她惊呼道,"你还在这儿?我还以为已经结束了。"她的声音听起来有些模糊不清。

"别说话,亲爱的,"罗伯特说,"我怎么可能不在你身边!"

她自顾自地说道:"我不知道。你一直都是罗伯特吗?"

他安抚她说:"我是罗伯特,是的,我确实是。你平静一下,安娜，你得好好休息。"

"但是我想跳舞，"她说，嘴唇也开始渐渐有了血色，"我想和你一起跳舞，特别想。"她不断地点着头，每一次都更加用力。当他试图抱住她时，她大喊道："放开我！"然后便粗暴地从他的怀抱中挣脱了出来。

她的帽子掉到了地上。她笔直地站着。虚浮的脚步跳着滑稽可笑的夸张舞步，脑袋左右摇晃。然后她双手背在身后，撑在喷泉水池旁。

"比我想象的要累，"她说话间呼吸有些急促，"过一会儿就好了。"

她靠着自己的力量坐在了喷泉旁边。罗伯特本想扶住她。

她表情严肃地对罗伯特说："罗伯，可不可以拜托你帮我把鞋子和长筒袜脱掉？你知道吗，我只要把脚放进凉水里就没事了。"

罗伯特慌忙去脱安娜脚上的鞋子，甚至没有解开鞋带，便用力拉扯着吊袜的带子。她悄悄松开吊袜带的扣子，俯身将薄薄的丝袜脱了下来。

他直起身子说："这还是我第一次为你做这种事。"罗伯特觉得血气上涌。

"真的吗？"她说，"那我以前都是在做梦吧，也许现在也是在梦里。"

他笑了笑。她将自己的手伸进了他的头发。他想拥抱她，抱着她的身体。安娜先转身跨坐在护栏上，拖着另一条腿，撩起裙子，把双脚浸入喷泉池的水中。她像个孩子一样开心地用脚踢着水花。罗伯特站在她身后，拥着她，双手环抱在她的胸膛上。天空万里无云，一片蔚蓝，那股在城市上空仿佛永远不会发生变化的蓝色，就像是一种压在他们身上的负担。

"你不再是梦了。"他说。

她惊恐地看着太阳，大声喊道："我们已经错过了！"她急忙把腿从水中抽了出来，赤脚从喷泉边滑到地面上。她戴上宽檐帽子，然后让罗伯特等等她。她需要一点时间从一位领导那里拿到下午的许可证。她告诉他说，他应该趁这个时间去一趟附近的教堂，去完成他的一项日常职责。说话间，她指了指远处椭圆形广场狭窄的一侧，两人约定好待会儿在电车车站见面。

她把他叫回来说："我的东西你还保存着吗？"

罗伯特听不出她慌乱的话语中有什么意义，于是便目视着她一边说着长长的句子，一边匆匆赶往地下墓穴的区域。光着脚跳过路面对她来说似乎没有什么影响。在安娜从视线中消失后，罗伯特看了看她指示的方向。在闪着光的空气中，映出一座锥形山墙的轮廓，昭示着这是一栋祭拜用的建筑。他拿起安娜的鞋袜，若有所思地穿过广场。

她突然就跑开去拿"许可证"。这到底是什么意思？提醒他完成日常工作又是什么意思？凭借自己的职位，他可以自由地去任何地方，完成或者不完成任务也都听凭自己的意愿。安娜当然不了解他的绝对权力。但是只要她跟他在一起，就处在他的保护之下。她现在要找什么地方的"领导"办证,这个"领导"跟他有什么关系?他口袋里有他的特殊证件,紧急情况下只需要给市政府打个电话,就可以解决安娜的任何需要。他的心中升起一股无名怒火。再说了,早就该是考虑吃午饭的时间了。他应该同他的爱人在一家整洁的饭馆用餐,而绝不该是在旅馆里。之前他打算去参观教堂,因为确实应该如此。很久以来,人们去参观教堂,不再是因为虔诚的信仰,而是为了建筑的结构,为了欣赏艺术作品。当然,通过观察它们,人们可以深入了解存在的秘密,就像曾经信徒们走进教堂时那样。罗伯特抬起头向上望去。

在广场的边缘处,那座古老的大教堂的正面呈现在他的眼前。高高的石阶和教堂正面齐宽,直通向入口大门。罗伯特得向下走——因为这座威严的建筑在它周围平面的下方几米处。尽管它看起来像是渐渐沉入了地底,但其实只是因为周围的环境随着时间的推移而增高了。罗伯特从他的考古工作中清楚地知道,城市的废墟、古代的庙宇和宫殿必须从地下深层挖掘出来,因为地面的高度会因为流沙、石头粉末和建筑瓦砾而逐渐增加。他熟悉很多地方,甚至常常发现多种文化——一种文化会被掩埋在另一种文化之下——的伟大遗迹。他以这种方式解释了教堂的下沉,它最初之时是被建在一个优先的位置上。现在,它往日的威严显然已经每况愈下。

正面由长长的灰色方石制成,上面有许多墨色的纹理。在装饰着丰富图案的大门上方,伸展着大叶植物的花环中楣,越来越多风化的人类和动物头骨，从弧形石头的连接处显露出来。上面的一个玫瑰花饰位于格状结构之后，直接被墙围住了。表面上其他细节后来也被移除或者覆盖了，一些模糊不清的东西附着在上面。大门侧面的空心壁龛中，大理石底座不见了。站在喷泉广场上看，入口上方的拱架几乎和广场在同一平面上，拱架上有一张用绿色石头刻成的狰狞的面容，它的眼睛还闪烁着光芒。这种设计是想用戈尔贡[1]的眼睛来驱逐邪恶的入侵者，还是用天父的威严来召唤受欢迎的迁入者？石首的头发或是盘曲成蛇，或是卷成鬈发，许多小塑像如荷叶一般从头发中升起。生命的极乐蕴含在天使毫无表情的变形中，像佛门弟子一般默默蹲伏着，如精灵一样双翼飘扬，但所有的祝福画面都没能减弱那双怒睁着的石眼带来的冷酷氛围。

走下楼梯时，罗伯特在每一节上都稍作停留，细细品味观察不同位置带来的不同效果。他渐渐明白，这个浮雕不仅仅是大门的艺术装饰，其中还蕴含着更为深远的含义。

因为它的尺寸巨大，所以人们只能抓住其中的一只眼睛。那只眼睛从墙壁里突了出来，就那么直勾勾地瞪着他——它一定一开始就在那里。它的眼神空洞，既不看向外，也不看向内。从下面一级台阶上看，眼裂的边缘似乎变窄了，看起来仿佛是周遭破败

---

1 戈尔贡最早出现在希腊神话中，指的是三姊妹斯忒诺、欧律阿勒和美杜莎，据说她们是海神福耳库斯与女神刻托之女。戈尔贡的石首经常摆设在门、墙、盾、护胸及基碑之上，用以辟邪。

的景象使它不忍直视。继续往下走，从更低处的台阶上也能看到它那悲伤的影子，但是那只眼睛就这样赤裸在那里，没有一丝眼泪，无法诉说任何事情。它无法给人们带来信任感，但是能让自以为是的人卸下武装。它仍跟以往一样，没有显露出任何东西。罗伯特小心翼翼地走了下来，眨了眨眼睛向上看去。在这只眼睛面前，一切都变得越来越小，越来越淡漠，即便是现在，在那只死气沉沉的巨眼里，似乎也有善良存在，这种善良源自被凝视的耐心。那些痛苦、隐忍都未曾显露出一丝一毫，确切地说，是岁月和苦难的过去使它的外表更加坚实。从倒数第二级台阶开始，眼睛切口的女性气质消失了。这种气质只是一闪而过，能够让人联想到救赎，正如人们从佛陀和基督的头上所看到的那样。罗伯特有时能够识别出绘画的细微区别。是哪个世纪，是什么样的孤独灵魂塑造了它？这种自我战胜对世界恐惧的知识，难道不是以生命中的死亡为代价吗？罗伯特想不到任何可以与此相提并论的描述。他在异国他乡所认识的东西，总是转化为与人性相关的事情。但在这里，在这最低处，它的全貌才清晰地呈现出来。在这里，神的面具乃至恶魔的面具，都从这创造之眼所在的脸孔上被撕扯了下来。它冷漠地看着世人和世人缤纷的命运，就如同俯视蝼蚁一般。睁开的眼睛前没有面纱遮掩，它却仿佛陷入了沉睡；它已熄灭，但仍留人世间。它的背后是至圣之地，抑或一座迷宫。

　　罗伯特神志清醒，但内心也不无震撼，他穿过虚掩着的高门走了进去，而迎接他的并不是内室。一个狭长的大厅在昏暗、沉闷的光线中接待了他，在蓝色的阴影中看不清它的完整轮廓。寂静中传来微弱的声音，如流沙一般簌簌作响。没走几步，罗伯特的靴底便发出嘎吱嘎吱的声音，这促使他停下了脚步。弯下腰后，他发现地板上覆盖着一层厚厚的玻璃。这可能是为了保护镶嵌在红色地面上的古老彩色马赛克。图案模糊不清，因为光线反射使得地面闪闪发光。充足的光线从上方涌了进来，散布在整个房间里。曾经覆盖在建筑上方的穹顶是敞开着的。天空用它一如既往的蔚蓝覆盖着这个做礼拜的场所。在阳光下泛着绿光的巨大铜板从屋脊的长边垂下，形成了一个带有锯齿状边缘的裂隙。给人的印象是，球形屋顶的铜制穹顶裂开了，然后翻卷到了里面。这里也留下了破坏和腐烂的痕迹。刚进来时，这里看起来像是个顶部敞开的大教堂，紧接着是两条狭窄的侧边过道逐渐从房间暗沉沉的阴影中升起，巨大的柱子将它们与中殿隔开。这些柱子看起来就像是石化的树干在从底部向上生长。引人注目的是，那根矩形的柱基倾斜着摆放在整个大厅当中，仿佛是远古时代的一座神庙在后来建造大教堂时被匆忙围裹了起来。

罗伯特穿过空荡荡的狭长空间，慢慢朝着后殿的方向走去，意外地发现自己来到了一个宽阔的十字形翼堂伸出使空间互相交叉的地方。象牙色的墙壁越来越低，浓重的暮色下可以隐约看出两侧较小的教堂正在扩建。转向左边之后，地板不再被玻璃覆盖，罗伯特觉得地板下沉得越来越厉害。墙壁从天然的岩石中升起，在壁龛的浮光中，他看见半高的基座上有许多圣人的雕像，像先知一样，有的身着僧袍站立，有的端坐冥想，众多真人大小的雕像融汇成的群组，将圣人的生活活灵活现地展现在世人眼前。尽管彩绘木雕让人感受到了距离和冷酷，但大步跨出的双脚和张开的手臂却给人一种栩栩如生的逼真之感，在内心幻化出了表情。岿然不动的五官像是面具一般，仿佛无须隐藏或者伪装什么东西，而是这持续的本质捕捉到了生命中的一个动人的时刻。

这边是木质和石制的骑士和王子们在守卫着，他们的盔甲和华服上装饰着各种珠宝，双腿分开站立，有的还将手支撑在剑柄上；那边是一对捐赠者带着贵族的自信依靠在岩洞的入口处。除了尘世间的奢华和辉煌外，罗伯特还在其中辨认出了法国基督教的影像，另外还有一些对佛教救世传说的描绘。这里站着的不正是佛陀最得意的弟子阿南多吗？在超凡脱俗的狂喜中，他伸出手臂仿佛要将大地之上的空气举起。那不是主最宠爱的弟子约翰吗？他将头靠在肩上，仿佛在谦恭地聆听着主的训导。那个舞动着的难道不是一个德尔维希[1]或者湿婆本人？他正在山洞里做着瑜伽，或者是一个苦行僧在端着行乞碗？

在这栋做礼拜用的建筑的耳堂里，世界上不同宗教的雕像齐聚一堂。这已经让罗伯特越来越感到惊讶。当他转向对面时，他的内心更为震撼。低矮的基座上，形态各异的观音像正襟危坐。除此之外，还有一排圣母玛利亚的雕像，她们有的穿着农妇的衣服，有

---

[1] 德尔维希是伊斯兰教的一种修士，在波斯语中是乞讨者、托钵僧的意思。最早出现在十世纪。

的穿着美化过的服饰。她们的脸庞上闪耀着玫瑰色的光辉，原始形态的生命仿佛还保留在她们身上。她们的手懒洋洋地放在膝盖上，都没有怀抱着婴儿时期的耶稣。但是从裙子的流动中可以感觉到，每个人的面前都有一个传令的天使。她们背后的墙壁部分已经倒塌，但是雕像都没有受到损害。在时间的长河中，有多少艺术家的双手曾为此工作过？走进侧翼的一排房间中可以看到，这里仿佛一直在孕育着新的东西。他看到一个个跪拜着的形象，他们双手合十祈祷着，或低头或仰头。可能是另外一位玛利亚，玛利亚·玛格达勒娜[1]的雕像。她们赤脚跪在地上，赤裸的上身往往只围着一条围巾，用高贵面料制成的裙子已经破烂不堪。她们似乎都戴着假发，落下的卷发或者长辫看起来十分自然。当他从她们中间走过时，她们的目光和叹息是不是一直跟随着他？其中的一些雕像就像在一个车间里一样聚集在一起，塑造他们时，创造者可能想到了塞弥拉弥斯[2]、尼农[3]或者莱斯[4]，想到了大地之母莉莉

---

1 也就是抹大拉的玛利亚，耶稣从她身上赶出过七个鬼，耶稣复活后第一个向她显现。抹大拉的玛利亚被教会传统认为是福音书记载的第一个用自己的头发和泪水为耶稣洗脚、并用香膏涂抹耶稣双脚的那位有罪妇女，也被认为是行淫被捉、受到耶稣基督赦免和告诫的那位妇女；不过这两位妇女是不是一个人，及她们各自与抹大拉的玛利亚是否为同一个人，圣经并未明言。

2 古希腊神话传说中的亚述女王，尼尼微的创建者尼诺斯的妻子。她是一个才貌出众、招蜂引蝶的女子。她原来嫁给了墨诺涅斯，后来被尼诺斯强占，尼诺斯对她十分宠爱，竟连王位也让给了她。传说她创建了巴比伦等城市和著名的巴比伦空中花园。

3 尼农·德·伦克洛斯，是一位法国妓女。在法国，她被认为是十七世纪最杰出的女性之一。

4 公元前四世纪生活在希腊科林斯的一位妓女，她不仅以美丽和身价而闻名，而且还以谈话技巧和魅力而著称，据说阿里斯蒂普斯曾赠予她丰富的礼物，她也巧妙地拒绝了尤博塔斯的求婚，也传说她是哲学家第欧根尼的免费情人。晚年，她收入微薄，酗酒成瘾。

丝所有的那些为爱而生的无名女儿们。迪奥蒂玛[1]和蒙娜丽莎，昆德莉[2]和卢克丽霞[3]，修女和妓女——在知识的花园里，她们是多么相似。

不知不觉间，封闭的空间变成了开阔的地带。只有建筑侧翼那光秃秃的断壁残垣在地面上耸立着，大约半人高，墙上长满了杂草和野茴香。罗伯特惊慌失措地匆忙折返了回来。那些不是形态各异的安娜吗？或者她就端坐在圣母像下？他突然想起自己的手里还拿着袜子和鞋子。接着，他走向离他最近的那座雕像，那是个赤脚跪着的人。当罗伯特将这份礼物摆在他面前时，他一动不动地看着罗伯特。他胆怯地环顾四周，以确保没有人在观察他。当一个上下起伏的声音穿过耳堂时，他离中庭已经有一段距离。伴随着这个信号，他所见之处的那些雕像开始逐渐从僵硬中解脱出来，举起的双臂沉了下去，蹲着的人缓缓起身，伸展着僵硬的四肢，小心翼翼地从基座上站起来，似乎是怕弄坏什么东西。他们伸着懒腰，许多人摘掉了脸上的面具。一些人在忍受了长时间的劳顿之后全身痉挛。与此同时，教堂的仆人们推着粗糙的手推车轰

---

[1] 是柏拉图对话座谈会中古希腊人物的名字或笔名，可能是一个真实的历史人物，大约生活在公元前四百四十四年，苏格拉底在对话中的人物所报道的她的爱神思想和学说是今天被称为柏拉图式爱情的概念的起源。

[2] 瓦格纳歌剧《帕尔齐法尔》中的女性形象，在这部歌剧中，昆德莉是圣杯神殿中唯一的女性，后来成为主人公帕尔齐法尔的诱惑者。最后，她接受了帕尔齐法尔的洗礼，在他面前倒地而死，并因死亡而被救赎。

[3] 根据罗马传说，卢克丽霞是一位古罗马贵妇，她被伊特鲁里亚国王的儿子塞斯图斯·塔奎尼乌斯强奸，引发了推翻罗马君主制的叛乱，并导致罗马政府从一个王国过渡到一个共和国。

隆隆地跑来跑去，把这些人匆忙丢掉的面具和服装、僧衣和盔甲、唱诗班的裙子和长袍收集起来。他们已经穿好了日常的服装，然后挤向出口。那些玛格达勒娜像芭蕾舞女郎一样，跳到窗帘后，迅速穿好了衣服。

此时此刻，罗伯特像座雕像，呆呆地站在走动着的人群中。一个仆人以为罗伯特也是这些人中的一个，便用食指敲了敲他的胸口说："练习课结束了。"

宽阔的大厅变得空空荡荡，仆人们推走了最后一个装着衣服的手推车。当罗伯特转身离开时，他看到一个石头基座上放着一双长筒袜和一双鞋子。

他走向出口，每走一步，脚下覆盖在彩色马赛克上的玻璃面都嘎吱作响。这些马赛克呈星形排列在规则的正方形中，展示出各种图案。除了黄道十二宫，其他交织的线条上，还可以认出蛇形装饰、菊花、鳐鱼、半兽半魔像以及宇宙和地球相应的原始象征。它们都围绕着来回摆动的阴阳符号在旋转，这个阴阳符号位于所有的图案中间，被它们形成的织网包围。

他没有逗留，爬上宽阔的台阶后，他看见在活人蜡像馆里跑龙套的那些人迅速从广场上离开。闹鬼了吗！他再一次转身面朝教堂正面。大门上的石头眼睛前挂着一根绳子，绳子上有一块木牌，上面用几种语言的大写字母写着：

暂时关闭。

VII

罗伯特被刚才参观大教堂时脑海中留下的印象弄得晕头转向。他走到电车车站，用手挡住刺眼的光，四下张望着，但并没有看见安娜。炎热的天气让人焦躁不安。在铁轨上来来回回地走了几次之后，他发现街边靠着铁丝网的地方有一条长椅。当他走到长椅那里时，突然感到又累又饿。他差点忽视了座位中间被两块手掌大小的石头压着的纸条。那张纸条上是安娜的字迹，上面写着："遇到阻碍。明天同一时间。"落款是她名字的首字母，字母周围画着一颗心。

罗伯特感到十分生气。他不想承认，迟迟见不到安娜并没有让他过于失望，因为他在一天内经历太多，已经身心俱疲了。在伯尔金和其他助理的带领下兴奋地参观档案馆；孩子们奇异的游行，他们背后好像有位隐形的魔笛手在驱使着他们穿过这座城市；与安娜相遇以及与爱人一起散步；教堂正面的石头眼睛和装扮成圣人的活人蜡像馆——这真的是发生在从早上到下午这短短几个小时之内吗？置身于新环境中的紧张感现在已经消退，筋疲力尽的感觉开始蔓延，画面、问题、话语的碎片还回荡在他的脑海之中，车轮在他的脑中隆隆作响。他眨着眼睛，虽然看到一辆电车在另一边停下来，但他没有做出任何反应。车厢和人群逐渐缩成一团，最终消失在视野中，就像玩具从疲惫的孩子手中垂落下来。罗伯特在长椅上睡着了。

几个小时之后，他醒了过来。过了一会儿，他才意识到自己并不是在梦里,也不是在家里,而是在一个陌生的城市,一座让他成为这里的编年史家的城市。他惊慌失措地跳了起来。太阳快要落下去了,年长的妇女们手里拿着喷水壶,佝偻着腰,低着头从他面前走过。当他点燃一支烟时,她们惊讶地抬起了头。他的目光落在安娜的信上,生活的联系又重新建立起来。他用钱包当垫子,在纸条背面写道:"等我,我来了。"他在这句话下面写下他名字的首字母"R",并在R周围同样画了一颗心。

在返回旅馆的路上,饥饿加快了他的步伐。当那位主管接待他时,语气中充满了责备,因为他错过了午饭的仪式。尽管他并不喜欢这样大费周章,而是更愿意在自己的房间里轻松地用餐,但他还是同意让他们在晚餐时把仪式补上。他走进餐厅,里面又是空无一人,老米尔塔已经铺好了桌子。一连串难以理解的语言表达了她对他到来的喜悦之情。然后她那瘦骨嶙峋的身躯便站到了罗伯特的面前。她指着餐桌,摆出疑问的姿势,先是伸出一根手指,然后是两根手指。当罗伯特告诉她一副餐具就够了时,这位老服务员失望地摇了摇头。

一个失落的夜晚——罗伯特也是这么认为。安娜现在就不能出现在这里吗?她要是在这里该有多好!大家似乎都在期待着他可以带来客人。他甚至不知道她的地址。他询问了一下那位正在为他服务的主管,这期间是否有人来找过他,他得到了否定的回答。他又点了一瓶红酒。为了消磨上菜这段时间，他把自己的名字签到了旅客登记簿上。然后，他又开始给他的母亲写信。伊丽莎白应该也会在不久后收到他的消息。他感觉自己已经离家好几个星期了，但是他很熟悉这种感觉，在他每次旅行开始时，这种感觉都特别强烈，因为繁多的新认知和接受的强度都超出了平常。

他在房间里做了一些笔记，用关键词记录他到这里之后发生的事情。很长一段时间里，他都清醒地躺在床上。因为他把安娜的长筒袜和鞋子当作祭品放在一位赤裸的玛格达勒娜面前，这让他在大教堂里逗留的那段时间变得十分可笑，这种觉得自己滑稽可笑的想法让他越来越痛苦。直到现在他才知道，那些他以为是木头和石头做成的雕像，其实在用一双双活人的眼睛在观察着他的一举一动。他们肯定觉得他是个傻瓜。胳膊上挂着女士长筒袜，手里拿着高跟鞋，穿过这个做礼拜的地方。他并不知道那里有练习课。毫无疑问，安娜肯定以为他必须参加这些练习课。这些课程似乎占据了这些人大部分的生活，想必他因为市政府官员的身份才得以免受这些课程的困扰。对于一个普通人来说，他在大教堂里发生的这些事情已经足够尴尬了。作为一个政府官员，他居然在别人的裸体面前做出这种行为，这真是让人无地自容啊！让他越来越烦恼的是，他一开始就用无法挽回的行为破坏了公众面前档案管理员的形象。因为他毫不怀疑，在教堂里做出这种奇怪举动的陌生人究竟是谁，这件事很快就会传播开来。

夜间的沉思确实过于放大了这些事情的重要性，睡眠在它们之间设置了疏远的界限，第二天早上，他更平静地接受了已然发生的事情。现在在他看来，这些事情似乎既没有泄露将他和安娜联系在一起的秘密，又没有损害他作为档案管理员的角色。被质问时，他不需要因为编造一些听起来合理的理由而感到尴尬，比如他在喷泉广场看到了长筒袜和一双鞋，他以为鞋袜是参加练习课中的某个女孩的，所以把它们存放在教堂里。不过，既然没人逼他解释这件事，也就没机会用可耻的借口来掩饰真相。

他整个上午都待在档案馆里。他熟悉了一下将来要在里面工作的各个房间，整理了书桌，又仔细观察了一下供自己居住的房间，这个房间与侧翼其他部分分开，位于大门立柱的对面。房间里没有任何常见的装饰物，只配备了一些必需品、桌子、沙发床、小沙发椅、壁橱、洗漱台、书架。这个房间吸引着他尽早从旅馆搬到这里。他研究着前任留下的卡片索引，虽然起初他对条目、参考文献和文本编号并不太了解。对他来说，要获得非比寻常的材料配给概况似乎是不可能的。他在这个新世界里还是缺乏安全感，或者更确切地说，是缺乏归属感。

威严的助手们正坐在隔壁房间里工作。从外表上看，他们身上都散发出轻微的戒备气息，昭示着自己并不想被打扰，尽管他们身上那股冷酷的陌生感和卡特尔有所不同。他时不时地和老伯尔金聊几句，对话没有发展成为原则性的讨论。刚走进档案馆的时候，他还以为自己无法忍受这么长时间不和安娜见面，但是不知不觉已经到中午了。一个年轻的服务员提醒他，他为档案管理员先生将餐食从旅馆那边取了过来。罗伯特非常高兴，他感谢这位年轻人的热情，并且拜托他现在就把饭菜送到工作室。

当离开老门时，他感到有些紧张。为了不迟到，他拜托这位年轻人给伯尔金传个话：他必须要出去一趟，在这个城市里走一走，晚一点可能会再回档案馆一趟。可能是在晚上。

在路上，他也觉得自己有责任密切观察四周，以免错失任何机会，即使是在私人游览中，也要不断完善自己对这个城市和设施的印象。他选择了一条穿过上层废墟区的新路线。街道和小巷看起来并没有得到认真的护理，人行道多处被挖开，只有部分做了应急修补，小石块和瓦片在排水沟中凸起。一些人忙着清理身上的泥土，看起来生活十分贫苦，另一些人在垃圾中翻找着，好像在找寻可用的东西，这样便又把垃圾翻得乱七八糟。他注意到，在那摇摇欲坠空荡荡的废墟建筑的底层只有可怜的几家商店。橱窗被粗糙的木头包裹得十分难看，只能透过贴有透明纸的小豁口看到里面的景色。满是灰尘的假人在橱窗里冥想，在压抑的悲伤气氛中，随意摆放着褪色的圆形罐子，带有波浪形纸板的方形容器，卖不出去的老旧物品和商品样品。

一个封闭的入口前站着一长队人，大部分是妇女，她们提着破旧的集市篮，拖着松弛空洞的躯体，等着分配某种物品。经过她们身边时，罗伯特听到有人说第一批人在日出之前就已经站在这里，直到现在还在等待，没有离开队伍一步。排队的人群突然散开了。他听到人们说，继续等待没有任何意义，第二天必须再试一次。一些刚来的人仍然不肯相信，他们满怀希望地挤进空隙间。"这无济于事。"一个女人用嘶哑的声音对她旁边的女人说。——"但至少我们消磨了几个小时。"旁边的那位女人回答道。

离开了结构狭窄的内城，罗伯特感觉更加自由了。他把夹克搭在胳膊上，解开衬衫领子上的纽扣。在喷泉广场上，他偷偷瞥了一眼教堂的山墙，山墙就像一个苍白的背景墙，掩映在拱形的蓝色天空。当他转向电车车站所在的拐角时，他心跳得更快了。

安娜不在这里，长椅上又放了一张纸条，没有人动过，也没有人注意。他把纸条塞进夹克口袋里，坐在了长椅上。每个向他走近的人，他都抬头看看。他想，一切都和以前一样，安娜总是迟到。他等得越久，内心的不安就越难以抑制。他在脑海中想象着她可能遇见了什么事；想象着他们待会儿再次见面的情景；想象着如果自己一生都跟她单独在一起的话，那将会发生什么事情。想象的感性发挥了作用。

"布谷，布谷。"一个声音喊道。紧接着，两只手从背后捂住了他的脸。他伸手扶住因为安娜的激烈动作而快要滑掉的眼镜。由于她的出现，他的烦闷迅速消散了。

电车数量很少又十分不规律，而且运行的路程很短，所以他们决定放弃乘坐电车。安娜建议步行穿过马路左边的承袭定居区。罗伯特拿起她随身携带的箱子，里面装着她的旅行装备。

她自豪地说："这是最后一次搬家。"

对安娜来说，获得许可搬到从父母那里继承来的庄园，比预想的要困难得多。这个区域的领导表达过对允许她提前从地下聚集区离开的顾虑，她在那里被分配到适合她的团体，并被列入了所谓志愿者名单。名单上标注着，提前选择入住本区域要以曾经在半修道院居住过为前提。由于缺乏和当局打交道的经验，她轻率地以为只需要简单的交涉就可以更换她在城市的居住地。事实恰恰相反，即使服务处一开始就知道每个居民的详细信息，申请者也必须填写有着数百道问题的各种申请书和表格。当她匆忙把给罗伯特的纸条放在长椅上时，她还怀疑这件事能否在一天之内解决。她是不是还得像往常一样，和四五十名女性一起在一间拥挤的宿舍里过夜，而无法享受独处的空间。早些在午餐的时候，在她的催促下，主管直接和市长取得了联系，其间还提到了罗伯特的名字。这样她才获得了在另行通知以前干脆利落的批假。同时，那位领导也提醒她注意这种选择所涉及的危险，并警告她不要人为地加快进程。她点了点头，签了份文件，然后收拾好了自己的东西。如愿以偿之后，她看起来十分开心。

正当她眉飞色舞地讲述着一切的时候，两个人已经从马路上拐进了承袭居住区的花园，这片居住区位于城市的郊区。一层白色的尘土平铺在这片区域的上空，覆盖在树木和灌木丛上，树木后面散落着低矮的建筑。

罗伯特向她讲述了她的鞋袜在他身上经历的不幸遭遇，但她并没有特别注意他的话。这些损失似乎并没有给她造成什么困扰。

她说："如果在存放礼拜用品的仓库中找不到它们，那么我们就得在跳蚤市场上换取一个替代品。正如你看到的，我得先穿着这双凉鞋对付一下。"

她走路时又恢复了那种轻快而又富有弹性的步履，这也是罗伯特非常喜欢的一点。

"现在我自由了。"过了一会儿她说道。

他们并肩走在一条未铺砌的狭窄小路上，这条小路规律性地延伸在几块土地之间。各家门前的花园都被锻铁格子与小路隔开，经过捶打的链条大都拉得很长，松散地悬挂在低矮的墙柱子上。这个地方给罗伯特的印象是，这是一个位于市郊的别墅区，周围散发着一份慵懒的高贵气息。闷热的空气中弥漫着一股秋天的霉味。

在每一个经过精心护理的休闲花园里,人们都在勤奋地除草、浇水、挖掘和种植。在罗伯特看来,他们是一些穿着考究、生活精致的老年人,这些老人带着沉稳的热情从事着园艺活动。他们做这些不是为了收获什么,而只是为了打发时间,但是他们愿意为此身心投入。他们弯下腰,铲除每一株疯长的杂草和落在道上枯萎的叶子。他们拿着小喷壶,在类似水箱的凹槽里注满水,然后浇灌着苗床上的灌木。浇水的过程中,他们还睁大眼睛仔细地寻找着树枝上的虫害。他们用钉耙平整着地面,当他们发现自己踩踏了这幅干净整齐的图案时,就会小心翼翼地平整自己身后的脚印,仿佛重要的是让眼前所看到的一切都始终处于完美的状态。他们也时不时地休息一下,但即使在休息的间歇,他们也会忙碌一些琐碎的事情。

乍一看,与城市街边的房屋相比,这里的建筑物更少地显示出被破坏的迹象。这也符合这里田园诗般的安逸氛围。

光滑的墙壁像抛光的纪念碑底座一样闪闪发光。在装饰着纤巧的炮塔和石膏雕像的山墙上当然也是有一些裂缝和孔洞,一楼很多装着栅栏的窗户上都没有了玻璃。苔藓在裂缝中生长。这一带散发着一种古老、高贵的气质,虽然有一两座豪宅的小花园里杂草丛生,显得破败不堪。那应该是些已经断绝香火的家族。

罗伯特四处观望着,他发现柱形拱廊后的远处空地上有一些空间宽敞的建筑物。安娜告诉他，那不是他开始所认为的神庙，而是一些军事训练场和部队兵营。

她说："我对这一带也不熟悉。到现在为止，一直都有些事情阻碍着我去寻找我们的祖屋。"

一种梦游般的感觉引导着他们的脚步。最后，在一座低矮的古老的建筑前，他们停了下来。

"一定就是这里了。"她对罗伯特说。

她闭着眼睛，仿佛在使这栋建筑的外表与印象中的画面重叠。这栋矗立在花园后的低矮别墅是以简朴的庄园风格建造而成的。三个窗户之间的平面划分得十分宽敞。泥灰因为覆盖在房子外部的攀缘植物而闪烁着土黄色的光芒。冷杉和常绿匍匐植物之间的一条碎石小径穿过花园，通向房屋入口，入口不在中间，而在侧面。门的上方有一扇玫瑰窗。

敞开的大门旁边，一对老夫妇坐在长椅上晒着太阳。那位老妇人一头稀疏、灰白的头发从中间分开，盖在她苍白的脸上，她正在编制着一条棕红色的布料，长长的布料铺在她的膝盖上，盖住了旁边的地板。经过长期训练已经习惯了的双手在机械地编织着，她几乎不需要用眼睛去查看。戴着一顶深色丝绒帽子的男人脸颊通红，留着白色的山羊胡子，像个侏儒。他抬手遮在眼前，打量着新来的人。

"我们的安娜。"他对妻子说。

她说："真的是安娜。二十八岁的安娜。"

"我来了。"她回应道，然后轻描淡写地问候了一下自己的父母，好像她来见他们是不合时宜的。

父亲说："她总是编个不停，她老是这个样子。"

安娜打断他："我想向你们介绍一下林德霍夫博士。"

罗伯特放下箱子，沉默着鞠了一躬。

"你的追求者？"母亲问。

"城市的监察员？"父亲问。

"我的同伴。"安娜说着，然后大方地把胳膊搭在罗伯特的肩上。

"他提着她的行李。"母亲边说边瞥了一眼她的丈夫。

"是的，是的。"父亲说。

"他不是哈索。"说话间她手上的织针还在"咔嗒"作响。

罗伯特略带尴尬地从安娜的手里挣脱出来。这位父亲对他说："按照旧习俗，我会在花园里转转。"他又接着说道："自从你妈妈来到这里后，她把所有东西都归置得整整齐齐。"

老妇人说："晚上他总是跑到他的酒桶那儿。"

"我喜欢晚上去我的酒桶那儿，"他说，"我坐在地窖里，敲敲木桶的肚子，想着我只要打开木塞，就能把美酒倒出来。但是我总是会把这个决定推迟到下一个夜晚。所以我一直有期待的喜悦，但从未失望过。这是我这些年来得到满足的最好方式。"

"但是他每天晚上都去酒桶那儿。"老妇人说。

"而你永远都在织布。"他回口道。

"你们别吵了！"安娜大喊。

老先生转向罗伯特说："我们享有特权，所以能够在我们家族的房子里住一阵子。如果您想亲眼见证一下，只需要在花园里走几步——我们祖先的纪念照被十分尊敬地保存在那里。"

这位母亲说："他把一切都打理得井井有条，这些事情都可以放心交给他。"

他带着罗伯特来到了房子的另一侧，那里竖立着许多半圆形的半高石碑。在每一个被黄杨木包围的地方，都有一个男性头像的椭圆形浮雕。边缘处装饰着小徽章，但所有关于姓名和日期的说明都已然消失了。他们沿着家族的排列顺序越往前走，石碑显得越古老，风化的痕迹也就越明显。

母亲对安娜说："在你搬进房子之前，也先去拜见一下祖先们。"

父亲拿了一把铁锹过来，然后对罗伯特说："如果有人新搬进来，那么他就要开始操心为自己树立一块石碑。您看，督察员先生，我十分熟悉这些风俗。"

"他根本不是督察员。"安娜开心地喊道。

父亲和蔼地说:"我知道自己知道什么,知道什么是合乎规矩的。"他转过身,将铁锹铲向最后一个基座旁边的土地上。"每天深入一点,"他说,"结束也就是开始。"

老妇人喊道:"我们的儿子给我们生了孙子了!"

安娜摸了摸罗伯特的袖子,然后对他说:"跟我来吧。"

他提起行李箱,跟随在她的身后。

那位拿着铁锹的老人躬着腰在他的身后喊道:"您能来我们的房子参观,这是我们的荣幸。"

当安娜走进这栋房子,在经过母亲的身边时,老妇人低声对她说:"炉火一直燃烧着。你的房间在楼上。"然后又对罗伯特说:"我们的女儿没有什么可失去的了,她甚至连名誉都失去了。"

他们两个人步入了带着护墙板的大厅,大厅里还装饰着鲜花和树叶。夏季绣球花、杜鹃花、龙舌兰在瓷砖地板上的花盆和桶中盛放。从摆放着几个世纪以来珍贵家具的门厅里,延伸出一条通往最高层的铁制楼梯。墙上挂着描绘古代城市的版画。由于光线昏暗,罗伯特看不清细节。

VIII

安娜的房间被她的妈妈称为斗室，这里宽敞又明亮。尽管她对这个房间很陌生，但她走进房间时，却没有显露出丝毫的好奇。她走了几步穿过房间，四处打量了一番。她轻车熟路地在房间里穿梭，仿佛一切都契合了她长久以来的设想。

她说："我一生都在等待着这一刻！我的房间！跟以前如出一辙，而又截然不同。"

她从箱子里拿出一个绑好的袋子。她把袋子解开，笑着把里面的东西倒进一个银碗里。

"烤面包片！"她喊道，"配给口粮！饿的话，你就吃点。我去泡壶茶。"

她嘴里咬着一块烤面包干，就急忙下楼进了厨房。

房间虽然装饰得富丽堂皇，却缺乏一种亲切感。家具一尘不染，但也没有一丝记忆的痕迹。沙发上的枕头原封不动地放置在那里。从未体验过的整洁与宁静。从两扇敞开的窗户那里时不时传来花园里铲子和织针单调的声音。罗伯特闭上了眼睛。也在这一瞬间，他看见了梅尔滕斯家族的别墅里安娜的那个房间。在梅尔滕斯被人叫去出诊的那个重要的夜晚，他也曾见过安娜的房间。夏天温暖的空气从窗户涌了进来，像电流一样"噼啪"作响。就是从那个时候开始的，不，是从几年前，从安娜还在读大学时的第一次相遇开始。那段时光仿佛随风飘散，现在逝去的过往又重新焕发了生机。从那一刻开始便一切注定，这不再是冒险——而是承受着命运束缚的爱情。

把茶端上来之后,安娜说道:"你转过去!"她走到盥洗室桌子前的镜子面前,就像一位演员的衣帽间一样,桌子上放着粉盒,还有各种化妆用的瓶瓶罐罐。她迅速地勾勒出眉毛的拱形线条,又让脸颊和嘴唇的颜色焕然一新。她换了身衣服,又在长筒袜上套上了一双红色的漆皮鞋。

这个过程中,她开口道:"如果在屏风后面,那样自然看起来会更有吸引力。你这个小可怜,等了这么久。"

她又照了照镜子,将眼角涂黑,捏了几下喷雾器的橡皮球。然后她走到罗伯特靠着的沙发椅前,把头紧紧靠在他的头上。罗伯特回给她一个微笑。

"你看起来真迷人。"他说话间嗅到了一股陌生的香水味。

他试图把她拉到身边,但是她带着暗示性的眼神向后转过身去,让他举起的手臂悬空了一会儿。她踮起脚尖,蹑手蹑脚地走到窗前,关上窗户,拉上厚厚的窗帘。在房间人为的黑暗中,她将落地灯移到一张低矮的桌子上,然后打开灯。她的动作始终不慌不忙。

她坐到了罗伯特对面的一张绣花沙发椅上,然后说道:"这样更隐蔽一些,你不觉得吗?现在可以假装是晚上,但是却没有夜晚前的不安。你拿点东西吃吧。终于能顾得上你了。"

然而他的心中还是不禁萌生一种疏离感。他觉得自己有些心不在焉，甚至可以说是在忍耐。他相信自己已经耽误了档案馆中一些亟待他解决的任务，这可能也解释了某种拘束感的由来。如果他才工作了几个小时便休息了一个下午，那么那些威严的助手会怎么看他。如果他把留在这里说成是出差，这是否有说服力？他应该把自己的事务处理得井井有条，安排好自己和安娜的生活，这样才不会给他的本职工作带来影响。

当安娜准备把她的茶杯放回桌上时，瓷器相撞"叮当"作响。这时他注意到，她的手在颤抖。

"你当初为什么要嫁给哈索？"他说道。

她把这句话当成了问句。她没有直视他而是盯着墙壁说道："因为我爱你，一直都爱着你。"

"那个时候你就已经爱上我了吗？"——寥寥数字中流露出疑问和惊讶。

"是的，"她说，"只是那个时候我没有像现在这样清楚地意识到这一点。而且我去你们家找你的时候，你和伊丽莎白也已经结婚了，就在你儿子出生前不久——他叫什么名字？"

"埃里希，"他说，"他现在已经七岁了。"

"有很多事情我已经不记得了，"她说，"那些事情就这样凭空蒸发了，仿佛从未存在过。另外一些事情对我来说又是历历在目，仿佛是发生在弹指之间。"

她把面包和果酱递给了他，小心翼翼地扯平了手腕处的袖子，又往杯子里倒了些茶。

"一切如画面般呈现在我的眼前，"她用一种飘浮的、摸索的声音说道，"你知道吗，就如同一个个单一的瞬间，它们之间没有过程，也没有联系。回想起来，整个生命在我看来像是无数个马赛克石连接在一起，一个接一个变得盲目，然后迸发了出来。"

罗伯特说："人们只保留自己感到惭愧的事情。"

"例如，哈索，"她停顿片刻后继续说道，"当我爱上他的时候，他就正好站在我面前。因为手术成功，他欣喜若狂。神采飞扬而又欢欣鼓舞。他爱的其实不是我，而是病例和我这个女病人。在我下了病床后，他就立刻娶了我之后，这也仍是我们婚姻的基础。这场婚姻并不像你有时候认为的那样不幸。只是——"。

罗伯特直勾勾地盯着她。安娜举起手掌，像把伞一样挡在眼前，仿佛是要挡住灯光，尽管这灯光很柔和。当她说话的时候，她的头微微偏向一侧。

"你当时并不知道，我因为盲肠穿孔入院的时候，基本上已经为时已晚。至少哈索总喜欢这样描述，他让我起死回生了。我也相信，我当时就快没命了。"

她深深陷入了想象中的画面，开始沉默起来。安娜的话同样也触动到了罗伯特。这些话通过冷漠、沉重的距离，让他对早先知道的事情有了新的认识。同时，他也意识到，自己其实也同样害怕安娜过于坦率的自白。这一刻对这位听众来说比对这位演讲者而言更加危险。

"我记得，"为了打破沉默，他最终重复道，"对于哈索来说，你变成了睚鲁的女儿[1]，是他把你从鬼门关拉了回来。以此为引，带着一丝机缘巧合，他便向你提出了要求。"

安娜没有回答，所以也无从知晓安娜是否接受了罗伯特的观点。静默在他的耳边"嘶嘶"作响，像密闭房间里升起的烟雾，在落地灯散发的光点周围蒸腾着。他双手扶着沙发椅的扶手，紧紧抓住，身体前倾坐着，做出准备跳跃的动作。

一声叹息，从安娜半张的嘴唇里发出一声沉闷的呻吟。然后她把手从脸上移开，睁开了双眼。那双闪烁的眼睛看起来如此呆滞无神。

"复活，"她若有所思地说，"但现在在这里的不是哈索，而是你。现在，一切都无法掩饰；在这里，期限都无可躲藏。一切都变得不同。骗局结束了，人们可以看透事情的本质。你是不是也这样觉得？这样不是更好吗？"

"但是我们还是在玩耍，"他急切地说，他也还是与之前一样地紧张，"我们两个都是处在这美丽的、永恒的——短暂的游戏中！"

"我们只需要把游戏玩完。"安娜回应道，她的声音听起来十分清澈。

---

[1] 源自圣经故事。睚鲁是加利利会堂的统治者，他的女儿病得很重，没有人可以帮助她。睚鲁听说了耶稣，就去找他。他请耶稣帮助他的女儿。耶稣答应和他一起回去。路上，仆人和家人赶来迎接这群人，报告睚鲁的女儿最近去世了。也有许多哀悼的人在场，耶稣对他们说："你们为什么大惊小怪哭泣呢？孩子并没有死，而是睡了！"在场的人都嘲笑耶稣，但最后睚鲁的女儿真的得以复活。

在这一瞬间，他眼前的迷雾消失了，周遭的物件也变得熟悉起来，仿佛他就坐在梅尔滕斯家的旧客厅里，三个人在说着话，总是期望着难得的、令人羞怯的机会能够和安娜独处。他们是怎么学会揣摩话中的含义，像学会计算台球在桌上滚动的轨迹那样，比如台球在桌上来回滚动，目的是在碰到第二颗球之后反弹，再碰到第三颗球。在她丈夫的眼皮底下，他谈论起《吉尔伽美什史诗》，并援引原始歌曲的精神，借由为断编残简释义来表达对二人独处的渴望，这是多么令人陶醉的加密游戏。看到她投入地聆听，他是多么满足啊！多么流畅的思想和神秘力量！过去两年间那令人兴奋的时刻是不是又回来了？或许只需要拉开窗帘，就能看见外面宽阔的花园里长着参天古树，看见自己和安娜一起，悄悄地在花园里的小径上漫步。

他们面对面坐着，四目相视。罗伯特仿佛着魔了一般，伸展四肢，试图去碰安娜的脚，结果却撞到了桌子上。茶杯轻轻发出轻微的"叮当"声。但是两个人都没有在意。

"你……"他带着求爱的语气说。

房子的门厅里传来一阵声响。脚步缓缓爬上楼梯，在上层的回廊里摸索着行走。

就跟之前哈索出现时一样，罗伯特心中暗想。

"梅尔滕斯夫人？"一个男性的声音带着疑问的语气喊道。

"我父亲，"他说，"真是难以置信。在这个节骨眼上！"

安娜打开门后，这位老司法顾问站在门口说："希望没有打扰您。"他穿着蓝色的斗篷大衣，左手拿着宽檐帽和公文包。因为刚爬完楼梯，他有些喘不过来气。

"对不起，打扰您了。"当他注意到安娜这里有客人后，他向前走近了一点。"啊，是你啊儿子！"说话间，他眨了眨左眼。"是不是有些操之过急，不太谨慎了？我其实一直在等你确定梅尔滕斯夫人在这里的消息。好吧，我必须自己费点力气找到安娜父母的住所。幸运的是，他们住在继承来的这所宽阔的庄园里。现在我知道，我尊贵的客人也在这里。"

他谈起楼下老人的安宁生活，在他看来他们就像是费莱蒙和鲍西丝[1]一样。他也对大白天屋里开灯感到惊奇。他问了下儿子市政府的信件是什么情况，还追问了罗伯特回避的事情和问题现在是什么状况。最后，他又提到了离婚诉讼。据他所言，他正忙着起草新的诉状，所以他以此结束了这滔滔不绝的演讲。

他的声音有些沙哑。能在委托人面前大出风头，这让他感到十分满意。由于他没有准备把他的儿子从接下来的会谈中排除出去，这位父亲就让他也加入进来。这可能对他达到自己的目的更为有利。没有脱掉大衣，他便坐到了桌子旁边，然后，从公文包里拿出一份皱皱巴巴的旧档案，他在上面反复做过笔记。起初，他几

---

[1] 费莱蒙和鲍西丝是古罗马诗人奥维德著作的道德寓言《变形记》第八卷登场的一对老夫妇。天主神宙斯（朱比特）与其子赫密士（墨丘利）伪装成乞丐走访佛里几亚的一个城市泰安那，但在向当地民家借宿时除了鲍西丝和费莱蒙都一概将他们拒于门外。鲍西丝和费莱蒙非常贫穷，房子只是建在沼泽中的简陋农舍，但比起镇中富有的居民好客得多，他们以简单而所剩无几的菜肴和酒款待两位神祇。

乎是自己一个人在自说自话。安娜对这些问题并不感兴趣而只是用只言片语来回答他穿插的问题。罗伯特带着明显的不悦看着父亲，但仍然是尽可能地克制着自己的情绪。

这位父亲借助档案深入研究了诉讼的过程，谈到了离婚官司中的定罪难度。起初双方都很温和，也都十分宽容大度。但自从大家意识到这种事情是屡次发生之后，这场官司就进入了冷酷的阶段。对方开始威胁要把家丑大白于天下，是律师事务所的助推还是梅尔滕斯教授本人的授意，这暂且不做讨论。他认为，梅尔滕斯以前是个受人尊敬的人物，作为一名医生和外科专家也是无可指摘的。尽管如此，似乎有一点，一个黑点，至少是对荣誉有着极强的敏感性，可以利用这一点作为对策来阻止丑闻公布于众。

他翻阅着泛黄的文件，一边迅速翻动着书页，一边喃喃自语。

尽管安娜脸上涂了脂粉，罗伯特还是能感觉到她的脸上已经泛起红晕。

这位律师说是不是可以假设，梅尔滕斯教授曾经进行过一两次被禁止的外科手术，可能是在最亲密的圈子里，那么人们或许可以——

律师看到安娜沉默地摇摇头。

他坚持说一定有什么东西，对方一定有什么破绽。

安娜说她只知道有这么一回，如果哈索没有实施这项手术的话会更好。她也不止一次为此而责怪过他。

"啊哈！"律师说着，把手凹成杯状掩在多肉的耳郭上。

安娜说，就是哈索为了娶她而挽救她的生命的那次手术。

罗伯特注意到，他的父亲不屑一顾地来回摇着头，并且开始摆弄起手中的银色铅笔。他的态度表明，这只不过是件不值一提的小事。

安娜看着罗伯特继续说："盲肠炎只不过是我身体上的借口。事实上是心力交瘁引发了致命的疾病。但是没有人意识到这一点。那个时候"——她转向罗伯特的父亲——"律师先生，我爱上了另一个人，一个已婚男人，我从没像这样渴望跟一个人一起生活，他也只想跟我在一起。这种急切在漫长岁月的无限瞬间中颤动。另一个人没有像我一样的感觉，或者说是，像我一样的认识，而且我还很年轻，生命之门才刚刚开启。他很长时间都不知道，我跟外科医生结婚了，哈索自己也不可能知道，他排出切口的脓液，也让我的灵魂结了痂。但是，随着与哈索开始一起生活，这个伤疤随时都可能再次裂开。"

罗伯特的父亲还在把玩着那支银色铅笔。在开始说话之前，他的下巴做了几个咀嚼的动作。

他说从法律上看，这与刚才提及的问题并没有什么关联，而且对离婚诉讼来说这也超过了时限。灵魂疤痕——一幅漂亮的图画，他想记住这个词来扩充自己的词汇量，但是对这位代理人来说这算不上什么明确的论据。他笑得愉快而又仁慈。

罗伯特为他的父亲感到羞耻，他和以前一样，想把石头塞进父亲的喉咙。安娜将手肘撑在沙发椅扶手上，看着张开的双手几乎要触碰到一起的指尖。安娜以前并不了解罗伯特所遭受的尴尬。她生活在另一个世界里。

律师翻阅着卷宗，纸张皱皱巴巴。

现在的问题是他要再次梳理线索，对方正怀疑他的委托人有背叛婚姻的行为，其中也出现了罗伯特的名字。

"我也可以先走。"罗伯特生硬地说。

"没有必要，完全没有必要，"父亲要求道，"我们一直相处得很好。"

"随便你。"儿子说，听起来很冷酷。他像个孩子一样，倔强地盯着房间的天花板。

这位律师想要向安娜求助，而她的目光则在这对父子身上来回游弋。他曾多次打算跟自己的儿子讨论此事。对他来说，其中还存在着一种类似于家族荣誉感的东西。也正因为儿子才刚到这里，与妻儿的分离的愁绪依旧萦绕在他心头。越是这样就越要保持家族纹章的纯洁无瑕。诉讼是一场斗争，而不是官司。这就是他想说的。

安娜和罗伯特对视了一眼。他们觉得，他说话时就像是站在末日审判的法庭前。恋人间隐秘的默契让他们变得更为坚强。

这位司法顾问提高声音保证，他非常乐意让自己的儿子卷入此事。他喜欢以律师的身份出现，并且仍然愿意将这件事情作为自己毕生的事业，但他的这种想法无异于自找麻烦。

老人几乎是带着哭腔说："我的儿子不会这样做。女士们，先生们，您说的一切我都反对。这是对方的阴谋，他们这是想逼迫我，让我因为偏见而辞去职务。他们想要除掉我，想让我在这里变得多余。"

他将右手攥成一个空心的拳头，把它像水杯一样送到嘴边。

他悲伤地说："这里不再有偏见，这件事在这里有了最终的样貌。"

他再次从手中想象的容器中啜饮。

"妈妈来了！"罗伯特嘲弄着喊道。

这位父亲吓了一跳，摩挲着手掌，仿佛要遮掩什么。

安娜大笑起来，但很快又用手捂着嘴巴。罗伯特坐在那里耐心地等待着，仿佛是在埋伏着。

父亲重新彻头彻尾变成了一副律师的模样。在一阵停顿之后，他开口道："正如我刚才所说的那样，在结婚六年后，即使他们没有孩子，在生命如此短暂的情况下起诉离婚需要一个解释，为我在地方当局跟前展示的辩护书寻找一个依据。"

安娜发现，当这位老律师想要强调他发言中的某个点时，他的额头上就会有规律地形成无数卷曲的褶皱，它们就像是小圆弧一样在他额头上勾画出眉毛起伏的曲线。

安娜说："有可能正如您所说，自我结婚以来已经过去了很多年。无论如何，我只知道，四年后，那是九月下旬的一天，树木的颜色比往常更加耀眼，天空散发出金属般的蓝色，正如这里平时的样子，草坪上锈褐色的石板和起伏的绿色形成了鲜明的对比，大丽花在燃烧,即使在暮色中它们依然闪耀着光芒,就像我今天看到的——"

罗伯特着迷地看着安娜那张洋溢着幸福的脸庞。他的父亲提醒她,她想要传达一些具体的信息。她以"结婚四年后——"开始。

安娜说:"是的,这个时候,另外一个男人第一次重新来到了我的身边,我灵魂上的伤疤便不再疼痛。"

"但是,但是……"司法顾问戏谑地提醒道。

安娜结结巴巴地说道:"我找了个借口去联系他。我给他写了一封信,信中提到了他的一本新书。很早之前,我便对这本书中的研究十分感兴趣。哈索却总是谈论他的诊所。"

"确实如此,"律师有些不开心地确认道,"即使恢复这种关系会导致一个可能被对方利用的犯罪事实,但这件事情已经时过境迁了,因为——"

她打断了他:"已经证明了,这段关系中根本没有什么'犯罪事实'。"

司法顾问烦躁地说:"好吧,这行不通了。"

"它指引着我们来到了这里。"安娜说,她觉得罗伯特能够听懂她话中的含义。台球古老的三角游戏正在上演。

她继续忏悔道:"因为在过去火热的两年里,另一个人在我心中的地位变得越来越重要。我低估了自己赋予他的权利,我在他心目中的重要性也日益显现。"

林德霍夫律师眼睛都没眨一下就插话道:"但是正如您所说的

那样,所有的一切都在允许的范围内。"

她说:"从外部和民众的角度来看是这样的,但是在我的想象中一切都像在现实中那样发生了——谁知道呢?"

罗伯特试图捕捉安娜眼眸中的那份沉醉,却徒劳无功。他必须要克制自己,以免泄露内心的情绪波动。

司法顾问教导她说:"仁慈的女士,梦想在法律上没有意义,没有依据。"

"但内心的这份负罪感让我饱受折磨。"安娜一边说着,一边用双手缓慢地抚摸着梳到两边的头发。

律师鼓励说:"好吧,这些都是私人的,可以说是良心方面的人性考量。从道德的角度来看,这非常好。但是对对方来说,这几乎是无法评价的。"

"但是哈索肯定感受到了,绝对的。"安娜坚定地说,仿佛是在自言自语。

律师若有所思地回应道:"从那以后您就拒绝委身于你的丈夫吗?"

她俯在沙发椅上,用力地点了点头。罗伯特很早之前就见识过她这种急促、蛮横的点头,正如他在喷泉广场上看到的那样。他的牙齿间不由自主地发出"嘶嘶"的声音。

律师转过头问道:"房子里有老鼠吗?"

"没有,"罗伯特说,"这只是一种情感的表达。"

安娜两眼无神地继续说道:"因为既然我又属于另一个人了,

哪怕只是在我的想象中，我也没办法同哈索一起去欺骗他。只有一种忠诚。这种忠诚至死不渝。"

罗伯特深深地吸了一口气，安娜僵硬地坐在那里。

法律顾问说："从法律角度来看，这真的是一件愚蠢的事情。法官可能由此推断，您和另一个人不仅仅是心灵上的联系。在是非曲直间，这可能会把对立面的举证责任强加给自己一方。在这个案件中，这意味着一种特殊的困难。因为人们不知道，这位友好的伙伴什么时候会突然出现，呈上他的证词。"

律师想了想，然后问道："您在最后一次旅行前或许和您的丈夫有过——我觉得，这并不稀奇。"

她并没有做出任何回应。

老律师接着说道："我的意思是，也许它只是从您的记忆中消失了。那些由于这里的情况而变得微不足道、可有可无的事情，都被遗忘了，不是吗？"

安娜的目光扫过罗伯特那张紧张而抽搐的脸孔，耸了耸肩。

司法顾问又开口说："至少您本来是打算离婚后和另外一个男人在一起，是吗？"

"当然，我常常这样期盼，"她看起来有些疲倦地说道，"但是离离婚判决越近，我就越害怕面对现实，因为在无数的梦境中，我的这份愿望被剥夺了。"

"可以理解，但是——"律师一边说着，一边翻阅笔记，"您自己不是说，另一个人也结婚了吗？"

安娜承认说:"我们不会办正式的手续。我很喜欢他的妻子。他也想同她分开,但不是出于我和我们之间的关系的原因。我虽然对此表示过怀疑,但正如我现在看到的那样,我的怀疑是错误的。"

律师说:"上次开庭前,我跟您见过面。那之后您去了山里,没人知道您的住址——"

"应该没有人知道我在哪里。"她确认道,"我想独自待着,审视一下我未来的道路。至少,比起从婚姻中解放,自己内心的解放对我来说更为重要。"

律师说:"不管怎样,可惜从那以后就没人知晓您的消息。我自己的身体也有一点不舒服,我已经告诉过我儿子了,所以我也无法确定审判是否还会进行。您收到法院的通知了吗?"

她忍不住笑出声来。

"我没有出庭。"她眨着眼睛说。

律师说:"我们在这里再次遇到了,无论如何,我们必须继续"——他在座位上微微鞠躬——"就从我们停下来的地方继续。然而,现在我们的对手可能会提出一个新的论点,他们可能称这种情况为恶意离弃配偶。"

"这件事完全是出于自愿的,"她一边说着,一边再次紧张地拉扯手腕上的袖子,"另外一个人肯定也是基于同样的考虑而做出的决定。"

"如果他知道，"律师说，"您自己也提到过，您已经彻底退缩了。"

安娜咬着下唇，审视地看了一眼罗伯特。他突然明白了这两年困扰他和安娜关系的许多莫名其妙的情况。在过去黑暗的几周里，他没有得到她的任何消息，此时这神秘的联系中断也终于明朗起来。尽管这种认知让他得到了解脱，但他仍然对她能够谈论一切的平静态度感到震惊。这仿佛是将感情放置在裸露的冰块上，让它变得一览无余。

安娜把茶具清理到一起，然后放到了五斗橱上。

律师盯着手中的卷宗，布满皱纹的额头上冒出细密的汗珠，他用丝帕擦拭了一下。

他压低声音问道："没有任何迹象表明梅尔滕斯教授近期也会来这里吗？"

"我丈夫并没有跟我过来，"安娜兴奋地说，"但是——"她说到这里戛然而止，"我们不要在离婚诉讼上浪费太多时间了，律师先生，这件事情已经过去了。"

他嘟囔道："一切都还没有结束，都还在处理当中。"此外，众所周知，对过去的厌恶只不过是对未来的逃避。

"呸"，她说，"我感觉自己自由了。"

律师说这只是一种主观想法。"因为要抹掉已经发生的事情，假装它与自己无关，这其实并不容易。"他带着做作的笑容解释道。

"即使事情已经结束了？"她激动地问道。

罗伯特插口说:"圣礼的有效性在人死后才会消失。对安娜来说,婚姻从来没有这种性质的意义。"

父亲似乎是漫不经心地说:"即使安娜女士或者我们不再有信仰了,法律的机制依然会继续运行。"

安娜嘲弄地说:"而您想主导我的离婚诉讼?"

"法律因逾越而生。"律师把右手掌心放在左胸膛上强调着。

罗伯特再也控制不住自己,他喊道:"你一生都是伪君子!"

父亲噘起嘴。"嘘。"在地下早餐室里,当他的儿子对现实表示怀疑时,他做出的也是这个动作。

安娜跳了起来,身体僵硬地在房间里走来走去,四周的墙壁仿佛在曲折的光锥中退却。她像是一位伟大的悲剧演员,怀着沉重和威严走在舞台上。每走三步,她就猛地直角转身,好像是在用脚画出一个魔方。房间里的物体都变得虚无起来。最后她停下了脚步,半闭着眼睛靠着窗帘,静静地聆听着。

"夜幕就要降临了。"她说。

这位父亲变得有些焦躁不安,他想要站起身来。

她面无表情地说:"司法顾问先生,你和你的档案都作废了。你想用诉讼辩护书来窃取在这里生存的权利,但顾问先生,没人需要它了。"

老人的双颊鼓起,从他的嘴唇传出了干瘪的声音,听起来就像是瓶塞破裂了一般。

这时候房间里响起了安娜那坚定的声音:"律师先生,任何一个法庭都无法改变命运的判决。因为这件事情牵扯到的另一个人，他也来到了这里，与我共同分享迄今为止生活对我们的亏欠。我们会永远相守在一起。"

她向朝她走来的罗伯特伸出了手。他把她拉到自己身旁，将她抱在怀里，亲了亲安娜凉凉的嘴唇，就像是在举行一场庄严的仪式。

"好吧，罗伯特！"老人自言自语道。他咽了咽口水。"你们竟然这样对待我！"他的脚在地上来回摩擦，接着大喊道："愚蠢！毫无意义的重复！"

"我已经长大成人了，我知道自己在做什么！"罗伯特说话间依然将爱人抱在怀中。

父亲坐在沙发椅上看着这对恋人，此时的他们看起来像是明信片上的照片。

"你们终将无法摆脱失望。"他像旧约里的先知一样预言道。随着喉咙中发出的一阵大笑和哀号之间的"咯咯"声，他把档案和诉状一起扔到了桌子上。

安娜恢复了自然的嗓音说："我们在此撤回曾经授予您的委托。"

"但你们必须理解我的处境，"父亲颤抖着说，他看起来几乎要跪下了，"我在这里感觉很好。罗伯特，我的儿子，如果当地主管的这场诉讼交由我处理，并且拖延下去，这对你来说也是一个优势。你还不熟悉这里的情况。夜幕——"他沉默了下去。

"你不用担心我们。"罗伯特冷冷地回应道。

安娜向他点了点头。

他补充说:"我现在是一个拥有独立稳固工作的男人。"不自觉这说话的风格像是在播放一条婚姻广告。

他拉开窗帘,打开窗闩。空气依然温暖,但不像房间里这么炎热而又让人昏昏欲睡。太阳落山的地方,天空之上横亘着一道红色的条纹。

为了能够在天黑前到达地下城市,父亲已经动身了。安娜将他送到了门口。

她说:"非常抱歉,您的角色到此结束了。但我必须为自己着想。"

老人急匆匆地离开了。

罗伯特发现了父亲留在桌子上的文件,他拿起文件,看也没看便打算把它交给档案馆。他觉得自己总算是为当天下午的公务做了些什么。安娜在大厅里呼唤他下去。门厅的窗前一块黑布在风中飘扬。安娜的父亲在一楼关上了窗户前的百叶窗,然后走进了房子。

他说,有个人来找过他,是一个士兵来询问林德霍夫博士的消息。

罗伯特惊讶地呆立当场。他得知,罗伯特办公室里的人告诉这名戴着帽子的年轻士兵,林德霍夫博士会在这里待到晚上。但是安娜的父亲还是将这名士兵拒之门外,因为楼上正在举行一场会议，他不想有人打扰他们。罗伯特皱起了眉头，并非全是因为老人的武断，更多的是因为有人知道他来安娜的父母家拜访她。唯一让他感到高兴的是，这消息是从一个中立的服务办公室传出来的，而不是档案馆。

妈妈邀请他和他们一起共用晚餐，一切都准备好了。安娜默默地看着他。两位老人言辞真挚，让他无法拒绝。他们在厨房里一张刷白的木桌子上用餐。罗伯特还没有摆脱糟糕的心情，便很少开口，只是频繁将手伸进盛着土豆和蔬菜的碗里。饭后，每个人都在炉灶旁边角落里的盆中清洗自己的餐具。

老人的双颊通红，看上去就像是地精的脸颊。他说："我现在要去我的酒桶那里了。"

他邀请罗伯特一起沿着台阶下到地窖。这个时候，安娜正从家里的井里打水。地下狭窄的小石室里，马灯的照耀下立着一个古老的酒桶，占了整个房间的一大半。

"您敲一敲，监察员先生，"他一边敲着桶的拱形肚子，一边向他示意，"您听见了吗？整个桶都是满满当当的。"

然后他拉来一把凳子，开始摆弄起酒桶上的塞子。他说："您知道，我向来不会这么做。但是为我来点送别酒，为安娜来点欢迎酒，这还是理所应当的。"他急切地装满了两个陶罐。

当罗伯特和安娜回到大厅后，他便准备离开。

"你不打算留下来吗？"安娜问，"我还以为这会是我们的夜晚。"

"不是今天，安娜，"他说，"你也会有压力的。"

她摇着头说:"哦,不,只是难过,罗伯。"

他温柔地说:"我们很快会再见面的,我会在这里待很久的,得先适应一下。"

安娜不安地说:"在这里,我们永远无法知道自己身上会发生什么事情。"

他对她说:"我已经为我们制订好了计划。"

她问:"把你父亲送走,享受我们两个人的时光,这样做不是更好吗?"

他说:"我们不应该这么想,你必须摆脱过去了。我们为彼此等待了这么久,不差这一时半会儿。"

"你也在等我吗,罗伯?"

"我现在才知道,安娜,你有多么爱我。"

她陪着他沿着碎石路慢慢走到了花园的门口,月光下,两个人恋恋不舍地站在敞开的大门前。

"有一阵子我甚至想不起来你长什么样。"她一边轻声说着,一边怅然若失地抚摸着他的外套。

他喃喃地说道:"但是现在你又知道了。"

"是的。"她垂下头低声回应道。他把她的头靠在自己的肩膀上,爱抚着她。

"你的头发闻起来有股苦味,"他说,"像一种辛辣的香料。"

"和平时不一样吗?"她担心地问道。

"这可能是花园里夜晚的味道。"他说。

"我很担心你，罗伯。你永远都不会拒绝我吗？"

他感觉到她在颤抖。

"傻瓜。"他戏谑道。

"确实，我被迷住了，"她说，"被你迷住了。"

他吻了她。

"你永远都不会离开我吗？"

"永远不会拒绝你，也不会离开你，"他向她保证道，"所有恋人间的经典台词！"

"你发誓！"

罗伯特高兴地说："我的皮肤和头发、身体和灵魂以及我的一切都属于你。现在你只需要对我说'亲爱的'，我说'直到永远'，然后就像小说中一样了。"

她说:"那就是像在生活中一样。"她开心地和他一起笑了起来。

当他在转弯处回头看安娜时,他看到安娜在朝他招手。在她身后,远处是月光下的士兵们的神庙兵营。穿过喷泉广场的时候,他看到了那个戴着灰色礼帽的男人的身影,他之前就注意到了他。他一动不动地站在那里等待着。当看见罗伯特时,他举起了帽子,做出一个问候的姿势。罗伯特回应了他的问候,然后拐弯斜着穿过了广场。这位先生似乎没有什么特别的期待,因为他现在只是依靠在喷泉底座的石头边缘,并没有目送着罗伯特离开。而罗伯特则朝着档案馆的方向走了过去。

在接下来的几天里,罗伯特一再打算和市政府的秘书会面。他需要跟一个人谈谈,一个能俯视一切的人,能让他把来到这个城市之后得到的各种印象整理成一个整体,这种需求从他在安娜家的那个下午开始,就愈发强烈。

他第一次在档案馆过夜的那个晚上,旅馆的主管被城市守卫接走了,据说是坐车被带到了稍远的西北边郊外。罗伯特第二天中午才知道这个事,当时一名金发男子正在餐厅主持用餐仪式,他介绍自己是这里新的业务主管。那是个矮小敦实的男人,有着一双水汪汪的眼睛,他像个箍桶匠,总是在衬衫袖子外系着一个色彩鲜艳的围裙。他忧郁地说,人们永远不知道自己要在这里待多久;哪一刻号角就会响起;而搬走的信号又是给谁的。罗伯特坦白说,自己昨晚和前天晚上都没有听到号角声。经理斜眼看了看他,然后垂着头走开了。

老米尔塔一次又一次地向上双手举过头顶,她这伸展的姿势,与其说是惊慌不如说是惊讶。那位女主管依旧是一副无动于衷、呆板顺从的样子。她和其他东西一样只是换了主人。不久之后,罗伯特就看见她打扮华丽,挽着金发男人的手臂,大步穿过庭院。他仿佛还能听见耳边传来前主管那嘶哑的声音,他惆怅地说:"这只是暂时的——不是吗?"

在档案馆中，罗伯特和伯尔金或者那些威严的助手中的一位说了几句话。但是他一提到一些具体的事件，诸如旅馆主管突然消失、戴着灰色礼帽的男人、人们各种练习时间的设置，他和助手之间似乎就出现了一道无形的屏障，仿佛这些事如此平常，既不值得询问也不值得回答。

当他向伯尔金询问那个没有找到他，并且自此再也没有出现的士兵时，伯尔金那张苍老脸庞上的皱纹更深了。他说，城市里有人试图求助于担任特殊职位的档案管理员，以便为自己寻求好处，这是常有的事。当然，这可能对当事人的命运没有任何帮助，因为将每个人都交织其中的命运之轮永远在转动着，无论人们愿望多么强烈，都无法让它停止，更别说让它回转。

"更迷人的田野在我们身后。"伯尔金用这些话做出了总结，然后便全身心地投入到自己的日常工作中。他整理了每三天送去市政府的临时文件，以提供有关档案处理结果的简要信息。罗伯特表示自己想看一看清单。

伯尔金说："所有的东西都在您的眼前。我无权发表评论。表格还没有完成。"

明亮的灯光下，罗伯特俯身看着助手书桌上的那张纸。

那张纸上写着如下内容:

捆绑包总数:7839。其中,反刍动物、本地和临时物品,经济景气,时代崇拜:7312。在没有等待期的情况下被淘汰:7308。为达威慑目的:4。

纯检验领域:527,页数超过19000。细化为:

记录	18
日记	23
信件	64
文学作品	19
想法	402
档案	1
527	总计

档案清单:传统19,智慧3,虔诚0,悲叹26,命运386,知识79,崇拜12,总数527,如上。

初步决定:短期:508,中期:9;长期:6——反抗:4,颂扬:0。总数527,如上。

替换:102。熄灭:984。所以入场等于0,损耗等于负357。

罗伯特深思着再次浏览了汇编。他发现,在不理解具体细节的情况下,从中可以提取到的信息是,当前

档案条目中只有一小部分被宣布值得被保存一段时间。他回到了自己的房间，而伯尔金则在继续记录着这个化学过程。

简短的交谈并没有消除这位档案管理员内心的不安和对自己的职务以及在此逗留期间那挥之不去的疑虑。但他仍希望经常待在档案馆里可以帮助他逐渐适应这里的环境，并且对这些情况能够多一丝了解。然而他觉得自己最好不要插手馆中正在进行的筛选工作。他忽然察觉到这件事情和城市居民之间有着一层神秘的联系。但整个档案馆可以说是只对他一人开放，他可以充分利用这一点来进行自己的学术研究。

他开始再次沉浸在一个他在早期研究古代东方语言时一直关注的领域，但那时他的手头还缺乏足够全面的比较材料，即文学作品和民间信仰中神话遗迹的传承。他知道古代祭司和国王的编年史总是来自世界和神灵的起源。其中似乎最重要的是保证链接不会中断，他在寻找新的证明。西方文化起源于亚洲，这个观念对他来说并不陌生。如今看来，这种想法在后世众多作家生动的幻想中，犹如一股与生俱来的力量反复出现，仿佛他们是那个古老世界的精神继承者和承载者。靠近本源——生命的存在，人包含在自然和万能中，这正符合罗伯特此时的内心境遇。

在任何时代，在世界各地，都有这些人的痕迹，他们保守着所有运动力量统一的秘密，并将他们的知识火焰传递了几个世纪。他们不会一直把这些事情挂在嘴边，也不会对他们记录的内容大惊小怪。他们甚至可能没有认识到自己的任务和命运，就像伟大的恋人并不知道，他们的存在只是为了让爱情在地球上得以延续；或者伟大的正义者只是偶尔出现在公众的视野中，大多数的时候他们都是秘密潜伏着，这样正义的意义才不会消失；有了伟大的逝者，死亡有了存在的价值。

那些通过他们的存在和行动使创造之火保持活力并将其传递下去的人，他们，伟大的陌生人，是世界的守护者。即使他们似乎一直在自己的隐居处，但他们的灵魂已经穿越天堂和地狱。他们曾和先祖的神祇共进晚餐，和恶魔共渡难关，他们的洞察力所招致的东西，变成了每个人的当下。

罗伯特阅读了佛教寺院的旧手稿，这是档案馆前任助理抄写的，并且做了很多的注释。他翻阅了史诗和编年史，这些同样是由学识丰富的助手们整理的，包含了神秘主义者、宣教士和宗派主义者等主题的资料。他学会欣赏卡片索引的价值，这些卡片索引是他的前任费尽心血建立起来的，借助它们便可以找到信徒文学的平行段落、仪式的修改和传说建构的磨灭。他越是沉浸在这些原始资料中，现代纯理论的表述对他来说就越是多余，也就是他早先记得的那些吹毛求疵的分析性教育著作，但在档案馆中并没有它们的位置。

在大多数情况下，罗伯特都会让一位身着制服的年轻侍者把一两本大开本的书带到他的书房里，他们可以为他提供这种服务。

有时候他会自己来到楼下的房间里，亲自去查找相应位置上存放的作品。他有种感觉，这些可敬的助理们即使并不把自己当作一分子，却还是仁慈地容忍了他的存在。在这段时间里，他也和一些助理进行了简短的对话。

其中最重要的是和玛古斯大师的相遇。大家平时就这样称呼他，这让他十分感动。据说他是助理中最年长的，这指的不是年纪，因为这里并不会计算年纪，而是因为他在档案馆活动的时间最长。他的知识和经验就如同取之不尽的宝藏，人们在困难时向他寻求的建议总是让人获益良多。他在本性中厌恶所有浮华，他像一位最早的印度圣人，一位被选中的精神领袖。罗伯特不知道他的真实姓名，他似乎有许多名字。伯尔金称他为李寒，也有人叫他格维林和诺姆西斯，仿佛不同的人都融合在玛古斯大师的形象中。他是档案馆机密文件的保管人。他的身影常常只出现在档案馆的地下最底层，那里的隧道一直延伸到岩石当中。和其他助理一样，他也从未离开过档案馆。

第一次见面时，罗伯特就注意到他的一簇白发，在隆起的前额上就像一束卷曲的羊毛。他那羊皮纸般的脸庞留下的与其说是岁月的痕迹，不如说是时间存在的印记。他的小眼睛像大象的眼睛一样灵动，总是专注于远方某一个看不见的点。只有在说话时，他的眼睛才会在对方的眼眸中短暂地凝聚，然后别人的目光会沉溺在他如蓄水池般敞开的眼睛里。据说他的记忆保留着他曾用精神感官所吸收的一切。他将记忆看作是人类和行星维持生命的力量。

在这位年老的导师与罗伯特的一次谈话中，他谈到了恶魔们驱动大地的力量。就像是曾经目睹过这些事件的人一样，他说，在地球上的很长一段时间里，恶魔们都在自己操纵各种元素，想要通过破坏来确定生命的形式。自然灾害、地震、海啸都是由它们的暴力招致而来，它们让如大洲般的岛屿浮现又沉没，它们让经济和帝国在转瞬间化为灰烬和荒野。后来，恶魔们又利用了空气之灵，带着黑死病、麻风病、霍乱和斑疹热等灭绝性瘟疫的病菌穿越所有国界。当人们逐渐使自己成为这颗行星的衡量标准，并且开始掌控流行病时，恶魔的灵魂将毒药直接滴入人类大脑，理智冲昏了头脑，人们便误以为所有的秘密都得到澄清。他们试图用智慧超越自然法则，人工合成有机体所缺乏的东西，发明了机器，创造了完善的技术。各种思绪纷至沓来，他们以为自己在匆匆几十年间掌握了亿万年的发展。恶魔的毒药让他们提高了记录、成绩和速度！他们征服了自然，成了技术的奴隶！

玛古斯大师在新的幻想中召唤出疯狂的图像。人类几千年的梦想刚刚实现，升入太空，在太空中飘浮和飞翔，他们就只用这些新的机器在空中互相摧毁过去的成就。仿佛在毁灭中比恶魔力量更残忍的因陀罗[1]将此给予他们，他们当上了一群群的死亡信使，以比之前任何时候都强大百倍的程度，卷携着末日降临般的残暴

---

[1] 因陀罗是印度教中的古代吠陀神，在中国也常被称之为帝释天。他是Svarga(天堂)和Devas(众神)的国王。他与天空、闪电、天气、雷声、风暴、雨水、河流和战争有关。在印度文学中，他常被描绘成一个强大的英雄，但他常因骄傲、酗酒、享乐主义和通奸的生活方式而惹上麻烦，而且这位神在圣人冥想时会去骚扰他们，因为他担心自我实现的人类可能会变得比他更强大。

力量，在人类杀戮战争中将城市的礼堂和房屋夷为平地。

灭绝的冲动在任何时候都与暴力相呼应，这位老者喃喃自语道。但人类为此不惜动用他们的发明和设计，这让他最为触动。至此脱离世俗理性而在自己的逻辑中自鸣得意的理性，其致命的毒药已经深深腐蚀和吞噬了人们健康的精神。他们过度的自信和傲慢已经将地狱的齿轮带到了自己的生活中。蔑视和无知预示了死亡之境，只剩下工具，死者，被上帝遗弃的人，病菌携带者，原子毁灭者。可悲的迷乱者，两千多年西方文化的最后遗脉。

玛古斯大师的眼睛如火山口的湖泊般闪烁着黯淡的光芒。他的声音越来越小，越来越像是来自彼世。最后几乎听不见他嘴唇发出的声音。

"进入深渊，"罗伯特说，"穿过桥，"最后是气若游丝的一声，"法律。"

地球似乎被毁灭了。

一个身着侍从制服的年轻仆人给罗伯特带来了一张纸条，召唤他去楼上的门厅。等待他的客人是卡特尔。

罗伯特艰难地倒退着走到上楼的楼梯那里，仿佛他的所有感官都被这位年迈的导师所召唤的幻象俘获了一般。世界的荒凉，正如这位老注解者的话语呈现在他眼前的那样，实实在在地触动了他。他爬上了那蜿蜒曲折的楼梯，那里仿佛通向虚空，没有尽头。他有些眩晕地走进书房，书房的空间突然让他感到局促。画家被安排在一张凳子上坐了有一会儿了，罗伯特没有意识到，让他在前厅等着是多么不礼貌。莫非他所在的地方是神话般的城市乌鲁克[1]？敲门提醒的难道是恩吉杜[2]？

卡特尔走进档案馆管理员的房间，他正坐在办公桌前，左手撑着额头。

"你很忙——"画家说着，一丝失望隐藏在半疑问的语气中。

"没有，"罗伯特回答道，心不在焉地跟他打着招呼，"我很欢迎你来。"

"打扰你了，我的守门人朋友。"卡特尔又说。

罗伯特请他坐下，手势看起来十分客套。

卡特尔坐了下来，随意地将左腿跷在右腿上。他的目光在高高的书架上不安地游荡，掠过大开本古书的猪皮和羊皮纸灰色的书脊，扫过桌子上翻开的书，闻着空气中的灰尘。偶尔若有所思地瞥一眼那位双手交叉在头顶、靠在扶手椅上的档案管理员。他坐在那里，这位档案馆神秘区域的闯入者，而这些区域对当地居民是并不开放的。他像一位外国大使一样在无须任何戒备的安全环境中正襟危坐着，不受骚乱的影响，也免受致命暴力的袭击，那种他——凯尔特和其他被命运掌控的人所受到的灾难性的暴力。一

---

[1] 乌鲁克是美索不达米亚西南部苏美尔人的一座古代城市，为苏美尔与后期巴比伦尼亚的城邦之一，位于幼发拉底河东岸，距现在的伊拉克穆萨纳省萨玛沃镇约30千米。乌鲁克一般作为史诗《吉尔伽美什史诗》中的主角吉尔伽美什所统治的城市而为人所知，它亦被认为是《旧约圣经·创世纪》中所记载的以利（Erech），是宁录（Nimrod）在示拿地建立的第二座城市。

[2] 恩吉杜是《吉尔伽美什史诗》中的主角吉尔伽美什的朋友，他成功地改变了动物般的森林人，并教他们吃喝，有礼貌地给自己涂油作为衣服。

缕斜射的阳光透过其中一扇有着深深裂痕的窗户照进来，逐渐挤进两人之间。

"对你来说，"画家说，"这里确实是一个工作的好地方。"

但是两个人没有进行真正的对话。罗伯特觉察到他的朋友被某个特定的问题困扰着，但他又不敢直接发问。档案馆周围的环境似乎让这位画家感到不安。他眼中忧郁的特质有时会暴露出某种原始恐惧，那种从被猎杀的生物的眼中发出的恐惧。他的动作看起来十分慌张，他的话语中充满了烦闷不满。当他谈到档案馆，谈到拱顶地窖的安全时，——在地窖中，生命被完美无瑕地保护着，而无须承受日常生活中的危险——罗伯特感觉从他的话语中听到了责备的语气。画家暗示道，在此逗留期间，罗伯特可能会将自己的全部精力放到一个长篇报告上。这时，档案管理员惊讶地抬起头来。卡特尔说，为了人类的编年史而奋斗，这真是非常伟大的工作。但还没来得及回答，罗伯特便在画家身后的门口看见了老助理伯尔金那张凝重的脸。他在那里出现了片刻，然后又消失了。尽管内心翻江倒海，但罗伯特只是不冷不淡地回应了一句。他不由自主地把手放在了那卷还在等待他记录内容的白纸上。

为了避免继续陷入尴尬的谈话，他向画家询问了一下他的工作进展。

卡特尔带着不屑一顾的手势说："就那么回事。"他过了一会儿接着说，"你也知道，失去了神圣的使命，画画有什么意义？就只是为了让后世在我的情怀中徜徉？"他非常高兴，这个被称之为人类世界的滑稽疯人院终于走到了尽头。

卡特尔说话的时候,他盘着的腿不停地上下晃动。

他喊道:"你有你的使命。你所写的不是为了美或自我满足而存在的艺术,而是对于幸存者而言具有普遍有效性的报告。至少我是这样想象你的职责的。"

当他提到档案管理员的编年史时,伯尔金又默默地出现在了门边。罗伯特不确定这是否是对与档案馆以外的人就这个主题进行对话的警告,还是提醒他想起自己真正的使命。他双眼无神地沉默着。他周围的世界陷入了沉睡,朋友悲苦的情绪爆发,和他满心期待着答案的问题,就像是一个空洞的声音在罗伯特的耳边掠过。

直到卡特尔突然离开后,他才想起来他朋友的外貌变了样。随着他内心的情绪波动,他的皮肤泛起了磷光。临别时,当画家向他伸出双手时,罗伯特才意识到,他是想小心翼翼地打听一下档案馆里是否有他的文件。由于罗伯特没有回答,画家就开口说道:"我明白了:官方机密!你的嘴唇上盖着公章。"然后他就带着几近平和的微笑离开了。走路时,他的左腿比之前拖行得更厉害了。

卡特尔来访后不久,档案管理员就下令要求侍者将涉及古代神话作品的各种书籍和文件从他的办公室搬回地下。他跟伯尔金协商,请求伯尔金让他定期阅看新收到的文件,只要这些文件符合市政府的三日清单要求,并且被认为值得在档案馆保留,无论是短期还是长期。当然,他不可能处理内容如此浩瀚的文件,而且有些文件是用欧洲和亚洲各种不同的语言编写而成的。甚至只处理一小部分也十分困难。毫无疑问，每个文件都值得单独来研究。但是凭借档案馆在运转和库存方面拥有的优良设施，应该不难找到一种方法让他能够以商定好的关键词来识别这些文件。这位档案管理员便可以借此掌握档案馆在命运管理方面的相关信息。如果他没记错的话，伯尔金最近为市政府编制的表格中，以"命运"一词作为分类项目的文件数量最多。

老伯尔金站在那里仔细聆听着。像一个友好的、全神贯注的服务员，正在接受一个懂得如何鉴赏美食酒水的客人提出的复杂要求，只是偶尔不动声色地挑挑眉，暗示执行过程中一些更正是值得考虑的。当被问及近期临时记录的卷宗登记在哪里时，助理请他不要匆忙行事，而是在对档案馆和这个城市有了更全面的了解之后，再来了解这些文件的存放位置，尤其是找出个人感兴趣的部分。

罗伯特对这位资深助手的暗示感到惊讶，因为他没有别的目的，只是想在不引起他人注意的情况下弄清楚卡特尔和安娜的一些文件是否也存放在档案馆里。他甚至有过偷偷研究自己作品的想法。

那天晚上他反复思考着卡特尔谈到报告和编年史时所说的话。他仍然没有开始编年史的工作，而是在档案馆设立了一个不受干扰的工作场所，为了对他以前的知识领域进行以自我为中心的研究,这些研究与城市中的任何一个人都没有关系,无论是与市政府还是居民都无关。也许有一天,一小撮公会成员会对这一结果感兴趣——但这种研究与现实的直接事件没有实际的联系。在档案馆地窖的保护下,当他的委托人给予他档案管理员的职务时,他退回到可能不符合委托人利益的研究。虽然有段时间他不允许自己去想念心爱的人,几乎不再进城里了,但是他发现以这种方式来发现自己真正的责任,这其实是个谬论。经历了那些令人迷乱的画面,还有与父亲和安娜的惊人邂逅,这让他自抵达后一直感到惶惶不安。之后,他便如陷入象牙塔般开始了与世隔绝的生活,仿佛现在的谜团与他毫无关系。现在,朋友卡特尔让他明白,他工作的着手点乃至他来这里都是错误的选择。他之前埋头研究的那些的古籍再次被弃置一旁,摘录的内容也被暂时搁置在书桌上了。

为了彻底改变他的工作分配和日程安排,他向伯尔金表明,自己决定更多地参与档案馆的日常运作,参与到那些新鲜抵达的与人们命运紧密相连的论文的选择及其他重要的工作中。但他不希望仅仅以此成为他得以在这里逗留的原因。为了打破因为处理古籍而沉浸在过去的世界里的魔咒,他打算转向直接面对城市里正在发生的事情,就像他第一次见到安娜的那一刻一样。他和她一起走过陌生的街道,穿过喷泉广场,那几个小时对他来说既令人兴奋而又意义非凡。那时候，稀奇古怪的事物却自然而然地被谈及，他曾在安娜祖宅里见证过这样令人迷惘的对话。也许是因为这场对话对过去的一段时间做了太多的解释与澄清，所以让他脱离了对图像和直观手势的确定认知。

那些一直威胁着他和安娜之间关系的困难，如果无误的话，现在都已经烟消云散了，没有什么能阻止他们住到一起。但是自那天起，他便煞有介事地投入到档案馆的工作中去了，再也无暇顾及安娜。这场相遇，这个拥抱的机会是不是来的太迟了？费尽千辛万苦才找到的安娜，她可能会离开，即使不是回到梅尔滕斯家，也至少是要离开这里进入未知的世界。只要一想到这些，便足以再次唤醒起他的激情和他的渴望。未来的夜晚应该属于他们，也许还可以在城市里的各个地方散散步，他开始了对这些区域的探索和研究，并从现在开始以此作为除档案馆工作以外的常规任务。他在这里的逗留时间是由上级官员确定的，在此期间，他要尽快弄清自己待在这里的合法性。这一点应该会在城市里的各种迹象和居民的言辞举止中得到揭示。他必须找到那个时不时地折磨着他，并且在反复折磨着他的秘密。他觉得，这不仅是为了弄清把他召唤到这里的原因，也是为他自己和他的使命寻求一个答案。

后来某一天的一个下午，罗伯特决定去城里散散步。他让一个经常帮他跑腿来讨好他的侍者从旅馆取来总是没有肉菜的午餐。档案馆里一个叫莱昂哈德的人让他想起很久以前一个中学同学那年轻的身影，他十七岁去度假时不幸溺死在海里。关于他死亡的各种流言蜚语在当时很长一段时间里都是年轻人们津津乐道的话题。没有人确切知道，这个长期遭受老师不公待遇的学生，是自杀还是意外死亡。当时大家对这个事情议论纷纷：他是不是晚上跑去游泳时，高估了自己的力气，游得太远了？他是不是被吸入了某个漩涡？还是因为陷入恐慌而无法动弹了？这些年来，罗伯特对这位昔日同学的印象模糊不清，直到看见莱昂哈德跟他相似的面容才想起了旧事，他也对这位年轻的侍者产生了同情的信任。

侍者们从来不跟助手们说话，更不用说他这位档案馆的领导了。他们必须保持沉默来获得在档案馆工作的权利，这似乎是一个普遍的规则，对他们来说也意味着荣誉和优待。即使今天，当罗伯特感谢这位年轻人友好地帮他取餐，并补充了几句说自己在这里是多么满意时，莱昂哈德仍然保持沉默。档案管理员的感谢和问候，让他的眼睛发出了光芒，脸颊上出现短暂的红晕，但莱昂哈德依然沉默着，用了一个几乎是尴尬的鞠躬作为回答。直到在后来的相处中，随着莱昂哈德越来越多地为这位档案管理员和编年史家提供私人事务的帮助，他们之间僵硬的关系才缓和下来。罗伯特出发前，还友好地看了他一眼。

他离开大门大楼后，一股巨大的热浪从街道和各个角落向他迎面袭来。他选了一个方向，既不朝向喷泉广场和前面的世袭聚居地，也不是去市政府，而是走向未知的地区。他想先对地面以上的城市有个大概的了解，然后再在地下墓穴区域展开探索之旅。在档案馆封闭的房间里，他早已远离地面城市的景象，他极不情愿地打量着满是废墟的破败街道，尽管这些与他到来后所看到的并没有什么不同。裸露的石头建筑散发着某种邪恶的气息，外墙的残骸在湛蓝的天空下像幽灵般矗立着。自从来到这里后，罗伯特还从未见过云彩如此活跃的天空。这片原始的天空散发出一股清晰的力量，这种力量是残酷的，因为它与地球上的任何事物都没有联系。在空旷的苍穹中，太阳形成了一个锯齿形的火洞，它就如同大教堂门外的那只非人之眼一样睥睨着世界。这让人几乎喘不过气来，让感官同时变得迟钝和过度兴奋的不是炎热，而是照耀在一个支离破碎的世界上的这种冷漠之光的单调性。或许这种情况也促成了这样一个事实，正如他发现的那样，大多数人会避开地面城市上的道路，而在地下的街道中四处走动。

他慢慢走到一个离界河更远的地方，那里比其他地区受到的破坏更为严重。一些建筑物的正面部分或全部被拆毁了，露出内层脏乱的墙壁，可以一眼看到后面的荒野。巨大的石头裂口在光线下发出锋利的光芒，在它撕裂的边缘，苔藓和灰白色的野草有时会掉落下来，瓦砾和碎渣粘在一起，一层层地堆在下面。罗伯特越是深入这越来越狭窄的街道，眼前的画面就越是扭曲。有一次，当他闭上眼睛时，他的脑海中浮现出了一个由石头搭建的玩具世界，一个巨大的孩子用笨拙、愤怒的双脚在上面踩踏。

在这条布满废墟的街道上，罗伯特遇到的几个行人都是面无表情地与他擦肩而过，仿佛他们已经感受不到周围的荒凉。偶尔他能看到远处出现十几名工人，他们可能是在下班回家的路上。每次当他靠近他们的时候，他们都会进入某一栋建筑物的地下室入口，那里可能与地下墓穴相连。

在那些倒塌的、已经失去用途的房子里，有人在散落一地的家当中找寻着，有人从碎片中捡起一小块金属片或金属丝，有人往挂起来的口袋里搜集一些碎木，那些口袋看起来就像是植物箱一样。他们像胆怯的掘宝者一样四处游荡，看起来疲惫不堪。当他们觉察到像罗伯特这样的陌生人那注视的目光，他们就会假装玩闹着打发时间，以免被怀疑是小偷。他们会孩子气地望向天空，饶有兴趣地拍拍衣服，或者如果他们没有赤着脚，就抓起一簇杂草清理鞋子上的石灰。罗伯特转过身继续闲逛时，几块石头从他背后飞来，但是没有击中他。他环顾周围，那些人又已经开始在废墟中继续翻找。

有时从空空荡荡的房子的窗洞里会探出一张脸，俯视着街道，仿佛在数着各个方向经过的路人，又好像在静静聆听，这让罗伯特内心也不免有些害怕。一路上，他不断拐进一条又一条小巷。他最终失去了方向，不知道自己在这片广阔的城市建筑群中身处何地，也不知道该往哪里拐才能慢慢回到旅馆和档案馆。他不得不放弃去往城市边缘的计划，因为太阳已经西斜了，影子也渐渐被斜照的阳光拉长。

当他在一个十字路口停下来思考的时候，远处一阵"嗡嗡"的杂乱声音传进他的耳朵。他随着噪声传来的方向走去，噪声很快变得更加吵闹，这种嘈杂清晰地显现出周末市场的热闹喧嚣。一团沉闷的"嗡嗡"声伴随着清亮的呼喊声上下起伏。罗伯特在坑坑洼洼的街道上快速前进，经过一个小拐弯后，这条崎岖的路越来越向下延伸，各种乱七八糟的声音形成的沉闷嘈杂声越来越大。走过这条歪歪斜斜的小路的最后一个拐弯后，视野豁然开朗。站在高处，他看见一个细长的石头广场，广场的侧面站了一群人，他们或多或少地聚成一团，打着手势来回移动。广场位于这块区域的低洼处，四面八方的街道呈放射状通向这个广场。环绕着广场的是一排仓库和平整的百货公司，下面的楼层几乎没有被破坏的迹象。罗伯特从高处观察着这片热闹的景象。这时，他发现聚集在这个广场上的都是男人。

他们成群结队地站在一起，激动地交谈着，似乎在争吵，直到一些人突然离开，加入到其他人群中，寻找新的交易。为了弄清楚这些事情的意义，他走完街道的最后一段，到达广场后，先在椭圆形的广场边缘停了下来，然后开始慢慢四处走动。没有房顶的百货商场前延伸出一座石头拱廊，拱廊的尖顶下面，流动的商人们在简陋的摊位上兜售着各种商品。这些商品大多是日常用品，二手的、老式的东西，而且眼前可供选择的东西也非常有限：摊开的几件上衣和裤子，还有银扣腰带、领带、颜色鲜艳的围巾，各种样式的鞋子和靴子，但这些东西看起来多少都有些问题。其他地方如衣架上挂着各种尺寸的皱巴巴的西装、传统的工作罩衫和过时的农民上衣，随意杂乱出售的还有缝补过的长筒袜、短袜、衬衫、帽子和网兜。这里提供的主要是男士服饰与物品，还配有登山杖和多节手杖，偶尔有一个旧货摊位上摆着一些女性的衣物。都是些不值钱的小玩意儿和便宜的小饰品。每个商人都蹲在摊位后面一个高高的桶上——看起来非常奇怪——从眯起的眼缝中警惕地看护着自己的区域。但各个摊位前面并没有拥挤的人群，只偶尔有路过的人会在小摊前驻足，看一眼商品然后接着向前走去。似乎并没有人想要购买什么东西。

为了确定这些东西是用来出售的还是只是用来展示的，罗伯特最终来到一个摊位前，用手指了指他准备带给安娜的一条旧花边披肩。这位旧货商的脸是黄褐色的，他坐在高高的桶上，身子微微向前倾着，拿起一根牧羊人使用的细长曲棍，迅速上下打量了一下罗伯特后，用细棍敲了敲从罗伯特上衣口袋中露出笔尖的钢笔。毫无疑问，他是想用这个动作表示可以用这支钢笔换那件花边披肩。罗伯特摇了摇头，表示自己想花钱买下这条披肩。商人耸了耸肩，又恢复了对一切都漠不关心的状态。与此同时，罗伯特找出了他去市政府报到时，从秘书那里得来的购买证，漫不经心地把它递到桌子上。这个商人起初只是冷漠地瞟了一眼那张盖着章的纸，然后似乎突然明白了眼前的情况。他从座位上跳了起来，赞同地点了点头，嘟囔着小声说不仅是花边披肩，还有男士使用的商品，买得越多越好。罗伯特环顾整张木板桌，没有发现什么值得购买的东西。这时候，旁边摊位的旧货商们已经意识到这边发生了什么。他们也从僵硬的座位上站了起来，向罗伯特靠近，挥手示意他来看看自己的商品。不一会儿他就被一群商人包围了，他们兴奋地胡言乱语着，对着罗伯特喋喋不休，还从衣服里掏出各种彩色玻璃、珊瑚项链、幸运护身符和廉价首饰让他挑选。

"有市政府的证真好啊！"他听见他们用各种不同的语言七嘴八舌地交谈着，这让他有些无法招架。他好不容易才拿到花边披肩，那个旧货商从官方购买证上撕下了一个副券，然后把它像个丰厚的战利品一样藏了起来。紧接着，罗伯特便被簇拥着来到了临近的摊位上，他最终用购买证的另一张副券买了一根坚固的手杖。他用手杖开辟了一条路穿过旧货商人群，这些人如影随形地不断缠着他介绍自己的商品。他终于离开了拱廊上的小摊，来到空旷的广场上，旧货商们不敢跟随他到那里去，他们似乎被禁止踏入那个椭圆形的广场。

他们在那里站了一会儿，张开手臂挥舞着渴求的双手。然后，这群人又渐渐退回到小摊的空地上。很快，他们又像之前一样坐在桌子后面凸起的木桶上，远远看去，里面的货物就像是画出来的一样。罗伯特转身离开了广场。

石头广场上起伏的人群依旧忙碌着自己的事情，对边道上发生的事情毫不关心。罗伯特不动声色地混入到了一群男人当中，他们难以抑制的兴奋也感染了他。这半圆形的人群将两个男人围绕在中间，一个是耳朵高竖的年轻人，一个是长着圆头鼻子的年长者。年轻人已经脱掉了自己的短大衣，年长者摸着这件大衣材料的质量。年轻人犹豫着称赞了这件衣服的优点，指着缝着补丁的暖和的衬里和鹿角扣，然后滔滔不绝地驳斥了那位年长者的顾虑。而这位年长者手里拿着一双粗糙皮革制成的高筒靴，赤着脚站在那里，脚上裹着破布，没有一丝接受年轻人货品的倾向。

旁边围观的人，有的为拿着短大衣的男人欢呼，也有的为拿着靴子的男人加油，这无疑让这场只与这两人有关的商品交易变得更混乱。有的人劝说，又有的人反对，似乎最重要的是，在这件事情上，一个人必然会让另一个人吃亏。圆鼻头的男人指着上衣肘部的一个洞，竖着耳朵的男人立刻将注意力转移到靴子底部的一个破洞，直到他们在大声争吵中逐渐达成一致，东西的优缺点似乎可以互相抵消。尽管如此，这个年轻人对这双高筒靴好像非常感兴趣，以至于在对方洋洋得意的欢呼声中，他又决定在自己的交换货物里加上了一条围在臀部的宽腰带。

"就这么定了，"年长者喊道，"成交！"——"成交！成交！"旁观者齐声喊道，年轻人和年长者把靴子同短大衣和腰带进行了交换。当双方的追随者为这次有利可图的成功交换表示祝贺时，一阵"嗡嗡"声就像受惊的蜂群一样从广场上掠过。这两个人早已分道扬镳，分别朝着其他人群走去，围观的人还在对这次交换的结果议论纷纷。罗伯特跟随在那个挽着衬衫袖子、拿着一双靴子的男人身后。他双手挥舞，急切地炫耀着自己手中的靴子。不久就有一群人围着他，开始了新一轮的以物易物。有人准备了一顶小羊皮帽子和一副皮手套，另一个人则表示愿意贡献出自己彩色的绣花裤子，第三个人拿出了自己的衬衫和丝绸领带，第四个人拿出了一件颜色醒目的外套。拿着靴子的男人逐个检查着这些人手中的物品，旁边站着的一群人自称是寻求交换的人的支持者，他们试图说服竖着耳朵的男人接受最有利可图的商品。

吵闹的讨价还价又开始了，直到交易成功。挽着衬衫袖子的男人成功用靴子换来一顶小羊皮帽和一副皮手套，他想用这些和他节省下来的腰带一起再换来一件大衣。与此同时，圆头鼻子男人用带鹿角扣的外套换了一口锅，不过这口锅很快又被拿去换了一枚图章戒指。在众人的笑声中，有人脱掉了自己的裤子，因为他非常想从竖耳朵男人那里得到一个手提箱，竖耳朵男人的肩膀上扛着的已经是手提箱而不是外套了。到处都形成了新的交易团体，他们想跟能让自己占便宜的人交换东西。大家相互交易，东西像塔勒一样流通，围观的人总是大声喊道："就这么定了！成交！"公文包换了把雨伞，雨伞换成了内衣，内衣换成了苏格兰过膝袜，过膝袜又换成了保暖腕套，直到腕套又换成了公文包，雨伞在相似的流转中又回到了原主人手里。围观者人影浮动，欢呼雀跃。

人群开始激动起来，他们的呼喊声变得越来越热烈。男人们互相挽着手臂，用力推挤着其他人，有意互相碰撞，阻碍对方。所有人都使劲跺着脚，仿佛在跳粗野的乡村舞蹈。交易时的叫卖声越来越大，人群逐渐融汇到了一起。罗伯特发现自己被狂野、拥挤的人群包围，无论他想去哪里，缝隙都会像旋涡般越卷越小。人们幸灾乐祸地喊道："裁判！裁判！"他们在他面前纷纷避让，推推攘攘地把他带到了广场的中间。太阳正要落山了。

突然间，他站在了最后一场交易结束处的拥挤人群里。他看见圆鼻头的男人穿上了又重新换回来的靴子，竖耳朵的男人在乞求换回他的短上衣，但他没有足够的东西用来和那位旧货商进行交易。"裁判！裁判！"人群尖叫着。一个人开始来回挥舞着手帕。白布和彩色的布在所有人的头上飘扬。罗伯特也拿出那条花边披肩，在空中挥舞着。他还没来得及反应，那个挽着衬衫袖子的男人便抓住了这条小披肩，把它扔给了拿着那件短上衣的生意伙伴。但那个人对这个报价并不满意。"裁判！"旁观者喊道。

"先生们！"挤在两人之间的档案管理员说，"我才来到这里，你们不能要求我——"他的话被淹没在喧嚣中。

竖耳朵的男人怪声怪气地哼了一声，然后抓起罗伯特的手杖，把它扔到了那位生意伙伴的脚边，然后把短上衣从他手里夺了过来。他完全没有注意到，衣服上的一个鹿角扣被扯掉了。环形交换完成。每个人都重新获得了原本各自拥有的旧物件。如果说这让整个过程看起来像是一场游戏，那么似乎没有一个参与者能够确定其中的规则，所以他们也无须担心赌注的问题。这样一来，赢回原本属于他自己的东西就如同得到一个新物件一样能够让他们收获满足和惊喜。

黄昏的第一道阴影投射在广场的低洼之处。挥舞着的手帕一起停了下来，突如其来的沉默席卷了整个人群。他们默默地退向旁边，转过脸，急切地想要逃到侧巷里去。穿过匆忙清空的市场，罗伯特看见那位戴着灰色礼帽的先生缓缓走来。他的出现把人们吓得像老鼠一样四处逃窜。商人们也清理了各自的摊位。

档案管理员神情恍惚地沿着其中一条大街走了过去，他希望这条路是通往老门的。他感觉脖子非常不舒服，环顾四周，发现没有任何跟随自己的目光和脚步。

那条花边披肩他本打算用来送给安娜一个惊喜。那根节杖他原想在城市闲逛时使用。现在，它们都被人骗走了。他两手空空地回到了家里。

夜幕降临之前他就到达了档案馆，这比他预期的更快，莱昂哈德已经准备好了晚餐。编年史作家坐在那里沉思良久。这寂静让人觉得痛苦。午夜时分，他听见了一阵号角声，像是猎人召集狩猎的声音，听上去十分沉闷。

随着时间的推移，档案管理员的焦躁之情愈加溢于言表。在穿越城市的路上，他步履匆忙，目不斜视，仿佛生怕遇到熟人或者卷入新的事端。倘若有人敲响他工作室的门，他会不自觉地吓一跳，就如同突然听到某种意外之音一般。一个长着褐色头发的新女仆顶替了老米尔塔，还会时常好奇地围着档案员走来走去。从那之后，他就习惯了在档案室对面门侧的小塔室里过夜，但他并没有舍弃自己在旅店的房间。虽然他通常晚上会坐在塔室里工作很长时间，但他睡得依然很不踏实，梦魇不停地折磨着他。在梦中，于此发生的事同他早年的记忆混杂在一起。躯体的疲惫感让他的精神更加紧张。

库存的雪茄已经全部抽光了，即使是天真烂漫而又善解人意的莱昂哈德也开始茫然无措。这个时候，罗伯特只得拨通公务电话，向市政府里的秘书寻求帮助。在罗伯特到任时，正是这位秘书为他办理了各种证件和票证。那位秘书向罗伯特表示，当然可以从外国使团成员的配额中抽取一部分烟草提供给他。但同时要求他至少在公开场合尽量不要使用，并感谢他为了城市习俗而因此做出的牺牲。

罗伯特仔细想了想，他确实从来没有见过这座城市的人吸烟。他还记得，当他坐在电车站台的长椅上点燃了一支烟，徒然地等待安娜时，那些女人是如何惊讶地看向他的。他决定放弃市政府为他提供的优待，转而选择戒烟。这对他来说尤为困难，首先他的神经会变得衰弱起来，但在他看来，这种放弃能将他变得与城市里的其他居民更加相像。已经摸清了罗伯特喜好的莱昂哈德，自然会在此刻为他送上一壶美酒，并且每天晚上都会为他准备好洁净如新的烛台。

　　大量的笔记和摘录在档案员的身旁堆积如山，这些都是由伯尔金为他运送来的事关人类命运的手稿收件，但它们的数量增加得如此迅速，令人完全不知所措，以至于他越来越担心自己永远找不到时间来系统整理这些材料。但这并不是唯一折磨他的事情。对于来到这里后所经历的事，他曾多次试图寻求一个解释，并记录下其中的含义，却徒劳无功。他的忧愁和疑惑也没有人可以分担。作为知识的守护者和掌控者，玛古斯大师徘徊于存在的深渊，但拒绝回答任何直接向他提出的问题。伯尔金虽然愿意进行详细的解释，但他还是与其他神情庄严的助手们一样，坚持着一般服务的礼貌矜持。而年轻的莱昂哈德始终忧心忡忡地沉默着。父亲言语之间极尽关切，但从一开始就夹杂着显而易见的不信任。无论如何，在最近发生的事情中，父亲已经为罗伯特发挥了他的作用。卡特尔，也许是这里唯一一个本可以和他聊到一起的人，但与少年时期相比，此时的他却处于一种古怪的矜持之中。然而，这位画家却似乎是看透了，也知道许多在罗伯特看来令人费解的神秘事件。唯独对安娜，他没有像对这里的其他人那样，在情感上隔着一道鸿沟。尽管如此，他亦无法欺骗自己，她和他之间也产生了一种陌生感。这个念头使他感到不安，可能正如同他父亲曾经猜想的那样，他是因为安娜而被召唤到这里来的，而他作为档案员的职务只不过是一个说辞而已。

在梦境中，他无数次见到了梅尔滕斯教授。就像对待病人一样，这位医生一直弯着腰把脸凑近罗伯特，并且警告道："我会在广播上报道你的事。"当罗伯特痛苦地转过身去时，医生的脸又在他面前变得近乎真人大小。"没有用的。通过广播，全世界的人都会知晓你的行迹！"梅尔滕斯教授宣称道。然后罗伯特又看到自己坐在扩音器前的扶手椅上，耳边一个声音说道："以撰写编年史为借口，逃亡的林德霍夫博士正在尾随安娜·梅尔滕斯夫人。"忽然间，伊丽莎白已经默默地站在他身边，用一把闪着珠母光泽的扇子给他滚烫的脸庞送去凉风。随着扇子"哗啦啦"急速地上下舞动，许多照片从扇子里飞了出来，是他孩子们的新照片。它们散落在地板上，但罗伯特的手太过虚弱，以至于无法捡起它们，直到母亲不知何时走进了房间，才把它们收拾了起来。配有门童的门开了，一个似同他父亲的声音响了起来："这一切都记录在档案里。"

当罗伯特准备动身去见安娜的时候，他的意识中还遗留着梦境的残片。田野沐浴在午后的阳光之中。档案员忐忑不安地走在破败住宅区一栋栋建筑之间的狭窄小径上，他记不清自己和安娜当时是从哪里拐进去到达父母的乡间别墅的。这时候，一栋屋子映入他的眼帘，它看起来与其他房子毫无二致，也是同样的破旧不堪，杳无人迹。低洼处的石钉间摇摆着一串串铁链,仿佛被大地的震颤触动,偶尔会"叮叮当当"地碰在一起。罗伯特徒劳地窥望着营房的庙堂,希望从蛛丝马迹中寻找到前进的方向。他焦躁地蹿来蹿去,本以为找到了正确的路,却总是发现那只不过是自己的错觉。

忽然,安娜家的宅屋仿佛凭空从哪里冒了出来,出现在他的面前。两位老人坐在大门旁的长椅上,而安娜并不在家。

"她在囤积菜干,她总是惦记着储备。"安娜的母亲边钩毛线边说。

罗伯特重复了一遍去往车站方向的路线,销售点就在那边。然后他便和那位笑眯眯的老太太做了告别。

"安娜的兄弟姊妹们,她们总是挂念着我们,因此我们老两口过得都还不错。"安娜的父亲边说边把罗伯特送到了花园门口。

罗伯特漠然地点了点头。

安娜的父亲有些怅然失神地继续说道:"但是安娜让我很担心,因为她到这里还没多久,所以没有多少人真正关心她。情况越来越糟糕,安娜的前景也显而易见变得愈加渺茫。监察员先生,您应该明白其中的危险。"

在这看似已经荒废了的郊野别墅区,罗伯特踱步走在公园小路上,思忖着安娜父亲刚才说的那些话。他的心中也渐渐泛起一丝焦虑。安娜的问题究竟是出在哪里呢?自己对安娜是不是有些冷落?罗伯特觉得自己仿佛走在一个既没有目标也没有答案的荒原上。一阵莫名的凄凉侵袭着他的内心，面对着铁蓝色天空笼罩下的这道风景，他产生了一种无力感。沿途满眼都是些枯枝败叶，花园里的花瓣也显得毫无生气，仿佛蜡制一般，叶子像纸张一样"沙沙"作响，矮矮的草坪就如同染了灰尘的毛毯一样。罗伯特前所未有地体悟到了这里的疏离。铰链半挂在门间，栅栏上的缝隙随意地被某种替代物覆盖着，有破烂的麻袋，还有已经爆裂的屋顶板。此时此刻，对档案员来说，这种感触尤为强烈，仿佛以一种冷漠的方式对这里进行了有序的粉饰。每一幅画面都成了静物，罗伯特也深切领悟到了法语中"静物"这个表达的真实含义。

安娜从一旁的小路走了出来，突然出现在他的面前。罗伯特茫然无措地面对着她。

"哎！"她放下了装满干菜的提篮。

安娜衣着朴素，没有戴帽子。她的脸色却苍白得似玻璃一样。

罗伯特抚摸着她的脸颊，她的脸上闪过一丝欣喜，而她的眼神却十分淡漠，空洞而又流露着些许悲伤。

他说："我们终于又相聚了。你过得怎么样？"

"有时候，我看到的一切都好似隔着一层面纱。只有你的热吻才能擦亮我的双眼。"安娜回应说。

罗伯特挽着她的胳膊，慢慢地在篱笆间踱来踱去。那只菜篮子一直放在地上，每次他们掉头经过那里时，它都会像一块磁铁一样吸引着安娜的注意力,占据着她的脑海。

当罗伯特说到这一带有多荒凉时,安娜却指出,这里的人都乐天知命、自得其所。在火车将要到站的时候,还有一些人会定期驱车赶到车站附近,在新来的人群中寻觅亲友。

罗伯特告诉她,他也是整天忙得不可开交,因而与她的相聚才总是一推再推。对此,安娜似乎信以为真。

他们在道路的转角处停了下来。安娜用鞋跟在风化的沙地上转出一个尖洞。

她说:"命运指引我们再次相聚,但在我看来,你似乎并不珍视这次宝贵的机会。灭顶之灾和动荡不安的时刻可能马上就会出现,我们的族谱中有过这种记载。"

"你们家有这种记载?!"罗伯特震惊地问道。

安娜继续说:"在黄昏还用不着灯火的时候,我父亲偶尔就会讲起这些事情。他告诉我们,说不准再过多久,弥天大祸就会再次降临我们这个地方。"

"那就只有口述的遗存,而没有文字记载吗?"罗伯特又插话道。

"这有什么好怀疑的,而且你为什么总是围着编年史这个词打转?"安娜说,她对罗伯特话语中那种刨根问底的语气感到很奇怪。

"你知道的,从早年我对古老的文献典籍感兴趣开始,我就养成了这个习惯。"罗伯特避重就轻地说。

他又挽起了安娜的胳膊，和她继续一起在小路上散步。

"我的意思是，这和你的吉尔伽美什没有关系。这件事关乎的是现在，关乎的是我们。这个警示难道不会令你感到不安吗？"安娜劝诫道。

罗伯特沉默不语。

安娜用一种奇怪的腔调说道："你想一想吧。警示中说，所有的时光都只是未知之前的休养期，所有的空间都只是暂时的庇护之所，所有的工作都只是进入另一半王国的准备。你不能迟疑，亲爱的！不要犹豫！灾祸伴随着血雨而来，伴随着旱灾而来，前所未有的灾难会铺天盖地而来。我们将生活在暗无天日的地狱里，无底深渊的力量将朝我们席卷而来。它可能就发生在一瞬间，我们随之会被逼入虚无。对我们来说，这和我们的祖先所经历的没有什么不同。想想《圣经》中的大洪水吧！"

"这不像你说出来的话。你到底被什么先知附身了？"罗伯特说，安娜异常激动的表现让他不由往后退了几步。

"为什么，你不相信吗？为什么你不愿感知余留的存在？任何一个时刻都至关重要。到底还留下什么呢？"她压低了声音。

安娜说这些话的时候，或许是想到了自己，还有她和罗伯特之间的关系。不过，她的话倒是提醒了他，自己的任务是要成为这个城市的档案员和编年史家。

"究竟为什么远离我？你就不能为了我们而抛开工作吗？"她叹了口气说道。她没料到自己的这个问题让罗伯特陷入了何种尴尬的境地，罗伯特的确不愿放弃自己的工作，还有自己与档案馆的关系。

"只要我，只要我弄清了我在这里的情况和我的任务，我们真正的命运之日也会随之到来。"罗伯特安慰道。

安娜觉得罗伯特对她有所隐瞒。

她说："爱，容不得任何拖延。你不用害怕我的父母，你尽可以在我们家过夜。但如果你需要更多的安全感，我也可以来找你。"

好极了！罗伯特心中喊道，到我这里来，他的回答却遮遮掩掩。对他来说，安娜去旅店看他的可能性仿佛跟去档案馆看他一样渺茫。但他又想起了自己塔室中的秘密暗门，通过它可以进入地下，这样就不会暴露。

"我们到时候可以到附近去郊游，还有以后你会来找我的，对吗？"罗伯特兴奋地对安娜说。

他抓起了放干菜的提篮，在空中忘乎所以地挥舞了几下，最后把它挂在了篱笆上。想到能和心爱的人一起漫步，罗伯特欣喜若狂。而且以后安娜会来找他的。

"有你在，我是多么地开心啊！我真是个傻子，竟然让这所有的困扰分散了我对你的心意！"他放开了声音高声喊道。

罗伯特张开双臂挥舞着，仿佛驱离了所有的鬼怪。一阵微风吹拂而来，周遭的景色也仿若灵动了起来。安娜感觉到了空气的流动，抬起头来斜望着天空。

"又有一列载满乘客的火车来了，你是不是也听说最近来来往往的人越来越多了？我没怎么遇到熟人，有可能是因为我来得太早了些。"她说。

安娜提起了篮子，让罗伯特送她回家。

走在路上的时候，她接着说道："我有时会见到一个戴船形军帽的士兵，他告诉我，这里的驻军数量预计将大大增加。据说，营地已经扩建好了，前沿阵地上新修了大量的碉堡和防空洞。那是我的一个老熟人，多年前我去巴黎旅行时，在火车上遇到的他，那时我还是个小女孩。他当时是索邦大学的学生。"

罗伯特询问安娜上次在宗堂里聊天时，她提到有个拜访了她父亲又被打发走的士兵，那是同一个人吗。

当安娜点头说是同一个人时，罗伯特暗暗地观察着她的表情。但是，安娜继续平静地说，那个士兵一定是认错人了，因为他不是找罗伯特，而是找市里的档案员，某个高级机关的局外人。安娜甚至认为这是那个年轻人的借口，在她看来，那个年轻人只是想找一些再与她接触的机会。

在安娜父母家的花园大门附近，他们两个人停了下来。

"我们应该去一次庙宇营房，它肯定在这一带。"罗伯特说。

安娜现在看起来更加容光焕发。她说，如果没有特别通行证，在为了禁止进入军区而设置的宽大铁丝网附近就得止步了。从那里已经至少可以看到一部分留存的古建筑的样貌。

罗伯特隐瞒了一个事实，那就是他有一张特殊的通行证，那可以让他畅通无阻地通过守卫，当然也足以让安娜合法地陪伴着他一起。

"也许，贝特莱特先生可以帮我们弄到一张通行证。要是我此刻知道怎么联系他就好了。"安娜说。

罗伯特也表示对此没有把握。而且，此时时间也不早了。他心神恍惚地一直望着太阳的中心，直到转过了身，才感到头昏目眩。无论看向哪里，他的双眼前都有一个个红黄色的球体在跳动，并排飘浮着，而后爆裂开，成为喷射着火焰圆边的黑洞，撕裂对一切物体的视觉。他把眼镜从鼻子推到额头，揉了揉眼睛。

然后他说道："我突然想到，我后面和画家卡特尔约好了，那不巧可能要耽搁我很长时间。"

"我不能和你一起去吗？"安娜问。

"那可能不太合适，我改天再来接你吧。"罗伯特回答。

安娜开玩笑似的褪去他的外套，露出里面的衬衫，用并拢的食指和中指敲了敲罗伯特的胸膛。

"你呀！"她说。

"是的，不会让你等太久的。"罗伯特回道，边说边将手搭在安娜的手上。

安娜面部的线条在他的眼前忽地闪了一下，接着便模糊起来。罗伯特从她身旁挣脱开来。

"你并不幸福，罗伯特。"

"但是，我们总有一天会幸福的。"

"幸福是什么？"

"这要看你的要求是什么。"

"你不知道，我有多爱你，我只有你一个人，罗伯特。"安娜说，一种忧郁的沉重感在她的脸上蔓延开来。

她的眼睛坚定地望向远方，仿佛那远方就在咫尺之间。

"人可以欺骗生活，但无法蒙骗死亡。"她说。

罗伯特用双手再次握了握她的手，然后决然地转身离去。因此他没能察觉到，在打开花园大门之前安娜突然摇了摇头。送罗伯特离开后，安娜从坐在长椅上的父母身边走了过去，上楼进了自己的房间。

与此同时，罗伯特正在回去的路上翻找伯尔金曾经交给他的那串钥匙。在确定了那把有长长钥匙齿的老式钥匙是用来打开活板门的之后，他打算一到家就马上试一下。他边走边脱了外套，顺手把它搭在胳膊上。激情澎湃的画面充斥着他的脑海，这让他感到血脉偾张。他的头脑中浮现出两个少女般的妇人，在他到达这个城市时，她们拿着水桶站在安娜身旁的喷泉边上。他试图回忆起她们的面容、肢体和动作，但无论如何也想不起来。如果没有记错的话，当时她们的动作举止让他有一种似曾相识的感觉。她们让他想起了谁？不可能是尤塔，也不可能是厄德穆特，她们早就死了。谁知道那些女孩是否还待在城里，她们究竟在哪里落脚呢？而伊丽莎白又过着什么样的生活呢？不，对他来说，这是关于安娜的，除了安娜别无其他。

档案馆每天经手的自白几乎都涉及血统的影响。爱与恨，欲望与悔恨，嫉妒与羞耻，痛苦与遗憾：总是产生渴望与恐慌的感觉，总是把命运从自我提升堕入无意识——造物主之手只是建造一个迷离的世界。生活似乎不过是围绕着爱神丘比特的一支持续不断的舞蹈！这些小人儿只是构成他那首永不停歇的旋律的音符。

一个由于职务关系而不得不在浪漫主义和玩世不恭之间寻找平衡的档案员，是否允许他在爱念中迷失自我？在这所城市里是不是有那样一家妓院，即使是身份尊贵的人也可以进入？他只是把这当作一个学术问题来叩问自己。他想起来，在庞贝古城就出土了这样一家妓院。在消亡两千年之后，这座房间狭小空洞的妓院与周围显得是那样格格不入，应该在它那个时代就是乏味无趣的。古老酒神节令人目眩的气氛依然留存在神秘之屋的沙龙里，但即使是这样也显得无比俗旧，无比陈腐。

但每个人都想为他的风流韵事留下见证，或以色欲，或以升华的形式，而且总是固执地认为他的私家自白是独一无二的。无数的人把肆意的爱情和绯闻故事当成家常便饭，这些故事简直不输于任何淫秽的乡村八卦。当然也可以从不透风的床角写出来一部文化史。但随着时间的流逝，所有的这些粗俗和古怪的事例并不会为情感生活提供什么新颖的东西，它们很快就会变成一本打发无聊时光的手册。

档案员得出的结论是，委托他撰写的编年史必须避免任何主观臆断的内容。

他自己已经认识到，那些自我陶醉的爱情文学，即使在档案馆里，也没有它们的立锥之地。伯尔金最近正在审阅一大批印制和非印制的新到手稿，他对此的评价是，写给埃及艳后克娄巴特拉[1]的情书模式仍然足以让人沉醉。或者那些情书是写给塞弥拉弥斯[2]的？不论怎样，它们塑造的不过是亚当和夏娃之间爱情抒情诗的变体。从那时起，再没有任何值得称道的种类出现，始终无法突破重复的表达。昔日的陈词滥调仍然备受青睐。后来，这一类型的所有表述都只不过是文字的变换，即使其中较好的部分也没有在档案中保持太久的新鲜感。

---

[1] 也被称之为"埃及艳后""埃及妖后"，古埃及托勒密王朝末代女王，在大多数的描绘中，克娄巴特拉是个超级漂亮的美人，充满知性、美貌和性感，并且成功征服当时西方世界最有权势的男人。

[2] 亚述历史上的一位传奇女王。

怀揣着这种似乎是官方认定的想法，罗伯特走在回家的路上。当他走近喷泉广场时，他发现广场上到处都是小市民们，围着广场中心边散步边闲谈。他们三三两两松散地走在一起，有时停下来互相问候，走动的方式就如同剧院里大型中场休息时观众在门厅里来来回回的场景。所有人的脸上都写满了忧虑，这不由得让人想到那些被剥夺了更重要角色的临时演员。人们还会联想到那些与妻子一起聚集在广场上听音乐会的疗养者，尽管这里没有音乐，只有古老喷泉的水花击打声，只要没有被嘈杂的人声淹没，它便清晰入耳。

在此期间，罗伯特又穿上了他的外套。很快，他就在这些临时演员中辨认出了一支自成一体的旅行队伍，他们刚刚抵达这里，正在享受登记和继续向驻地行进之前的短暂停留。当他不费吹灰之力穿过如织的人群时，各种零碎的谈话传入他的耳朵。他觉得这嘈杂的人声在他耳边就像兴奋的鼓点在敲击，而没有去刻意留意某个具体的说话者。

"我从来没有幻想过——"

"人们永远被束缚——"

"现在他们可以看到，没有我的话会怎么样——"

"在我看来那是一种流行病——"

"它导致了彻底的无产阶级化——"

"今天不行，但也许明天——"

"我总是用椰子油来做烘焙——"

"从道德来看,这是别人的错——"

"所有都只是自私的打算——"

"正如我所说的,红桃A在斯卡特游戏中——"

"在喝完白菜汤之后,氰化钾或气体——"

"今天不行,但也许明天——"

"我以前喜欢在混声合唱班中唱歌——"

"我们这样的人从生活中得到了什么?"

"你只需要把你的裙子掀起来——"

"我从来没有加入过那个党派——"

"二乘二等于四——"

"今天不行,但也许明天——"

"从来没有人像我这样被爱过——"

"这都是假的,您看——"

"绝望而不工作——"

"还有谁对这个世界熟悉呢——"

"今天不行,但也许明天——"

"据说连恺撒也是一个犹太人——"

"每个人都是他自己命运的主宰者——"

"我开始明白了——"

"重要的不再是个体——"

"谁在谈论新的神灵——"

"今天不行,但也许明天——"

罗伯特穿过了广场。在他到达地下墓穴区那处能够遮风挡雨的栖身之地后,这些话语仍然盘旋在外面的空气中,挥之不去。

一阵寒气向他袭来。走廊似乎比平时更加空旷。只有在地下的理发店里,等待的人才排成长队。这一次在排队的人群中还能看到许多女人。

档案员站在通往上面老门的楼梯分叉口,试图寻找那条通往他塔室活板门的隐蔽坡道,但是徒劳无功。因此,他不得不采取往常的方式前往档案馆。他没有在工作间逗留,而是匆匆穿过门后的矮桥,来到了自己的房间。他抓住地板上的金属环,奋力将其拉起。他拉开了一个隐藏的门闩,才成功开启了活板门。沉重的铰链已经生锈,打开时发出了刺耳的声音。一条大约一人宽的四方形井道通往幽暗的深处。罗伯特匍匐在光秃秃的地板上,用灯笼照了照井道的下面。他发现了一个悬空的绳梯,用手摸索了一番,发现那是用编织的皮革制成的,他还在岩壁上找到了坚固的攀爬手把。于是,罗伯特毫不迟疑地顺着微微摇晃的梯子爬了下去。大概下了三十个绳阶之后,脚才终于踩实了地面。井道的底部变得宽阔起来,但似乎没有任何通往其他方向的路。然后他发现了一个横向的钥匙孔,那把长齿的特殊钥匙就插在上面。罗伯特好不容易才打开那扇有一堵墙厚度的夹缝门,门的两边都是石板。它通向的正是老门楼梯前的那个幽暗的隧道。

罗伯特发现这边是一个刚好可以把那把钥匙插进去的切口，用手掌测量了一下从地面到第一个台阶的距离，然后把暗门从通道那里拉向自己。门毫不费力地打开了。他重复着前面的这个过程，拔出了钥匙，走开了一段距离，假装好像是从理发师那里过来一样，然后试图找到新的入口。在黑暗中，他分别从侧面和上面重测了有几掌长、用指尖摸索着找到的墙上的魔法栓，然后砸开了它。这难道不是意味着安娜已经站在他身后了吗？

当攀上绳梯，通过小窗爬进他的房间后，他赫然发现莱昂哈德就站在自己对面。莱恩哈德刚刚准备好了蜡烛和夜酒，此时正张大嘴巴看着档案员。罗伯特来回移动着暗门，上面的铰链撞击发出嘈杂的声音。

"拿点油来，赶快给铰链润滑一下。"档案员说。

"这个入口，从我担任老门的侍者以来，还未有人使用过。"年轻人回答道。

罗伯特说："你不用道歉，如果你能不露声色地解决这个问题，那就是帮了我的大忙。"

莱昂哈德拿了点用得上的东西，很快开始忙活起来。暗门在铰链上无声地转动着。

"你的手在发抖。"档案员说，莱昂哈德站起身来，小心翼翼地关上了门。

青年结结巴巴地说："是因为向下看的时候，井道深处似乎有股吸力。"

他不禁满脸通红。

"您是像往常一样在工作间里吃饭，还是要我为您送过来？"他语速飞快地说道。

"给我送过来吧，今天和接下来的几个晚上，你还要准备好第二壶酒，你们这儿的气候干得能把一壶酒蒸发殆尽。让盘里的水果永远满满当当，莱昂哈德！而且要准备两副餐具！"罗伯特说。

莱昂哈德拿来了罗伯特要求的所有东西。在得到了档案员的赞许之后，他在门口停了下来，并不断徘徊着。畅快地喝下了两杯酒后，罗伯特问他还有什么事。

"没什么，或者只是因为，刚刚我看向井道深处的时候仅仅是瞥了一眼而已，那甚至让我感到头晕目眩——"小莱昂哈德说。

罗伯特端着酒杯走到他面前，让他喝了一口。

年轻人只不过抿了一小口，然后怯生生地抬头看了看罗伯特，用手掌紧紧撑住他身后的墙。"这一天终于到来了，因为档案员延续了我的无生命状态。我来到这里的时候是17岁。"他断断续续地说。

"你着魔了！"罗伯特在那个年轻人后面喊道，但他已经匆匆离开了。

"莱昂哈德！"他推开门再次更加激烈地呼唤，回应他的却只有踩踏楼梯发出的"嗒嗒"声。

当档案员把莱昂哈德只尝了一口的那杯酒倒掉后，他就惬意地坐在床边的扶手椅上，双手抱头。什么事会使莱昂哈德感到不安呢？他说的那句话，延续了他的无生命状态，是什么意思？安娜的形象浮现在他的眼前。在罗伯特的脑海中，不停地萦绕着一句话，在喷泉广场上散步者的谈话片段中，这句话也一次又一次地出现：不是今天，但也许是明天。

他久久地凝视着蜡烛的光芒，蜡烛必须消耗自己才能发出光亮。他熄灭了它，在黑暗中摸索着上了床，然后沉沉睡去。

编年史家提出由卡特尔引领他参观那些工厂，这着实是个不错的主意。正如这位画家向罗伯特所解释的那样，他无论如何也要检查一下地下人造石厂那破旧接待室里的壁画情况。这也许是一个借口，但也可能事实确实如此：罗伯特希望他的陪同能使自己的任务更轻松一些，而卡特尔对此毫无疑义。

一大早，卡特尔就催促着赶紧动身，以便能及时到达位于城市东部边缘的工厂所在地。从档案馆出来后，他们穿过了地下墓穴通道，这些通道经常呈之字形分布，所以只有当地人才能够找准正确的方向。有时，为了减少绕弯，两人会爬上一段通往房屋底层的隐藏楼梯，穿过那片废墟上的条条小径，罗伯特曾经由那里前往交易市场。终于通过一个隐蔽的房子入口，他们再次进入了地下的道路网中。如果没有朋友陪伴，罗伯特在迷乱中很难自己找到正确的路。

在路上的交谈中，画家避免提及任何个人的回忆，而只是围绕着事情本身来解释。他讲述了两个大型工厂的情况，这两个工厂受市政管理，而且互补性极佳。这个特殊的过程在人类世代更迭中发展得越来越合理。这样一来，就可能将大约五分之四的人口都裹挟进一个不间断的工作流程。

他们越是接近其中一个厂区的生产区域，地下的景象就越是繁忙。在最后经过一条尽头是更为宽阔的隧道走廊之前，他们被工厂检查处的工作人员拦住了。罗伯特出示了他那张由市政当局颁发的通行证，这使得画家也能够合法进入。他们拒绝了护送的提议，工厂检查处的人表示了同意。后来，卡特尔发现其中一位引路员正在暗中尾随着他们。

走了几步后，他们就已经进入了隧道。罗伯特靠在岩壁上，然后停下了脚步。在微弱的灯光下，不断有工人从他们身边经过，这些人推着堆满砖头的货车、手推车和罐车前进，而在另一边，一队人正用同样的轮式箱子向相反方向拖运大量瓦砾。他们赤裸的上半身由于出汗而反光发亮，沉重的木鞋踩在地上像马蹄声一样沉闷。大多数工人因劳累而垂着头，几个人一组，推着小车前进，日子久了，车轮在石堤上划出了深深的沟壑。一列又一列的队伍分别从两个方向行进，没有开始，也没有结束。在每个车队之间，经常有一个工头拿着矿工所携带的矿灯走来走去，他负责确保车辆之间保持几米的距离。一些守卫肩上像扛着枪械一样扛着短柄铁丝篮，用来收集掉落的混凝土砖。

压低的咒骂声和呻吟声混杂进同伴的推车发出的刺耳"嘎吱"声；然而，在工人们肌肉发达的手臂和脖子上，显现出来的更多是良善而非暴力。可以说，一种循规蹈矩的恭顺笼罩在那些负重缓行的人身上。只有当运送石料的速度放慢时，这种机械般的热情才会有所消减。每当这种情况下，随行的监督员就会开始介入。他们会粗暴地喊叫，然后将几近陷入停滞的队伍引向那平行的侧道。这些侧道每隔一定距离就有一个，作为会让站，用来确保相向而行的两辆车能交替行驶。路上偶尔会扬起一缕尘土，给碎石岩屑蒙上一层烟纱；有时则会飘来一阵暖烘烘的瓦斯。手推车和集装箱彼此紧密相接成一列,即使在如此宽阔的隧道中,人们也绝无可能从中穿行而过。但在隧道边上仍有一条边缘地带,卡特尔和罗伯特一前一后地走在这条边缘带上。装石头的人迎面朝着他们走来,却都没有注意到这两个人。

越往里走,隧道越宽,并逐渐形成了一个由方形石柱支撑的宽敞拱顶。嗡嗡的声音充斥着每个人的耳朵,一个字也难以听清。卡特尔迈步走上了一条通向高处的夹室通道,这个通道位于大厅的岩石长壁的半腰处。噪声因此一定程度上有所衰减。通过岩壁上那每隔一段距离的小洞口能够看到洞穴般的大厅。罗伯特和卡特尔一起进入了其中一个洞口。当他的目光在这无休无止、乏味至极的工作流程中游走时,他意识到这里是十七个大厅中的一个。生产的货物成品被分成几批运走,这里进行的是立方体人造石的生产,而这些生产活动正是由市政府一手经营的。与此同时,运来的原材料被收集在巨大的瓦砾桶里,周遭还围绕着一圈铁制的爬梯。

卡特尔继续解释说,这些钢桶连接着一个肉眼看不见的管道网,它们径直延伸到位于周边更远位置的地下生产车间那里。然后再根据需要用机器吸取累积的材料,将其引入加工通道里面。堆放在高处的成品,由一个简单的传送带系统不间断地输送到大厅里一个抬高了的夹楼上,夹楼以条带状延伸开来,占了整个大厅超过三分之一的空间。在那里,石块通过密集的木制滑道被输送到下面等待着的运载货车上,然后由苦力们将其运往隧道一端的方向。到处都是雇佣工、搬运工、分配者和调度者，这样一来才能保证石料运输永不间断却又始终有序。

大厅上面悬挂着一顶石膏灯，耀眼的锥形光从一个工作区照射到另一个工作区。在罗伯特看来，那顶灯仿佛是一只颤动着的巨型章鱼，摆动着手臂，触角抓来抓去，正在四处乱晃。在电线、活塞和杆子的混乱纠缠中，章鱼的身体剧烈地来回抽动，但又好似无条件遵守着一道精准的命令。铁制的台子架在石壁柱的半空处，上面站着身着官服的临时管理员，他们监督着这项嘈杂而又奔忙的工作进程，以锐利的眼神注视着各自的工作区，并用双筒望远镜进行着细致的检查。但凡哪里出现一丁点儿反常的情况，他们就会把信息自动传达到探照灯的控制台那里，探照灯就会立即把猎食般的光束射向那些怠工的地方。如果实际运输量低于单位时间计划运输量的话，他们也会通过闪烁的彩色信号向工程师总部报告，要求临时加快工作速度。换班和接班人员收到的信号也是以类似的方式传递。

卡特尔不得不反复拉扯着档案员的衣袖，罗伯特才得以从眼前的工作场景中回过神来。他试图在脑海中勾勒整个画面，这里有十七个相同的运输车间，从这些车间中又延伸出各自相应的生产线。那么生产出如此多的人造石料又是做什么用途呢？

罗伯特若有所思地跟着画家参观了各个行政部门。它们像小隔间一样在走廊上一字排开，这条所谓玻璃长廊整体全部处于一个岩洞之中。这座地下的办公大楼由整齐的钢制结构支撑着，不仅各个房间的侧面是可推移的玻璃墙壁，而且天花板和地板也是由透明玻璃制成的。因此，人们在这里就像在一个透明的真空房间中活动。经理和董事、工程师和统计员们在这里办公，技术委员会和理事会也在这里举行会议。

在罗伯特和卡特尔进入首席经理的玻璃办公室之前，一个仆人在他们的靴子上套上了宽大的毛毡拖鞋，就像人们在参观城堡时经常做的那样，借此贵重的镶木地板才能得到保护。他们就这样郑重地步入了这个玻璃世界。档案员产生了一种微微的眩晕感，因为这里的家具、桌子和椅子，以及朝他走来的总经理，都同样悬浮在透明的地板上。不仅仅是他的周围，在他上面和下面的房间里的人和他们的物品也都像虚拟的画面一样悬在空中。当他看到这番景象时，他对缺乏支点的恐惧感又增加了。他的头顶上坐着一个跷着二郎腿的人，那双巨大的拖鞋透过玻璃天花板投下了一片黑影，而他则觉得自己好像踩在了脚下那些人耸起的脑袋上。

卡特尔将罗伯特以该市新任编年史家的身份介绍给了经理，实际上罗伯特以前就认识他并曾与之交好，然而经理待他却显得十分生疏和客气。这名经理身材高大，面容憔悴且毫无血色，那向后梳理的长发已经稀疏，泛着近乎狐狸皮毛的颜色。由此猜测，他的年龄在四十岁左右。经理的头在耸起的双肩之间向前伸着，举止十分局促，不论是站着还是坐着都总是低着头。他的嘴唇很薄，干瘪紧闭，还微微突起。他说话时总是夸张地挥舞着手臂，动作显得有些笨拙，声音也被刻意压低了。他把一张扶手椅推给了罗伯特，椅子腿也被包裹在毡罩里。

画家提出他要去处理旧接待室里的壁画，然后便转身离开了。那个接待室曾经用于举办酒宴，但已经很久没有再使用了。它就位于玻璃长廊上方不远的地方。罗伯特看到卡特尔把玻璃墙轻轻推到了一边，直到能够通过，然后他以这种方式穿过了一个又一个房间。突然间，他也开始悬浮在半空中。罗伯特不由自主地抓紧了椅子两旁的扶手。好一会儿之后，他才理解了这令人难以置信的一幕：原来画家是乘坐了一台连接大楼不同楼层的玻璃电梯。

"所以，您现在已经进入了我们的地下辖区，来了解这个神秘的管理体系，这里的每个人终生都要面对无数的问题。"经理尖声对编年史家说道，但始终没有看过他一眼。这个面色憔悴的男人任由手臂在无声凝滞的空气中划过，然后继续说道："现在您应该已经发现了，您身处在一个镜像的世界里。"

罗伯特无言以对。

经理继续说："至于我，则代表着无数自古以来一直在这里做苦役的人同您交谈。我是群众的庇护者。"

罗伯特注视着他。经理的头始终向前伸着，这给人一种他是驼背的印象。

"您已经在这下面工作很久了？"编年史家问道。

"令人惊讶的是，在这里，人们每天都能重新发现自己。因为永不停歇地工作，我们失去了时间的概念。"这个憔悴的男人回答道。他继续说："您瞧，我自己也曾经拥有一家工厂，作为开创者，我的名字可能还保留在那里。然而，在这里，我和大家一样，只是暂时担任目前的职务。您可能帮不上我们忙。"

"如果您愿意把一切都解释给我听的话——"罗伯特看着散射的光线说道。

经理站了起来，伸出手臂邀请编年史家在玻璃大楼中四处转一转。他首先提醒罗伯特注意观察董事们那陷入沉思的姿态，他们的脑袋在下面的玻璃房里深入而无声地交流着想法。经理又让他抬头欣赏上面房间里冷静而又认真的氛围，技术部的负责人们正在对当天出现的问题进行分析。他指了指他们上下两层楼的黑影，这些黑影佐证了一个事实，那就是工程师们的计划没有任何变化。

对罗伯特来说，这些人和他们的职责所特有的怪诞式沉默，引起了他的深深不安。在他看来，似乎在所有人身上只有手势被保留了下来，以履行他们过去的职责，而他们那栩栩如生的外表更像是陈列馆里的专属蜡像。他们那亘古不变的表情姿态，更好像是在期待着不断被相机拍摄。

当他继续往前走，看到斜下方的一个房间时，他的这种不安感愈加强烈。这个头发稀疏的憔悴男人似乎是漫不经心地把罗伯特的目光引向了那里，声音却因为难以抑制的自豪感而不禁颤抖。这是一个由所有经理参加的董事会议，只有在特殊情况下才会出现这种全员出席的场面。参加会议的二十多个人，围绕着一张加长的会议桌，纹丝不动地坐在深色的扶手椅上，桌上没有任何文件或是名单之类的东西。而桌子中央却摆放着一个类似于生日蛋糕的物件，还是半成品，因为蜡烛还在一个盒子里，并没有插上去。其中一位成员站了起来，紧张的肢体动作表明他正在发表讲话。玻璃隔板使罗伯特无法听到他所说的任何内容。因此，这让他觉得既有些游戏化，同时也感到无可奈何。

经理将身体转向了另一边，然后摩挲着双手。这种声音让人不禁联想到令人毛骨悚然的磨刀场景，这迫使编年史家把自己的注意力转移到了其他的地方。他目不转睛地盯着下面的一圈人。二十多个参会的人全都把头埋在耸起的双肩之间，所有人的后背都在不知不觉间拱了起来；他们的头发颜色看起来也都好似狐狸的皮毛一样。每张脸上都流露出愈加明显的憔悴感。在这二十多个人当中，年轻一点的头发仍然是健康的颜色；而且头发如灌木丛一般浓密，利落地梳成背头，他们虽然紧抿着嘴唇，但呼吸间渗透着饱满和希望。他们的嘴巴一个比一个窄，人也一个比一个瘦弱，脸色更加苍白，头发也更加稀疏，皱纹使得他们的外表显得憔悴不堪。在年龄段的变化中，首席经理的形象却是千篇一律地出现了二十次。

罗伯特心中豁然开朗。

"请允许我向您表示祝贺。"他伸出了手。

"哦，您还真是客气。在这里，我们一般不会在意这种事情。我们更看重其他的东西。"经理脸上流露出了不快，没有握罗伯特的手。

"真的是一种新奇的魔法力量主导着这一切。"档案员打断了他的话。

这个面色憔悴的男人——这家企业帝国的经理,转过身来,然后说道:"其余的东西,都是些陈词滥调——但我们仍然是大众的庇护者!"他把来客护送到最近的玻璃房间,临走时瞥了一眼下面那些动作僵硬的人。

突然,一个声音打破了玻璃办公大楼的寂静。一名坐在自己房间里的统计员像木偶一样扭动着胳膊和腿脚,用腹语表演者般的声音,生气地喊道:"你们别妄想干扰我的分配额!"

当经理带着档案员离开那个房间后,受到惊吓的统计员花了好一会儿才平静了下来。

"他才刚来不久。"这个憔悴的男人带着歉意说道,然后带着编年史家一起掠过一个个寂寥无声的部门。

"原来如此。"罗伯特说。

"即使在我们这里,人员的不断变动还是会让人感到不安。很快地这个人就消失了,过不了多久那个人也不见了,这只是为了给替代者腾出位置。人们在这里只是占位的角色。"经理解释说。

"是这样啊!"罗伯特插话说。

"我自己也一样,"这个红发男子信誓旦旦地对他说,"从长远来看,没有人可以成为例外。这就关系到制造和生产运输环节每天流入和流出的大量劳动力。他们的轮班和人员部署正是由这个办公室小组负责的。"

档案员看到有一群正在忙碌的会计，他们在认认真真地抄写，又小心翼翼地擦掉一些职工们的数字代号。

"这些相关的数据和指示，都是由市政府授予我们的。此外，个人的工作范围决定了居住条件的好坏，这从一开始就是由市政府确定下来的。只要人还在这里，他就会一直处于最初分配或赋予他的位置上。"首席经理解释说。

"那么，根据什么来确定任职资格呢？"编年史家问道。

"关于这一点，我无法解释。我只是看到了已经确定了的表格。在我上任时，我与市里的一位高官进行了唯一的一次交谈，他对我说了一句奇怪的话：'这取决于之前的既得命运。'"红发男子捏尖了嗓子回答道。

经理用他的指甲轻轻撑掉了袖子上的一根线。

"取决于之前的既得命运？"编年史家重复道。"事实上这样表述很奇怪。"

罗伯特迫不及待地想要离开这个玻璃监狱。他对这个面容憔悴的人说，还有很多东西等着他去了解，他不能在各个地方的某些细节上裹足不前，这样才能真正地掌握整个脉络。

经理把他送到玻璃大楼的出口，并指派一名监管员把编年史家先生带到内部生产阶段的工长那里。

"非常感谢你。"档案员说。

"随时为您效劳。"经理回应道。

在罗伯特脱掉了毡制拖鞋，双脚重新接触到自然的地面后，他感到无比舒适。那名监管员十分机敏,在带领罗伯特走向工厂设备时,他借机询问罗伯特身上是否有多余的纽扣。听到这个问题,罗伯特才意识到,监管员夹克上的所有纽扣都被扯掉了。他在口袋里翻了翻,但什么也没找到。

"有时人们身上会有些多余的东西,"这名矮小的监管员说,"我想您是不是有可能愿意割舍其中的某一个?"——说到这里,他指了指镶在罗伯特外套袖口上那三颗并排的纽扣,"你看,那个系列我还没有。"他补充道。他在回答罗伯特的问题时承认说:"是的,我曾经收集过邮票,但是因为它们已经不复存在了,所以现在大多数人都开始收集纽扣。我们把它们缝在丝带上,按大小、颜色、意义分类,有些人还把它们放在玻璃柜里。收藏是一种古老的爱好,而今它仍然存在于人们心中,不是吗?请多原谅。"

令监管员感到遗憾的是,罗伯特对他的收藏品并没有多少兴趣。但为了感谢他的陪伴和提供的信息,罗伯特还是把一个多余的装饰纽扣拽掉送给了他,后者欣然接受。

生产人造石的设备就密集地分布在广阔的地下墓室里。宽大的竖井使得空气和光线能够抵达工厂的各个部门,在这些部门里工作的主要是女性。工长是一个年长一些的男人,他看起来里里外外整个一副快快不乐的表情,他简短地向罗伯特解释着生产过程。

吸料管将粉碎的石粉吸上来,然后输送到较小的钢制容器中。罗伯特觉得这些粉末应该是颗粒状的。容器中的物质经过了一系列的化学处理，但是由于工厂的保密性，所以无法对其进一步分析。最终，这些物质变成了糨糊一样的状态，随后被高温加热，而加热的温度需要进行十分严格的控制。

工长带领编年史家参观了其中几个环节，并对相应的疑问进行了具体的解释。他有一个习惯，那就是会时不时地用手背反复摩擦自己的鼻子。

罗伯特亲眼见识到了，人们是如何将一张带有垂直和水平切面的铁丝网嵌入石浆团的，这一操作使得过后可以轻松地析取出石块。因此，人们必须把握好时间，因为石浆会随着慢慢冷却而变得越来越硬。如果错过了恰当的时机，切割网就无法移除，而这样结成一体的块状物就只能通过一个烦琐的过程被切分成规定的立方体形状。但如果嵌入得太早，石浆就会渗入人工孔洞中，立方体石块的表面就变得不再规则，只能对其进行专门处理，艰难地将其表面抹平。因此，这项工作需要注意力保持高度集中。

工长边用手背揉了揉鼻子边汇报说，在上一代生产工艺应用时，从原料到成品石块的制作过程需要三十二个小时。他说，目前仅仅需要对第四道生产流程进行改进，毫无疑问，慢慢地，生产时间将会被缩短，而产品的质量不会有任何降低，恰恰相反，最近得以将人造石的硬度提高百分之十以上。另一方面，所供应的原材料越来越精细，这也不断地给工厂管理层带来新的问题。

某个特定的铃声响了，编年史家看到了一部分职工在换班。新换班来的工人们便立即开始在各自的岗位上撸起袖子干了起来，其间没有丝毫的延迟。整个过程就像警卫队的军事换岗一样精确。

工长笑着说："整个机制运行得非常流畅。这似乎是与生俱来的本能，许多人是来到这里时才被训练的。这虽然令人难以置信，然而事实就是如此。我本人以前是在一家啤酒厂工作。"

而轮换下来的女工们却没有透露出丝毫喜悦的表情。她们满面疲惫，耷拉着胳膊。接班的人没有打招呼就直接走上了工位。这些人的脸上看起来也是毫无生气，她们的双手在机械地忙碌着，就像是已经变成了一台自动的机器。但在肢体的动作中，在脖子的扭动中，在紧张的脚步声中，仍然流露出她们的羞怯和优雅。

这位编年史家同其中一位已经下班的女工攀谈，向她询问工作的情况。那个女人眨着椭圆形的眼睛看着他，最后回答说："异国他乡。一无所知。"

当他走近另一群人时，女人和女孩们都害怕地散开了。"先别来找我们，我们还想再见到新一天的太阳升起！"其中一个人回应道。她们踩着梯子爬到空地上，成群结队地走向自己城中的家。

罗伯特想到了幸免于此的安娜，心不在焉地听见工长说，他们最近开始准备生产不同颜色的人造立方体石块。这个过程已经在实验室里进行了测试。但是，这种工业上的进步必然会带来组织工作方面的根本变革。

他们此时正站在成品的存储区里，装满石块的包裹通过传送带从这里被送入运输车间。在这里,受过培训的工人将再次检查每个人造立方体石块的完整性。任何有缺陷的石块都会被分拣出来,并根据损坏的程度,分配到第二仓库和第三仓库。

编年史家用手掂了掂着其中一个光滑的石块,问道:"那么现在谁是这一大批石块的购买者呢?它们是出口到国外了吗?又被用于哪些建筑物呢?"

"我是个普通人,对这个企业的目标和规划一无所知。据说古时候这些石块是用来建造金字塔的,但我想那只是个虚构的故事而已。"工长淡然地说道。

"现在看来,也不是没有那个可能。"罗伯特回应说。

工长接着说道:"在我这样的位置上,不太适合轻易发表自己的意见。"

他们又向前走了几步。

"你结婚了吗?"罗伯特问。

"我已经结婚了,我曾想再见到我的妻子,却无法如愿。"他又揉了揉鼻子说,"据说,她也曾在这里工作过一小段时间。但谁知道呢?"他更小声地补充道。

他从外套里拿出一个破旧的钱包，从里面拿出一张照片给罗伯特看。

"是啊，又有谁知道呢？"罗伯特点了点头。

"他们通常会把这样的东西从你身上拿走，但我至少留住了这张照片。在这里，人们没办法得到这样的照片。"他小心翼翼地将这件昂贵的物品再次放好。

"那您可一定要把它好好保存。"罗伯特说。

包装好的石块沿着传送带，一个接一个地径直朝着运输车间前进。这里总共有十七个大型工作车间。

编年史家对工长的指点表示感谢，并祝愿他在接下来的工作中一切顺利，再创佳绩。然后，他便被一个侏儒带领到了远离新式工厂设备的旧接待大厅。直到这个时候，他的眼前依然不断浮现出那些工人辛苦劳作的场面。不可避免的机械性让这些景象显得尤为悲惨。罗伯特觉得自己仿佛变成了无法衡量的时间，一种无限，一个这些地下活动过程的见证者。他感到自己的内心仿佛被掏空了一般。侏儒指向一扇摇摇欲坠、半掩半开的门，随后自己也像老鼠一样消失在了墙缝中。

XII

这个不算太大的房间便是人造石工厂的旧接待大厅，看上去有些破败。地窖拱顶曾经所属的上部建筑物已经倒塌，成了一片废墟。光线从已经坍塌得仅剩一些零星残余物的天花板上照射进来，他的面前是从堆积的瓦砾中疯长出来的成片杂草。藤蔓上开着黄色的花。尽管屋里不乏涌入的新鲜空气，但潮湿的地板上还是积聚了一层温热、发霉的污浊气体。湿漉漉的雾气从地面爬升到空中。

卡特尔蹲在坍塌房子正中间的一块风化了的石块上，手肘撑着膝盖，用两只手托着脸颊，然后忧郁地抬头看着罗伯特。

"此时此景更适合引用一些古代作家的话，比如一些贺拉斯的诗句，或者任意一个古希腊人的名句。'废墟在可怕的安静中沉睡'——类似这样的话，我觉得以前肯定有人这么说过。"画家说，随之是一阵沉默。

"我有种感觉，仿佛我在这里经历的一切都只是永无休止的重复。"罗伯特一边说，一边四处寻找可以坐下的地方。

卡特尔笑了笑。他接话道："生活，就是一系列的重复。我们只是遗忘了——因此对个人来说，世界似乎是独一无二的，每一个过程都是全新的。但这对你来说意味着什么呢，林德霍夫？"

画家纵身跳到了地上。罗伯特在石块上摸索着坐下来，不停地抚摸着心口的位置，大口地喘着粗气。他用低沉的声音恳请一脸惊讶地看着他的画家,不要对他暂时的疲乏感到不解和担心。自从他来到这个城市后,他偶尔便会出现一种窒息的感觉。

"过会儿就好了,也许这次只是饿了。"他边说,边从上衣口袋里掏出了一些烤面包和水果。

卡特尔婉拒了罗伯特递给他的小吃。他转身看向大厅里的砖石墙壁,墙壁四周都画满了壁画,大约有六臂展高。在许多地方都分布着潮湿的不规则形状的褐色斑块,颜色黯淡、轮廓模糊,而从其他部分仍旧能看出完整旧壁画的影子。

"说点什么吧。"档案员坐在石墩上不耐烦地转过身去,看着面前的墙壁说道。

画家说:"自从我上次来过之后,这里毁坏的程度又加重了。油漆正在剥落,潮湿和霉菌正在吞噬光明,这里没有什么可以挽救的东西,也没有什么好让我料理的。很快地,这些图像又会陷入它们诞生的虚无之中。"画家停顿了一下,轻步走到档案员身边,然后他面前停了下来,接着说道:"在我看来,文字才是最可靠的,林德霍夫,文字具有附着力和持久性,而诗歌则保留了它的神奇意义,书面的东西也最长久地保留了人类思想的流传。你知道的,市政府在建立档案馆时也很清楚这一点。没有建博物馆、美术馆或是音乐学院,而是保留了存储文字的档案馆。"

"这对谁有用呢?"罗伯特最后问道,他感到自己的心跳依然难以平复。

"你有你的使命。"卡特尔回答道。然后他又继续来回踱着步说:"此外,一千年前创造这一系列壁画的无名大师也是志在讲述而再无其他愿望。今天现存的遗迹并不多,王室的色彩有时会被打上消极的烙印,比如拜占庭艺术[1],雕刻在平整岩面上的人物轮廓。那些挂在人物身上的长袍显得那么僵硬,仿佛衣服下面只剩下一具骸骨!到处都是用图片叙述故事,例如石块的生产,当时制造的立方体石块就和现在的一模一样。看,林德霍夫,"——罗伯特目光追随着他的手指指向的地方——"这里的模具、传送装置、搅拌机还有燃烧炉。每个人也都还是在尘世工作时的穿着打扮和模样!那里是修道院院长或是教会主教,这里是大人物和他的随从们,那里是骑士或封建主,而奴仆们充当着爪牙,还有戴着头巾的僧侣和带来生产原材料的穆斯林,以及对原材料进行加工的商人和工匠,负责递送的修女,进行分层叠放工作的贵族小姐,都市人和农民,陪审员和店主,市议员和市民,精力旺盛的伙计和贵族,所有人都在同一个运转过程里,把瓦砾搬进来,然后把石头运走。"

档案员将目光转向了壁画。这时,他注意到壁画里人物

---

[1] 拜占庭艺术是在东罗马帝国发展起来的艺术风格和技巧,它融合了古典艺术的自然主义和东方艺术的抽象装饰特质,后将写实主义引入帝国宫廷艺术,将神秘主义引入宗教艺术。

那夸张的动作，四肢仿佛被拧在一起，人们那无助的渴望，以及瞪大眼睛后的残酷表现力，绚丽俏皮的紧身上衣和长裙。在上面的第二排，站着监督者和观察者，手持鞭子的城市守卫，拿着长矛的雇佣兵。一个违规者被抓住了，然后被押解带走，理由是他送出的石头太少。在接下来的那幅壁画里，他被拖走了，然后被鞭笞，最后被吊在绞架上。从一位教授的嘴里飘出来一张羊皮纸，那上面大概记录着判词。在壁画腰线的上缘，即在背景壁上有一幅闪着微光的城市图景，那是一个拱形的防御工事带，一堆堡垒的废墟和光秃秃的墙面，很难确定它是否最初就是这样设计的，抑或因为随着时间的推移，壁画受到了侵蚀和破坏。但人们仍然可以清楚地看到桥的样子，桥上人潮涌动，有步行的、有骑马的、有驾车和坐豪华马车的，他们都是为了奔赴大河背后的城市。

"这些图片所讲述的一切，并非是比喻，而是存在的表达、现实的表现。这些人物是真实存在的。你看，这一整幅壁画其实就代表着一部编年史。"卡特尔若有所思地说。

罗伯特站了起来。现在的壁画长廊在他看来就像是一个关于死亡的创世纪。一位修女被她自己制作的石头围在墙里。一个乞丐从这里被拖拽了出来。一个喋喋不休者的舌头被拔掉了。人们被谁追赶着，火刑架下的柴堆在熊熊燃烧。海上的亡魂从沉没的船只中升起。战场上旗帜如林。恐惧、饥饿、苦难悄然而至。一个盲人蹲坐在地上，漆黑的眼洞里流出了泪水。塔楼守卫者在那里吹响了号角，数不清的人张开双臂冲进了黑暗之中。接受个体命运的充盈似乎是不可能的。突然，档案员的目光停留在一处因大面积腐烂而支离破碎的墙壁上。许多不同寻常的头颅如幽灵般地显现出来，四周围绕着神圣的光芒，其中黑色的部分曾经金光闪闪。其中有一张照片，档案员越看越坚定地认为自己辨认出了高级专员的某些特征。他被这个发现吓了一跳。

"真像啊！"他开口道。

卡特尔点了点头。"是的，你仍然可以准确地认出这个模样。"他说。

"古老的城市后裔！我很惊讶，同样的特征竟然能在世世代代中保留下来。人们几乎会认定那就是他本人。"罗伯特说。

"那么一千年对大自然又意味着什么呢？精神是永恒的。"画家说。

"卡特尔！卡特尔！你有没有在思考我说的话？这里发生了什么事？你究竟是不是我的朋友？如果你是我的朋友，请跟我解释一下我到底在哪里！"罗伯特走近他，把双手搭在卡特尔的肩膀上猛烈地喊道："——为什么？为什么你一直用同样的语气同我谈论精神与自然，就像我刚到这儿时一样，就像市长的口吻一样？"他不等卡特尔回答就继续说道。

"你听到了市长的声音——还依然能活着？"卡特尔激动地说。

罗伯特仍然用双手紧紧抓住他朋友的肩膀。

"我们在哪里？"他问道，他的身体依然像方才一样因情绪激动而颤抖着。他察觉到脚下似乎有些许震动。但那其实不过是怯弱使他自己的脚在颤抖而已。

卡特尔回答说："据说，有些人被允许可以长时间地滞留在这里，而其他人能停留的时间则相对较短。无论是轮回还是不朽，对我们自己来说，这不过只是个比喻。"他指了指墙上那幅高级专员的旧画像。

"有时候你说话的口气就像伯尔金一样。"罗伯特边说边从卡特尔的手里挣脱出来。

"伯尔金，我们可以在另外一幅壁画上找到他。那幅画展现的是档案馆的联盟盟员。左边的那幅。我无法确定这样描述是否恰当。他应该是但丁的学生。这幅壁画诞生的时间稍晚一些，十四世纪末。"

档案员走到了那幅因风化而侵蚀了的壁画前。上面是十二个近似于真人大小的人物画像，一部分站着，一部分坐着，分组围坐在一张长桌边。第十三个人的位置空余着，抑或后来被粉刷涂掉了。他们中间有些人手里拿着文件，有些人忙着阅读和整理。桌子放置在老门底层的一个半开的门廊里。罗伯特上下打量着这些面孔，目光最终停留在一个人身上。那个人影侧身倚靠在一张斜面桌子上，神情严厉地看着下面。

"这个人？"档案员说。

"据称，这个门廊已经不在原先的位置上了。"卡特尔插话。

"我想这个人确实可能是伯尔金。"档案员最后接了一句。

"也许只是以他为原型。"卡特尔又补充道。

"还有那个人让我想起了玛古斯大师。"罗伯特指着中间的一个人感叹道。

"我自己以前从未见过玛古斯大师。我以为他只是一个传说中的人物。"画家说。

"他确实存在。一旦我们把与其相关的特征跟图片上的人物比对之后，往往会发现他们存在着某些一致性。"罗伯特说。

"可能吧。"画家回应道。

这时，他已经开始在空地上画起了素描，仅仅只是用炭条勾勒了几笔，穿着和守门人一样的老式服装、拿着笔和头戴天鹅绒贝雷帽的罗伯特就跃然而现。

"你是魔鬼派来的吗？"罗伯特对他喊道。

画家说："我是负责修复古画的。"

档案员转身大步走向了门口。"我想离开，如果再待在这里，我会疯的。我必须回去。"他说。

卡特尔扭头看着他，罗伯特感觉到他的神态有些嘲讽的意味。

"哦，对了，这段时间你见过安娜夫人吗？"画家问。

这个问题让罗伯特再一次激动起来。他烦躁地把手放在心脏的位置，用拳头抵住左胸口。忽然间一阵"丁零零"的声音打破了寂静，每隔一会儿就再次强烈地响起。画家惊讶地抬起头来。档案员小心翼翼地寻找噪声的来源，最终在大厅入口旁破旧的圣水盆上方发现了一个散发着黑色光泽的木箱。打开后，他看到了一个生锈的金属电话铃。

"这儿有一个新物件！有人在用设备追踪我们哦。"画家对档案员喊道。

机器再次发出了"丁零零"的声音，罗伯特拿起电话听筒凑到了耳边。"您好！"一个遥远空灵的声音回应了他。"我们正在为您接通电话。"罗伯特听到了这句话。听筒里传来一阵噼里啪啦的电流声。另一个女声问道，林德霍夫博士您是否能听到。罗伯特确认后说没问题。"我们正在为您接通电话。"电话里又重复道。罗伯特等待着听筒传来声音。

"您好，林德霍夫博士，很抱歉打扰你。档案员先生，市政府对于你愿意继续接受任务的行为表示感谢。"一个温柔的声音传到了他的耳朵里，听起来似乎是那位高级专员的声线。

"但是，我甚至不知道是否——我恐怕——我不明白——"罗伯特结结巴巴地回应说。他空闲的那只手不由自主地伸向了空中。"通话结束，通话结束。"他听到那个女声说。在挂断的电话旁失神地站了好一会儿后，卡特尔喊了他一声："你可以把电话放那儿了。"罗伯特把手中的听筒放了下来，然后表示希望能立即回到档案馆。

卡特尔临走时不舍地看了看眼前的壁画世界。他提醒档案员，他们目前只是看到了这座城市工厂的一部分，而现在应该前去参观另一部分，也就是与人造石厂类似的另一部分互为补充的共生企业，以便对工厂的整体面貌有所了解。在一番推托抗拒之后，罗伯特终于同意，但他坚持要尽可能缩短对分支机构的参观时间，并将时间更多地分配给对他来说重要的内容上。

乙方工厂位于城市另一边的市郊。在路上，罗伯特脑袋里不断盘旋着卡特尔提及安娜的事和市政府的来电。他为什么会在这里，他的目的是什么？难道他不想通过放弃来摆脱这一切吗？

"世界其实是圆的，只是我们没有注意到；我们也没有察觉到，它在不断地围绕着自己旋转。"画家说。

他们急匆匆地走了出来，好像晚点时极力赶车的样子。此时，他们早已经远离人造石厂了，他们穿过了地下城的市区，终于到达了乙方工厂的一家分厂。在这里，工厂的警卫也要求他们出示证件。在这里，他们同样也被一个工作人员暗中监视着。

当两人从地下的层层建筑中走到地上世界时，画家提醒档案员注意观察他们面前的种种景象，比如这里的生产设施位于一片布满鹅卵石的露天空地上，而且这片空地一直延伸到河边的陡岸那里。但档案员对周围的环境和卡特尔的解释都没有太大的兴趣，而是愈发沉默寡言，只是偶尔敷衍地应付一句："这样啊，这样。"炎热的阳光炙烤着草木萧疏的火山岩，而他却似乎没有任何感觉。

在前行过程中，卡特尔避开了所有的主干道，这些道路从中心广场呈星形一直铺陈到了遍布岩石的地带。碎石垃圾渗漏得到处都是。一层被风吹起的粉尘飘浮起来弥漫在厂区上空，太阳的光晕被掩埋在昏蒙蒙的雾霾中。空气凝滞浓重，仿佛被一个乳白色的钟罩封印了，周遭干燥难耐的环境强烈刺激着人的呼吸器官。

他们接着进入了一个由石板搭建而成的屋子。在碎石场上，这种石屋也是随处可见，可以说是与周遭的地貌浑然一体。如盒子般大小的房间里灯火通明。呼呼作响的风扇卖力地搅动着腐败的空气。一部接线总机占据了整面后墙，在那旁边坐着大约二十个穿着破旧工作服的女人，她们的耳朵上戴着闪烁着灯光的耳机。按照收到的指示，她们不断地调节着操纵杆，然后根据光刻度盘上的指针来调整齿轮。她们彼此之间的交流完全是通过数值完成的。

一个身着脏污衬衫、呼吸急促的人，也就是负责管理机器的师傅，坐在凳子上直勾勾地盯着传动装置，嘴里不时发出咆哮:"黄色七点五,蓝色正十三!"根据命令,女工们随即调整了她们手中操纵杆的位置。他端坐在座位上寸步不离,手持一根类似于台球杆的长棍子,时不时地将一块方形黑板上的彩色铜板似乎是毫无意义地从一个区域推到另一个区域。对于那些看上去粗心大意的女工,他还会时不时地用棍子戳戳她们的后背。有时候,这个房间里会传来一种源自地下的震动,这种震动就如同沉闷的船鸣一样掠过所有的物体。

卡特尔和一位衣冠楚楚的先生打了个招呼,这位正对着打字机忙碌的先生停下了手头的工作,和罗伯特攀谈了起来。

"维德胡克,特工7002。很荣幸认识您,档案员先生!"他自我介绍道。

他肌肉强健,动作灵活,但说话时明显能看出他患有哮喘病。他向档案员解释说,他们现在正身处11号机器中心,这里受他专门管辖。

这当间,他对着人群喊道:"速度!速度!"从而来彰显他角色的重要性。他又指示秘书把机械师们的最新生产工艺流程交给他,用以完成工厂管理部门的调查问卷。

维德胡克先生扭头对档案员说:"您看,我这里运作地十分顺利,无比流畅!全神贯注——这就是我们的秘诀。但是这些可怜人又能怎么样呢,在被分配到这里时,他们也曾经设想过别样的生活,而现在只能吸入粉尘,除了粉尘别无他物。不过,在我们的机器中心这里并不像外面那样糟糕。在外面准备生产原料的地方，人们只能戴着防尘口罩工作。"

特工那高分贝的声音突然被一阵猛烈的咳嗽打断。

接着，他又向档案员解释了创建这个工厂的目的。这家工厂的任务在于采购人造大理石厂生产所必需的原材料，并保证这些原材料能够源源不断地持续供给。他列举说，这里每一天都必须生产出大量的雾状石头粉末。石料的生产量逐月都在增加，对学徒的要求也同样严格——工人和雇员无论男女，他都统称他们为学徒。

"决不能允许有任何的拖延。人造石厂的生产离不开我们，我们同样也离不开他们的供货。"维德胡克先生低声说。

档案员突然对这一点十分感兴趣。

"这样一来，一个企业就把另一个企业吃得死死的，也就谈不上什么竞争了。"特工解释说。

在档案员看来，维德胡克先生的话并非没有讽刺意味。在准备灰浆粉末时，高级工程师和物理学家们经常采用一些技巧从而对乙方工厂的生产工作造成困扰，谈到这一点时，他的话语间流露出了不怀好意的功利心。例如，以前运送到这里的原材料会被捣成粗粒的碎石，但现如今他们已逐渐转为新的工作模式，也就是通过滚轮装置在机器操作的漏斗碾磨机中把石头磨成小而细的碎石颗粒。

档案员想要知道，由于人造厂需要源源不断的大量的碎石粉末，当地的岩石是否可能会面临着耗尽的危险。他听到特工不无尴尬地轻咳了起来，最后竟抽搐般狞笑了起来。

维德胡克先生捏尖了嗓门说："瞧瞧，档案员先生，您可真喜欢开玩笑！如果我们亲手摧毁了自己的家园，那我们最终将去往何处？您知道，我们仅仅从那边获得粉碎的原材料。这就是乙方工厂的生产任务。"他继续用沙哑的声音说，并迅速扫视了一下他的手下，那些人都全神贯注地投入了工厂的生产运作中，并没有注意到他们谈话的内容。

"您说什么？"档案员错愕地问道，然后对特工摇了摇头表示没听明白。

"如果我们把岩石也拿来粉碎，这样不仅相互关系会被扰乱，而且秩序的循环本身也会被破坏。现有的物质既不能增加也不能减少，不是吗？"特工说。

"那么，人造石的生产只是为了——"档案员迟疑地说。

"是为了被我们这里的人再磨碎。"特工略带讽刺地补充道。

"然后再从此处制得大量粉末——"档案员恼怒地喊道。

"完全没错，这些粉末仅仅供城市另一边的工厂使用，之后再用来制作新的人造石。"特工肯定了档案员的猜测。

"但是，这却——"档案员跺着脚说。

"这可以说是堪称完美，而且操作起来轻而易举。"维德胡克先生友好地补充道。

在车间主任的监督下，几个女孩和妇女远程控制着各种轧机和漏斗研磨机的操纵杆，并不断调整着它们的速度。不清楚她们自己是否知道，她们用手在设备上轻轻一压而造成的每一次加速，对外面瓦砾场上的无数工人来说，都意味着几乎难以忍受的超负荷工作再次增加，意味着新一轮的汗如雨下、气喘吁吁。也不知道这些人是否意识到了，他们不仅仅是一直重复着同一个生产流程，而且是始终在围着同一种物质的变换而疲于奔命？

"我不明白，我不明白这种消耗、这种不断加速的工作、这种生产方法中的谨慎究竟有什么意义！"档案员说，他在自己思想的图景中迷失了方向。

"对于个体来说，这增加了机械化游戏的吸引力。"特工干脆地回答。

"这有什么意义呢，一方面，石头变得越来越硬，质量越来越好，外形越来越漂亮，但它们根本没有什么特定的用途，只不过被越来越快地转化为原始的尘埃状态，纯度越来越高，这样的重要性简直显得十分可笑。这实在是荒唐！"档案员情绪激动地说道。

"您想得太过于道德化了，"维德胡克先生忍不住打了一个哈欠，"您这么看，档案员先生，"他双手一边摩挲，一边来回转动着戴在食指上的戒指，然后压低了声音继续说道，"对于大众来说，他们行为的无目的性自然是个谜。自己被市政府委以重任，他们只是盲目地沉浸在这种幻觉之中。即便我们这些特工在剧院的幕后看到了一点内容，但要解释戏剧的深层含义则超出了我们的能力范畴。"

他突然间止住了话头，把手放在耳朵边，仔细地聆听着。

"我的直觉没错，来这里对您有好处，档案员先生。我们整个厂区的资深总裁在视察时会过来这里一趟。"他说。

特工迅速交代了一下，让人打开了与之相邻房间的门，然后又给中间的道路铺上了地毯，地毯越过门槛直通外面的大街。门外的铃铛声由远及近，就像冬天里听到雪橇车发出的声音一样，随之传来一阵"嗒嗒"的脚步声，特工赶忙急匆匆地冲到门口。

"注意，注意！"他喊道。

两个发出铃铛响声的打头人停在了门框的两侧。紧随其后的是身着镶边制服的轿夫，他们小心翼翼地将轿子放到11号机器中心内部的地面上。当另外两名轿夫在特定的铃声信号指引下晃动着小银香炉时，轿子上的锦缎缓缓垂了下来。在场的人，包括操作仪器的女孩和妇女，都从座位上站了起来，几乎所有的人都在那一刻屈膝下跪。机械师们在胸前画着十字，而卡特尔则深深鞠了一躬，双臂僵硬地向前垂至地上。档案员难以置信地看着这一切，亦微微低下了头。

人们可以看到，在华丽的长袍中包裹着一个侏儒般的木乃伊，他懒洋洋地坐在那里，双手枯槁，脸色蜡黄，头上戴着一顶五颜六色的三角帽。香气在整个房间里弥漫开来。

"总裁您请！"特工边说边伸长了胳膊做出了一个邀请来者下轿的姿势。

木乃伊木然地看着前方，然后语气坚定地说道："继续前进！"

妇女和女孩们身手利落地挪动到了控制台旁的凳子上，机械师手握长棍，卖力地来回拨动着金属薄板，维德胡克先生往档案员身旁退了几步。稍一示意，乘坐着总裁的轿子就被抬了起来，转移到了侧面过道里一个事先准备好的垫台上。在轿夫们慢腾腾地撤开之后，档案员尾随在特工后面走上前去。他们在敞开的轿子两边排成一排，罗伯特这才看清了这位年迈总裁的样子。他那隆起的鼻子看起来就好像是象牙做的一样。在那张苍白高贵的脸上，血液似乎已经流淌殆尽。这般装腔作势的庄重场面让档案员仿佛看到了孱弱无力的达赖喇嘛或是教皇大人。

"此次破坏会取得令人满意的进展吗？"木乃伊询问道。

"物质循环的速度会继续加快。"特工呼吸短促地说道。

"谢谢！"老者回应道。他用鼻子轻轻地嗅了嗅。"谁来这里参观了？有客人来了吗？"他问。

"一个无信仰者，尊敬的总裁先生。"特工赶忙回答。

那张木乃伊脸孔慢慢凑近了罗伯特。老人问："我想，你是从档案馆来的吧？"他动了动指尖轻轻敲了一下，然后继续轻描淡写地说道："那里隐藏着许多问题，人们竟然想在那里拯救和保存精神。"

罗伯特用炽热的目光紧盯着他。

"任何稍加思考过的人都知道,生活中的万事万物都如同一阵风一样。因而导致哲学家们在任何时候都总是秉持着悲观厌世的态度。先生,在我们这方土地,人们已经跨越了浪漫和激情。"木乃伊说。

穿着系带长袍的老人端坐在那里一动不动。他情绪激昂地说道:"有多少辛辛苦苦建立起来的都市,在这几千年的时间流逝中轰然崩塌。有多少精心缝制的华服被撕碎、被踩躏。终有一天我的金字塔也会坍塌成灰。物质的持续时间是有限的。在我的统治下,瓦解倾毁的过程将被缩短。我们工厂运作的意义在于呈现一个象征性的价值,就如同我们在展现一组对数一般。"

"那简直是地狱。"罗伯特说。

"对这里的人来说,既没有地狱也没有天堂。的确,人造石材厂的员工寄希望于重建,而我工厂的员工对毁灭深信不疑。高级管区有权确保重建和毁灭始终处于平衡的状态。不可否认的是,两者间要取得平衡将愈发困难。可以预见的是,随着新的核裂变时代的到来,我们将在毁灭方面取得先机,我的炼金术师们一直投身于此,而这是无法轻易补救的。那么你那忠实追索人性的档案同样也将变得毫无意义。"木乃伊说。

"真是讽刺!"罗伯特脱口而出。

"我不是你认为的那种反传统的人,"木乃伊不紧不慢地说,一股嗤之以鼻的不屑从他的齿间流出,"我只是想从一开始就提醒你,你在档案馆的工作是徒劳的。纸质的传述总有一天会停止。这项工作将变得无比孤独。即便是在这里也是如此。"。

慢慢地,木乃伊的脸又转向了前方。"谢谢你的倾听。"

罗伯特盯着这个反叛的灵魂,他的面容充满虚伪的虔诚,甚至要超越玛古斯大师了。木乃伊的鼻翼抽动了一下。他开口道:"需要更多的粉尘!"这听起来更像是最后一道命令。

特工示意让轿夫进来,他们一丝不苟地把轿子罩了起来,然后小心翼翼地抬出去,而周围的人都没有去留意这个过程。只有特工将他们护送到前门那里。两个打头人身上的铃铛声渐行渐远。

档案员也随之离开了临室,开始四处寻找卡特尔。画家从他的素描本上撕下两张纸,一张交给档案管理员,另一张交给维德胡克先生。一幅是几笔就临摹下的木乃伊模样的资深总裁,也就是这个否认派的独裁官,另一幅画的则是特工与档案员对话的场景。

"很不错,真的很生动。卡特尔先生画得可真好!"特工说,他谄媚地摇晃着髋部。

"我不需要你的纪念画。"罗伯特不客气地对画家说道。

维德胡克先生说:"无知的人是幸福的。"

特工感到资深总裁的到来增强了他的底气。在用图钉将卡特尔的画贴在他办公桌上方的墙上后，他要求档案员"立即"去参观厂区，正如他所说的那样，去看看漏斗研磨机和碾压机旁的操作人员。他建议他们戴上防尘面具以免吸入灰尘。

卡特尔鼓劲说："走吧，林德霍夫。"

三个人默默地穿过宽阔的碎石场走了一段路。透过面具的防护镜片，档案员从高处看见到处都有尘埃喷柱从地面升起，向上扩散开，又洋洋洒洒地落下。它们在巨大的漏斗研磨机上方聚集，无数漏斗研磨机前的人像灰蚂蚁一样来回奔走。突然一阵嘎吱刺耳的声音透过面具的护耳装置，越来越尖锐地穿进鼓膜。剧烈的震动使得地面不停地颤抖着。档案员的身体仿佛被磁化了一般。一阵尘埃散去之后，偶尔可以看出一段宽阔的河床，它构成了碎石堆下面石质地貌的边界。在远处的河岸上，有一层朦朦胧胧的面纱。也许是雾。但也可能只是他面具的窗玻璃起雾了，罗伯特心想。

特工提出要接着参观各处满是瓦砾的废墟，以便感受破坏的程度，档案员不耐烦地挥手示意准备离开。一旦周遭情况稍加缓和，他就摘下防尘面具，快速地深吸几口气。他也没有前去膜拜那栋核心的废墟建筑，长久以来，有许多著名的物理学家都在那里进行研究，他们被称为"反向的学者"，因为他们为破坏事业而服务。他在机器中心前毫无征兆地同维德胡克先生提出辞别。

"档案馆那边通知我回去！"说话间，他就已经匆匆赶到了前面。

画家想一起跟上去，却发现自己被人抓住了胳膊。特工面带不屑一顾的表情对他说，档案员走了弯路，错失了正确的道路。

"随他去吧，您的主子还是太着急了，所以在坑里多待一会儿也无妨。"特工说，他向卡特尔眨了眨眼，卡特尔勉强点了点头。

"你们这些特工为何总是改不掉你们以前的间谍行径，你们好好保护市政府里的那些人吧！"画家愤怒地说。

维德胡克先生说："在我看来，您似乎是把自己当作了高级专员的外派人员。而我等与低贱卑微之人为伍。我们和您都以自己的方式维护着这个中间世界的安全。只要档案员先生还在我们的地盘上，就得按我们的规矩办事。此外，检查并没有什么大碍，以后对他来说，这一切就只是一个纪念而已。这没什么坏处，卡特尔先生。"

这会儿，罗伯特只想抄小路尽快回到档案馆。他从石阶上跳下来，进入了一条昏暗的隧道，他认为这条隧道会将他引向城市中那熟悉的地下墓穴区。他义无反顾地向一条透着光的裂缝走去，转了一个弯后，这条裂缝的光亮范围突然像海绵一般噗地涨大了。过了一会儿，他抬起头来，看到一个人影从远处大步向他走来，随着他们之间的距离越来越近，那个身影也迅速地高大起来，他们两人几乎同时停了下来。那个人就站在罗伯特面前几乎是触手可及的地方，令他惊讶的是，他看到这个人的面貌与自己如出一辙。他下意识地用左手捂住了眼睛，转向另一边后才迟疑地放下手。他睁开了眼睛，却看到可能小了十几倍的自己站在那里。在罗伯特走向他们来时的道路时，这些人同时抬起脚来开始从四面八方向他涌了过来。他摸索着往前走，仿佛进入了虚空世界，那些人仍然显得微小而遥远。当他举起手和胳膊时，他们也会挥动着手臂做出五花八门的姿势。这些小人儿站在那里，就像上好发条的玩具人物，在一个机械传递装置的控制下移动。罗伯特嘲弄地看了看小人儿们，但紧贴在他跟前的那张脸现在似乎被放大到了无比反常的程度。他神情迷乱地站在那里。即使他的脑袋微微向前倾斜，也足以使那些镜中的面孔如此错乱变形，以至于他自己都感到有些恐惧。罗伯特试图挤出一个微笑，回应他的却是一个扭曲的笑脸。

　　他转过身去，眯着眼睛小心翼翼地朝另一个方向移动。从若明若暗间向他走来的是不是又是自己的幻影？这一次是有人走在他的前面，但动作没有他快，因而他似乎离对方愈来愈近。那个人影走路的时候，左臂动也不动地蜷缩在佝偻的怀里，明显能看出来那是他父亲的标志性动作。小时候散步的时候，他就经常看到父亲的这个姿势。现在他已经走得离人影很近了，当他正要从后面揽住父亲的肩膀，那个身影却凭空消散了,他的手只是触碰到了一块透明的玻璃。他父亲的本性和他那可笑的律师事业让他一生都感到厌恶,难道他已经变得如此像自己的父亲?因为他很清楚,无论转身去向哪里,他都会因自己的幻想而迷乱。

现在他的自我在两极之间徘徊,有时被诡异地向上拉,有时被怪诞地碾平和压宽。一会儿是一个过于沉重的头颅压在扭动的纤小四肢上,一会儿是一个无比狭长的脑袋似乎飘浮在身体的上方。他精神恍惚地迎向自己,穿过自己,跟随自己。一条横幅在玻璃镜面上闪现出来:Gnothi seauton——认识你自己,而另一条则向他展开:tat twam asi——这个人是你,你是这个人。他感到头晕目眩。他自己的镜像人物在他周围翩翩起舞,仿佛在梦中一般。当他在房子中间停下来时,周围的一切也都戛然而止。

为了找到出去的道路,他继续沿着光滑的镜面墙壁摸索着前进,但墙壁总是毫无征兆地突然凹陷了下去,又慢慢鼓胀起来,直至汇入到一个死角。他环顾四周,却只看到自己,只有自己存在,自己在观望——仿佛无法从镜中的牢笼逃脱!他开始怀疑自己,怀疑自己的真实性。也许他是无意中进入了地下城市的一个光怪陆离的集市,在那里,所有的一切都在上下游走,来回盘旋,而他从每个人里面都看到了自己。也许就像石材厂的接待室里一样,这是另外一番形式的装饰风格,在以它自己的方式述说着幽灵的故事?

有那么一瞬间，他恨透了卡特尔，因为是卡特尔带他去那两个工厂的。当这个想法在他的脑海一闪而过时，他看到镜子里的自己在用双手紧紧掐住一个隐形的脖子。突然，画家的幻影沉入地面，失去了踪影。安娜的形象又重新出现在罗伯特的幻想中，他突然看到了一个新的镜像场景，看到他由于难以遏制的怒火而囚禁了自己的爱人。转瞬间，他又看见自己埋头于档案馆的书籍和文件中，拒绝了年轻助手给他端来的食物。在他的肩膀上方，伯尔金的脸如幽灵般地浮现出来，他凝视着，然后伸出了一根巨大的手指，谴责着编年史上的空白页。而编年史的封面上则懒洋洋地坐着那具木乃伊，这书卷随即便化为了灰烬。木乃伊飞走了，手指蜷缩了起来，这时他看到了一个戴着灰色礼帽的先生在空中恣意地挥舞着一双蓝色的皮手套。他察觉到镜子里自己的脸上流露出惊恐和绝望的表情，正如他在那一刻的内心所想。这些几乎在同一瞬间如同镜像动作一般完结于他的想象之中。所有被压制的欲望和诅咒，最隐秘的感情、仇恨和爱的冲动，都显而易见地呈现在他眼前。灵魂的肖像仿佛在一部越来越快的电影中相互追逐。

此时，他看到自己偷偷地从夜幕遮蔽下的碎石坡上爬到河边，进入水里，想扑腾几下游到彼岸去。但他实际上动弹不得，就像在做梦一样，水变成了黏稠的淤泥。他的身体越往下沉，越难以脱身，直到最后那令人窒息的泥浆表面只剩下了他的脑袋，张大了嘴巴惊恐地向后仰浮着。罗伯特把自己的头往后甩了甩，抬头望向镜子圆圈的拱顶，以便为自己争取片刻的喘息时间。他却看到了戈耳戈[1]的狰狞面孔在恶狠狠地瞪着自己。他用手紧紧地按住了胸口，每个沉默的身影都让他感到心惊肉跳。

人工光源熄灭了，墙壁上灼目的光亮也随之消逝了。这时，罗伯特回过神来，他渐渐注意到自己正在朝着一处升腾的光亮走去。通道越来越亮了。很快，他就来到了他之前下来的楼梯上。卡特尔在上面的台阶上等待着他，是他关掉了人工照明，以便罗伯特能够找到走出迷宫的路。逃脱出迷宫后，档案员跟跟跄跄地走向他。

"终于又见到你了！谢谢你！"他边喊边紧紧抓住了卡特尔的手。

"我一直在这里啊。"卡特尔说。

"刚刚我迷路了，这太恐怖了！我觉得自己似乎永远无法摆脱那些让我看到自我怪物的镜子了。我原本只是想抄捷径回去而已。"罗伯特结结巴巴地说。

"每个人都想这么做。"卡特尔表示赞同。

"走吧，这风刮得可太冷了！"罗伯特浑身颤抖地喊道。

---

[1] 古希腊城邦斯巴达君主列奥尼达一世之妻，克里昂米尼一世唯一已知的子女。

画家慢慢地让这个心烦意乱的人平静了下来。在去往城市的路上，他向罗伯特解释说，他其实是偶然误入了一个古老的死胡同，这些死胡同在很久以前被布置成了陷阱，用以迷惑逃兵和叛徒。

"有许多超乎想象的怪人，他们渴望回到大地的滋润中。尽管有各种传说，却仍没有人能成功地逃出我们的城市。"画家接着说道。

"卡特尔，我究竟是被发派到了一个什么样的世界。这一切到底意味着什么？有时我甚至觉得自己仿佛身处炼狱。"罗伯特说，他的意识也慢慢恢复了过来。

"这可能是一条遥远的净化之路，一个中间世界，就像传言那样，尘世间的渣滓都将这里卸落。"画家回答说。

"但是这条路会通往哪里？"罗伯特急忙追问道。

"我也向市里提出了这个问题，但得到的回答是：有些人认为此番远行代表着回归自我，而还有些人认为这种迁移使他们同自我渐行渐远。"画家说。

两人默默地走了一段路，灰沉的暮色在他们周围迅速蔓延。档案员又开口说："在我看来，这所有的事物相互之间都有着可怖的联系。"

"也许通过安娜你会终有一天对此明了，并体验到禁锢下的自由。"卡特尔说。

当档案员在老门前与画家告别时，天色已经黑了下来。画家诚挚地看着他，直到罗伯特关上档案馆的门，他才动身离开。

XIII

在穿越城市工厂建筑的漫长徒步过程中，罗伯特感知到的图像和事件的每一个细节，很快就在他体内凝聚成了一个不可分割的整体，想起那些场景就会让人内心无比焦灼。他突然觉察到自己是弓着腰在档案工作间里来回踱步，仿佛有一袋灰烬压在他的肩头。穿越镜子迷宫的经历使他第一次切身体会到了通常只有部分城市居民才会遭受的那种不可名状的恐惧。

档案员犹豫不决地看着交托给他的那本纪事书中的空白页。一阵思索过后，他拿起钢笔做了一些关键词的记录，以确认发生在自己身上的这些事情。在纸张顶端偏右处，他写下了"工厂"一词。然后他把它画掉了，接着又在上面写下了"参观工厂时"。他写下了如下这些句子：城市居民是死亡权力手中的工具。——他们的工作不过是一场徒劳。——他们就出现在时间的玩偶屋中，如果这些东西存在的话。——在这里，生命的形象是否只是存在于个人的梦境之中？——他们迷失在了某处。他们常常显得很匆忙，仿佛永不落下的断头台就架在他们的脖子上面。——我在这里待得越久就越是觉得，较少部分的人，但不仅仅是这些人，如同玩偶一般。

粗略审阅了一番过后，他将"玩偶"一词改为了"假人"。

在又写了几行之后，档案员断了思绪，他看了看自己写的东西，烦躁地把写好的那一页从书中撕了下来。他把纸张揉成一团，扔进了抽屉里。前提条件尚且欠缺。

有一次，他还试图给安娜写一封信，并希望莱昂哈德能把这封信交给她。但他想要对安娜诉尽衷肠的渴求却在起笔前迟疑了。无助的工人终日劳作却徒劳无功,工厂的这段经历使他深深感受到这里复杂的体制带来的残酷压力,而他与安娜的个人生活也似乎萦绕着死灵和冷漠。那些新的图景引发的问题甚至强大到吞蚀了他与爱人最初的关系。他逗留在这个城市的使命可能比他个人的命运更为重要。

于是,他把已经开始动笔的信放到了一边,欣然接受了那位备受尊敬的帮工主管——伯尔金向他提出的建议。他曾向罗伯特指出,现在是时候恢复老习俗了,根据以前的习俗,档案员会根据日程安排定期为民众提供咨询。罗伯特了解到,这些习俗即使不在他必须履行的职责范围,但至少也是他所处官职的工作惯例,即听取质疑者和请愿者的意见,接受委派和接收通知,只要这些事务与档案馆能扯上关联。例如,正如伯尔金所提到的,一些久居于此的公职人员希望能够欣赏来自海上的风景图片,了解云彩的形成和下雨等自然过程,也希望了解其他国家的政治发展,以唤起他们的记忆。如果档案员不愿意以自己个人的生动记忆作为讲座的素材,那么他也可以考虑从档案馆里选取合适的文献资料。

罗伯特接纳了他的提议;他甚至欣然同意每天安排时间开展咨询工作。一项切实可见的工作展现在他的眼前,这使他感到十分满意。他的服务工作同时也带来了一个直接的优点,这样一来,他看起来不仅仅是在档案馆里只为自己工作,而且也和其他人一样,每天都在共同转动着命运的磨盘。此外,他认为通过与不同的人接触，可以更好地了解这里居民的意愿和性格。

伯尔金特别提醒了一下罗伯特，每个居民都只有一次申请咨询的权利，许多人从一开始就会放弃行使此项权利。这仅仅是一个附带机构，为了保证档案员不要被过分的热情冲昏了头脑，助理还陈述了一个事实：来访者可以被划分为不同的特定群体，但实际上这些群体的类型几乎没有什么不同。

有一些请愿者带着个人深为关切之事而来，档案员对他们的愿望却无能为力。还有一群纠缠不休的人，他们自私自利的态度让人感觉有失体面。因为他们总觉得自己被亏待，被周遭环境误解，所以他们以阴阳怪气的方式来输出自己的不满。另一群人则叽叽喳喳说个不停，他们对每一件琐事都感到好奇，总是免不了小题大做。与他们为伍的还有那些七大姑八大姨，他们谈论的对象范围绝不会超过邻居家角落里的锅碗瓢盆，然后会用艳羡的语气四处传播着捕风捉影的各种谣言。

对于所有的这些来访者，其实都有一个固定的模式，统一规定了处理方法和应答范例。老伯尔金把样文递给了罗伯特，上面写着档案馆即将收到的问题，并在职责范围内对其进行校验，从而把个体再次交付于命运的轨道。其中的任务主要在于耐心地倾听来访者的诉说，给他忏悔和坦白的机会，从而默默地使他解脱，满足其剩余的自我意识。正如伯尔金所言，这些来访者，他们中的大多数人都可以被视作命运里的半吊子。除此之外，当然也存在一两个需要档案馆进行干预的特殊情况。他还列举了几个典型案例来说明，通过这种方式档案馆就可以获得生活恐怖瞬间的重要记录。

档案员把有限的部分办公时间奉献给了往来的公众。在这个过程中，他很快就得到了机会，来印证伯尔金所言的准确性。在来访者当中，虚荣心一再成为问题的核心。有人询问旧信件的下落，有人询问精心保存的日记的所在，还有人想让自己的力量用以不同于他们在城市中被分配的用途。一些人希望抹去以前的想法和行为，另一些人则要求填补他们记忆中的空白。吹嘘自己的心虔志诚和强烈要求证明自己高风亮节的人并不在少数。他们谈及了自己长期以来一直收到的不过是口头承诺和文字记录这种敷衍的奖励。他们希望自己的愿望能即刻得到满足，就像是在尽职尽责工作多年后要求获得休假和养老金的那些人一样。

尽管档案员不得不告知大家自己并不负责对这些请求进行处理，但他还是热切地将这些经过粗略筛选的记录和文件进行了存档。

他还曾在某个下午给这些公职人员做了专题报告。来自市级行政机关各部门的大约二百人被召集到了一个密不透风的大厅里，这个大厅位于瓦砾和废墟之中，那里也正是城市行政区所在的位置。参加者包括以前行政机关里的男女公务员们，他们之前或是书记员，或担任专职人员，或从事会议记录，或多或少都担任过举足轻重的职务。根据分配给他的任务，档案员讲述了自己家乡的自然风景，描绘得栩栩如生，通过文字那富有诗意的力量，唤起了许多与这座被摧毁的城市呈现的特征格格不入的意象,而这些恰恰是这里所缺失的。白云飘过蓝天,雷雨积聚,凉风吹过,鸟儿在空中蜂拥而至,蝴蝶相互追逐嬉戏。曾经存在于此的一切,波光粼粼的湖面,森林中淙淙的泉流声,闪闪发光的绿叶植物,马和牛,狗与猫,人们开车穿过完好无损的城市,穿过村落——生命和大地都悄然融去冬雪,快活地庆祝着万物的复苏。他在讲述时觉得自己就如同一个盲人突然又恢复了视力。

大会主席团围坐在一张长长的十字桌前,档案员就是站在这张桌子的一侧发表演讲的。主席团主要由来自市里的高级秘书们组成,其中有一个脸色红润、眼镜擦得明亮的秘书,他在档案员刚到这个城市时给他发放了通行证和其他文件。他愉快地同罗伯特打招呼,并询问他的近况和工作进展,当罗伯特表示对自己的职位尚且存有怀疑和不确定感时,他点了点头。他的举止随和近人,与此次活动的负责人——一个黑色头发和眼神狂热的人——形成了鲜明对比,他对档案员的发言只是客套地表示了简短的感谢。这位负责人似乎更热衷于敦促与会者们开始座谈。他们要采用自由讨论的形式,并需要公开地阐明档案员的讲话如何让逝去的过往对他们来说再次变得重要起来。

一部分人脸上露出居心叵测的微笑,他们信誓旦旦地声称,一个新的时代已经来临,那些自然图景只能提供某些感官上的反复刺激;另一部分人则摒弃这一论点,甚至对这种见证的学术价值提出质疑,这些见证正是由于艺术表现的高质量而变成了一种更加危险的工具,因为它们为过时的观点提供了容身之所。也有许多人表示,他们为这种精神感到动容,因为它仍然保留着他们在学校知识和教育中早已失去的那些东西;还有几个人对档案员宣讲时的嗓音赞不绝口;但也有许多人表达了异议,他们认为报告主题缺乏现实意义,无法满足这里的普遍需要,这种对遥远自然的描述属于乌托邦的范畴。有几个人甚至把准备好的与主题无关的一般课程上的内容都搬了出来。一些人赞扬这种乐观主义,另一些人则认为它已经过时,失去立足之地了。对于这些人来说,档案员给出的选择太过程式化,表态不够明确。一部分人觉得所呈现的内容过于考究细节,另一部分人认为在整体上过于象征化,还有部分人吐槽其中的想法过于抽象,对余下的一些人来说材料选择过于冒险。虽然有些人认为从徒劳的幻想中生出的虚无主义是支离破碎的,但其他人则认为它是唯一适合存在之物。也有人从档案员所描绘的世界另一端的图画中,看到了将某些基本过程总结为具有有效分母的一般方程式的范例,但是这个群体只占少数罢了。

会议主席宣布讨论到此结束,并感激地记录了与会者的各种意见。脸色红润的秘书弓着腰朝档案员走去。

"如果这里的人只说套话,我们也不介意。毕竟,这给予了他们一种如此美好而不真实的感觉。"他在档案员耳边低声说道,然后自嘲地笑了笑。

档案员已逐渐为辩论感到烦扰,便匆匆离开会场,来到了外面。他不禁心生这样一种感觉,在这次对他们各自观点的考察中,主席团为所有参与者设下了一个圈套。在某些情况下,从这些官员那里套取出来的想法便成为考量他们未来任用可能的材料。那些闭口不言的人看起来十分显眼,因为他们只是默默地站在一边,而那些参与讨论的人则在密件中被作了相应的附注。可能所有的这些都是为了统计信息,但有谁能通晓这统计学的内涵及其评价标准呢?

档案员认为不论在何种情况下都应该对前来咨询的来访者进行简短的记录。他也可以随时满足市政府的要求,对他的这一方面的工作进行汇报。年轻的莱昂哈德受他委托制作了一份相应的卡片索引,在这份索引中,来访者根据其要求的性质被分成了不同的特定类型。他出色地完成了这项任务,摆脱了单纯的侍从身份,档案员甚至给予了他一定的自主决断空间。

大多数的情况都可以按照常规套路解决。有一次,一位音乐家的来访给档案管理员带来了不小的尴尬。正如他所说,他只是路过这里,想借此机会自荐由他指挥演奏一部尽可能完美的交响曲。他的穿着十分随意,表情迷离,仿佛沉浸在幻想中。就像其他音乐家一样,发冠杂乱地从瘦削的脑袋上竖起来,然后被向后用力压平。他兴奋地手舞足蹈,但很难判断这究竟是他的造型姿势还是他的天性本就如此。

他说,如果演奏交响乐有困难,那么也可以选择一个较为小型的作品,一个合唱,例如清唱剧,可能更为合适。他想当然地认为，自己所有的音乐作品的乐谱都可以在档案馆里找到。

罗伯特很久之前就熟悉这位作曲家的名字，但他不愿意承认，自己是最近才担任档案员的职务，还未曾听说过这栋房子里有音乐部门。他不露声色地翻阅了上一任档案员创建的卡片索引，却没有发现任何关于这个音乐家作品的参考资料。他还搜索了过去其他杰出音乐家的名字，但都没有找到任何一点线索。这让他不由得心生疑窦。当音乐家继续谈论乐器的分配问题，特别是四个声乐独奏者的问题时，档案员疑惑地看了一眼莱昂哈德。年轻的助手摊了摊手，试图表明，他亦不了解音乐家所说的那些物质和概念。最后，在档案员的暗示下，他匆匆走进隔壁房间，向经验丰富的助手伯尔金寻求帮助。同时，罗伯特为了应付眼下的局面，便向音乐家允诺说，他本人是非常欢迎组织一场音乐会的，特别是因为他在这个城市还没有合适的机会来听音乐，而且他完全猜得到，这里的其他人也被剥夺了这种乐趣。

莱昂哈德没有把伯尔金带到他身边来，而是让莱昂哈德转达说，他的出面并不能帮助他们，甚至可能会使咨询的来访者不知所措，而且档案员的职责就是专门负责处理这些问题。为了让罗伯特更容易找到解决问题的方向，伯尔金给他写了一张纸，上面写着某本参考书的索引号。莱昂哈德从墙边的书架上拿起了那本厚重的书，放在档案员的桌子上。罗伯特看了看档案馆土地登记簿上的标注之处。上面说所有只要被认为有留存价值的乐谱,都按照市政府的命令被严格密封起来,然后保存在无人接触的秘密档案中。

这位音乐家在房间里来来回回踱了好一会儿,然后心醉神迷地停了下来,伴着身体有节奏地上下摇摆,双手好似在指挥一支无形的管弦乐团,与此同时他左手的小指也优雅地翘了起来。

"你听到了吗?"他欣喜地问道,"现在把旋律反转过来:拉,发,来,咪——"

他本认为把优美的音调旋律哼唱了出来,但听起来只不过是把音符的名称说出来了而已。他那胆怯的目光中流露出的纵情享受的表情骤然消逝不见。

"我刚刚还听到了,但那旋律消失了。"他惊讶地说。

他茫然若失地倾听了一会儿,整个身体都紧绷了起来,似乎想伸出双手做点什么,但手臂总是无力地往下沉。

"没什么,就像昨天或以前一样。"他悲伤地说道。

他还说,在到达这里后不久,他就去了一个残毁的教堂里想要弹奏一下管风琴。他也曾走进破败的楼廊里,擦去长椅和破旧的管风琴上的灰尘,调试了一下音区,并敲了敲琴键。正如他所说,他的第一感觉是仿佛听到了珍贵古老的巴洛克风琴的呼啸声正在这间屋子里激彻回荡,但这只是灵魂的咆哮,因为手和脚下的琴键早已干枯、失声。它的风琴管既没有机械的通风装置,也没有可以踩的风箱了。

莱昂哈德看了看他，觉得他仿佛在讲述童话故事一般。音乐家转向了档案员。他说："我本以为您知晓此事，并且可以为我提供帮助。"

罗伯特现如今已经确定了一件之前怀疑过的事情，那就是这个城市里没有音乐的事实。就像这里会把孩子们驱逐一样，这种放弃的做法也是这座城市里行政机构的特点之一。他早就注意到，没有嘈杂的、失真的广播音乐从敞开的窗户涌向街道，没有任何地方会听到钢琴爱好者那令人痛苦的单一曲调。人们既听不到军乐队的演奏，也听不到舞曲，没有手摇风琴的弦乐声，也没有口琴声，没有嘹亮的高歌，也没有夹杂尖锐口哨音的流行歌曲。这里一定是存在着一个禁令。他发现能够逃离那些机械装置，如留声机和广播扬声器，是一件非常惬意的事情。在他的家乡，这些机械装置用不间断的背景噪音包围着人们，仿佛他们根本不能忍受沉默和孤独，恰恰是这些机械装置扼杀了人们对音乐的任何感受。毕竟，他从来没有想过为什么不仅失真后的音乐被人诟病，连在城市的公共场合中，只是作为一种声音体，都会遭人厌恶。它是否代表了一种精神层面的卫生措施，是因为行为失检和社会习俗早已埋没了音乐的起源？可音乐难道不是精神状态最强烈的感性对应吗？

但是，眼下并不是思考这些的合适时机，毕竟那位音乐家甚至比他更加束手无策地站在他面前，并且在命运的折磨下愈发颓唐。

"那是一种痴迷,是我四处寻觅却也无法获得的。当然,这也并非是白费力气吧?"他吞吞吐吐地说。

档案员说,在艺术领域,很多东西只满足于其存在这一简单的事实,也许独特艺术作品的复写一点也不重要。这时,作曲家说:"我们不是需要一直赎罪吗?通过音乐进行救赎,就像在我们的世界里那样?"

罗伯特认真地考虑和斟酌着赎罪的问题,然后回应说:"对于这一点,我们可能得向玛古斯大师或市里的某个高级秘书咨询了。"为了转移话题,他表示这位音乐家的作品有可能会在其他地方继续演奏。

作曲家点了点头,但他说,这种可能性或许会在转瞬间发生改变,即使他知道了,也得不到什么。

罗伯特站了起来,并再次抱歉地表示,他不能帮助音乐家举办音乐会是多么遗憾。

作曲家的目光暗了下去,然后说道:"我现在就像聋了一样,内心也是寂寥无声。您能不能劳驾帮个忙,跟我说说,什么叫唱歌,什么是声音?"

"其实就是物理的振动过程。"档案员说。

"正是如此,我记得,那就是一个振动的过程,别无其他。"音乐家兴奋地喃喃自语道。

然后,他便手舞足蹈地走了出去。

档案员并没有因为这件事的止息而感到内心平静，他还是想从伯尔金那里了解音乐在这里被排斥的原因。老助手迟疑了一下，然后解释说，因为居民们不再需要它了。就像档案员在谈话中理解的那样，音乐明显是一个时间性过程。声音主体的感受是以感官印象为基础的。声音世界幻化出了一种幻觉，欺骗了人们自己，因为幻想已经取代了真相的位置。

伯尔金把罗伯特介绍给了玛古斯大师。玛古斯大师把声音世界比作一个禁锢了听众的玻璃球，而他的灵魂却想象自己在太空中自由遨游。灵魂——正是这个概念，玛古斯大师以档案馆之名对这个概念的模糊性秉持反对的态度。他斥责它是一种替代物，一种借口，一个滋生误解的温床，他称它是投入模糊世界的逃离，并把音乐视作诱导模糊思维和自我放纵的手段。

罗伯特记得经常听音乐会的观众说，音乐是做梦的好方法。同样的旋律总能引起人们不同的狂喜情绪和各种想象力。

玛古斯大师解释说，最初，音乐与天堂的数学相对应，但除了少数人之外，其他所有人都失去了对声音宇宙的感觉。因此，越来越多的狂想和感伤情致在其中找到了表达方式。一种主观的陶醉，一种灵魂的浪漫主义，但与神秘的声音和精神的魔法无关。一种同样危险的麻醉剂如同一种高级的娱乐手段。简而言之，玛古斯大师和伯尔金一致认为，在音乐语言中可以掩盖的东西和可以加入的东西一样多，这也就是为什么它会将人们引向谬误之见。

作为约翰·塞巴斯蒂安·巴赫的崇拜者，罗伯特本应该提出一些异议，但是即便如此他也不能违反档案馆的严格规定。除了基本权衡考虑之外，似乎还有一个特殊的原因，那就是城市居民的感官再也无法接触到任何音乐了。

在前来咨询的来访者中，不时有文学家和作家出现，他们以各种借口询问档案馆中是否存有他们的作品。其中一位声称自己不愿错过拜访档案馆的宝贵机会，另一位带来了或许有用的最终更正版作品，第三位提到，他的书已被翻译成了多种文化语言，是否可以冒昧地将外语版也存放在这里，这也符合档案馆的国际化性质。基本上所有人都遭受着虚荣名利的烦扰折磨。他们喜欢把档案馆称为学院，以突显这类机构的高贵性，他们这样的人一生无法割舍与这种机构的联系。他们时而文雅，时而粗俗，有人还轻轻地摩挲着双手的指尖，正是凭借着这双手他们废寝忘食地写就了无数的作品。他们的措辞皆是经过精雕细琢的，几乎每个人看起来都希望年轻的助手把他们的言语速记下来。他们对一切都很感兴趣，他们的鼻子深深地吮吸着档案馆的空气、氛围，正如他们所说的那样，用苍鹰的利眼紧盯着每一个物体。一些人聊到了浮士德的欲望，这种欲望充斥着这个房间；另一些人则谈到了时代的要求和他们原本期望在此地找到的真正民主精神。后者讲话俏皮诙谐，前者则声音高亢嘹亮，都同样想向档案员打听自己作品的位置和目录号。

档案员坚持说，这种信息不能提供给城市的居民或过路人，即使涉及个人的重大事件也不能例外。

有人反驳称："那如果我是专门为此来这儿的也不行吗？"

档案员对他表达了歉意。在聊天过程中，他偶尔会翻阅卡片索引，以便在这诸多难题中为自己求得线索，了解档案馆究竟有些什么样的决定。但据罗伯特所知，尽管总产量多，却几乎总是只有少部分出版物还值得暂时保存，而且大多数都有规定了短时期限的标记。在档案馆的土地登记册中的某一段中提到了标记所指的对象。罗伯特曾经翻阅过这段话，他读到，记述文明的文学产品，就其本质而言，并没有长久的效力，因为它们的观点和看法漏洞百出，仅在同时代的人中有暂时的意义。

一般来说，文学家在离开档案馆时，都会意识到自己的不朽性。他们每个人都认为自己是时代的代表，而这会使他们逐渐失去自己的本能。

然而，有一次却发生了一件奇怪的事。一位作家用一个皮箱装来了他的作品集和著作的完整版本。他把自己的书一本又一本摊开在一张移动书桌上，这之前也有许多人这样做过。他谈论着覆盖着一页又一页神秘字母的区域，这正是他通过几十年的工作，构建的一个从无到有的文化世界。出于对未来的考虑，他现在想把自己的成果献于档案馆收藏。档案员言辞之间极尽委婉，这样一来，作家的自信才没有因此受到影响。

　　作家满意地看着自己生平的作品卷一字排开。当他试图再次拿起一本书时，那本书却七零八落地掉了下来，纸张碎裂，瓦解成了灰尘。他沮丧地退了一步，小心翼翼地伸手去拿另外一本，这本书在他手里也只保持了片刻，直到突然像一块上好的雪茄灰一样碎裂掉落。这个古怪的事件也引起了档案员和他助手的注意。毕竟，这是档案员第一次目睹老伯尔金告诉他的化学净化过程。年轻的莱昂哈德终于忍不住用中指轻轻弹了一下另一本书的书脊，结果书页立马就噼里啪啦地掉了出来，像发了霉的树叶一样四处飞舞。当作家伸手去抓它们时，书页又都化成了灰烬。三个人哑口无言地看着眼前的景象，每个人都急忙尝试拍打其中的任意一本书，书本化为灰尘的过程却一次又一次在他们眼前重现，直到连最后一本都塌成一堆灰土了。

　　"结束了。"作家最后说。他接着讽刺地补充道："这个世界要毁灭了。"他小心翼翼地清理着落在旅行外套上的那些尘土和灰烬。随后，他便拉着空皮箱离开了。

　　当档案员后来向莱昂哈德询问这位来访者被登记在哪个关键词下时，助手说，他当时即刻就把将这位作家归入了"曾经的市民阶级"这一类别。档案员的脸上闪过一丝赞赏的笑意。

然后这件事就再也没有被谈及了。

不久之后,在档案员的咨询时间里,他接到命令要求他参加一个会议。莱昂哈德非常担忧档案员的应变能力,所以他提醒了一下罗伯特。但是,档案员最终还是参加了这个会议,会议是在一个僻静的地下墓穴区举行的。

参会的人似乎属于一个秘密教派,因为他们都戴着绿色釉面的面具,以示所属派别,他们呆滞的表情在半明半暗的灯光下影影绰绰。许多男人和女人蹲在石板上,其他人虚弱得似乎无法直立行走,而是四肢着地缓慢地向前爬行。大多数人都没有穿衣服,有些人的腰上挂着一块破烂的布片。肋骨突出的瘦削肉体闪着细碎的磷光。人们可能会认为自己看到的是一幅关于末日审判的中世纪油画,目睹了被诅咒者坠落至地狱的场景,这画面完全可以与勃鲁盖尔[1]的画作相媲美。但这些人却移动了起来,他们贪婪地握紧双手,无声地移动着;他们跪地而行,头挨头紧紧地挤在一起,过道里不断新挤进瑟瑟发抖的人群。罗伯特被两个人领到了一个狭窄的墙台上,这个墙台像一个讲坛一样耸立在充斥着成千上万人的房间里。时不时地会有一阵淡淡的煤气味烟雾飘过他的身边,

---

[1] 老彼得·勃鲁盖尔,荷兰语:Pieter Bruegel de Oude,文艺复兴时期布拉班特公国(曾在15—17世纪建国,领土跨越今荷兰西南部、比利时中北部、法国北部一小块)的画家,以地景与农民景象的画作闻名。在西方社会,他是第一批以个人需要而作画的风景画家,跳脱过去艺术沦为宗教寓言故事背景的窠臼。

这使他的感官愈发麻木起来。其中一个戴绿面具的人开始在讲坛上对台下的人说话，他的声音听起来就像在吹奏管风琴，旋律高低起伏却有种喘不上气的感觉。

档案员对台上讲话内容的理解是，把他们召集到这里来的不是自由的意志，而是一种邪恶的强制力量。每个人都被迫从他们的家园和财产中剥离出来，他们像罪犯一样被拘禁在此，他们遭受着殴打和虐待。最终，不论老少，他们都会被迫结为夫妻。讲话里还提到了消毒室，但可能只有当他们身后的胶皮门关上时，他们才会突然明白将要发生什么。一切都发生得如此之快，以至于他们既没有时间悲叹，也没有时间指责。然而现在，所有人的思绪再次凝聚起来，他们将在这个地方看到那最后的时刻，永恒的恐怖瞬间。

演讲者停顿了一下。从那个开裂的肺腔里发出的声音在整个地下墓穴里回荡、呻吟，就像是伴随合唱的阵阵和声。沮丧之余，档案员仔细聆听着演讲者的发言。他继续说道，相较于自身的命运，他和大多数人一样，都被这一切的意义问题折磨——他再也找不到答案了，怀疑和厌恶无时无刻不在动摇着他，这里发生的一切到底有何意义。

"为什么？为什么？"合唱中爆发出来这样的疑问，声音中充满着执拗、纠缠和绝望。

那个声音再次响起："从诗篇的时代到现在，因为一个幻想而给一个民族带来如此多的灾难，大地之灵是否从来没有为此而感到懊悔!但不仅仅是这一点——大地之灵及其创造物是否从来未曾有过一丝丝忏悔,他们让百姓和民族在仇恨中相互吞噬,让自由在自己的领土被野蛮人征服,让那么多已经开始的生命以非自然的方式过早夭折——让那么多的花朵没有果实,那么多的事情没有结局。"

合唱中再次响起叫喊声:"过早!过早!"

台上的演讲者发问道:"他们成千上万人的牺牲是否又会功亏一篑?世世代代的这些当权者、人类暴君和强盗主,他们总是为了追逐权力而残酷地玷辱、肆意地毁坏、暴虐地杀戮和被杀。难道除此之外,他们就无事可做了吗?"戴绿面具的人们喊得却更急切了,以至于罗伯特几乎听不清台上的声音。一团怒火暗暗地在人群中升腾起来。听众议论纷纷,女人们发出了阵阵尖叫。

"每个时代和每个角落的眼泪填满了灾难的苦海。难道这一切永无休止?难道成千上万无辜人的鲜血滋养出来的肥沃大地,只是为了迎接新一轮的血洗?诅咒是否永无止境?我们的后代是否是永恒的受害者?重生难道只是为了遭受同样的绝望,同样的痛苦和迫害?难道我们能代代相传的只有枷锁,难道美丽的大地应该永远阴暗沉寂,而我们和我们的同类只能像腐肉一样在这片土地上悲惨地死去?"这些话听起来就像蒙布喇叭筒里传来的空洞而沉重的脚步声。

会场中的人群躁动起来,四肢扭曲,骨骼"咔嚓"作响。

"不能忘记！不能忘记！"

叫喊声一浪高过一浪。一个年轻小伙子咬牙切齿地跳上了石坛，他试图用颤抖的手势来表达自己的想法，却是白费气力。他用双手抚摸着身上的苍白皮肤，无声地指着身上的伤疤和烧伤后结的痂皮。好像这个例子就已经足够了，许多不幸的人都把注意力都集中到了自己的创痕上。罗伯特感到喉咙里有一股窒息的灼痛。

令罗伯特感到惊讶的是，几个不顾一切地挤向石坛的蒙面人，他们的脸部显现出了血红色。也许是灯光昏暗的缘故。但这些人在其他方面也与大多数人不同，他们统一身着黑色上衣和长裤，脚上穿着高帮靴子。他们面露讥讽地站在档案员和编年史家面前，用不屑的眼神审视着此次大会，每个人都把双手藏在背后，似乎为在场的众人感到羞耻一般。当他们中的一个人终于开口说话时，一阵麻痹侵袭了人群，所有人一动不动，好像被石化了一样。人们只能听到努力压抑着的喘息声。

血红色面具口中发出的声音响彻了整个墓穴："是的，我们蹂躏，我们折磨。从小到大，当我们淘气和叛逆的时候，我们就会被鞭打，但现在我们长大了，我们就想要复仇，向曾给予我们殴打的大人们复仇，为压抑的氛围和令人窒息的教育而复仇。就像我们曾被剪掉翅膀一样，我们也剥夺了他人的自由。是的，我们拷打和杀戮，因为我们是权力的雇佣兵，因为我们被委以重任，我们被任命为阴谋诡计的监督者和监管者。我们认为任何不支持我们事业的人都是我们的敌人，是对我们的挑衅。我们的头脑被锻炼得可以破除一切阻碍，首先就是来自反抗和精神上的阻力。我们把思想上的对手引入我们编织的大网。那些不愿意向我们低头的人，我们就消灭他们。"

演讲刚开始时，大会唤起了大家对施虐者的憎恨，但这种浪潮般的谴责声很快便消失了。档案员觉得，演讲者与其说是在向一群戴绿面具的人坦白，不如说是直接向他这个档案馆的代表坦白。

同样地，另一位黑衣人也谈到了他们这个行当在人类历史上的光辉业绩：古罗马对基督徒的迫害；欧洲各国对犹太人的大屠杀；中世纪的宗教裁判和女巫审判；圣巴托罗缪之夜[1]；奴隶市场的黑色象牙；中国的内战；革命法庭；东方和西方对信徒和无信仰者的大规模屠戮——人类生存史上尸横遍野的各个重大时期。正如他所言，这些活动一直都在进行，而且总是为当权者们服务，以思想的名义焚烧禁书，举行百

---

[1] 圣巴托罗缪之夜（法语：Massacre de la Saint-Barthélemy），又称圣巴托罗缪节大屠杀，发生于1572年法国宗教战争期间，由宫廷内部针对新教结盟宗新教徒（又称雨格诺派、胡格诺派，属于法国加尔文归正主义）领袖的刺杀行动引发，之后发生天主教徒针对结盟宗新教徒的暴动。

牲大祭[1]、肆意屠杀，并将国家、教会的权力以及金钱力量的信仰神化。

下面的人群仍然鸦雀无声地呆立当场。一个脸色阴沉的女人挤到了档案员身边，出于极度的绝望紧紧地抱住了他的膝盖。她的头向后仰着，头发肆意飞舞，一张辨别不出年龄的脸庞映入罗伯特眼帘，女人抬头看着他，露出了一副茫然而又崩溃的表情。她脸庞上的绿色面具是如此贴近皮肤，以至于档案员觉得他似乎看到了眼前这个女人的真正面容。他突然发现，她和其他人其实根本没有戴什么人造面具，而只是那不同寻常的肤色和他们同样呆滞的痛苦面容让档案员误以为他们都戴着面具。他眼前究竟是怎样一番景象啊！在这些人的额头和脸颊的表面，锐利的锯齿状沟槽加上纵横交错的线条联结成了一张网，规则的棋盘式图案像文身一样覆盖了整个面部。

女人结结巴巴地反复喃喃自语道："亲爱的先生！孩子们，我的小孩子们！他们两个都躺在小床上面，您知道，如果把两边的栏杆拉起来，他们就不会掉出来，不会在黑暗中蒙受痛苦，他们就能够安稳入睡。但是亲爱的先生，有人把他们

---

[1] 原文为Hekatombe，在古希腊，100头牛的大型祭品被称为举行百牲大祭（古希腊语 ἑκατόμβη hekatómbē）。该术语是从原始通用术语演变而来的，用于任何更丰富的动物牺牲。至于祭祀的数量和种类，取决于祭祀者的财富、供奉的神灵以及祭祀的地点或节日。

从睡梦中拉扯出来，想把他们从我身边带走，所以我紧紧抓住床，我跪在地上，把脸贴在铁栏杆上。亲爱的先生，我越发用力地紧紧贴在金属栏杆上，因为他们想把我从他们身后的小生命身边拖走，孩子们呜咽着，突然之间一切都安静得可怕，我的眼前一片模糊。我甚至哭不出来，失去了任何感觉，变得像钢铁一样冰冷和死寂，这是我记得的最后一件事。现在我的眼前总浮现出那栏杆的影子，久久无法消失。它以前是那么光滑，那么朴素。我丈夫用手摸过它，孩子们抓过它，他们应该也在这里，但他们现在如何才能认出我，我这般问自己。亲爱的先生，我这样问自己。"

但她似乎并不指望得到任何回答，她冷着脸往后退了退，嘴唇上下开合，诉说着无声的独白。受迫害和被折磨的人的合唱声在回荡："垂怜我们！求你垂怜我们！"[1]

然后罗伯特又听到了另外一个声音，那是一个憔悴得像个骷髅的男人在对他低语。

"请您帮忙记录下我在大检查室的医生那里看病的事。当时他穿着白大褂站在那里，手里拿着听诊器。当他戴上它来检查我的身体时，正如我所料想的那样，它变成了一根闪

---

[1] 典出《羔羊颂》，是天主教会罗马礼的弥撒、圣公宗和信义宗高派教会的圣餐礼、东仪天主教会的礼拜仪式礼仪中的一部分，在分饼礼同时被唱或说出，被用作祈祷文，内容是崇拜者向神的羔羊耶稣祈求和平。

着冷光的金属棒条。我被带进一个跟那些四面相邻的检查室一样的小房间。医生咧笑着小胡子下面的嘴巴,指着敞开的门说道:'请进,您的情况有点特殊。'从那时起,我就坚定地认为,有些医生不是疾病驱除师,而是生命驱除师,请你把这一点记录下来。"这个男人对档案员说。

这个低语的声音随即消失了。合唱声中再一次回响着:"垂怜我们!求你垂怜我们!"

在此期间,一个矮胖的黑衣人又喊道:"只有向能抚慰你们的天使哀求,只有伪装的鸟身女妖在天空中飞翔,只有手榴弹和有毒的杆菌飞来吸食你们体内的精气。一个永远只是受害者的傻瓜。"他慢条斯理地继续说道:"你们看,这里有非法买卖者和被非法买卖者;有驾驭大权者和身受奴役者;有膘肥体大者和瘦骨嶙峋者。人们只需要在生活中摆正自己的位置,知道如何站在光明的一面。软弱会招致虐待,畏缩会带来新的迫害。在民众的游戏中也是如此,一个人打出了王牌和A后,其他手持坏牌的人必须放弃叫牌和跟牌。对我有利的即是正确,有益于我思想的即是真理。"而他每说一句话的时候身形都在不断膨胀,于是很快他就像一个充满了气的巨人站在台上。

他站在那里,身体鼓胀着。从激动的集会人群中冲出几句闲言碎语:"所有的真理都是谎言,我们已经被告知,人是万物的主宰——"一个狂喜的声音喊道。不幸者们的嘲笑声断断续续:"他是大地上最后的渣滓!自然界的败类就是人类!"

"好了,现在我们的意见终于一致了。我还会教你们如何做到绝对服从,哪怕你是个地痞流氓!"血色面具后肿胀的躯体喊道。

他的声音淹没在一片污言秽语中。其他血色面具后的人也跟着粗俗地笑起来,人们可以从这尖锐的叫喊中听见女人的声音。这些人膨胀得比真人还大,他们肌肉健壮,尖尖的胳膊肘凸显出来。

一个戴绿色面具的人不顾周围的激动嘈杂,费力地踮起脚尖喊道:"如果在过去的两千年里,世界没有一丝一毫的改善,如果人类仍然是由杀人犯和被谋杀者,由刽子手和受害者组成,那么让所有的精神力量都见鬼去吧,让宗教和哲学为我们营造的幻象消失吧。那么也让对上帝和神的国度的想象,圣经和梵天,佛陀和基督,圣人和使徒,远古的布道者和智者,天体的旋转和救赎的谎言结束吧,然后天地间将会是一片混沌,伟大的虚无,诸神的黄昏[1],圣维特的毁灭之

---

1 指的是北欧神话预言中的一连串巨大劫难,包括了造成许多重要的神(奥丁、索尔、弗雷、海姆达尔、火巨人、霜巨人、洛基等)死亡的大战和无数的自然浩劫,之后,整个世界沉没在水底。然而最终世界复苏了,存活的神与两名人类重新建立了新世界。

舞[1],邪恶的灰烬之雨,残暴的地狱都将会降临。"

沉溺于绝望的演讲者站在原地,身体却开始摇晃起来,一下又一下的抽噎使得戴面具的人们脸上显现出痛苦的神情,直到他们也来回摇动,像苦行僧一样号叫着。档案员的脉搏跳动得厉害,脚步震颤踉跄。一股剧烈的疼痛传入他的心脏,像海绵一样被挤压着。他呼吸困难,用手紧紧按住胸口,就像他在人造石材厂画廊的壁画前那样突然发作。——这还是现实世界吗,还是这些人和演讲都只是他想象中的产物?他见证的是一种绝望的神义论,还是对撒旦的弥撒?假使那一刻大地张开了巨口,将他和所有这些生物一起吞下,也丝毫不会让档案员感到惊讶,对他来说,这似乎是一种救赎,就如同从癫狂中终于得以解脱。

那个黑色的身影站在那里鼓胀得不成样子,仿佛要爆裂一般。凶恶女人们湿润的眼睛空洞地注视着地下室的天花板,她们的皮鞭垂挂在腰际。罗伯特意识到自己被挤到了一个中心,与此同时越来越多人把他从戴面具人的圈子中孤立出来。在黑衣卫队的专横狂妄和野蛮暴行下,在被羞辱者的哀叹和痛苦的诅咒中,这里发生的一切不再是当下某个时

---

[1] 就是群体性癫狂——忽然出现了一大批行为看起来像癔症发作的人,并且很多人同时感染了这种群体性癫狂。其中的跳舞病(一种不停地唱、跳、舞蹈、痉挛的流行病)就是我们现称的毒蛛舞蹈症。这种跳舞病又被称为圣维特斯舞蹈症,有人认为是因为被一种塔兰台拉毒蛛咬伤所致,人们成了塔兰台拉毒蛛的牺牲品,要解这种毒人们只能不停地跳舞,这也是我们所称的毒蛛舞蹈症的由来。

刻的存在，而是人们为彼此创造的地狱的流体画。粉尘工厂的木乃伊总裁很可能成为最终的赢家。

罗伯特察觉到，邀请他参加这次会议的委员会的那些先生们将目光定格了在他的身上，似乎是他扮演沉默旁观者的被动角色太久了。集市的场景在他眼前闪现，但与此时此刻相比，那场窘境可以说是不足挂齿。人们期望他干什么？是作为公职人员来进行干预，还是作为一个人来介入？于公职而言，他是一个编年史家，一个城市的历史学家，而不是一个法官。他本该去找每一个人，和每一个人聊天，以消除令他们心生畏惧之物，或者至少是恐惧。他有权利站起来发表演讲吗？他不是他们中的一员，也不是市政府的人。在此，暴力和软弱、胜利和悲痛在这种无情的对比中愈加明晰起来，这个问题属于末日审判的范畴，属于市政府熟稔于心的论坛议题。当这些想法不停在他脑海中回旋时，他突然听到自己开了口说话。

"我们的生命，"他断断续续地说，"只有"——他气咽如丝——"就是通往死亡这一条路。"

他愣住了，仿佛他下了什么异乎寻常的论断。他本可以把生命称为通向死亡的精神手段，但这听起来会更有误导性，尽管它表达了同样的意思。他还记得在到达这里时，市长同他说的话。难道市政府的思想在无意识中已经侵袭了他，以至于他在这些恐惧的灵魂前表达的不再是自己的想法？

"没有人是真正的自己了。"他大声地说,似乎是在自问自答,他看到那些聚在一起的人若有所思地点了点头,似乎是为了表明这句话是多么准确地描述了他们当前的生活状况。

罗伯特继续说:"在我看来,仿佛邪恶、卑鄙、下流,所有可憎之物都只是通过我们,由我们的头脑带来的。这颗可怜的脑袋,只知道如何破坏。它依赖于所谓现实,依赖于表象,依赖于世俗,依赖于争取幸福的斗争。那些我们把它当作真实来购买的东西,事实上总会用假币找零来蒙骗我们。"

四周一片苍白的寂静,成百上千双眼睛从中凝视着他。他说,他被这个城市委派到了一个非常大的档案馆里,那里记录了有关人类苦难和人类希望的一切,甚至也包括了无数有关他们痛苦的文章。再可怕的力量在那里也会沦为幽灵般虚无,没有现实和感官的回应,即便有他们这些施虐者的参与。

"如果我说,生命是对死亡的譬喻,但这点认识不会给你们带来任何安慰。只有虔诚的爱才能给予慰藉。但你们也许会感觉到,事实上存在着超越个体窘境的更深层次的意义。"这位编年史家总结道。

参加会议的人脸上都显出了淡淡的倦意。方才让大家战栗和激动的东西变得模糊起来,终被帷幕遮掩了起来。那肿胀变形了的非凡黑色身影也仿佛从泥浆中升起,他们口中念念有词般吐出了一串诅咒,听起来更像是来自一个逝去的世界。他们竭力发出熟悉的命令。他们吼道:"列队!屈膝!报数！出列！向前进！上膛！"命令急促，声音此起彼伏。起初，大会上出现了一阵骚动，但并没有人惊慌失措。他们只是冷漠地转过头去，仿佛现实与他们毫不相干。甚至连指挥者们嘶哑的叫声也被叽里咕噜的牢骚声淹没了。他们四肢粗壮，僵硬地站在讲台上，像极了毛绒玩具。

档案员慢慢地朝他们走去。

"该隐的标记会永远地印刻在你们的额头上。"他说。

然后，他拿着羽毛笔轻轻戳了戳紧靠在他身上的那个人黑色的衬衫前胸。

"点缀而已。"他说。

突然会场里传来一阵"嘶嘶"的声音，就如同鼓起的橡胶管漏气了一样。黑衣人本来肥大的大肚子这时却耷拉着，越缩越小，直到地板上只剩下一件空荡荡的制服。就这样，一个又一个权力的傀儡，一个又一个的大演讲家消失了，而一股可怕的恶臭却升腾四散。

"好吧，先生们！"档案员说。

这时，会场上空仿佛有一阵笑声飘过，由近及远，但大多数人太过麻木，以至于无法从眼前的场景中解脱出来。许多人茫然地抚摸着自己的额头，仿佛他们已经不记得自己来这里的目的了。委员会的一位先生递给档案员一大捆卷轴。罗伯特犹疑地接过来，只见封面上写着：惊愕时刻的记录。

人群畏畏缩缩地涌向出口处，仿佛一种淡漠的遗忘冲刷了曾经的一切。一阵冷风穿过地下，似乎带走了所有的痛苦。档案员眼睁睁地看着倏忽而过的身影越来越模糊，但他又发现，又有无数戴着绿面具的新人群正从另一边冲过来，晃动着，吵闹着，喘息着。

那些黑色制服的残余物被穿着皮围裙、戴着尖顶帽的城市杂工清扫干净了。档案员手持卷轴，也慢慢离开了墓穴区。他听到不远处一位演讲者又开始激情洋溢地为新的集会高声致辞。

编年史家听到，把他们召集到这里来的不是自由的意志，而是一种邪恶的强制力量。——罗伯特惊愕地发现，这些话正是刚刚结束的那场会议的开场白。他感觉脚下的地面好像被人抽走了一样。

当他到达老门的档案馆时，他把一直在那里等候着的莱昂哈德送出房间，把编年史册的空书扔到墙角，然后把自己锁起来关了一整夜，直至天亮。

XIV

从档案员参加蒙面人集会的那一刻起,他的眼前就像是蒙上了一层纱。他的头经常剧烈地疼痛,仿佛有针在刺他的大脑一样。

当他穿过档案馆时,他会时不时地撞到阅读桌或椅子上。当他试图抽出一本书时,他的手却抓了个空。他觉得脑壳里好像有水在晃动,当他在过度劳作后疲惫不堪的时候就是这种感觉。他为祈求怜悯连续祷告,《羔羊颂》在他耳边萦绕。偶然有一次,他看到了一幅描绘圣塞巴斯蒂安[1]的复制品,画上的人被箭射穿,正静候着下一支箭的到来,如向死而生一般站在那里,随后他把这张纸钉在了墙上。

自从来到大河背后的城市之后,他所面临的事件便失去了具体的相互关联。有时,零碎的细节会突然显现在他的眼前,就像残破的图像轮廓,边缘线条清晰,他的记忆仿佛突然断裂了一般。而当他回忆起这些时,他就会被一种悲伤的情绪缠绕,这种情绪宣泄着生命的孤独。然而,在这一切背后似乎都潜藏着某种特定的意义。

他再也弄不清自己究竟在这里待了多久;有时在他看来似乎只是短短数日,有时却是有如半个世纪那么漫长。他坐在档案馆的办公桌前,穿过拱门,助理们有规律地履行着他们的职责,时时如此。他与伯尔金聊了几句,但也只是泛泛而谈,主要是与办公室

---

[1] 天主教的圣徒。古罗马禁卫军队长,在三世纪基督教迫害时期,被罗马帝国皇帝戴克里先下令乱箭射死,他在受到箭刑后居然奇迹般地活了下来。

的事务有关，并没有深入到对他自己问题的解释。

他已经成为市政府运行计划链条中的一个环节。他不知道高级专员是否满意他的工作，是否赞许他履行职责的方式。对此他早已不以为意。自从那次在人造石材厂的地下壁画室里接到那个让他吃惊的电话后，他就再没有收到过任何直接的指示。然而，罗伯特觉得自己绝没有被遗忘。相反，他们似乎对他生活的每一刻都了若指掌，并暗中对他所有的行动进行了引导。比如，他深信，此次邀请他参加蒙面会议的代表团也是受更高层的指示才来到了他身边。

有一次，卡特尔匆匆地来拜访他，脸上看起来比平时更加苍白和胆怯。他询问罗伯特是否依然与安娜保持着联系，还谈及了席卷全城的动乱。似乎他想从档案员那里了解他是否知晓当前正在发生的变化。但罗伯特通过他的讲述才知道，每天新抵达这里的人数远远超过了正常数量，而且还在持续增加。档案员想起了安娜也有过类似的暗示，在谈及士兵们的神庙兵营时，她也曾提到过这一点。卡特尔认为，即使让其中一部分人尽快通过审查，安置群众工作所遇到的困难也会层出不穷，这样就必须提前更大范围地疏散居民。在郊区搭建帐篷或设立临时营房也无法解决问题，因为这需要工人和城市官员的机构也必须相应发展到远超当前的程度。因此，人们不得不担心，规律性的周期性的恶性循环会加速进行——画家曾经说过：宇宙的时限和排列顺序将会发生变化。对此，罗伯特当时还不甚理解。

他最后说道："你知道我本来就想完成我的图画，但现如今，我想你的编年史研究也不再需要我了。"

罗伯特的思绪还沉浸在那些模糊想法引起的恐怖画面之中。这时候，编年史的问题再次被提起，卡特尔反复告诫罗伯特要推进相关工作，但是在他刚到这里时，伯尔金交给他的那本书仍然是一片空白。

罗伯特也经常会从莱昂哈德的眼睛里察觉到一种脆弱的恐惧感。这位年轻人经常会问他：档案员是否对他感到满意；他，莱昂哈德，是否做得足够好；他如何才能更多地帮助档案员处理简单的书面工作，以减轻档案员的负担。当罗伯特向他保证他是不可或缺的存在时，莱昂哈德才深深地松了一口气。

"只是因为时间太短了。"他羞涩地说，然后迅速跑了出去。但第二天，那种说不出的恐惧又写在了他的脸上。"你怎么了？"罗伯特问。

"如果没有人记得我，因为父母毕竟老了，而朋友，唉，我不知道——我只是想，我在这里有种孤独无助的感觉。"莱昂哈德结结巴巴地说。

档案员摸了摸他的头发，并且安慰性地拍了一下他的肩膀。

莱昂哈德说："我总是摆好两个酒杯，两个餐桌，两个水果盘——暗门那里也一切正常。"

罗伯特向他点了点头。

"这很好。"他说。

然后罗伯特让他带着一封信去找安娜，莱昂哈德极不情愿地接过了这封信。

当他们再次见面的时候，安娜没有抱怨她的爱人竟离开了这么久。在罗伯特的提议下，他们下午早些时候在喷泉广场上见面。一见面，罗伯特就立即挽起她的胳膊，昂首阔步地漫步在铺着白色瓦砾的街道上。安娜看起来心情非常愉悦。当罗伯特夸她看起来像盛开的花朵时，她咯咯地笑了起来。他不知道的是，这种赞美更多来自她使用化妆品和彩笔的技巧。他们之间仍然弥漫着热恋的氛围，甜言蜜语，打情骂俏。罗伯特试图聊一些客观性的问题，比如这个城市及其居民的特殊性。每当这个时候，她就会用玩笑来岔开话题，然后猛地抓住他的胳膊，依偎在他身上。

比如，她会这样说："哦，你这个聪明的小学者，你可真是我聪明的小傻瓜！"

他们漫无目的地游荡得越久，她就越是无精打采地靠在他胳膊上。

他们行走在地下巷子的熙熙攘攘中，一会儿又转到明亮的地上世界，打趣地对街道上四处寻找伴侣的人评头论足。

"我想和你一起流浪到世界的尽头。我们离开这里，翻越大地随便到什么地方，到自由的地方去。"罗伯特说。

"我觉得你似乎还在做梦。在城市之外，陡峭的巨石之间只有人造的绿洲。"她回应说。

"如果我们至少可以去看一次电影，去一次剧院，或者一起听一场音乐会就好了！"他轻快地说道。

"你在憧憬什么，罗伯，我们该如何来应对这些假象。"她被逗乐了。

他们坐在墙上突起的地方，一对永远见不得光明的爱侣。他让散落周围的小灰粒从他的手中滑过去。那是一种甜蜜的无所事事。

他说："当人们犹豫不决的时候是多么迷茫啊。"

"哦，罗伯。"她期期艾艾地靠在他的手臂上。

"我爱你。"他说。

"真的呀！"她打趣道。

"不，远胜于此。"他认真地说。

当罗伯特轻柔地抚摸着她时，她开口道："这真是太好了。"

他抬头看了看光秃秃的瓦砾，瞥了瞥破旧的临时生活区，思绪万千。他不能告诉她任何关于档案的事情；关于在他心中郁结的一切；那些未被救赎的恐怖图像，那些面具人的画面，比工厂里的场景更加震撼他的心灵。这让他的内心备受煎熬。

午后的时光渐渐落下帷幕。

罗伯特突然站了起来，然后和安娜一起直奔理发店。那里连接着一条小通道，通往他塔楼房间的地下入口。他决心让她了解这个城市的市政府分派给他的神秘任务。卡特尔不是曾经告诉他，安娜比任何人都更能把他从折磨人的生存问题中解放出来吗？

她静静地站在黑暗的走廊里，而罗伯特则根据记忆用手抟来测量钥匙孔的位置，尝试开启井道的隐秘入口。

罗伯特让她先在绳梯脚下等待着，直到他推开顶部的暗门并点亮了灯。"这真是太浪漫了。"她说道。安娜迅速地顺着梯子爬了上去，罗伯特兴冲冲地把她拉进房间，抱在怀里。她的头顺势靠在他的胸膛上。

"你太轻了，就像一片羽毛。"他说。

桌子上的饭菜已经摆放好了，窗前的窗帘也拉上了，莱昂哈德已经准备好了一切。罗伯特关上暗门，点燃了烛台。安娜好奇地在房间里来回走动着。

"这桌上的一切已经为我准备好了，所以你是在等我吗？"她惊讶地说。她扑了过去，把头埋在罗伯特的脖颈间。

她夸赞了他的宿舍，喝了点酒，轻松地聊起天来。房间里的孤独感顿时一扫而空。

晚饭时，罗伯特向她讲述了他第一次住的旅店，以及直到他在这里定居的故事经历，并提到了那位在用餐礼仪上刻意装腔作势的主管，和他一有机会就挂在嘴边的那句"暂时的——不是吗？"

安娜总是满眼期待地看着他，仿佛在仔细聆听，但她的思绪不在他的话上。他看着安娜，抿了一口酒，有意无意地重新把话题转移到档案馆上。但是因为安娜并没有对他隐隐的暗示作出任何反应，他便绕过了关键性的问题，准备等以后有机会再说。

"其实你对我和我的工作了解太少了。"他说。

"我们的夜还很漫长。"安娜回答说,她已经把餐具清理到一边,只留下了酒和那盘水果。她在软椅上舒服地伸了个懒腰,把腿搭在扶手上,上下摇晃着脚。罗伯特一边喝着酒一边继续和她聊着天。

他说:"有时候,我觉得我就像在一个蜡像馆里,仿佛这一刻已经凝固成了永恒。正如我之前在给你的信中提到过的,安娜,我一直相信地球上没有什么事情是为了它自己而发生的。这里所发生的一切其实是一个寓言,一个关于生命意义的寓言,即使我们总是意识不到,也未能理解这一点。我的意思是,个体所经历的一切对整个宇宙都有其特殊意义。它能使宇宙持续运转下去。但是,当我想到我现在必须细看和认识一切时,我发现很难去解释——或者说是,我所面对的一切已经对生活做出了赤裸裸的说明,它的机械性,它残酷的空转运行,它同我们人类的一切相似性和一致性,我们存在的假面性。对于个体来说,除了摇篮和棺材之间的那几十万步,除了他认为重要和使他变得重要的终日劳苦,除了日常生活中的压力和忙乱,还剩下什么?每个人都对世界抱有某种幻想,并以此来麻痹自己,用信仰、用虔诚、用科学、用工作、用游戏来麻痹自己——所有人都在逃避,也都想拯救自己。那么最终的救赎在哪里呢?或在享受黄花遍地的五分钟幸福中,或在刚发的奖金中,抑或在安详的暮年余生里。"

他突然大笑起来。他本想继续喋喋不休地讲下去,讲述现实的幻象其实只是由于人类的恐惧所致,讲述每个人对真理,对我们和一千年前的简单生物一样的清醒认识的恐惧——他本想继续喋喋不休地讲下去，因为这些图像和文字就在他的脑海里，就像不久前站在面具人集会讲台上的发言者一样，但安娜并不理睬他的笑声，喊道："都是男人的思维！胡言乱语！离我远一点，罗伯！聪明的小吉尔伽美什。"她接着说道："你难道也要像从前的教授一样，在末日训教，你难道还没吸取教训吗？"

"抱歉，酒精让我变得啰唆，此外——"他说。

他额头的皮肤挤作一团，沿着他的眉毛弧度周围形成了一些皱纹，就像小半圆拱一样。

"此外，你现在看起来像你父亲。唉，你们这些男人！"安娜说。

他有些不快地盯着她。

"是同样大声地笑吗？"他问。

"还有额头上同样的皱纹，但我不是有意冒犯你的。我知道你和他关系不好，尽管我相当喜欢这位老先生。他极为认真地对待生活中的一切。许多人都欣赏这一点。"她说。

他不满地回应道："也许是这样，但我不希望自己变得像他一样。"说话间，他把桌布上的一个果柄弹到了地上。

"别生气了，你是你，而且我说的就是你自己。那些遗传的特征更多地显现在老年时期，但我们已经不会变老了。"她说。

她用手抚摸着他的脸庞。"现在的你看起来和以前一样。"安娜说。她还说，他不应该对幼时的陈年旧事总是耿耿于怀，毕竟在这期间这些恩恩怨怨早已经消弭一空。如果现在他父亲的居留证被撤销，那么他也脱不了干系。

"他很快就会到碾磨厂那里去了。"她说。

"到碾磨厂？"他惊讶地重复道。

她解释说："他们就是这么说的，下一站在西北方向，货物会集中运输到那里。"

"这样啊，尽管我已经去过许多地方了，但我还从未到达过那里。"他说。

"你当然没去过，否则你现在也无法安心坐在这里，不是吗？我的父母也面临着被驱逐出境的命运。有这么多的人离开呢，罗伯。我想，我们也不会待得太久。"她眯着眼睛说。

他们沉默不语。他拉着她的手，拨弄着她的手指。安娜看起来很美，她真的是光彩夺目。他慢慢地用手拂掠着她的头发，她的头发就像动物的皮毛一样焕发着耀眼的光泽。他觉得安娜好像一直都属于他，不仅仅是从久别重逢这一刻起，而且是一直处于多年来相识相知的男女之间自然而然的亲密关系中。他也向她表露了这一点。

"但是亲爱的，你在惊讶什么？难道你不清楚你每时每刻都与我同在，我永远与你同在吗？你这么快就忘记了。我们再也没有回头路可走。"她说。

罗伯特愣住了。她的眼睛里闪烁着梦游般的光芒，然后渐渐消逝。桌上的蜡烛微微闪动。

过了一会儿，他说道："你的意思是，我们其实是生活在想象之中？"

"我不再觉得有什么不同。做梦和醒来，只不过是我们活动的圈子有所不同。你也知道。难道我们不是自以为我们还活着，而实际上——"她的语调起起伏伏，如同在唱歌一般。

"然而我们需要鼓励，需要温暖的当下。"他打断了她的话。

安娜点了点头。"是的，需要爱。"她说。

罗伯特站了起来，弯腰靠近安娜。

"否则，我们会被自己、被孤独窒息，或者被沙漠吞噬。来吧。"他说。

她踢掉了脚上的鞋子。

"如果这只是一个海市蜃楼就好了——在某种程度上可以这么说。"她轻快地说。

她从罗伯特身边溜走，开始光着脚不安地在房间里走来走去，整理东西。她把水果盘归位，捡起地上的碎屑，然后向盥洗台走去。她把所有东西都从有污渍的地方移开，并将这些物品清理摆放好。

"必须在这个时候把所有东西都准备好，放在手边。当夜幕降临，决定性的一刻到来时，一切都必须有条不紊地进行。"她不耐烦地看着罗伯特边说，边在手提包里不停地翻找着。

这是一个循环往复的过程。对他来说，这只是确定了一些无关紧要的事情，其实并没有什么意义。他觉得，安娜是在担心今夜承诺给他们的共同命运终将无法实现,于是便开口道:"别担心。一切都会按照我们的意愿发展。"

她捕捉到了他语气中的茫然无措。

"我是你的,罗伯。"她说,她的手爱抚地滑过他的头发。

他的内心在颤抖。

她走到窗前,把窗帘甩到一边,向外望去。昏暗的房屋上方星光遍布。月亮正在缓缓升起。

"你还仍然居住在地球之上。这真的是很幸运。"她说完便走回了房间。

她是否注意到了他住的地方就在老门里?这就是她回避他的原因吗?不,她大大方方地走了过来。

"你觉得会不会有些东西只不过是人们凭空臆想出来的?"她说。

"不太可能,因为我们内心呈现的东西也必然存在于我们的外部世界。"他说。

"我在这里,你开心吗?"她问,然后在他的腿上坐了下来。"我需要知道关于你的一切,你现在想的、相信的和感觉到的一切。"她急切地说道。

安娜紧贴在罗伯特身上,但当他吻她时,她仍然奇怪地绷直了身体靠在他怀里。

"来吧。"他更加用力地抱紧了安娜。

她仅仅是用冰凉的手掌微弱地回应了一下他的拥抱。

"我们究竟在追求什么？"说这句话时，她看起来就像是一位在对着金色背景伸展手臂的画中少女。

蜡烛熄灭后，一缕缕月光透过窗户的缝隙，进入了午夜的开放时间。

罗伯特惊愕地发现，在安娜那映射出白色光泽的胸脯间，细细的项链上挂着一个塔勒[1]一样大小的硬物。刹那间，他想起了卡特尔曾经给他看过的那个标记。他感觉到了安娜的尴尬，她向他坦白自己戴了护身符。这是一个古亚述楔形文字印章的铸件，上面有一个跳跃的独角兽。少女时代的安娜第一次同罗伯特见面时，她曾给他看过这个物件。

"安娜！"他高兴地喊道。

她也不再为缠在自己左手腕上的绷带感到羞耻。

"这是我自己下的手，当时是在逃往山里的途中。"当他察觉到安娜手腕上伤口边缘之间的深深的纵向切口时，她平静地说。

他感到一阵寒战。"但是——"他结结巴巴地说，而后更加热烈地抚摸着她爱人的身体，仿佛想要一次又一次地让自己确信她的真实性。

她用一个温柔的怀抱堵住了他的问题。

他们之间似乎没有什么拘谨可言。

---

[1] 十八世纪时期通用的一种德国银币。

虽然她脸上的表情充满活力，但他突然觉得即便身处热烈的交流中，自己怀里抱着的却像是一尊雕像。爱情带来的那不可抗拒的震颤转变为一种可怕的感觉。

安娜尖叫着跳了起来。

"为什么，你是一个有血有肉的幽灵！"她喊道，难以置信地盯着他，惊慌失措，恐惧让她不自觉的喉咙发紧。

然后，罗伯特也感到舌头下有一种腐蚀的味道，就像毒药一样，一直燎烧到他的内脏。他恍然大悟，就像亚当从树上摘下果子时那样感到残酷；甚至更加残酷。这是一个比天堂和地狱更大的打击，让他目瞪口呆，让他惊醒，让他变得盲目，同时也让他恍然大悟。

这不再是晕眩后的幻觉，不再是伪装后的假面，这是真真正正的疯狂。他曾把一个幽灵抱在怀里，他爱的是一个已经失去生命的女人。他的意识深处就像被刀子划破了一样，在他一直停留的地方，也是他在这段沉重的艰难岁月里一直逗留的地方：总是在与幽灵打交道，与伪装生命的空洞形象周旋。此时一道闪电撕开了他眼前的帷幕，他意识到了眼前赤裸裸的恐怖事实：他生活在死亡之城。

"你并不是我们中的一员，罗伯特！"他听到自己心上人的声音中伴随着强烈的惶恐不安。

这道闪电也击中了她。

罗伯特跳了起来。不，这不是一个梦。他的父亲、卡特尔、安娜、莱昂哈德、档案馆的访客、孩子们，所有的这些人都只是幽灵。

"安娜！"他大声呼喊，然后渐渐转变成了令人窒息的抽泣声。

她闭着眼睛躺在那里。

"现在你知道了一切。如今我们彼此知晓，却再也没有以后了。是这样吗？"她的身体仿佛被冻结了。

然后，安娜就陷入了一种类似睡眠般的麻木状态。她的左臂无力地低垂着。

他又看了看她身上的那道致命伤，那道裸露的淡青色伤口，然后他又将绷带小心翼翼地缠好。她对此毫无反应。就像在喷泉广场上他们的影子融汇到一起那时一样，安娜进入了无意识的昏迷。这就是为什么她总是如此不安地拉下衬衫的袖子。总而言之，这就是她的结局，她自己选择穿越了那条将阴界与阳界分开的河流。

在漫漫余夜中，罗伯特身上过于亢奋的紧张感始终都没有得到释放。他打开窗户，吮吸着温暖的空气。他穿好了衣服，坐在那里开始思考。

罗伯特试图从头回忆起自己逗留在这个中间世界的经过。他为自己没有做任何记录以至无法回溯比较而感到无比懊悔。因为现在他手里掌控着那把钥匙，可以随意打开每一个场景，其他人的每一句话。压抑的气氛以及幽灵般的、总是看起来神秘异常的东西已经消失了，但市政府、城市的秩序和档案馆的规则散发出来的神秘感一如既往。罗伯特时不时担忧地看向安娜，他坐着思考的时间越长，就越不理解自己在这个阴森可怕的"死亡前阶段"中的身份，如果自己不是其中一员的话。

诚然，有很多迹象已足够表明，他与亡灵之城的关系与在场的大多数人都不同。从把他直接带到市政府的文件开始，到被任命为档案员，包括在他同卡特尔说这个工作岗位时卡特尔那非同寻常的受惊吓反应。人群对他显而易见的克制态度，就像在面对一个局外人一样，人们在路上碰见他总是一再流露出胆怯。在档案馆里，他们也与他保持着谨慎的距离，在莱昂哈德身上比在年长的伯尔金的身上更容易察觉到这一点。最后，在他父亲某些嘲弄的话语里和安娜父母对待他的行为中也流露出一些蛛丝马迹。但这些可能都是这里每个人融入仪式的一部分，有的是以这种形式，有的是以那种形式，从而维持生命延续的幻觉。因为理智地来看，只要内心的愿望足够强烈，一个活着的人毫无疑问是可以进入这个中间世界的。

数字是正确的，却无法得出计算结果。各种想法在他的大脑中来回跳转，像在一个没有出口的迷宫中互相追逐，却感受不到任何忘却的痛苦。根据所有神话和传说的记述，这就是死亡世界的特点，即便后来他更明显地感觉到了各个方面记忆的衰退。

但安娜的惊恐万分，以及她最后喊出的他不是她的同类那句话，已经清楚地表明，他在这里就是个局外人，是戴着面具的客人。

现在，他一直守在安娜的床头。她一动不动地躺在那里，平静淡漠，麻木呆滞，甚至在临近早晨的时候也不理会任何问题，不回应任何呼唤。他的掌心抚过那张失去了血色的脸庞，那张脸是如此富于激情，与活生生的人如此相似。

他想让自己清醒一些，但反而变得昏昏欲睡。仿佛一堵又一堵的墙堆积在他的面前，他顶着晕晕沉沉的脑袋一次又一次地冲向这些围墙。

临近清晨时，有人敲响了房间的门。他比平时更加缓慢地走到前院，莱昂哈德正在那里等他。罗伯特仔细地看着男孩的脸：原来这就是莱昂哈德，仍然十七岁，是他近二十年前的同学，当时失踪了，溺毙了在了海里。罗伯特不敢辨认他，或者说无法认出他，因为他已经无法清楚地记得他的样子。莱昂哈德也在档案馆里工作，虽然处于侍从这样的从属地位，这可能是因为他年轻所致，但他也以一种独特的方式受到了青睐，因为他还逗留在中间世界，仍然被委派从事脑力方面的工作。而大多数人，正如档案员在他的观察中记录的那样，需要在较短的时间内扮演完他们的角色。但是，与活着的人相比，这段时光对此地的居民来说究竟还有什么意义？

档案员不愿向年轻的助手透露，他其实已经看穿了这些关系，终于知道了他的情况，但他至少想给他一个暗示。

"你觉得，不眠之夜的好处是什么。我想我现在才真正加入了你们。你懂我的意思吗，莱昂哈德？"他说。

那位年轻小伙尴尬地将眼神瞥向一边，然后按照罗伯特的要求，带来了双份早饭，并把它放在门前的凳子上。

安娜仍然在沉睡，罗伯特把头伸进洗脸盆里，洗去了脸上的睡意和夜的痕迹。

他离开了塔楼的房间，来到了位于门侧的档案室。他见到了伯尔金，后者正忙着筛查收到的大量的新文件、书籍和记录。这位老助手煞有介事地盯着档案员的眼睛，仿佛想让他知道在他之前这样的事是极少发生的。然后他便从大衣袖子里伸出手，欢迎他早上的到来。

伯尔金说："收件越来越多，以至于我们所有的工作，本来用来为永久存档进行开发和可视化处理的时间，现在却完全被每天大量的新材料的筛选占用。市政府一直要求我们定期完成的总结清单也很难按时完成。此外，需要暂时搁置容后决断的文件数量正在累积，不知何年何月才能处理完毕。人类此时必定处于一种空前的动荡状态，其混乱的后果甚至影响到了我们这片与世隔绝的地方。或许有必要向市政府寻求援助，要么改变目前的工作方式，要么为档案馆增派代理助手。我有义务向您说明当下的情况，在我任职期间，还从未出现如此亟须制订决定性的措施的时刻，因为您，林德霍夫博士，现在是这座档案馆的负责人。"

"眼下来看，似乎这座档案管确实是由我负责了。因此，确实是时候了，我应该改改以往懒散的工作态度和大家好好配合工作啦,而且如果需要的话,我还可以亲自协助整理文件。"罗伯特话中有话地说。

老伯尔金指出他们并不能自作主张,必须获得市政府的首肯才能做出相关决定。他不清楚,市政府对档案员兼编年史家的职务有着什么样的期待。

思索了片刻之后,罗伯特行使了他的权利,拨通了市政府的电话。在接通高级秘书处的电话后,他被非常礼貌地告知,没有什么能妨碍他与高级专员的谈话,当然,由于特别措施,专员正忙于其他事务,所以还不能确定商谈的具体日期。无论如何,给档案员的信件已经在路上了,信中的答复与他期望拜访专员的请求不谋而合。此外,为了以防万一,罗伯特应该对现今存档进行更严格的清理。在此次月相[1]结束前,档案员将被告知何时可以与高级专员会面。话筒里的声音最后补充说,专员也委托秘书处对编年史家兢兢业业的工作致以诚挚的感谢。城市最高层非常欣赏他为城市的利益而做出的不懈努力。档案员微微鞠了个躬,然后把听筒放回到电话叉簧上。

当他低着头走过旋转楼梯和拱门上方的低矮厅廊,缓缓回到他塔楼上的房间时,他止不住地想,与高级专员的第二次谈话将最终揭晓自己的命运。

---

[1] 随着月亮每天在星空中自东向西移动一大段距离,它的形状也在不断地变化着,这就是月亮位相变化,叫作月相。

凳子上的餐盘里已经准备好了两人份早饭。进入房间后，他发现窗帘和窗户都敞开着。他看到安娜倚靠在白色的窗台上，斜视着门廊那边。罗伯特走到她身边，用手揽着她的肩膀。安娜苍白的脸转了过来，他用嘴唇轻轻地碰了碰她的额头。

"早上好，罗伯特。"她说。

"你没有休息好吗？你昨晚睡得那么沉，安娜。"他边说边把她领到了早餐桌上的扶手椅上。

"我并没有睡着，如同无休无止地徘徊在悬崖边上，仿佛踏上了恶魔之路。别再说了。我什么也不知道。"她回答说。

她的声音听起来异常冷静。在罗伯特看来，她这是刻意为之。她吃得很少。偶尔会偷偷地瞥他几眼。

罗伯特谈到了这份标志着他留居于此的差事。这时候，她说："众所周知，当一个人在老门中拥有自己的座位时，那意味着什么。谁能想到你会被任命为我们的编年史家呢？一般来说，按这里的规矩，通常是委派一个诗人或一个艺术家来做这件事。不过，当我仔细想来，你的身上也兼具这二者的部分潜质，你有着看穿事物本质的洞察力。"

"这真是太奇怪了。你像我的朋友卡特尔一样谈论着编年史——但我还未曾向市政府递交过一次报告。"他说。

安娜提醒罗伯特，没有任何事情可以瞒得过市政府。相较而言，那些还没有过河的人可能更需要他的记录。

罗伯特不赞同这个看法。他给出的理由是，这里处处充满了谣言。

"你害怕我吗，罗伯特？我们彼此相认之后，我却成了你眼里的陌生人吗？"她问。

"我也想问你同样的问题。"他回答说。

"但我相信你。"安娜说。

"这永恒的光芒让我备感不适。这无边无际的晴空日复一日，麻痹了感官，过度地刺激了神经，使我们在这虚无的世界里产生了这样和那样的幻觉。"罗伯特接着说。

"一个海市蜃楼——在某种程度上可以这么说。"她重复道。但她昨天说这些话时的高兴劲儿已经荡然无存。

罗伯特猛地站起来，匆匆走到门口，但又镇定下来，回到了自己的座位上。

"我会让你待在档案馆里成为我的助手。毕竟以原有的人手是无法完成这项工作的。我将向市政府提出这个建议。"他解释道。

"罗伯特，来不及了。如果你一来这里就对我坦诚相告，或者你昨天再多说一句话，也许我还有可能，有一丝希望——但现在我已经对自己做了判决。"她平静地说。

"这是什么意思？这会带来什么变化？就像莱昂哈德在这里履行他的职责一样，你也可以更多地待在我的身边。"罗伯特激动地问道。

有人敲了几下门，莱昂哈德随后走了进来。

"档案员，您在召唤我吗？"他问道。

罗伯特不耐烦地摇了摇头。他是不是听到了些什么？罗伯特命令他清理一下餐具。莱昂哈德笨拙地对安娜鞠了一躬。他把餐具放在托盘上，准备把它们端出去。这时他却突然滑倒了。他眼睁睁看着一些餐具掉到地上摔成了碎片。这声脆响在寂静中显得分外突出。

"你待会儿再来吧。"档案员对莱昂哈德说，后者怯生生地道了歉，然后离开了房间。"通常情况下，他十分机灵而且做事娴熟，但我注意到这些天他有些心烦意乱、畏畏缩缩。"罗伯特说。

安娜依然沉默不语。罗伯特下定了决心，要让她担任档案馆的助手。

"当我去见高级专员时，我会向他恳请批准。"他说。

"你会亲自跟高级专员说吗？"她问道。

"当然了，而且他很快就能同意。"罗伯特回答说。

"这样就太好了，非常好。那你什么时候去呢？"她慢悠悠地回应道。

"就快了，安娜。"

"什么时候，罗伯特？"

"我不太清楚。"

"不，你知道，罗伯特，你只是不愿意告诉我。"

"我只知道，只要一有可能，我就会被他召见。"他回答道。

"现在，罗伯特？"

"就在此次月相期间。"

"这样啊,那时就太晚了。"她疲惫地说。

"什么会太晚了?"他不厌其烦地追问。

"你现在就去,马上就去,罗伯特!"

"我做不到,安娜。"

"你毕竟是档案管理员,你有特权。你有自由的意志。你几近神明。"她断断续续地说道。

"你为什么这么说,安娜!"

"我会好好爱你的,罗伯特,我会比以前加倍爱你。相信我,我永远不会离开你。"

她的脸颊重新浮现出淡淡的红晕。

"带我一起去吧。"她乞求道。

"去市政府?"他问。

她摇了摇头。

"不是那里。——带我走吧。"她重复道。

罗伯特看着她的眼睛。她轻轻地点了点头,仿佛这样做就能得到他的同意。

"要是你去了,再从河桥上回来!不行吗,罗伯特?"她恳切地说。

"我是被分配到了档案室,"他说,"就像其他所有人一样。"她的痛苦也在折磨着罗伯特。

她兴高采烈而又满怀深情地喊道:"实际上并不像其他人那样,我比你更清楚这一点。你是特使。你曾将你的手放在我身上,而且唯有在你面前，我才能复活，才能像睚鲁的女儿一样发生改变。我的影子将变得充实，与以前相比大不相同，我们就能够一起听音乐了。想想那时，罗伯特，音乐——一切这里缺乏的东西都将活下来，一切似乎都会结束。这就如同大地上诞生出一个新的生命，但他会对其中的秘密，对走向死亡的进程了若指掌。"。

"你太过心急了，安娜。"他抵触地说道。

"如果你不再爱我了，那你就自己一个人回去，让我听天由命吧。"她说。

"但我真的爱你。"他向她信誓旦旦地保证道。

"这句话说起来容易，如此动听，如此简单。但很快我就会知道你是不是真心的。"她回应说。

罗伯特站了起来。他说："即使我作为一个档案员和编年史家，理所应当地拥有特殊身份，但是正如你所说的，通常只有艺术家、诗人才会被赋予这种地位，所以根据这个身份特点，我其实就是这里每个人的一部分。"

"我是你的一部分，带我离开吧。"她第三次恳求罗伯特。

路上的手推车隆隆作响。

他说："我现在先陪你走一段路。在此之前，我想去档案馆瞧瞧，确保没有什么紧急的事情。"

她说："你可真是够勤奋上进的。"

"毕竟，我来到这个世界不是为了我自己，我有使命在身。"他说。

她接口道:"是啊,你身上还承载着生活的另一面。"

"你难道不明白吗?自从我清楚这个城市是怎么回事之后,一切对我来说都有了不同的意义。现在我开始用新的眼光来看待毁坏,看待废墟上的惨淡图景。经过昨夜之后,我开始明白了这一点。"他说。

她抬头看着他。

"那么你不对我感到失望吗?"她问。

"是你,安娜,是你让我真正睁开了眼睛。"他说。

"那就好,那就对了。"她说。

罗伯特向她走了一步,似乎想要拥抱她。但最后他只是说了一句:"我们必须走了。"

她起身准备抚平裙子的褶皱,这时候她的身体微微有些摇晃。他试图扶她站稳。

"谢谢你,我没事,罗伯特。"

"为什么你现在总是叫我罗伯特?"他一边问,一边带她穿过走廊,走到位于老门的档案馆前。

"难道我叫你其他的名字了?"她疑惑地问。

"是的，从之前一直到今天早上，你都是叫我的昵称。"他说。

她的眉头不禁紧促起来，额头上甚至出现了几道深深的皱纹。

"奇怪，我也不记得我以前怎么称呼你了。"她说。

这时候，罗伯特明白了，遗忘正在慢慢侵蚀着她的身体。他感到左侧的心脏上方有一种拉扯般的疼痛。他对安娜的爱变成了怜悯。

他打开了拱门的格栏，匆匆回到了档案室。

"你在这里等一会儿。"他说。

安娜在老门外等了好一阵子。由于罗伯特一直没有回来，她便悄悄地离开了。她独自一人，一步一步地走着。她始终没有回头，她发现自己已经被打上了标记，她的身体再也没有了影子。

当她回到家中时，发现那里来了些奇怪的人，他们被安置到了这里。在门口旁边的长椅上摆放着她母亲最后织的披肩，棒针还插在上面。在地窖里，还有父亲满满的一桶葡萄酒。所有的房间都被占据了。她只能在一个小房间里找到立足的地方。也许她甚至没有哭泣过，即使她记得自己曾有过眼泪。

实际上，罗伯特是被档案馆的一位访客给缠上了，这个人一直想联系上档案管理员，但至今未能如愿。在罗伯特确切地了解了这个城市的居民情况之后不久就有了这次会面，这更有可能是一场精心安排的巧合。这位访客原本是打算去处理一些亟待解决的事情，是伯尔金说服他留下继续等待。就这样，档案管理员在他的办公室见到了这位戴着帽子的年轻士兵。这位士兵正是安娜与他一起在那个花园里徜徉时提到过的贝特莱特先生，而那座花园的布置不由得让人联想到那些被人精心照料着的家族墓地。

开场是一番例行的寒暄。其间，这名士兵代战友向档案管理员致以崇高的敬意和无上的信任，之后，他便不无拘谨地邀请罗伯特陪他一同前往神庙兵营。他恳切地说道，这几乎是一种迫不得已的自我防范措施。一方面他的事在这里得不到解决，另一方面，到城里去对他也意味着一次冒险，正如档案管理员所知，士兵在营区之外的逗留一直都是禁止的。这名士兵称赞档案管理员就如同这座城市的常务史官一样，在城市里有一位这样德高望重的民政官员的陪同，他的制服就是安全的保障。罗伯特故作平静地接受了这一番赞誉，然后同意了他的恳求。

当罗伯特和贝特莱特走在街上时，他寻找着安娜，他也不是没想过，自己也许再也见不到她了。他脑海中曾一瞬间闪过这样的念头，让莱昂哈德把花送到她的家里去，也许是红玫瑰，正如人们在这种场合下喜欢做的那样。但他又想到，这种花会容易被认为是婚庆所用，在这里不合适。也许她会产生误解，在他看来这就好像是生者对逝者的最后的告别。

当和档案管理员一起在巷道里穿行时，这位戴着帽子的士兵不由自主地跟着一支队伍踏起了一致的步调。

空气令人口干舌燥，以至于两人起初并没有过多的交谈。只是贝特莱特偶尔会向档案管理员聊几句有关他们军营的事，从他的话里，档案管理员有这样一种感觉：士兵们到了一个和周围居民的思想语言都不同的世界里，这种状况可能是和兵营区数百年以来的隔离与管制分不开的，比如说，士兵提到，他和几乎所有的战友都有种身陷囹圄的感觉，而且是终身监禁，他们不是被敌方，而是一股中立的力量俘虏，档案管理员还了解到，营区的划分都是按照年龄来的，这个营区是住着十八岁的士兵，另一个是住十九岁的，下一个则是住着二十岁的，以此类推，而非按照国籍或者军衔来划分。这样做的好处是，大多数人内心都会自然而然地把部队当成一个统一的整体，大家只是会在练习、训练和演习当中扮演敌对的角色。尽管每个人都清楚，在现今的情况下，每个人都失去了积极晋升的可能，因为他们已经变成了一种中立化的存在，但是通常情况下，每个人仍然会恪守军衔和等级。当然，这一种规定肯定会导致某些问题，因为纪律和命令得不到有效执行，彼此之间的关系多是基于主动遵照惯例和传统。他说自己是位下士。士兵把军帽往侧边推了推，露出了一缕棕色的卷发，斜落在他的太阳穴上。城市高处的街道要比平时热闹得多，路上的许多人背着捆得紧紧的小包袱，面色凝重地向同一个集合点赶去。

过了一会儿，档案管理员询问道，士兵这些训练的目的是什么。贝特莱特礼貌地回答道，他们是通过集合点名和站岗执勤来沿袭传统，牢记过往。这一训练更多地是承载着理论上的意义，他们在训练中使用的只不过是一些模具。演习在类似阅兵的活动中达到高潮，但这种活动只能间隔很长时间举行一次，因为这需要大量的准备工作。在阅兵式上会生动地呈现一些大型集体场面，来重现一些历史性大战的关键时刻或某些经典战役。这或者隐含着另一个目的，那便是展现不同时代的那些各种各样的制服。

档案管理员顺便问到眼下这些进进出出的演习情况，对此贝特莱特没有正面回答，转而说道，每次宣布举行演习，都会引起一场骚动。这些演习似乎在这个地区内部举行，但他不认识参加过演习的人。

档案管理员追问，这些所谓演习是否只在西北地区举行？

贝特莱特说，好像是这样的。同时他紧张地捻着帽子下面露出的那撮卷发。特遣队一直向这个方向进发。此外，最近为此而进行的组编有所增加。他已经向安娜·梅尔滕斯夫人暗示过这一点，她可能与他们两个人都熟识。

他们已经到达营地附近，穿过了在灌木丛和矮松林之间的第一道安全带，钻过了那里生锈的铁丝网围栏。遮阳棚下站着两位哨兵，他们手持刚刷过漆的木制步枪。贝特莱特向他们报出了当日的暗号，然后便和档案管理员沿着一条黄色的碎石路，向混凝土堡垒墙筑就的警卫室走去，警卫室就在铁翼门边上。当然也有一些隐蔽的小路通往士兵驻扎区，但是这位下士希望档案管理员能够从正门进入。贝特莱特还没来得及报告档案管理员的到来，门闩就已经被推开了，沉重的双开门在"咚咚"的步兵鼓声中慢慢被打开。执勤的士兵是少校军衔，穿着十九世纪七十年代的铠甲，头盔上高耸着马尾盔缨。他向前迈了三步朝档案管理员迎了上去，并向他表示欢迎。从他那简洁的言语中，罗伯特只记住了反复出现的"服从""尊敬"这两个词。

卫兵们在门廊下集合了起来。罗伯特估计，他们有二十多岁，穿着五花八门的各种制服，看起来极不寻常。除了军灰色之外，还有红色、绿色和蓝色的裤子，颜色从浅到深都有。军队行家从中一眼就能识别出兵种、国籍和年代，但罗伯特对此一无所知。仅是各类军帽的更替，如警察帽、熊帽、尖头和圆头盔、船形军帽、钢盔、无边帽、派对帽以及羽冠，便唤起了档案管理员对历史剧中化装舞会的记忆。

那位嘴唇泛白的年轻副官用一个贵族头衔向档案管理员介绍了一下自己，同时指出，按照规定，平民不允许进入军事区。罗伯特出示了市政府给他的证件，证明自己有权进入神庙军营。副官只是扫了一眼证件，便客气地解释道，他非常清楚自己面前的人是谁。对此他们已经有了预先准备，这样既能遵守军事要求，又能满足平民来访的需要。

在贝特莱特下士和一位战友交谈的时候，一个通讯员被叫了过来，他已经备好授节仪式。他们先在档案管理员的肩上斜着挂上了一条橙色的绶带，又为他胸前别上了一枚银质勋章，档案管理员就这样象征性地穿上了制服。然后他们递给他一顶由多层薄纸仔细折叠成的紫色三角帽。档案管理员把自己的礼帽端在手里，然后有点难为情地戴上了这顶纸帽。但并没有人觉得他这一身装扮滑稽可笑。守门的上校下达了一道指令，接着由副官转达给少尉，并这样传达下去。军乐手吹了一声小号，声音听起来有点沉闷，接着他又把手里的小号高高地抛向空中，小号在阳光下闪闪发光，倏尔间军乐手又灵巧地单手接住小号。卫队目不斜视地看向前方，军官敬着礼，罗伯特不想把两根手指搭在他纸质头盔的帽檐上，于是便走在下士右边，进入了单调的神庙兵营里。欢迎典礼进行得十分顺利，下士对此表示非常满意。

一条石子大路穿过了这片微微起伏的地带，这上面散布着附有古神庙外墙的兵营建筑。罗伯特询问贝特莱特，是否知道把兵营建在这个古希腊神庙里的缘由，贝特莱特笑着说他没考虑过这个问题，也许是考虑到便于伪装，抑或为了表达军事生活就如同于古往今来的宗教狂热一般。

四周的地面上覆盖着一层低矮的棕色草丛，零星的野茴香和弯曲生长的金雀花也无法消减这丝荒凉，小队的士兵向四周散去。当一队士兵从档案管理员面前走过时，他看到这些男人蜷缩在鼓鼓囊囊的斗篷里，正闭着眼睛蹒跚前行，仿佛睡着了一样。他们的脸庞消瘦憔悴，看上去正如他们的灰色斗篷一样脏乱不堪。罗伯特为自己那身狂欢节似的装扮感到羞愧，一把抓住那顶花哨的三角帽揉成了一团，接着又扯下了那枚纸质徽章。在贝特莱特的极力劝说之下，他才勉强留下了那条鲜艳的绶带。

"这样可能会给您招来麻烦。"下士捻着他的卷发说道。

神庙兵营朝东的方向都标有希腊字母。当两人走近墙面上标着"Σ"的那座建筑时，下士放慢了脚步。他向档案管理员说，他并非是邀请档案管理员来进行一次常规的访问。他是一个秘密组织的活动联络员，这个秘密组织的一部分成员来自兵营，尤其是青年人。事实上，这里的工作已经让大多数人都变得麻木、懈怠，越来越多的人厌倦了眼下遭受的这种虚假的生活。罗伯特沉默着，贝特莱特继续说道，他对此不想再多说什么，档案管理员先生将会自己体验到这一切。

他们爬上了通往门廊的几级陡峭的台阶。几个士兵倚在那个高大的石柱旁睡着了，他们穿着破烂的制服，手里没有任何武器。石柱上原来的绘画已经剥落，只剩下少量的残漆。如果在阴影处蜷缩着的某个士兵活动一下，地面会飘起一层轻烟似的灰尘。钢盔帽下的一些稚嫩的面孔是放松的，另一些则写满期待和惊喜。

"他们都是最近才到的，"贝特莱特边说边示意档案管理员从那些躺在地上的士兵身上径直跨越过去，"他们刚从隔离检疫站回来，还有些疲惫。"其中一个人抬起了头，看向半空，他迟钝地揉了揉眼睛，然后惊讶地站了起来，紧接着那张天真的脸庞上闪过一丝愉快的光芒。消瘦的肩上顶着他那窄小的脑袋，额头明亮，他转过来看向罗伯特。

"林德霍夫博士！"这位年轻的士兵惊呼道，"非常高兴能够再次见到您！"

他说话的声音轻柔易碎，却在暗暗强调着每一个单词。罗伯特也认出了这位年轻的朋友，他那个时候还住在大河的对岸。不久前，他还曾把自己最早写的一些有关艺术史的论文带给了罗伯特。罗伯特非常欣赏他那缜密的表达方式和对艺术生活纯洁性的坚定视角。因此，罗伯特也向他人推荐了这位年轻学生所写的传说和文章，这些文章最终被一家艺术杂志收录。此外，他们之间还进行了多次友好的工作交流。

"抱歉，"档案管理员转身对贝特莱特说，"我很意外能在这儿碰到他，我想和拉赫玛先生聊一会儿。"

下士在神庙前的台阶上坐了下来。

这位年轻的士兵试图整理好身上那件过于宽大的军装，却是白费力气。他向罗伯特询问他的近况。

他问道："那您已经摆脱那件事了吗？"

罗伯特摆了摆手表示不值一提。

这个学生继续低声地说："林德霍夫博士，您能告诉我，我现在是在哪儿吗？我自己也不知道是怎么来到这里的，我来这里要做什么。我最后的印象是，我感觉头晕，真的是非常难受，我一定是倒下了，也就是说，"他纠正说，"应该说是跌倒，因为'倒下'听起来不够准确。当我从昏迷中醒过来时，我发现自己在一个昏暗的隔离检疫站里，周围都是些陌生部队的战友们。起初我担心自己受伤了,但所幸没有。"

"原来如此。"罗伯特回应道。

"能在这里见到您,这真是太好了!"这位年轻的士兵又接着说道,"而且还能见识到您这身盛装打扮。林德霍夫博士,这里就是我钟爱的那个海纳城吗?我写作时一直梦到的那个海边城市,那个任由我思想徜徉的新的亚特兰蒂斯吗?但这里没有海,或者至少我目前还没有发现大海的踪迹,在这沉陷的基石上只有草原。"

他的眉头皱了起来。

"我亲爱的拉赫玛先生,"档案管理员说,"不管你身处何地,你最终都会抵达海纳城,神奇的魔法会指引着我们,就像莫里克引领我们到他的欧彼利德[1]中去一样——它在远方闪耀。"

"那样就真的太糟糕了,"年轻的士兵反驳说,"因为欧彼利德是一个梦幻国度,而从我小时候起,海纳城都是真实存在的地方。海纳城是个不容许法律、秩序、正义以外的东西存在的地方。那里的人们摆脱了变成邪恶之人的偶然性。领导着那里的女王,不仅守护着国家的珍宝不受侵犯,而且她还代表着臣民们忠实于上帝的良知。海纳城必须成为古老的精神母国,否则一切将是徒劳的,徒劳地建设,徒劳地生活,徒劳地战斗和防御。"

---

[1] 源自爱德华·莫里克 (Eduard Mörike) 的诗歌《维拉颂歌》(*Weylas*),开头是"Du bist Orplid, mein Land"。诗中的欧彼利德 (Orplid) 是遥远的幻想之地。

年轻的拉赫玛用手遮住眼睛,抵挡着刺眼的光线,他的目光越过那片高耸着兵营建筑的区域,向远处望去。笑意在这个男孩稚嫩的脸庞上消失了。罗伯特看着那张羞涩的嘴巴,它之前似乎因为拘谨而从未张启过。

"没有什么是徒劳的,"罗伯特说,"只要它有益于维持精神的纯洁性。你自己也知道,我亲爱的朋友,你已经证实了这一点。但是,你的身体这么孱弱,你是怎么撑得起这身制服的?"

"我已经几乎承受不住这份苦役了,我也十分痛苦,"这个学生说,"就像司空见惯的那样,我只是被带到了这里。我根本就不适合当兵。"

"那医生呢?"罗伯特问道。

"他们只是炮灰,谁都能当。"这个二十一岁的年轻人说。

"那么,"档案管理员若有所思地问道,"这个世界上一直战争不断吗?"

"嗯,已经达到了近乎疯狂的程度。"拉赫玛说完绝望地环顾了一下四周。

"你毕竟不仅要保住性命,"罗伯特说,"你还要保护你的天赋,你那出众的才华,你的大好未来。"

"我不太确定自己能否做到。"年轻人说。

"不,不,"罗伯特并不认同,"你还记得吗?你不止一次向我说过,你一直期待着四十岁的时候实现真正的成就。"

"我现在仍是这样想的,林德霍夫先生。"

"但是，那好吧。"罗伯特觉得已经无话可说了，于是不得不沉默起来。

"您想过吗，"学生问道，"我是不是把这件事想得太简单了？"

"我亲爱的朋友，"档案管理员说，"倒不如说这太难了。你为什么要给自己强加上这身制服呢？它和你没有丝毫关系。你为什么不早点把它扔掉呢？"

"我的生命，"年轻的拉赫玛说，"毕竟是属于女王的！"

罗伯特惊讶地看着他："是啊，——海纳城。"

"您是知道的，"年轻人说，"作为海纳城的公民，我不能做与此身份不相称的事情。至少这样吧。如果我逃避，那我就是在骗自己。"

罗伯特点了点头，并苦涩地说道："我能理解。"

"但是，"年轻人坚持说，"这里不是海纳城。尽管它是古老而可敬的，但这里始终都是年轻人的世界，这里的欢乐弥漫着驯从的气息。也许，如果我能和您一起到城里走走，尽管我们被告知不可以进城，也许那时我会看到这里是否呈现着相似的面貌，是否存在着能指引我前行的线索。"

罗伯特说："我们来到了世界的另一端。而且很可能是同一个世界。"然后，他又岔开话题说："我住在城中心，住在一个很大的档案馆里，里面有着无比壮观的文字和书卷，你肯定会喜欢的。你的那些关于海纳城的传奇故事现在也可以在那里保存一段时间。"

"我为您骄傲，林德霍夫先生，"年轻人说，"我记得，相较于我以前的作品，您并不是很喜欢最后那一篇。"

罗伯特打消了他的顾虑，并且谈到考虑对手稿进行一些修改和补充。但他又停了下来，提示说："为什么断篇就不能成为我们的见证呢？"

"因为它包含的意义太匮乏了，"年轻人回答，"因为已经变得可见的东西并不能取代一直不可见的东西。"

然后，一种难以抑制的悲伤在档案管理员心中荡漾开来。他们英年早逝，还未来得及把握自己的死亡和被迫成为断篇的生命，就像夜空的一颗流星在接触到地球大气层时转瞬即逝，轨迹陡转直下。很少有人注意到这闪亮的一瞬，但罗伯特知道，它在他面前将很久都不会熄灭。

拉赫玛向他敬重的导师，林德霍夫先生，致以歉意，说自己这会儿感觉很虚弱，不能陪他继续走路了。

"我还能再见到您吗？"他在告别时问罗伯特。

罗伯特看到了年轻人充满疑虑的眼神。

"当然，"罗伯特说，尽管他觉得不会再见，"我们保持联系——关于海纳城。"

当这位年轻人再次侧躺到石板上时，他脸上的神情依然十分放松，他把胳膊交叠着枕在头下面，笃信地仰视着高耸的柱子。

在档案管理员又回到贝特莱特下士身边时，下士的紧张和焦躁溢于言表。这不仅仅是因为罗伯特和年轻士兵的聊天造成了延误。他让罗伯特眺望西边天空中的一朵灰黄色的云，那片云彩看起来比风筝大不了多少。罗伯特觉得，单调的蓝色终于有了变化。而贝特莱特则表示自己看到了不祥的征兆，这儿发生的任何事都不是没有意义、没有缘由的。

"嗯……"罗伯特随口附和道。

接着他们便向标着"Σ"的那座兵营里面走去。那儿不仅耸立着神庙的祭神室，还有黄砖砌成的又高又长的四方形兵营房。一条纵向的走廊两端连接着相距甚远的石梯，将整栋建筑一分为二。楼层很低，低到只要半伸着胳膊就能够着房顶，每个房间都没有玻璃窗，微弱的光线从缝隙里渗漏进来。这些房间在大小和装饰上都差不多，可以看到里面摆放着一张木床板，上面铺着草垫子，一边放着长椅和一张桌子，没有后壁的柜子里是整齐的隔间，一个小木水桶，还有几个挂钩和搁板，一张写字台紧挨着敞开的门，一个放步枪和军刀的木架，几张板凳，一只灯笼。一切都十分朴素，没有什么个性特征，既不封闭，也无秘密。粉刷成白色的墙面上都是胡刻乱画的文字符号，有各种语言和各种戏谑的图画。一些石室里被堆得满满当当，另一些则稍微空一点。风从窗户缝里和没有门的入口不停地灌涌进来。然而，对于像档案管理员这样一位初次进入兵营里的人来说，这里散发出来的气味还是令人非常难以忍受的，无休无止的噪声也是一样，刮擦声、嘎吱声、磨刀声从四面八方向这里迫近，只是偶尔被嘈杂的"嗡嗡"咒骂声打断。

当其中一个房间传来激烈的交谈声时，罗伯特在走廊上停了下来。

罗伯特从敞开着的门洞里扫了一眼昏暗的房间,起初他并没有注意到那番吵闹。房间里许多士兵围成一圈,其中几个年轻一点的正在激烈地争吵,试图说服对方。

"一直都是这种老套的争吵,"贝特莱特向档案管理员解释说,"每个人都声称,是他的国家打赢了这场仗,因为几乎没有一个人是自始至终地参与了那场战斗,并且每个人都只看到自己失去意识、被送到这里来的那一刻的状况。"

"而且我告诉你,卡尔,"一个沙哑低沉的声音说,"那时候我们不能再输掉那场战争了,一半的国土都已经被占领,"说着他就用粉笔在黑板上画起了粗粗的线条,"看,十二日,我们在这儿,十七日时,这儿已经被我方突破了,指挥官对我说:'现在你已经做到了,路德维希,现在已经结束了。'天哪,卡尔,你好好想想,指挥官亲自说这话意味着什么?他说'做到'和'结束',他指的难道不是这场战争吗?"

"都是胡扯!路德维希,"一个更大的嗓门喊道,"在十七日,在我看来,你和你的指挥官,那个时候其实是一无所知。但是在二十三日,你已经阵亡了的时候,你的部队已经不在这里了,而是继续撤退了,两个月后,还在继续撤退,看这里——"现在又有一个人拿着白粉笔在黑板上朝反方向画起来,并且越画越长,边画边把路德维希刚才画的线条用海绵擦掉。

"你不应该把它擦掉,"那人抱怨道,"这是我最后的记忆。你的这种做法完全是在伪造历史。"

"你们什么都不知道,"第三个人打断了他俩,"那个时候,我在指挥部,比你们更了解情况,反正这场战争又持续了两年。"

"这不是真的,不是真的,"卡尔和路德维希喊着,"即使你是个少尉,你说的都是胡扯!战争在圣诞节的时候就结束了,大家一直都是这么说的。圣诞节的时候我们已经被囚禁在这个该死的位置或者是什么乱七八糟的地方。因此我们当然知道,战争是否已经结束。"

旁观者之前已经吵得不可开交了,现在争吵又变得更加激烈了。他们在黑板上擦了又画,画了又擦,这个人说的日期又超过那个人的,战线也被画得乱七八糟。突然有一个人提到了克尼格雷茨[1],在普鲁士人受到当头一击的时候,他就在那里。"可是,不!"其他的士兵指责这个奥地利人说:"你这个二十一岁的老家伙,普鲁士人在克尼格雷茨打赢了,每个孩子都在学校里学过这个。"——"但在我看来你们的历史课,"这个林茨人喊着,"都是胡说,是在撒谎!"他去过那里,并为此冒过生命危险,他当然知道下午两点的战况如何。他们嘲笑着他,笑声淹没了他的发言。

每个人都坚信,世界地图都是他们最后所看到的那样。他们

---

[1] 克尼格雷茨战役或称萨多瓦会战,发生于1866年7月3日,是普奥战争中重要的战役,是整场战争态势转向对普鲁士有利的一个转折点。这亦是战场集中兵力的极佳例子,位于同一位置不同兵种的普军会合起来共同围堵或摧毁位于他们之间的敌军。

臂挽着臂，围成了一个圈，随着节拍摇摇摆摆。呐喊声此起彼伏："祖国""请您放心"[1]"好啊""万岁"。

突然，背后有人喊了一声："让我们再打一次仗！"醉醺醺的人们突然停了下来。他们用怀疑的目光打量着对方。围成的圈又散开了。可能本来有人期待着，这一声呼喊会唤起年轻士兵们热血沸腾的激情，可是眼睛中闪过一丝光芒的人寥寥无几。在大多数人都醉醺醺地站在屋里时，罗伯特不难看出，他们当兵只不过是为了谋生。他们都只想当个普通市民，过平常的生活，只在紧急情况下才穿上军装。现在他们的处境十分尴尬，看起来闷闷不乐，抬起一条腿又换到另一条腿，仿佛不知道如何行动。时不时会有人将热切的目光投向门口。不确定这是对站在门口的档案管理员的秘密邀请，还是他们只是本能地在寻找出路。越来越多的人因为好奇而聚集在走廊上，低声谈论着"战争"这个词。

贝特莱特不停地拉扯着档案管理员的袖子，想让他继续前行，但罗伯特摇了摇头。他注意到，一些活跃分子在利用大家的迷茫和犹豫。他们让所有人站好队，朝他们大吼，用尖锐的声音发号施令。其余人的四肢就只是服从着命令，行尸走肉般机械地服从着命令。

---

[1] 源自《守卫莱茵》(*Die Wacht am Rhein*)，是一首德国爱国颂歌，流行于普法战争和第一次世界大战期间，歌词内容根植于历史上的法德世仇。原句为"Lieb Vaterland, magst ruhig sein"。意为：亲爱的祖国，请您放心。

类似的事情也在档案管理员身后的走廊上演。讲话简短而洪亮,其中一直重复着同样的词汇:"试炼时刻"——"人民武装"——"民族觉醒"——"为了未来的和平"——"胜利或灭亡"——"骄傲的上帝信仰"。行进的脚步声响起了。兵营里传来阵阵轰鸣。穿着老式军装的人从所有房间涌出,排成纵队,从走廊后面的出口走到空地上去。

档案管理员的身边一直都是空荡荡的。现在他和贝特莱特处在一片沙地上,这沙地一直延伸到"Σ"字号兵营的后面。两人缄默不语,步履蹒跚地穿过了晒得明晃晃的松软沙地。阳光下弥漫着一层肮脏的土黄色空气,不知是由行军部队扬起的灰尘造成的,还是由先前像风筝一样矗立在天空中的硫黄云造成。巡逻队就像长长的蜘蛛腿一样迟缓地往前行进。

这里发生的事情很不寻常,下士最后说道。但并不清楚,他指的是天空中的那个标志,还是兵营里士兵们的这场行军演练。

"我一直犹豫不决,"他补充说,"我担心我们的计划看起来已有偏差,现在可能被您误解了。"

"什么计划?"档案管理员问,他问这个问题更多是惯性使然而非出于关切。他的思绪仍然萦绕在营房里那无助的争吵和战争号召下的愚蠢举动。

"我的有些战友,"下士小心翼翼地开口道,"他们厌倦待在这里了,他们想从这监禁中逃跑。"

"逃跑?"档案管理员重复了一遍。

"没错,"贝特莱特说,"逃回河对岸。在夜里,逃到一个无人看守的地方。毕竟,我们在巡逻的时候已经积累了一些经验。"

"过河?"罗伯特问。

下士点了点头。他确信,如果大家彼此照应,陡峭的河岸有几处是可以通过的。这主要取决于大家是否敢去尝试一下。

"而在对岸,"档案管理员说,"你们想要回去打仗!"

贝特莱特摇了摇头。

"不,绝对不是的。"他向罗伯特解释,他们是因为厌倦,所以要离开这里。但别人可能会觉得,他们回去是因为那边还在打仗。其实并非如此,他是真的想去继续上学,而其他人也想去学一些正经的东西,完成他们的教育。他们来这里不久之后,就不知道女人长什么样子了。在这里没有生活可言。

"你说得对。"档案管理员说。

"而现在,"贝特莱特说,"大家都在讨论的这场该死的战争也许会让我们所有的打算都落空。"

他烦躁地揉捻着他的卷发。

档案管理员也并未掩饰自己心中的不悦。他想知道,关于这件事他需要做些什么。贝特莱特说,他们想听听他对这番筹划的看法。对他们来说,目前所有的事情都还只是在计划当中。也许,档案管理员可以为他们提供一些帮助。

这个时候,士兵们已经列成了一个大方阵。炙热像一个玻璃罩一样包围着他们,凝滞的空气闻起来甜腻腻的。士兵们像射击场上的靶子一样僵直地站在那里。什么都没有发生。档案管理员和贝特莱特在离这个方阵正面稍有一些距离的地方站着。

"您想过没有，"档案管理员问，"你的坦白之辞把我置于何种危险境地，因为我只能这样理解你的话，贝特莱特先生。你让我变成了一个秘密计划的知情者，一场触犯城市法规的逃跑计划的知情者。而我的职务是要对当局负责。"

贝特莱特平静地说："如果以我们外行的标准来说的话，这一点我们当然已经考虑过了。经过衡量，我们得出的结论就是，您作为档案管理员和编年史家，并非是这个庞大社会和当局的直接成员，而是一个局外人。如果我们推断得不错，您已经和市政当局签署了一份协议，你虽然必须留在这个地方，但仍让您保留着人类自由的权利，您享有思想、意志和行为自由。虽然您被这里的统治精神禁锢，但仅限于需要为自己的生活谋求喘息之机。因此，请允许我试着确定您的立场，您不仅与变化无常的公民对立，而且也站在下至城市守卫、上至市政高级专员等一成不变的公职人员的对立面。你参与了拘禁，但自己没有被拘禁。"

在他说第一句话的时候，罗伯特就想要反驳他了，但很快就顺从了他的思路，这名下士的身份下仿佛隐藏着一个年轻哲学家的灵魂。罗伯特之前从未有意识地对自己的处境做过解释，从昨晚开始，通过安娜他才渐渐了解到它的真正意义。他明白了刚才贝特莱特说的有关于他的职位的所有东西。他明白了编年史家这个称谓的意义，当初卡特尔第一次使用这个名字时，他感到非常恼火和不解。他想起了今天早上和安娜说过的话。对他来说，见证经历过的事情，传递信息，在两边进行交流，远比给市里撰写报告要重要得多。这显然就是他存在的意义。

"但这不可能，"档案管理员说话间又回到了这场谈话的起点，"我不会做任何违法的事情。"

"不会发生违法的事情，"贝特莱特说，"甚至不可能有违反它的一丝念头。我们只在法律框架内才是自由的。就算我们有意违反它，我们也要受到法律制裁。就算我们只是口头讨论它，也算是越界。这仍然是市政当局的事情。然而，我提到一些战友在谋划着逃跑，这并不意味着违反了法律，而只是囚禁者的一种自然想法。当然，我已经说过，我们大多数人都太疲惫了，太麻木了，以至于都不能想象回归正常的生活，更别提去期盼那样的生活。你比我更加了解平民百姓的情况，士兵们被隔离在平民之外。我们的前提也许不同。比如，我不知道安娜小姐的情况怎么样，我和她曾在这里说过几次话。她一直都是个厌恶生活的人。可我没有足够的能力，去关心别人的命运。我不止一次地问过自己，我为什么被带到了这个满是兵痞的地方，尽管我本来是个哲学系的学生，只是顺便穿上了军装。档案管理员先生，您可能不知道，在这个环境下来继续我的思考，我需要付出多少努力；在这样一个离奇的空转时刻，得到一个想法并把它表达清楚，我需要付出多少精力。我预想过您可能会提出反对意见，但我已经说出了那些话。对此我准备了很久，并且反复背诵，这样我就不会在紧要关头被劳累和冷漠打倒，虽然它们能轻易地折磨所有人。这也可以向您解释，为什么我之前一直比较沉默，为什么不想让您中途耽搁。我曾希望能把您直接带到那些兵营后面等着我的同伴中去。而现在人群四散，平静已经被打破了，这里到处都是危险。我必须回到队伍里去，但这之后我就再也看不到您了。档案管理员先生，但愿我把您请到这里不是一场徒劳，请您帮帮我们吧！"

罗伯特看到了贝特莱特下士的脸上挂着密密麻麻的汗珠，他已经筋疲力尽。这一番长谈之后，罗伯特之前的许多想法又翻涌出来。当安娜的名字和逃跑的念头联系在一起时，他仿佛又听到了她的恳求，她恳求了他三次：带上我吧。

远处又传来生硬的鼓声，就像是发动机发出了一阵沉闷的爆震信号。士兵们麻木地站在花花绿绿的方阵里。指挥人员急匆匆地踏过沙地，一名将军已经在士兵前站定。他手里拿着一个大话筒，把它放在嘴边。

"将士们，"他大声喊道，他每说一个词就短暂停顿一下，"将士们！你们在一片幸福的国土上。——你们的幸福，"他继续喊道，"就是责任。"

然后他和他的护卫继续向前走去，接着消失在了飞扬的尘土之中。但士兵们没有动。

罗伯特是如何突然间站在士兵中间的，对此他自己也无法解释。自从他与安娜的经历使他清楚地意识到自己身在何处，他对周围环境的态度就发生了越来越多的变化。也许是和贝特莱特谈话的作用，也许是将军对士兵们的煽动演讲——足够了，档案管理员走进了这个"Σ"字号兵营中由21岁士兵们组成的方阵里，他把帽子拿在手里，向大家使劲挥了挥。

"你们根本不存在，"他说，"你们以为自己是囚犯，这当然不假，但你们也是一些思想顽固的囚犯。"

这些话，甚至没有说得特别大声，却像划破玻璃那样，打了沉闷的气氛。士兵们窃窃私语，他们并没有打破阵容，而是像一齐滚动过来的幕布一样，从四面八方向罗伯特迫近。

"你们已经失去了生命，"档案管理员说，"一切都已经过去了。"

无数双眼睛盯着这个男人，他不仅夺走了他们一直以来或多或少坚持着的生存幻想，而且还向他们进一步解释，他们在世间活动的目的不过是自欺欺人罢了。档案管理员用简明的话继续补充道，所有人类的流血牺牲都只会让地球更加悲惨，让人类更加不幸。纵观整个历史就知道，每种侵略意志都带有使自身堕落的死亡萌芽，所有侵略战争最终都是徒劳，成千上万的人都白白牺牲。

有些勇士想要反驳这一说法，因为它否定了一切，否定了他们自小就奉为生命意义的东西：战斗、勇敢、勇气和对死亡的藐视；还有些头脑发热的人怒喊着，他们的爱国精神是否都变成了悖言乱辞，他们所有的功绩是否都变成了妄作胡为。

档案管理员没有因为这些声音而动摇，在威胁和藐视的语气背后，他清楚地听到了一种绝望，因他们以往观念的基础遭受质疑的绝望。对于引战者们的鼓吹，他列举了各种武力行为的后果：蔑视人的尊严，唤醒野蛮和残暴的人性，奉命杀戮，狂热的仇恨，肆意破坏和毁灭，全人类的恐惧和痛苦。他以贫困与祸患、无辜者的无尽苦难和地球上所有难以言明的折磨与悲惨作为佐证。

"所有伟大战役的结局，"档案管理员说，"从来都不是和平。战争为幸存者留下的结局和遗产永远都是一片残缺的世界，一群受伤的人类。没有任何合适的理由能证明人类文明对自己造成的永恒伤害是合理的。只要屈服于武力，就会一次又一次将它施加到自己身上。如果没有感受到这种非人性游戏的疯狂和荒谬，至少得承认对人类躯体的摧残和不可阻挡的自我毁灭。因为大自然不会被欺骗。谁把自己变成无意义的毁灭工具——你们想想——谁就会被毫无价值地毁灭。"

然后大多数人明白了自己的命运。许多人也逐渐开始意识到，他们的武器和盔甲意味着一种人为的现实，一种虚构的说法。他们征战的意图没有任何荣誉可言，而只有血的罪恶。他们被人滥用，从而成为欧洲的掘墓人。因此，就如档案管理员所说的，无须他"借助作为这座死亡之城的编年史家所具备的职能"，无须他来解释，他们就会明白，他们的子孙会陷入为争夺世界统治权而引发的战争中，正如先前他们每一个人曾经经历的那样，徒劳地牺牲，一切都毫无意义。

不知道是从谁开始的，他折断了自己的木制步枪，但这一行为足以引发一个又一个人行动起来，默然无声地去做同样的事情。

他们毁掉了他们曾经珍视的武器，军刀和长矛，步枪和冲锋枪，他们把这些邪恶的玩具扔到了柴堆上。他们不再抗拒清晰的事实，不再抗拒承认自己的罪行。然后，他们筋疲力尽地蹲在地上，就像是迷途良久的旅人。他们休息了，卸下了他们慢慢意识到的良心负担。

当档案管理员走过逐渐安静下来的松散人群时，他一会儿和这群人交谈，一会儿和那群人交谈，回答着提问，同时也留意着不见踪影的贝特莱特。这时候，他被一支看起来显然是从另一个神庙军营里过来的队伍吸引，他们正穿过沙地，往这边靠近。队首已经离得很近了，足以看清楚每个人，他们穿着古老的军装。队伍像一条一眼望不到头的斑驳的彩带，从后方蜿蜒前行。那些形形色色的奇特服饰没有一样是重复的。仿佛这世上古往今来所有上过战场的军队，在这个队伍中都有一个代表。他们一路小跑，眼睛低垂，仿佛对自己的身份感到羞愧，像是沉浸在如梦似幻的失意中，在现在这些战友们的面前，他们又感觉自己似乎是一座行走着的蜡像馆。有时，其中某件旧盔甲上的装饰会叮当作响。队伍里的每个人都各行其是。

坐下休息的士兵一边打量着这些陌生的战士，一边交头接耳，偷偷谈论着他们的前辈。这些古老的战袍就像缴获的博物馆藏品一样，在几个世纪里流传下来，又一直传给新的人穿着——至少档案管理员是这样认为的。或者说，这个堪比档案馆范例的木乃伊式的军械库，应当被保存和收藏起来。档案管理员从士兵们的议论中听出，正穿过他们中间，正向柴堆方向行进的这支队伍，里面包括了从最古老时代一直到中世纪的那些战士。

有斯巴达人和雅典人、波斯人、马其顿人、伊特鲁里亚人、布匿人、西库尔人、诺曼人和维京人，希腊重装步兵、罗马骑兵，日耳曼人、凯尔特人、马加比人、斯基泰人、帕提亚人和塞琉古人、高卢人、赫尔维蒂人、基拉布人和条顿人、苏文人、切鲁斯人、赫门杜里人、马科曼尼人、盎格鲁撒克逊人、汪达尔人、西哥特和东哥特人、诺曼人、马扎尔人、匈奴人、蒙古人、三个王国的中国人、印度人，军团，奴隶，雇佣兵，希洛人、英国人、法国人、勃艮第人，白人骑士和红玫瑰、十字军，摩尔人、圭尔夫和吉伯林人，天主教徒和德皇，胡斯派，斯拉夫人、利沃尼亚人、库兰人、斯洛文尼亚人、克罗地亚人、斯洛伐克人、瑞典人、芬兰人，文艺复兴时期的雇佣军和骑士，葡萄牙人、西班牙人、丹麦人、土耳其人、佛兰德人和瓦隆人、苏格兰人、普鲁士人、各部落的日耳曼人——这支来自不同的城邦国家、帝国和民族的没有尽头的幽灵般的军队，无法完全列举。

这支前进的队伍并非在展现那光辉的胜利或者惨烈的灭败，而是像在翻阅巨大的世界历史的死亡之书，里面一页一页地被大大小小的战争的鲜血染红。因为每一个经过的人脖子上都挂着一块蜡版，上面写着，他们代表众多的亡者，他们代表着一万、两万、五万、十万以及更多的像他们一样的牺牲者。并非每个人都是为了成为战士而生，也并非每个人都应该为了君主而英年早逝。

许多人被迫离弃他们原本从事的行当，抛弃农耕，离开田地、农舍、城市和家乡。有多少虚妄可以言明，有多少希望付之一炬，有多少被压抑的诅咒谩骂从这群数百万沉默的鬼魂大军中呼喊出来，他们已经穿过这座西北方的死亡之城里的兵营区，进入未知的世界，已经沉入无名、遗忘和冷漠之中。

看到眼前幽灵队列景象，似乎所有人都得出一些相似的认识。仿佛幕布裂开，透过这道缝隙，在镜中看到了后来的自己。难道他们没有屈服于同样的思维惯性，难道他们不总是热衷于那些在战争中重复出现的戏剧，而这部戏剧永远都在表达同样的愚蠢，以及在生命的自然进程中同样的愚昧不公！只要每一代人都还会步入战争狂热之中，谈论人类的进步就会显得无比可笑。死去士兵的脸上掠过一丝苦笑。他们像瓷器人偶一样不停地点头。

队伍已经走到了那个由毁掉的木枪堆起来的柴堆前。他们一个接着一个，拆掉身上的臂甲和胫甲，拿掉盾牌和胸甲，摘掉徽章和破烂布片，又一个接着一个地把这些装备扔到那个巨大的废柴堆上。如果"演习结束了"的声音再次响起，正如在类似场景里经常听到的，档案管理员不会感到惊讶。

灰黄色的天空低垂在大地之上，将军营建筑的后殿立面笼罩在薄薄的尘雾中。罗伯特再次寻找着他的同伴。这时候，贝特莱特满脸通红地站到了他的面前。贝特莱特摘掉了军帽，眼神忧郁。

"你又回来了。"档案管理员说。

"是也不是，"贝特莱特一边说着，一边试图滋润一下自己干燥的嘴唇，"毕竟是死了。"他接着说："谁能坦然地接受这个现实？当然，现在我的许多问题便有了答案。事情就是这样的。所以，还谈什么逃跑呢？我让您白跑了一趟。"

档案管理员抬手摸了摸额头，似乎不得不好好考虑一下这位年轻的哲学系学生忧虑的那些事情。但他还在思考着这片沙地上所发生的事情，更想同他谈谈，他的讲话是否和这座柴堆有关，甚至是否可能与这些从历史世界里出来的列队前行的士兵有关。

"你没有让我白跑一趟，贝特莱特先生，"档案管理员说，"这让我们知道了自己的秘密使命！"

他看向柴堆，那些老战士们还在不停地向那里前进。贝特莱特拉着档案管理员往旁边走了几步。

"请您告诉我，"他说，"为什么很多人和我一样，一直以来都觉得自己还活着？"

"可能是因为，"档案管理员说，"你们中的大多数人都被夺取了死亡的经历。"

"夺取了死亡的经历？"贝特莱特疑惑地重复了一遍。

"暴毙而亡，"档案管理员对他说，"太突然地把你们的生命夺走。没有准备，没有衔接，没有从一种状态到另一种状态的过渡。在灵魂意识到这一点之前，身体就已经死去了。"

"如果是这样的话——"贝特莱特没有力气把话说完。

"根据我的观察，"档案管理员说，"这样肯定不完善，情况就是这样。这大概就是你们进入到这个中间地带，同其他普通市民和路人隔绝开来的原因。如果我理解正确的话，我们最初在这边的状态，与发生在大河那边仍在进行的死亡过程是相符合的。那边仿佛就是我们转变的继续。在死去的时候，我们的灵魂，我们身体的潜意识预知了死亡的感觉，而在死亡的第一阶段中，仍还有活着的感觉。这并非如一些人起初想象的那样，这不是复活，而是中转站，生命在这里就像经过了一个过滤器，到最后只有空洞的形式可以模仿。无论如何，我可以确定的是，这是个中转。你回想一下那一直以来的传召，你们要离开，前往一场所谓的演习，但没人从那里回来。在我们城市里，在军号的召唤下夜里开始集体迁移，每个人对此都有相似的恐惧，就像那边的大多数人面对生命的最后时刻一样。有些人觉得仿佛自己置身在一个空荡荡的监狱，我却看到大多人都努力地争取在这个中转站里尽可能多地逗留一些时间。每个人的时长都各不相同，但自他们进入城市里，时间长短似乎都是固定的。这无疑是受制于某种制度的，这在市政府的指导方针中有所体现。法律的本质对我仍然是隐秘的，但我已经知道了；即使它向我公开，也不应该被谈论。此外我猜想，每个人是不知道他们死后的意识能保持多久的，因为之前的时间概念对他们来说已经不复存在了。在他们的感知和想法里只有当下。过去和未来只是他现在不确定的一份记忆和期待。我告诉你这一切，亲爱的贝特莱特先生，这是我在这所城市中种种经历的所想所得，起初我只把它们看成是奇怪和特别的事。但我把这些告诉你，因为眼下对你这位哲学系的学生来说，它们也许是那些谜团的答案，不然它们会一直令你困惑。"

档案管理员谈论得越多，他对这座死亡之城里各种事情的特点和习俗就越发了解。交谈逐渐变成了自言自语，最后才扯回到眼前这个人身上。罗伯特抬起头来才发现，贝特莱特的头斜靠在肩膀上，身体在沉睡中来回摇摆。方才站着聊天时，困意侵袭了他。档案管理员用手托着他的腋下，小心地让他躺到了地上。

"抱歉！"这位年轻的学生被碰到后又醒了过来，"非常抱歉。但我想，我全部都明白了。"

档案管理员注意到，历史世界里的最后一支军队已经把它们的装配扔到柴堆上了，跟上其他人，远远地四散开来。一阵强风吹了过来。

"地球，"贝特莱特慢慢地说，"现在已经不再是圆的了。对我们来说，它已经成为一个倾斜的平面了。"

"然而，你们所有人还有一个任务。"档案管理员说，他是方圆几十里内主营的士兵群体中唯一一个站得笔直的人，"只要你们在这个地方，不仅是那些倒下的士兵，所有死去的士兵都肩负着一个使命。但首先是你们！"

罗伯特看着转向他的那些面孔，现在他们看起来没有什么区别，贝特莱特也不例外。他们的眼珠陷入了幽深乌黑的孔洞里，皮肤像是突出的骨头上的一层粉土，鼻梁和耳朵的软骨脱落了，头骨裸露而坚挺。但他们的内心仍在追问，像微光一样闪烁不定，依旧渴望着大地，企盼的双手伸向天空。

"我们能做什么?"这些亡者们摆出了询问的架势。

"回到河对岸去!"档案管理员看着向他伸过脑袋来的贝特莱特说,"不是像你们以前设想的那样,为了自己回去,而是为了生者回去。作为亡灵进入他们的梦境,占据他们的睡眠,那是与你们现在如此相似的状态!你们用告诫、警告、要求的声音出现在他们面前,必要的时候,就变成恶鬼纠缠着他们。你们的手中握着审判的钥匙。你们死的过往能拯救生的未来。去尘世吧!让世人知道!"

档案管理员像劝慰孩子那样对死去的士兵说道。话音刚落,军营里巨大的柱状拱门便开始摇晃,就像发生地震了一样,但他感觉不到沙地表面的任何移动。石柱弯折了,古老的柱鼓滚落,拱廊也倒塌了。现在,兵营里的内墙裂开了,墙体在下沉,整个建筑开始慢慢剥落,一根根横梁,一层层楼房,全部都坍塌了。

士兵们被这个过程吸引住了,脑袋都转了过来。成千上万的人跳了起来,用他们的骨指激动地指着这片废墟。这一切几乎是在无声无息中发生的,人们像是被棉花堵住了耳朵,只有呼啸而过的"嘶嘶"声穿过耳道,仿佛一阵细雨落下,仿佛是纸牌屋的倒塌。在烟尘飞扬的废墟上,砂浆粉尘、泥块沙石、石灰碎末等组成的巨大漩涡旋转着,直至变成沙砾,然后缓缓地滚落在地上。火光在浓重的白烟里闪烁,开始变成千百朵火花迸溅出来。

很快,那座巨大的柴堆也开始燃烧起来。破旧的军装像火棉一样燃烧着,接着,干枯的木枪也熊熊燃烧起来。一时间,这座堆着废弃武器的柴堆火光冲天。当热浪冲到档案管理员站着的地方时，他缓缓向后退去，但目光并没有离开这座火塔。

他远远地绕着兵营里的废墟走了一圈。浓烟逐渐散去，落日的余晖慢慢从冷蓝色的天空中透射出来。档案管理员再次走近那个燃烧着两千多年以来的枪械的火堆，火苗还在跳动，火焰变得纯净。死去的士兵在这里游荡。他们身上的禁令被解除了。变得越来越真实的身影，围成了越来越多的圆圈，在火堆前面跳舞，他们一生中虚假的忠诚和荣耀也在火堆里慢慢燃烧，变成了灰烬。现在他们解脱了。迷妄也随之消散。

他们看见了这个男人，他的话引发了这场演变。他动摇了基石，点燃了火堆，就像一个幽灵一样站在那里。他们不知道，这是这座城市的编年史家，是为城市服务的生灵的使者。上天承诺会有一个新的黎明，在此之下他们可以变成没有武器的游魂，就如他向他们述说的那样。

但是他在思索,海纳城的人们会怎样讨论"Σ"字号兵营的坍塌。而且正如他预感的那样,其他所有的神庙兵营,没有因果联系,像被施了魔法一样,也都轰然坍塌了。

他突然想起来,进入兵营时为他配备的那条橙色绶带还在自己肩上。罗伯特把它从外套上扯下来,扔进了火里,绶带瞬间就被吞噬了。

然后他就出发前往城里了。他觉得,士兵们好像在唱歌。但这其实是他心中的歌,忧郁而虔诚。他紧握双手,跑了起来。他完全没注意到路上遇到的那几个哨兵。

天空中飘着的硫黄云已经移到了对面,仍旧是比儿童的风筝还小一些。兵营在晚上看起来跟早上大不一样了,在档案管理员离开后,那片云朵也消失了。城里的人都没有注意到它。

XVI

逐渐笼罩整个城市的不安和新出现的变化并没有太多地影响到老门的辖区。慢腾腾地从士兵的营区返回后，罗伯特感觉，至少自己在这个偏僻的小岛上是安全的，恼人的现实事件无法到达这里。他将自己藏身于房间里悠然的寂静之中，闭上了眼睛，什么都不想看，什么都不想知道，但这只是一个并没有持续多久的错觉。

档案馆的空气中也弥漫着越来越浓烈的紧张感，大家的神经也都不免紧绷了起来。表面上似乎一切都像往常一样进行：聪明的伯尔金坐在成堆的文件面前，向其他的那些在不停地制作清单的助手们发出指令。似乎每个人都非常忙碌，只有中间休息的时候，有几个人才能像以往那样潜心研究古老的法律文献，修复、翻译文本并加上注释。来往于档案馆和市政府之间的信差在不断增加。他们静悄悄地来来回回，上楼下楼，拖走又带来新的信件。就连莱昂哈德也必须独立行事——如果有访客来提出什么要求的话。这是档案管理员要求的，因为正如他所强调的那样，他现在必须不受干扰地完成手头的工作。莱昂哈德还时常被叫来编写目录和准备紧急抄件，并从他原本的位置搬到了助手室，以便随时协助伯尔金。

档案管理员面前摆放着翻开着的编年史，里面的页面仍是空白的，等待着他来书写。他凝视着白花花的纸张，仿佛有某种魔术可以把所有那些令他夜不能寐的经历和过往都一下子填到书页里去。尽管他无数次拿起钢笔，但是片刻之后又都犹豫不决地再次放下。

不安的情绪总是驱使他走向通往塔楼窗户的另一扇门。他猜想安娜正在那儿等着他。他认为,在那天晚上的噩梦之后,安娜随时可能会回来找他。他甚至放下了绳梯,让地窖走廊中的墙门半开着,还将地板翻盖大开。但是每次他去看时,房间里都是空空如也。他不安地走过档案室。档案室里,助手们正在埋头工作。信使走过来,向伯尔金点头致意。伯尔金带着防御的表情从他的档案中抬起头来——那是一个玻璃制成的世界。罗伯特不在其中,而是在外面闲逛,看来他似乎打扰了里面的人。

于是他回到了办公桌,目光落在了编年史中新装上去的页面,这些页面上没有任何字迹。如果没有奇迹发生,那么有一天他将像一个没有完成作业的小学生那样站在高级专员面前。

一切都亟待决定,但是市政府那边还没有打电话来确定会谈时间,之前提到的文件也一直没有到达。他心情烦躁地在墙上的书架前爬上爬下。墙壁上堆满了巨大的登记册,里面标明了作品和书籍的位置、分类以及它们的下落——当然是用看不懂的字母和数字标记而成。他徒劳地翻来翻去。他对最简单的档案管理都知之甚少,这还不够明显吗?精神世界的思想和遗产都保存在这里的地下墓穴中,但他从未注意到他们的存在。没有看门人的帮助,他甚至连一本书都找不到。在这方面,即使像莱昂哈德这样的男孩和书童们都比他经验丰富。例如,他自己无法断定属于永恒储藏室的是这本书还是那本书,拉赫玛的海纳城传说是否获得了准入许可,卡特尔的笔记是否还在那里,还有安娜的日记信,他父亲的档案……令他感到羞耻的是，他甚至不知道上世纪伟大作家的作品是以手稿还是印刷品的形式收藏在这儿的；在此期间，它们是否已经被一一淘汰了；他也不知道许多当时著名的文献现在的状况如何。人们都认为他是档案的主管，但是即使他人就在这里，也无法解释哪怕是最显而易见的关于档案的问题。从表面上看，是因为他忽略了运营管理，但其实并不是他，而是伯尔金一直在悄悄地调控工作过程，并掌管这里与市政府的往来。罗伯特自己也承认，从根本上说，他算不上是个领导。

他可能是分配错了自己的任务领域，过于关注环境，过多地观察居民、公共设施、宗教礼俗，而不是专心于档案工作。如果他一开始就知道自己所处的位置，他的行为一定会有所不同，他每天处理工作的方式也会有所不同。但是人们对他采取了放任自流的态度，他只好费力地去了解自己所处的真实情况。他还担心自己积极参加面具大会的行为和访问军方期间的行动超出自己的职权范围。

他突然发现，如今即使是在这个档案馆里，他也一直在和图表打交道。原本的忧心忡忡已逐渐被一种如释重负的感觉取代。自己正身处死亡的国度，这种有限的认识有它的好处，它消除了许多困扰与折磨了他许久的疑虑。这种逗留超越了人类的认知，但是即使他放弃对此做出合理的辩证解释，这之间的鸿沟依然不可逾越。无论怎样冥思苦想，中间王国的存在都是不容置疑的。它的存在与信仰无关，人们只能把它看作一种既定的存在或正在形成的事物。作为大河另一端人们的生活方式和过程，这种状态的神秘性不会有丝毫的增加或者减少。

罗伯特更担心的是他周围那些得不到解答的秘密。威严的助手们像十二个永生者一样管理着这里。很显然，档案馆就相当于一个控制站，书面的文字也经历了与人类生活相似的过程。但是这个机构的目的是什么？他从未看到有城市居民或途经的乘客使用这些精心码放的文件。所有这些精神资料是否仅仅服务于当局想象中的目的？那么它除了作为神圣的玩具之外也就没有其他的功能了。就像是工厂制造的假玩具，挥舞着两把大铁铲仿佛在互掷饵料——而人们却没有意识到这其实只是在装模作样。

档案管理员从石制螺旋楼梯走了下来。楼梯通向旧大门的地下楼层。地下室被延伸到天花板的架子分割成狭窄的方形——他很少去那里。顺着铺有浅灰色垫子的走廊看过去，昏暗的灯光下排列着各种卷帙、卷宗、书籍和文件，每本都用露出书外一截的纸带编着序号。画册立着，有些挤在一起，但大多都留有相当大的空隙。它们中的大多数竟没有泛黄的迹象，甚至没有过多的灰尘。每层楼都有两个或三个值班的书童，大概是他们在负责维护这些作品外表的整洁。

他们在这里忙着找出清单上的一系列作品，并热切地将这些作品集中在一辆有轮货车上。当看到档案管理员时，他们殷勤地将签名表递给了他。因为他们认为管理员到此访问就是为了检查他们的工作。他迅速浏览了一下清单。尽管并不了解清单内容的含义，他还是温和地点了点头表示赞赏。他们提到这些书卷是"上面"要求的，可能是有关部门在大量地进行筛选；但是他们了解的并不确切，这也不是他们的分内之事；档案管理员当然知道得更多并且更为准确；他们提及此事只是想说明，他们并不是昏头昏脑地在工作。他们的眼睑下垂，瘦长的脸上微微泛红。在罗伯特看来，他们的举动似乎有些献媚讨好的成分。

"不错！"档案保管员边说边伸手从货车上取了一本标题他不认识的书。那是一本1821年在巴黎出版的小册子。他又从中拿出了几卷意大利、英国、德国、西班牙的十九世纪作品；有一幅版画的年份为1786年，另一幅版画的年份是1913年。在放回去之前，他把它们拿在手里掂量了几下。

"你们也亲自读过这些书吗？"他问。

"偶尔。"两人中的年龄稍大的回答说："只有在要求我们读的时候。"

他们整理出的不少文件夹里能找到手写的稿件，虽然不多，通常只有一两页。一份稿件的标题是《我的艺术信仰》——那是夹在其他纸张中一封长长的信，当看到它时，他突然愣住了。他翻到最后一页，看到了签名：沃尔特·卡特尔。

"送到新闻、信息和公共关系委员会。"档案管理员说。

他小心翼翼地把文件夹放了回去，似乎是害怕它们会突然掉下来，碎成灰烬。他随便打了个招呼，逃跑似的转身跑下楼梯，甚至没有看那两个书童一眼。

下一层的陈设并没有太大不同。在由一个年轻的荷兰人和一个瑞典人组成的书童岗哨那儿，他询问了一下文献收集的事情。他知道最近有不少从他的国家过来的文献，被收纳入档案库的文献收藏。这个问题使得他们惊讶不已。他们说着档案管理员听不懂的语言，通过一个声音设备叫来了仓库领班。穿着制服的领班——这也是一个年轻人——听到档案管理员的询问后，恭敬地回答说，一般情况下这里保管的藏品不会按照入库时间或个别语言群体进行分类。就连作者的名字也无关紧要，主要是因为所写下的一切都会逐渐转为匿名状态。只有作品的内容才是最重要的，而作者是谁并不重要。因此作品分类始终是根据作品的主题视角进行的，而分类则是由高级助手们逐一确认的。

当仓库领班绘声绘色地解释这些规则时，罗伯特想起了他曾经在伯尔金那儿看到的一份根据特定的领域和类型制成的表格清单。他还记得他们之间那些谈话，那些谈话的内容在这个年轻人的叙述中得到了印证。如果作者的私人和个体特点成了作品的出发点，甚至成了重点，那么从档案馆的角度来看，这份作品便丧失保存的等级和有效性。

这位青年指出，尽管他比这些书童年长并且还要对书童的全部工作负责，但他只是个低等级的执行者。他的这一论断让档案管理员再次想起了伯尔金之前讲过的话。尽管伯尔金属于这里的高级管理人员，但他始终强调，在档案馆的工作中，他只是在执行那些来自市政府的措施。来自市政府！这就意味着它们来自那个掌管死亡的机构——如果翻译正确的话。死亡的存在不承认任何个人命运，无论是物质形式还是精神形式。外貌仅仅在过渡阶段得以保留，用以承载个人生活中的性格特征。这适用于每个人，除了少数受雇作为管家、警卫、助理、记录员、传教徒和半神的人之外。他们不再像其他人那样匆忙追寻往昔的消逝画面，而是已经恭谦地融入了分配给他们的职能，但是他们确实也曾参与了命运的分配。大部分人只是匆匆地接受分配给自己的命运，并且他们最终也被替换掉了，就像档案馆中的文件一样。

编年史家注视着这个年轻人的脸：色浅而浓密的眉毛上方是看上去聪慧而饱满的额头，弧线优美的嘴巴，当他不说话时，嘴角充满了悲伤的气息，而当他说话时，却有些嘲讽的表情。根据面部特征来看，他二十五岁左右。

年轻的仓库领班和档案管理员沿着一排排的大厅一路走了过去，书架背后的书童们正架着梯子准备爬上上层的架子。每迈出一步，他腰间的钥匙都叮叮作响。罗伯特不想错过了解档案馆员工的机会，便让领班告诉他书童们的名字和出身。他了解到，每个人都是某个家族的最后一个后代。随着他的死亡，河对岸的那些家族也已经一起消失了。

档案管理员让这位年轻人也聊聊他自己。他们站在一个半高的桌子旁边，档案管理员坐在桌子的边沿上，而领班则轻轻地靠在书架上。

年轻人说："我热爱诗歌。虽然我自己一直没有写过什么诗句。我是诗歌的收藏者，是诗歌的使者。艺术是可与人类思想相匹敌的精神力量的最高表现，也许是唯一的表现形式。我试图将自己的设想变为现实，但并不是想以此来改变人类，更不用说取悦他们了，而是我想任用那些已经做好了精神准备的人。因此，我在喧嚣的文学市场中，从一本杂志的年度期刊里收集到了诗歌的纯粹象征。我想趁诗歌仍然存在的时候区分出它的永恒价值和短暂价值，而不考虑偶然需要和历史的廉价批判。"

年轻人说话时的口吻笃定，但态度并不傲慢。

"与此同时，我接受了教育。"他继续说道，"尽管人们常常指责我把质量标准设置得过高，但很快我就意识到，即使是怀揣着深重的责任感，我还是把质量标准设置得太低了。"

档案管理员说："所以，您不再相信自己传播话语和诗歌的使命？"

"我不再信仰它们形而上的意义。"这位年轻人说，他眼中燃烧着冷傲的火焰，"但我看到，即使是一个廉洁的标杆也会受到时间的蒙骗。所以我吸取了教训，放弃了这项我认为是自己天职的工作。几年后，我就不再发表作品了。"

"没准儿，"罗伯特提出异议，"是因为您还太年轻了。"

年轻人说："在精神创造方面，我从未见过比年轻人的严肃认真更为敏锐的标准。再谈论我的生活未免过于无聊。不管怎么说，那是个教训，一个很好的预备训练，它使我在初来乍到时就能够理解档案馆的结构，即使那时我才刚离开诗歌创作并开始从事正常工作不久。"

短暂的沉默后，仓库领班打算回去工作了。他纯粹的气质使档案管理员兴奋不已。于是，管理员拦住了他，接着问道，他是否能在最近送来的作品中找到博多·拉赫玛的论文，一些关于海纳城的记录。年轻人说，他记得在此期间这些作品已经被接收，因此它们可以在档案馆中度过一段小小的永恒时光。

"这种裁决只是暂时的。"仓库领班说。

档案管理员听到这话时内心并非毫无触动。他向年轻人道了谢，就此告别。

他一层层地往下走，在每层都稍作停留，与书童攀谈几句，并且不着痕迹地打听这里是否借出了某些书籍或文件。得到的结果是只有几本正在处理阶段的书被借出过。

最终，他到达了玛古斯大师居住的底层，后者即使在这个时刻也没有离开过自己熟悉的居所。罗伯特觉得，此刻他正在地下室里读书，至少他手里是拿着一卷展开的羊皮纸；也许他还在冥想。罗伯特又一次站在这位受人尊敬的人物面前，后者穿着银灰色的袍子，使人不由得联想到隐士。他再次注视着那汪古老的泉眼，它倒映出知识毫无瑕疵的静谧——那些超越尘世问题的知识。

玛古斯大师放下书，收回缥缈的目光，望向档案管理员。然后不等罗伯特说出内心深处的愿望，他就开口了。

罗伯特后来相当清晰地回忆起他的教诲，这位孤独的伟人，这位档案馆的高级助理。开始讲话前，大师伸出手臂做出了欢迎的手势，并邀请他坐在对面的矮石凳上。

"时间亟待言语，永恒利用沉默。"这是第一句话。它如一道闪电照亮了思想的黑暗，并以其炽烈的光芒消除了所有关于档案馆意义的疑问。"这种相应的事情屡见不鲜。"他低声补充道。然后，他谈到了阿育王[1]。国王曾命人将崇高者、觉醒者、卓越者以及门徒们流传下来的佛陀的话语都刻在国内的石碑上。这些岩石上的圣谕以及在精神领域的丰功伟绩使他的名字在后世流传了两千五百年。当然，随着时间的流逝，彼时每个村童耳熟能详和所有印度人民众所周知的事情也荡然无存，仅剩下少数平淡无奇的东西。作为赫拉克利特[2]和孔子的同时代人，释迦牟尼的智慧和哲理也遭到歪曲和削弱。

这位长者又讲到一小群零散的人。当大部分人仍臣服于身体需求时，他们依靠精神食粮生活。玛古斯大师说："但是，关于神圣物质的知识一直存在于人世间。它在人类的精神中留下了生动的痕迹。重要的并不是随时随地使用它，而是在任何时候都能以适当的、正确的方式来使用它。要想在树荫下休息，旅行者不需要一整片森林，甚至不需要一棵古树的整个树冠，一条树枝洒下的阴凉对他来说就已经足够了。"

---

[1] 阿育王，音译阿输迦，意译无忧，故又称无忧王。印度孔雀王朝的第三代君主，是频头娑罗王之子。他是一位佛教徒，也带来佛教的繁荣，后世称为佛教护法。

[2] 古希腊哲学家，以弗所学派的创始人。生于以弗所一个贵族家庭，相传他生性忧郁，被称为"哭泣的哲学家"。他的文章只留下片段，爱用隐喻、悖论，致使后世的解释纷纭，被后人称作"晦涩者"。

他沉默了许久,给听者以思考的空间。听者最终也在脑海中勾勒出了档案馆的实质。

"精神是善于创造的魔术。"这是印刻在档案管理员心中第二句不可磨灭的话。无论是西藏的修道院、守护秘密的亚拉腊山悬崖[1]、哈西德犹太教[2]位于布科维纳的萨达戈拉[3]、还是方济各会的阿西西[4];不管它们是出现在米诺斯人[5]的舞蹈中,还是出现在伊路西斯尼的神秘宗教仪式中;抑或它们在巫婆的弥撒或炼金术士的婚礼中进行——也不管它们是以何种形式储存在档案馆中,那些符号、书面文字和非书面的文本始终都是一致的。它们仍然是人类意志无法掌控、人类单纯的理解力也无法参透的魔法。随着时间的流逝,我们有意或无意地凭借这种物质,依靠不断更新的历史遗产来维持生命——其中也包括话语的魔力。生死的交替从未间断,正如白天和黑夜无法割离彼此,而是通过不断的更迭形成年份,年份累加又形成世纪一样。

---

1 亚拉腊山坐落在土耳其厄德尔省的东北边界附近,为土耳其的最高峰,距伊朗国界仅16公里,而距亚美尼亚国界也仅32公里,甚至可眺望亚美尼亚的首都埃里温。基督教《圣经·创世记》记载,诺亚方舟在大洪水后,最后停泊的地方就在亚拉腊山上,因此也使得亚拉腊山在亚伯拉罕宗教远近驰名。
2 哈西德教派是一种犹太宗教神秘潮流,是极端正统犹太教的一部分。
3 萨达戈拉有一个重要的犹太社区,它在哈西德犹太教的历史上很重要。1838年,哈西德王朝的祖先弗里德曼被指控同谋杀害两名被指控为告密者的犹太人,并被当局监禁两年。获释后,他逃往基希涅夫、雅西等地,最后于1842年定居在萨达戈拉,在那里他重新建立了哈西德教廷的辉煌。
4 阿西西是意大利翁布里亚大区佩鲁贾省的一个城市,位于苏巴修山的西侧。这里是圣方济各的诞生地,他于1208年在此创立方济各会;也是圣嘉勒的出生地,她创立了贫穷修女会。19世纪的痛苦圣母加俾额尔也出生在这里。
5 米诺斯文明是爱琴海地区的古代文明,出现于古希腊迈锡尼文明之前的青铜时代,约公元前3000年—公元前1100年。米诺斯文明的发展主要集中在克里特岛。

精神力量的重生是根据自然的有机规律来调节的，而精神力量在物质和思想层面的不断运动构成了人类的生存和历史。但是据这位长者所言，精神力量受到了市政府的监视。他把这形象地比作是一架天平，秤盘上下摆动，重量最终均等，达到平衡。这项任务由市政府的三十三个知情人负责，他们永恒地守卫着这个世界。这三十三位知情人住在圣山城堡中。在某些特别的时刻，人们会看到那座城堡在远处闪闪发光，但谁都无法确定它是在河的这一侧还是在河的另一侧。究竟是死亡存在于生命之中，抑或生命存在于死亡之中？他提到，对于这个形而上学的问题有着不计其数的学术文献，各种强词夺理的论据支持着其中一方。在不同的时间阶段，思想、宗教信仰、人类行为及其群体的倾向取决于两个方向中的哪个方向满足了情绪。从流传下来的文章和文字说明来看，这两个方向的交替变化也是有节律的。

玛古斯大师指出，三十三个知情人一直为这一重生过程而致力于开放和扩大亚洲田野中的隐蔽地带。他们似乎正在加紧努力，谋求这种精神和肉体的重生也能在西方得以实现。迄今为止，亚欧共同利益之间的这种缓慢而细碎的交换可以从许多现象中观察到。玛古斯大师没有提到任何名字，但档案管理员从中听出了对诸如叔本华、卡尔·尤金·诺伊曼、汉斯·哈索·冯·维尔泰姆、理查德·威廉、赫尔曼·黑塞等证人的影射，甚至还有荷尔德林——

他在"母亲亚细亚"[1]中看到了我们的狂热起源,弗里德里希·施莱格尔、哈默,歌德的《西东诗集》,还有安吉鲁斯·西里修斯、迈斯特·埃克特、苏索和一堆神秘主义者及格言作家。

档案馆岩石小屋的这位长者诉说这种孵化过程,就像我们在谈论天气区的高低压现象一样自然。根据三十三个知情人的决定,这种孵化目前应该在更广泛的范围内并且更为迅速地进行。因此,当释放恶魔并利用它们的狡猾和力量来加速这一进程时,人们却毫无畏惧,这也就不足为奇了。

了解这一点后,罗伯特发现,白种人通过两次可怕的世界大战在欧洲战场上制造的数百万亡魂,便被纳入这场浩大的精神旅程之中。他们,一定是在这种肆意妄为中逝去的——一股寒意慢慢从罗伯特的心中升起——以便为即将来临的重生让出空间。一大批人被提早召集到一起,以便他们可以及时长成种子,作为人造的新生命,在一个迄今为止还是封闭的生活空间中重生。

这个想法有些令人不安,但同时又令人有些欣慰,因为它给了不断出现而又毫无意义的事物一个计划、一个形而上学的命令。自我毁灭,切腹自尽——这种欧洲在二十世纪干的事儿,意味

---

1 源自荷尔德林的诗歌《在多瑙河的源头》:"母亲亚细亚,我向你致意……"

着——如果他正确地理解了玛古斯大师的意思——那无非就是为已经独立自主的亚洲大陆重新掌控这一领域做好了准备。越来越多的人民会舍内而取外，即使是秘密机构的力量也无法掩盖这一事实。不论大小，无论个人或群体，有效性都比存在性更可取。若是抛弃了先知和诗人的警告和指示，思想和想象的世界将会变得荒凉，心灵会过于膨胀而头脑空虚。因此，精神已经从一种创造性的媒介退化为了理解和理性的工具。目标越来越脱离生活的真正意义。这种错误的自我意识很可能会突然造成致命的后果。这片危机四伏的大陆就会从中心坍塌，就像一个腐烂的框架一样从内部被蠕虫吞噬。

玛古斯大师述说着他对客观事实的理性论断。当罗伯特听从他的想法时，心中一刻都没有怀疑过它的真实性。他感到这些事情是合乎逻辑的，是不可避免的。但总的来说，他更多地看到了他的国家所面临的命运图景。而且由于在亡者国度停留的时间太长，他已无法看清，界河另一边的现实情况正日益清晰地呈现着这一进程的种种迹象。当然，他不需要任何具体的确认，这点与异教徒和丧失感情者不同。所有的物质，所有所谓现实都是一种从属于生活的思想的具体化，而那些人已经丧失了知晓此事的能力。

有时档案管理员很想开启一段对话，但他感到打破沉默的停顿是不适当的。通常，这位长者高级助手的话似乎也像是对尚未提出的问题的回应，是对他自己思想的一个较为平静的补充。他从来没有用诸如"您将熟悉……"或"您将考虑……"之类的短语直接对档案管理员说话。尽管他的话是非个人化的、笼统的，但罗伯特觉得他的意思是，他向自己揭示三十三位知情人的奥秘并非毫无所指。这些知情人是欧亚世界的维护者，他们揭开了死亡和生命的序幕。

岩壁的板石逐渐变得透明。罗伯特从球体内部看到人们像彩画一样走来走去，突然之间，只有沙粒在世界时钟的沙漏中来回流动。看来，重要的是保持玻璃容器中总是有足够数量的沙子可以来回倾倒。年轻人变老了，老人又变年轻了。这个过程是如此简单，反而显得有些伟大。

他仿佛透过屏幕看到了痛苦的人类画像，它们的颜色业已褪去。他听到档案中的书籍和文字抱怨的低语声传到他的耳边，那些渴望净化和永生的思想噼啪作响的声音。它们像气泡一样漂浮在停滞的水面上，闪烁着，破裂时发出微弱的声响。精心编造的空洞谎言欺骗着生命，就像冬天窗户上的冰花构建的虚假自然。罗伯特气喘吁吁，鼻翼发抖。他无法分辨这位长者是在用言语指导他，还是通过集中的沉默召唤图景。那些图景告诉他，所有知识既不能教授又不能习得，仅是作为对地球的精神记忆而存在。档案馆似乎是无数藏品脉络中收集这种史前记忆的地方。它们为生者守护亡者。

当罗伯特坐在守卫者脚下的地窖中时，在他虔诚的目光前，档案馆地板变得透明——但与工厂玻璃办公室中的透明不同。他关注的不是总是在匆忙清理那些保存了许久的西方物品的书童；他看到了层层叠叠的身影如何在架子前出现，搜索着那些古代的书卷。就像暖暖熏人睡的微风一样，他们徘徊在祖先们、昔日的前辈们那些冰冷的言论中。

无须解释，这位编年史家很快就意识到，这涉及活生生的人来访的问题，尤其是诗人和先知们会在创作期间前来拜访档案馆。

就像梦游者一样，他们行走在疯狂与梦想之间的分界线上。他们不惜一切代价寻找真相，包括牺牲自己的生命。他们沉迷于事物的意义。他们为传道而奋斗，就像找寻泉眼的人一样，将生命之水从他们精神的孤独岩石中掘出，浇灌尘世。同时许多人过早地饮下了死亡的苦酒。他看到学者们如何在知识的驱动下投身书海，为世界大厦找寻新的基石。他们是自由的奠基者，思想的管理者和信仰的数学家。尽管受到诅咒和迫害，尽管被迫套上异端的外衣，尽管不得不奔赴刑场，但他们并未停止脚步。

任何有话要说的人，任何超越日常生活的事都必须踏入中间领域，并确保能获得生与死之间的联系。为了能够在档案馆的深处驻足，为了成为原始记忆的参与者，他的精神必须脱离躯体的安全。并不是每个人都能到达自己想去的地方。避开这种条件并宁愿以自己的思想和名声待在这边世界的人并不在少数。愿意俯身汲取清泉的人毕竟屈指可数，他们的身影出现在档案馆神圣的文件和著作前，以获取当下最新的信息。他们是在夜间从河对岸的国家赶来的，白天又要返回那里。他们是档案馆的秘密用户。罗伯特意识到，他无法从眼前的景象中推测出自己在地下室中逗留的期限，而是从几个世纪的概貌中看到了许多时刻的同时性。当然，他见过的亡灵们是以精神的形式存在的。作为亡者国度的编年史家，他必须通过尘世的考验。他越来越明白自己肩负的任务。

转瞬之间，这所有的图像都消失了。和之前一样，他看到了那位年已古稀的长者，玛古斯大师身着宽大的银色长袍坐在他的面前，身体向前弓曲着，那打着繁复褶、镶着边的袍子垂到了地上。罗伯特凝视着这幅画面，这沉思的姿势。玛古斯大师的左臂肘部支撑在膝盖以上的大腿上，狭窄的头部靠在弯成拱形的手掌中。干巴巴的指甲盖轻压在太阳穴上，仿佛可以用性感的指尖神经来保护额头上纤细敏感的血管。袖子在手腕关节处向下蓬松着，露出了一截瘦弱的胳膊。年龄和知识僵化了他面部的表情，从中看不出任何享乐的迹象。轻轻分开的嘴唇现在已经不着痕迹地闭合，眼睛里闪烁着一丝平和的退让。他们不需要确认，不需要安慰，不需要希望。他们已经绰绰有余。然而，他的身上散发出一种光亮，一种慰藉，一种信念。一道鲜活的光芒将说话者和听者包裹在共同的气场之中。

当档案管理员回到他位于老门楼一层的办公室后，这幅画面依然历历在目。只要他能够与这位长者的亡魂对话，动荡就得以平息，疑虑也得以消除。

对死亡的恐惧折磨着许多人，如果人们不把对死亡的渴望视作对这种恐惧的一种无意识的驱逐，那么可以说这个问题从来没有困扰过他，毕竟他年少的时候就有过这种渴望。安娜也经历过这种对死亡的渴望。安娜身上呈现的到底是对于死亡的渴望，还是对生活的恐惧，这确实是个问题。也许正是对生活的恐惧驱使着他自己成为这中间王国的座上之宾？如果他没想错的话，那么所有存在的根本问题就在于对怜悯和失宠的恐惧。人们需要找到解决方案。如果可以的话，他想做出个什么决定，但他现在还没有想好。

莱昂哈德带过来两封加盖了市政府印章的公函，罗伯特平静地接过了它们，签收之后，打开信封扫了一眼里面的物品。

等在门口的助手踮着脚尖往前走了几步。

他问："档案管理员先生，您不会离开我们吧？"

罗伯特说："到处游荡的是生活，而不是我们。"

莱昂哈德激动地汇报说，在上城区和下城区，越来越多的住所被腾空了。这是他从旅馆给档案管理员取餐时突然注意到的。档案保管员保留在那里的房间也被征用了。

"反正我也不再需要它了。"罗伯特说。他原先想把安娜安顿在那里，但这个计划是在当时的条件下制订的，现在已不再适用了。他本人也早就搬进了老门塔楼的房间。

莱昂哈德问，要不要把热好的饭菜给他带过来。中午已经过去很久——傍晚就要到来了。

"傍晚就要到来了。"罗伯特重复道。他从窗前看到孩子们的游行队伍。充满废墟的街道无比荒凉，空荡荡的外墙投射出细长的淡淡阴影。

"孩子们的游行队伍，"莱昂哈德随口说道，"现在比以前长多了，而且每次都在增加。孩子们也走得更为匆忙，更加仓促。几乎没人再看他们了。以前人们还时不时地给他们献花。当然了，是纸花，就像在聚会上一样。但现在没人这么做了。"

档案管理员又坐到了他的办公桌前。

"你们最近干了不少活吧？"他问。

"像风一样，不分昼夜。"莱昂哈德低语道："装着旧纸和纸条的手推车滚滚而来。我从没见过这种场景。一切从何处来？又往何处去？现在又要把什么从目录中删除？——我认为即使是经验丰富的伯尔金，也正在失去对事物的洞察力。一张张目录堆叠在一起，文章标题上打着勾。档案馆已经变成了造纸厂。"

"你被焦虑感染了，莱昂哈德。"档案管理员说，"我从没听你说过这么多话，还说得这么快。"

"过会儿我可能就忘了。"莱昂哈德兴奋地继续说道，"伯尔金让我问问您，您要不要对撤架书目的清单进行审核、签字。"

"这可是头一次！"档案管理员说："昨天这还是我的任务呢。但是也没人来问我。现在再来问已经没有什么意义了。"

这些坦率的言辞仿佛把他引入了一个私人领域，在这个领域与年轻助手进行友好的讨论眼下看来是不合时宜的。他补充说，他想自己和伯尔金谈谈这个问题。然后他简短地命令莱昂哈德端上迟来的饭菜。

"明天天一亮就叫醒我。"他接着说道。

莱昂哈德离开房间后，档案管理员又把那两份公文读了一遍。

其中一份是来自那位戴着灰色高顶礼帽的绅士的邀请。他恳请档案管理员在次日清晨的那场盛大集会上站在他身旁，一部分民众会参与其中。档案管理员若有所思地把它放到了胸前的口袋里。

另一份是市政府的来信。高级秘书处已经在电话里通知过他信里的内容了。主要是民众对档案管理员和编年史家的投诉。这是秘书处前段时间收到的，但是现在才进行处理。发送给他的是摘录的部分内容，并附带说明：如有必要，他可以在适当的时机阐明自己的立场。目前这种情况下，市政府不仅不需要他的证言，并且委派高级专员作为代表为他提供帮助。投诉信中说，档案管理员正在滥用其职权，与某些居民保持个人关系。他出于客观上的不正当理由试图延长其居留时间，从而从中受益。显然，这些怀疑与安娜及档案管理员对她的爱有关。信中还提出了一个质疑，即他是否真正履行了档案管理员的职责和任务。因为他待在城市中更多地是为了满足自己的好奇心，而不是在当前的编年史中记录并公开他的见解。投诉信作者的名字并未给出。

一开始，罗伯特以为他的父亲是始作俑者，认为他想以这种方式对安娜和他进行复仇。但是自从在安娜父母家的那次不愉快的会面以来，罗伯特再也没有听到过他的任何消息，所以很难断定他是否仍在城里。他谎称自己重新接手了安娜的离婚案，从而使自己获得了继续居留权。但正如安娜本人所暗示的那样，这项授权必须作废。有一会儿，他还想到了卡特尔。卡特尔可能会觉得自己受到了罗伯特的冷落，而且他也多次提起过这部尚未下笔的编年史。但是罗伯特立即推翻了这个想法。当这位画家朋友向他介绍这座城市的情况时，他表现出了特别细腻的情感，那时，罗伯特正因为其中的反常现象而深受困扰。现在他理解了自己朋友的羞怯、沉默寡言和淡漠。因为他知道卡特尔是以死者的身份见到了他这位朋友。有一部分人对自己的记忆比大多数逃亡者更长，卡特尔就属于其中之一，因此他在中间领域停留了很长时间。也许他的任务是等待罗伯特的到来，成为一个维吉尔风格的向导。档案管理员仍然对确定该领域中亡者在此停留时间的标准感到困惑。卡特尔的遗物现在应该已经被清理出档案馆了，但这个过程与他个人无关。现在，他清楚了这种转变之后，罗伯特希望在卡特尔失去意识并最终失去名字和身体之前能再次与他握手，希望能对他的行为表示理解，并最后表达一下自己的感激之情。他为自己把对自身的愤怒转嫁给他的朋友，并且将他与这种指控联系起来而感到羞耻。

贝特莱特？他真正的渴望是要夺回失去的生命。这会导致复仇吗？这位年轻的法国人早年与安娜的关系尚不清楚。嫉妒之情能够导致轻率的行为，人们却无法意识到它的邪恶之处。他还应该有足够的理由来发泄自己的不满，因为他很久以来都试图与档案管理员会面，但从未成功，以至于几乎给人一种罗伯特拒绝了他的印象。此外，在参观神庙兵营之前，这封投诉信就出现了。然而他在这次会见时面对命运而展现出的个人态度、坦诚和同情心，驳斥了所有质疑。相反，那些人更像是一群被拒绝了的访客或是住在安娜附近的嫉妒者。

他将信折叠起来并插到了另一封信里面，然后突然产生了这样一个念头：这所谓指控是否是在故弄玄虚，市政府是否在试图检查他会作何反应。当局没有特别重视这一事件的进程，而且是几乎友好地将这件事情纳入了不再追究的范围，相反，正是这种信誓旦旦的保证更让人起疑。

档案保管员考虑得越多，这个过程看起来就越让人感觉不安。他再一次想明白了，自己仍像来到这里的第一天一样处在迷宫之中。这里就如同哈哈镜室一样让人无法凭借自己的力量脱身。如果说他最初是感到问心无愧，对这些指控嗤之以鼻，那么随着时间的推移，他开始慢慢思考这些指控在这方面或那方面是不是确有道理的。当然，他希望安娜留在这儿，以便他可以尽可能长时间地陪在她身边。而就在现在，当她的存在几乎不可避免地行将消散时，要带她回家的想法变得愈加强烈起来。叛逆被唤醒，是为了对抗法规、背叛法律和命运的路线，并像那群士兵一样奋起反抗。

他要么选择向高级专员解释并让安娜重获新生，或者他与她一同前往死者的王国，这样才能挽救他们之间余下的感情，这样才能让这份爱情得以永远维系。他清楚地听到自己对高级专员说："我没有因为她而忽略了我的职务，也没有背离档案馆的利益。您真的不能这么说。是安娜把城市秘密的钥匙交到了我手中。没有她，我将仍然处于一种无知的状态。"

罗伯特跳起来，像击剑手一样站着，对抗着无形的对手。他陷入了这样一种境地，以至于他大声说出了这些句子，并像个演员一样比画着手势。就像一场独白一样，这是对虚构指控的唯一辩解。

当他正在演练的间隙，德高望重的伯尔金走进了房间。他为自己骚扰到档案管理员而表示抱歉，然后开始冷静地清除他桌上堆积的物品和文件。由于房间里的光线已经很昏暗了，伯尔金打开了灯。罗伯特没有离开座位，他入迷地看着这位年长的助手如何小心翼翼地把他的前任——戈特弗里德大师的卡片文件放进了隔壁房间，如何默默地整理着桌子抽屉里的物品，把所有散落的纸条和他最初的笔记摞到一起，然后扔到了垃圾桶里。其中包括笔记，对话中的关键词，写给安娜信件的草稿，他父亲针对庭审提出的请愿书，档案中旧文件的摘录以及他曾经创建但并未完工的当前入口的特征清单，莱昂哈德交上来的几张有关来访者信息的纸页，幸存下来的一些陈旧的碎纸和文件。给他母亲的一封信出现在眼前，信封仍处于未开封的状态，就和他当初在旅馆里刚写好时一样。信中初次提到了他与父亲的意外相遇，并简要地询问了一下伊丽莎白和孩子们的生活状况。信中还允诺不久后会有更为详细的内容。当时，酒店主管把这封信退给了他，因为他不知道如何发送——我现在应该怎么处置它，罗伯特不禁信中暗忖——此外，这封信只会让河对岸的收件人中产生混乱并建立错误的形象。

伯尔金用袖子擦拭着空荡荡的桌面，只把编年史册放回到了原来的位置。然后他便带着审视的微笑打量着罗伯特。

"彻底清理。"他说道。

档案管理员仍然一动不动。直到伯尔金即将离开时，他才决定问一问，为什么要不辞辛劳地亲自做这件事，而不是托付给莱昂哈德。

年长的助手说："最好还是由我来把这里清理干净。"

罗伯特僵硬的身体放松了下来，慢慢走向了年长的助手依靠的那张桌子。

档案管理员说："我本应该自己动手的。我只是不知道已经是该清理的时候了。"

伯尔金站在罗伯特的对面,双臂交叉,两只手伸进了披肩的宽袖子里,微微点头。他说:"大清理工作不会把任何人排除在外。"

"彻底清理。"档案管理员若有所思地重复道,"清理桌子,那好吧。"他对伯尔金说,死亡,阎摩对待生命一视同仁。

年长的助手说:"就是这样。"他又插话说,阎摩在印度语中代表死神。将同样的字母稍加调整后,就诞生了拉丁语中的"爱"。伯尔金说:"死亡和爱来自同样的物质。这真是卖弄文字的鬼笑话。"

"不仅如此。"罗伯特说。他感觉这确实是不可思议。

他感觉不错,终于能够和一个真实的人说话了。是否有可能真的用坚定的双手消灭过去并将所有曾经重要的东西像甲板上的压舱物一样抛弃吗?士兵们在火刑柱上焚烧武器和制服时,舰船在他们身后燃烧!继续前进,永远不要四处乱看!罗伯特之前也和伯尔金谈到了这一点,因为如果转过身,如果回头看,就会看到空旷的虚无,像罗得的妻子一样僵住[1],或者出现像俄耳甫斯在阴

---

[1] 天使告诉罗得一家,上帝耶和华打算毁灭所多玛与蛾摩拉,并嘱咐他们一家立即离开逃往琐珥。罗得的女婿并不相信天使说的话,故此最终只有罗得、他的妻子及两个女儿离开。天使叮嘱他们往山上跑,更不可以在逃命时停留站住及回头看。耶和华上帝从天上降硫黄及火,把所多玛、蛾摩拉及附近的一切都毁灭,然罗得之妻并没遵从天使的吩咐,在逃命时回头一看,立即变作了一根盐柱(烧成灰白色)。

间回头寻找欧律狄刻时那样的悲剧[1]。

伯尔金说:"许多传说被记录了下来,律法的执行情况也借此流传了下来。"

罗伯特说:"这样,就算立足的大地被摧毁,人们也不会去回头观望。尊敬的朋友,您本可以不必费这么大的力气,在我眼前抹去我留在档案馆中的痕迹。当我离开,而且在我看来我应该离开时,我将不会留下任何东西。"

"你为什么要离开,罗伯特大师——?"年长的助手说。

"为什么要这样称呼我!"罗伯特惊讶地说。

"我想,"伯尔金说,"现在这个称谓属于您了。市政府已经在问询中使用了它。罗伯特大师,这也是我为了新的开始准备这一切的原因。您没有被邀请去参加与高级专员的谈话吗?"

---

[1] 俄耳甫斯的妻子欧律狄刻被毒蛇噬足而亡。痴情的俄耳甫斯冲入地狱,用琴声打动了冥王黑帝斯,欧律狄刻再获生机。但冥王告诫少年,离开地狱前万万不可回首张望。冥途将尽,俄耳甫斯遏不住胸中爱念,转身确定妻子是否跟随在后,却使欧律狄刻堕回冥界的无底深渊。

罗伯特并没有回应他，而是坐到了空荡荡的桌子前，将眼镜戴在额头上，并将脸庞深埋在双手之间。他什么都不想听，什么都不想看，什么都不想知道。只是想忘记，就让自己走吧。鲜血涌入他的耳朵，涌动攫住了他的身体。他闭着眼睛，感觉自己又坐在了地心深处的玛古斯大师的脚下。他感到那位长者把手放在头上，仿佛要授予他圣职。

当罗伯特睁开眼睛时，伯尔金仍还是一动不动地站在那儿。他们四目相对。

"我在这儿多久了？"他问。

伯尔金说："一天，很多天。在中间领域，我们不计算时间。但是罗伯特大师，你双鬓的头发已经变成了灰色。"

他微微俯身鞠躬，然后便离开了房间。

XVII

当罗伯特第二天清晨来到市政广场时，昏黄的灯光下矗立着一排排残破的房屋立面。太阳还没有完全升起来，稀薄的雾霭仍然停留在荒凉的街道上。就像每一个急于赶路的人一样，他阔步向前。为了缩短行程，他还穿越了一片瓦砾堆。他想要节省的时间却因在途中必须清理鞋子而被浪费掉了，因为锐利的砂岩钻入了鞋子。当走到市政府大楼附近时，他发现警卫已经封锁了广场的入口。那里本来是要举行民众大集会的。他们戴着绿色的袖章，手里拿着牧羊人的长杖。无须证明自己的身份，档案管理员便被指引着穿过了一条地下走廊。这条走廊通向其中一栋主体建筑的天井。围绕着天井的是一条盖着古罗马拱顶的石柱画廊。

他由人带着经过了一条宽阔的走廊，这可能是以前的十字拱廊，其中一侧是许多个单独的房间。房门都是大开的，因此可以看到对面的窗户墙，墙后便是市政广场的所在。墙上的窗户也都是敞开着的。当罗伯特走过那里时，他看到每个房间的大厅里都坐满了职员，有男有女，耳朵上戴着耳机，并根据命令在他们面前的名单上记录着什么。耳机的线五彩缤纷，相互交织着汇聚到中间的枝形吊灯上。这情景看起来像是木偶戏院的木偶在一个隐形导演的指挥下进行活动。空气中充斥着嗡嗡的声音，让人联想到远处的信号系统。

最后，档案管理员被带进了其中一个大厅，许多高级官员都在这里忙碌。一些人站成一堆，靠在地图桌旁。地图菱格上的小彩盘像围棋一样摆放着，并且是翻转过来的。还有一些官员坐在分开的隔间里，这些隔间在侧壁上排成一排，就像玻璃电话亭一样，只是里面装的不是电话，而是麦克风。毫无疑问，审查人员的指挥中心就在这个房间里。

前壁上，一扇没有玻璃的双扇门通向一个阳台。那是一个宽敞的演讲台，它大约有一人高，宽度与整个房间相当，正面对着广场。紧接着，在黄色大理石的宽阔栏杆旁，他看到了那位头顶灰色大礼帽的绅士，绅士站在那里和他的随行人员观看广场上正在发生的事情。他手里拿着一双由薄皮革制成的深蓝色手套，他用它连续地拍打着栏杆。

罗伯特还没有想好到底要不要去阳台上。他环顾了一下房间四周。这时候，一位面色和蔼的先生向他走来。在他那圆圆的脸上，明亮的眼镜后面，一双欢愉的眼睛在闪闪发光。档案管理员认出他正是之前那位脸颊红润的秘书。这位秘书曾在他刚抵达这里时为他提供了帮助。他最后一次见到这位秘书是在他为职员演讲时。正如他从秘书那里了解到的那样，高级专员并不在场，因为这次活动不是他的职责，而是由大绅全力负责。他眨了眨眼睛，亲密地对罗伯特低声说，几天前这些程序就已经开始了，今天终于步入正轨。但是他不必担心自己错过了什么，尽管——嗯，准备工作是最糟糕的。我们可以想象得到，齿轮要转动起来是需要花费一些时间的。他把一台风扇和一架双筒望远镜递给了罗伯特。他说，那是能吹出"暖雾"的风扇，而双筒望远镜的皮带应该挂在罗伯特的脖子上，这样就能看到"幕后的细节"。随后，他便将档案管理员推过了阳台门。

他对着罗伯特低声耳语道:"大绅正等着你呢。"

然后,他向那位站在讲台上的指挥官报告了档案管理员和编年史家的到来。那个戴着灰色高顶大礼帽被秘书称之为大绅的男人向罗伯特所在的位置瞟了一眼,从容不迫地提帽致礼,并邀请他观看广场上的盛况。侍奉他的随从们,那些时髦的绅士漫不经心地对档案管理员打了招呼,随后便又坐回到了自己的座位上。这位面色红润的秘书总是站在离罗伯特身后半步之遥的位置上。

档案管理员双手倚在露台平坦栏杆上,那细密的石料在晨辉的照耀下摸起来依然十分凉爽。当他看向广场时,他感觉自己眼前的大片区域似乎是覆盖着一大群苍蝇。这些苍蝇在一个巨大的钟罩下来回爬行。渐渐地,他意识到是人们在灰色庭院墙壁之间的地面上移动。几群人在地面上聚集成了暗黑色的团块,另一些人则交错地站在某块牌子周围。这些牌子被固定在长长的杆子上,并在人群头顶上方来回晃动。到处都是,即使在广场的中央,秩序维持员的白斗篷也分外耀眼。人们循着他们的命令排起了队,形成了前进的队列。人们成双结对地聚集在一起,依次向前迈进。他们不由自主而又犹豫不决地绕着圈子前行,就像在葬礼上或在跳缓慢的波兰舞时那样,直到个别夫妇退出,并在戴着手套、头顶灰色高顶礼帽的绅士鼓掌时快步走过露台。在极少数的情况下,他会含着某种暗示迅速地挥舞一下帽子。这个手势总是引起随从主人们的关注,他们会马上传达给大厅的职员,职员们随后又以自己的方式下达指示。

现在一部分人群拥挤在院子的边缘，仿佛在露营地中扎下了拥挤的营盘；其他团体都聚集在五颜六色的金属招牌周围，或如政党游行一般，从一个站点转移到另一个站点；很多人都跪在石头上，在深深地祈祷；另外一些人则一起做着徒手操，借以活动着四肢。在广阔田野上的这场动荡不安的运动给档案管理员留下了这样的印象：被大石板覆盖的广场就像远洋客轮的巨大甲板一样缓慢地来回摇摆。露台上平坦的弧形楼梯和光滑的扶手通向两边的广场，看上去就像船长的舰桥一样，而且似乎也在轻轻地震动着。阳台的支柱装饰精美，共有六件，底部是青铜包裹的狮子爪。

这时候，编年史家拿起了双筒望远镜，以便更为真切地观察亡者阅兵式的各个部分。尽管镜片可以把远处的部分放得相当大，但在他看来，要从数千人中挑选出几个熟悉的面孔是不可能的，也就是他可以猜想到那几个人必定在此次集会中。此外，他担心的是，除了卡特尔，安娜也会在这里。他的目光很快就被各种牌子吸引，这些牌子上的多语种铭文可能是聚集参与者的各种业余团体和兄弟团体的名称。

当用目光搜寻一圈过后，他发现了各式各样的牌子，例如：肇事者——受害者，迫害者——被审判者，异端——志愿者，自戕者——少年有为者。在另一群人中，他又发现了以下类别：受骗者——欺诈者，无辜者——被引诱者，受骗者——理想主义者，烈士——受侵犯者。他无法识别所有被人簇拥着的牌匾。似乎所有这些团体都被重新组合成用六个关键词划分的更大的部门。它们的牌匾四周装饰着画有花环的框架：鉴赏家——木偶——冒险家——演员——梦想家——庸人。根据档案管理员的估计，演员和庸人这两个群体吸引了最多的参与者。一群群的男人和女人围成一圈，聚集在这两个牌匾的周围。

不难看出，所有性别、职业和年龄的人在各组和各营地中都混杂在一起。大部分人的脸上都显得呆滞而冷漠。他们中的大多数人背上都有数字印记，而裙子或上衣的正面则有徽章，以较小的比例标记了其早期职业。因此，人们会看到裁缝师和灰泥匠人的勋章大小的剪刀和针头，瓦工和工头的抹子，理发师的黄铜盆，医生的蛇形包裹的医师权杖，笔匠和记者的鹅毛笔和砚台，教师和校长的教鞭和直尺，农民的镰刀，矿工的坑灯。人们能看到各式各样徽章：镀银的、镀镍的、镀金的，刨的、锉的、铁的，钉耙，商人的磅秤，邮车的号角，汽车喇叭，靴子，斧头，车夫的圆花窗，渔网，学徒工的猫头鹰，指南针，画笔，画卷，木勺，木匠的斧头——简而言之，这里囊括了手工业、工业、经济和知识，以及工厂、机构、企业的所有徽章，就连专家和教条主义者的木马也没有漏掉。

那儿站着穿着长袍的法官、身着披肩和长袍的祭司和牧师、用人和女仆、售货员、社会女士、工人、洗衣工、学徒、文员、脑袋总是陷在隔板柜台里的官员和办公室女性、铁路工人、警察、海关人员、酒店行李员、穿着旧制服的夜班守卫者、车匠、钳工、技术员、图书印刷商、盖屋顶的人、马鞍手、木匠、服务员、药剂师、主妇、房东、棍棒女孩、商业友人、代理商、环球旅行者、议员、国会议员、发言人、经纪人、苦力、雇农、工业奴隶、女演员、算命先生、中间人、乞丐、退休人员、罪犯、流浪汉、教授、学者、文化代表、艺术家。

他们现在都站在那儿，准备进行最后一次点名。他们四处闲逛、聊天，并与冉冉升起的太阳一起等待着审查的结果。他们站在那儿，就像以前在奴隶市场上展出的物件一样。他们在耀眼的光芒中摇晃，既不回避，也不逃脱。只有少数几个人在地板上映出无精打采的影子。他们几乎所有人都符合输送的条件。

和蔼的秘书向档案管理员解释说，对单个决定的审查基本上已经在前几天就进行过了。这些工作已经成了该部门的长期业务和持续事项。这是由市政府委派给大绅的。与往常一样，许多被传唤的人提交了证明和请愿书，以求暂时延期输送。目前正在举行的表演更多的是一种常规传统闭幕式的外在仪式。当然，这一次的规模更大一些，因为所有的事情都必须集中在一起，而且必须创造更多的空间。正如秘书所说的那样，以便能够接受无数申请加入这座城市的新人。这是最近大家所期待的事。这次，很多老牌官员和市政官员都遭了殃，而这位面色红润的秘书则公开表示，不知道自己是否能在下一次突袭中幸免于难。关于这些成双结对的被驱逐出境者，他本想为档案管理员做出更详尽的解释。但罗伯特在广场上发现了一个新目标，这让他既惊讶又好奇。当秘书发觉罗伯特的视线久久并未从双筒望远镜上移开时，他止住了话头。

这位编年史家注意到，沿着围墙，院子的左上角有一排笼子。这些笼子的大小适中，由坚实的铁丝网组成。没有顶棚，但在顶棚的位置拉了个金属网，使得锐利的光线将通风的空间分成了棋盘状的立方体。据罗伯特所见，每个笼子里都有一个巨大的闪闪发光的黄色留声机喇叭。从那里散发出狂野的声音——对于档案管理员来说，他甚至在很远的地方都能听到。人们独自蹲在笼子里，试图将双手压在耳朵上，以躲避喇叭发出的声音。但是，从扭曲的面部和因激烈的防御而蜷缩的头颅就可以断定，所有遮住耳朵的努力都是徒劳的。在正方形的笼子中，无论人们试图逃避到哪里，无论他是绝望地摇动栅栏，还是自我麻醉地躺在地板上，来回摆动的喇叭都紧紧跟随着囚犯的头颅，就像被磁铁吸住了一样。

档案保管员放下了望远镜，与秘书交换了一个疑惑的表情。然后他继续在幕后观察着眼前的场景。

秘书对着他耳语道："从远古时代开始，这里就有围栏。那些煽动者、暴君和自吹自擂的人必须日复一日地聆听自己曾经试图诱骗并煽动人民群众时所说的话语。他们恐惧的不仅是自己嗓音的空洞怪异，而且是从不断重复的允诺和预言中暴露出的谎言和傲慢。他们不停地说啊说啊，直到死亡也不愿意承认他们的一生就是蹩脚的小丑戏。您看看那个人是如何开启自己虚荣的嘴唇，继续滔滔不绝的。而旁边笼子里的人像狂欢节的尖叫者一样滚动着他的眼睛，强迫性地重复着他在演讲中使用的所有姿势！每个人都撒下了弥天大谎，现在上帝使他们清楚地知道，他们说过的谎话永远不会消散。现在，他们听到可能更多的是自己的政治布道。他们用那些话使他们同时代的人神魂颠倒，然后又装作从未说过或做过这些邪恶的事。但是喇叭可不会忽略这些话语。因此，您可以看到。在中间领域的长时间停留并不见得永远是一件好事。"

罗伯特同意秘书的话，并学会了在这种情况下了解其正确性。但他目前不愿意就此进行讨论。每个人以自己的方式被置于此地所带来的不适感与人们普遍希望尽可能长时间地住在大河背后的城市，这两者形成了奇怪的矛盾。这也许是从大河对岸延续下来的一种原始的生活冲动。

但是，他的兴趣仍然被关押着煽动者的笼子里发生的事件吸引，因此他不愿意再想这类事情。那些被歇斯底里感染的追随者曾经为个人权势的崇拜者欢呼，现在，罗伯特可以透过镜片看到他们是如何厌恶地离开那些展示笼的。偷偷地停在一位自吹自擂者面前的人越来越少。但是，即使是那些不想暴露他们对于人民领袖失望的人，和那些认为他们的言词中一定有某种东西——从他们的举止可以看出来——也都转身离去，以至于他们一听到这些妄言妄语便为这出荒唐的戏码而感到耻辱。最后，只有被关进笼子的人为自己的荒唐言论而喝彩——即便是他们也把手放在耳朵上，以免再听到任何自己的声音。档案管理员告诉自己，殉道者并不长这副模样。他们是已被现实淘汰的过时的空想人物。

秘书提请罗伯特注意警卫,警卫带着洗涤器和水桶进入一个又一个笼子,清理着从喇叭中不断滴下的唾液。他还提到,这些唱片保存在档案中,正如编年史家所知,在乐句中有一个特殊的片段记录了词汇的滥用——但仅在示例性例子中起到一种威慑作用。过去,罗伯特会因这种无知而感到羞愧,并会默默点头,跳过这个话题。现在他承认,除了从老伯尔金那里得到的一个简短提示外,他对此一无所知,但他会把这些东西牢记心中。

炽热的阳光就像一口沉重的大钟笼罩在广场上。罗伯特放下了双筒望远镜,打开了风扇。栏杆的大理石扶手已经逐渐发烫,不能再摸了。罗伯特原本只注意细节的目光开始扫视整个领域。一切都在寂静中发生。只有当大绅用手套上的皮革击打裸露的栏杆时,这种静寂才会被附近的规律噪声打断。它将四边形广场中发生的一切带入一个无声的木偶戏舞台。哇扬皮影戏中飘忽的身影,在操纵者的指挥下,在僵硬的联欢晚会上来回走动,举止机械而又身不由己。

成双结对的人通过看台上戴灰色礼帽的男人面前,他们总是由不同的群体组成。有时是两个女人牵着手,有时是两个男人,有时是夫妻。他们之间似乎并没有十分熟识,而是遵循把他们捆绑在一起的高级指令才首次相遇的。通常,他们会离得尽可能远,保持他们的胳膊能伸展开的最大距离,但是无论多么用力拉扯,他们都无法摆脱彼此。还有一些人和睦融洽地走在一起,甩着胳膊玩闹。

不同的是那些手和拳头互相紧握的同伴：被告人拽着法官，护林员拉着偷猎者，被偷窃者牵着小偷，受害者拖着奸商，骗子与受骗者绑在一起，出轨的朋友与爱人，失败者与获胜者，告密者与受辱者。就像相互紧密啮合的齿轮一样，犯罪者和受害者在一起，还有债权人和债务人、凶手和被害人、受虐者和施虐狂、好与坏、是与否在一起。和蔼的秘书再次解释说，这些人在生活中的行为方式通常比较罕见。无论是积极还是消极的生活群体，他们本质上都是一样的极端。现在他们做出了决定，对立的两半又合成了一个有机的整体。按照秘书的话说，爱与恨、悲伤与喜乐、公正与不公、暴力与善良、纯真与情欲、黑与白、嘲讽与严肃、泪水与欢笑、失望与信念、困难与慰藉，或是慰藉与困难、信念与失望、欢笑与泪水、严肃与嘲讽的结合维持着天平的均衡。

秘书对罗伯特说："如果您将手中的望远镜转向广场的正中心，您将看到，那里已经设立了一个幸运之轮，每个人都可以从中抽签。"

在秘书提到的位置，档案管理员看到人们拥挤在大型彩票轮周围，彩轮上涂着艳丽的龙和恶魔般的动物。每个人抽到的号码都用发光的数字写在各自的后背上。

秘书继续解释说："因为每个号码都会被抽中两次，所以每个人都以此方式选择自己的命运伴侣。当然，也有少数几个空票。在这种情况下，如果抽中的人希望就这样的话，空票就变成了自由票和幸运票。因为它们意味着，此人因没有伴侣而尚未获得平衡。这些人无法根据自己抽到的签找到平衡，因此会被搁置一会儿，然后经常在市政府的直接服务中担任职务，例如作为下层和中层的公务员，担任警卫、仆人、管家、注册员、侍从、通讯员、主管等。这些人通常需要较长的管理时间。抽奖活动是市政府屡试不爽的一个手段，也可以说是一种神圣的讽刺：看似每个人都可以自由选择自己的命运，而事实上他们却通过抽签抽出了自己的既定命运。否则，最初的积极者和消极者在城市中不受控制地聚集在一起，他们的总数将无法达到平衡。这种平衡是他们离开城市时必须实现的。无论如何，我以市政府的惯常用语将这种方式称之为神圣的讽刺。对自由意志的幻想一直是人们生活中的普遍骗局，这种幻想甚至一直维持到这里。"

以上解释是秘书凑近罗伯特的耳朵悄声说的。秘书似乎对此解释感到十分满意。档案管理员聆听着，不由地张大了嘴巴，离开了阳台栏杆，向后退了几步。

他最后问道："那么是谁负责洗签呢？"

"大绅。"秘书回答说。

档案保管员看着那个戴着灰色高顶礼帽的绅士，他就像一个潇洒的围观者，人们在哪儿都能遇见他。现在，他一动不动地观看这场将亡灵与逝者分开的游行。他戴着手套发出的信号使每对经过的同伴最终确认，他们将要带着最后残余的自我离开这座城市。这时，他中断了用手套敲打大理石的单调旋律。罗伯特看到他提起帽子，向刚刚经过的那对伙伴挥舞示意。

正在擦拭眼镜的秘书证实了罗伯特的猜测：他的手势代表着释放。没人知道他是出于什么原因才在最后一刻做出这个手势。这种情况，就像这次一样，让工作人员有些不安。秘书认为，这种情况应该是监督机构在伙伴关系的建立时发生的失误。无论是因为彼此之间的互补性是无效的，还是因为忽略了其中一个合作伙伴尚未完成其定额，或者是其他的什么原因——大绅坚定不移的眼光容不下任何错误。当然，他从没有谈论这个问题，也从未给出这些决定的理由，而是将决定传达给市政官员以及他们的灵魂导师和口译员，让他们找到相应的解释并调查问题所在。人们需要很多时间，并且常常要花大量精力才能弄明白大绅的话语，才能弄清为何尽管死者已经拥有亡者的所有标志却还必须在中间领域徘徊。

这些案例的处理总是在高级专员知情的情况下进行的，因此向档案管理员发出这一指示的秘书也对此事有一定的了解。事实证明，大绅的这种决定总是确有道理的。但是，这种调查仅仅涉及那些本应立即步入虚无的中签者，他们的行期也因此得以延迟。而通常的指示，比如手套脱落的姿态，就可以理解为无须审查即刻执行。

罗伯特好奇地走到阳台的侧护栏上，看到那对同伴被从运输的火车上带下来，领到了一旁。为了看清他们的面孔，他又举起望远镜。一个是留胡子的人，他的大衣翻领上别着尺子和教鞭的徽章。他认出了另一个人,那是年轻的教师助手莱昂哈德。当他对此表示惊讶时,秘书似乎并不关心档案管理员的个人问题。他还将罗伯特安抚下来,阻止了他正准备冲上楼梯、急忙赶往广场上去的行为。

行进的队伍中出现了拥堵。观察员和信号员挥舞着手臂,通信员来回奔忙,信号旗也升了起来。这似乎是一场盛大的重组,这一对对伙伴就像一条长锁链一样被串在一起。任何细微的动作都足以驱动人链,使它如巨蟒一般来回摆动。

戴灰色礼帽的男人离开了栏杆旁的位置,在平台上的瓷砖上来回走动,脸上保持着镇定自若的表情。他突然停在了罗伯特面前,和蔼地看着他,并在一瞬间露出了他那野兽般洁白美丽的牙齿。大绅的目光仿佛穿透了档案保管员的身体,深不可测。他以威严的手势指向了广场上方。

罗伯特心中思忖,现在是不是为安娜说几句话的好时机。最初他认为,他应该就此事与高级专员谈谈。但是由于至今还没商定好面谈时间,而且他已经看出,戴灰色礼帽的人才拥有此事的决定权,因此他决定抓住这个绝佳的机会。

他不是已经做好了全副武装吗?就像击剑手一样,他随时准备为安娜而战,抵御强大对手的种种诡计和阻挠,来迫使命运低头。

首先,他用恳切的话语表示感谢,感谢他能够有幸在大绅身侧参加这场集会。这种非同寻常的奇观已经极大地丰富了他的认知，并且他相信，这将为他带来更多启迪。他非常感谢大绅给予他个人的特权，尤其是广场上停歇的间隙，让他有机会直接就个人问题表达自己的看法。

开场是成功的。大绅和蔼可亲地挥挥手，示意他继续说下去。

罗伯特简要概述了他作为客人被召唤到这个城市时的情况。但一开始他并没有意识到自己是作为活人在亡灵的世界或更确切地说在逝者的国度走动。他提到了与一些人的相遇。在越过边界的大河之前，他就已经与这些人相互熟识。至少就他而言，曾经的生活就是伴随着这些人开始并得以为继的。从某种程度而言，这对于其他人来说也是如此。接着他便开始谈及自己与安娜的关系。

罗伯特说："现在，我有个请求。请您释放安娜。当她走过您身边时，请您抬手挥一挥帽子，就像您刚刚对我的助手莱昂哈德所做的那样，以及——我永远不会忘记——当我从安娜那里回来时，您曾经在夜间的喷泉广场上摘下帽子向我致意的情景。这让我看到了实现愿望的幸运预兆。我知道您受规则的约束——实际上您也就是规则本身。人们几乎不可能与规则对话，更别说与其讨价还价。——这也并非我的本意。我不希望安娜是因为我的恳求而被释放，但是——"

罗伯特停顿了一下。他突然之间不知道如何继续说下去。向大绅指出这可能是下层控制机关的错误之举，他觉得这种说法听起来十分幼稚。如果情况果真如此，戴灰色高顶礼帽的绅士不必等候他的提醒便能查明真相。与其这样说，还不如说安娜的任务还未引起他的完全共鸣。

他纠正道："尽管您可能会提出异议，就我而言，我当然希望不会因为我的不明之举而过多地破坏规则。我只是想向您汇报驱使我替安娜求情的理由。因为您也曾经满足过一个生者的愿望，将他心爱的女人从您的国度释放出来。在欧律狄刻即将化为虚无之时，您恩准她回到自己世俗的肉体。您无须提醒我，俄耳甫斯辜负了这份恩宠——还是您认为，在与我相处的那段时间，安娜就已经耗尽了她的那份福禄？作为档案管理员，我认为这种时刻在一定条件下是可以持续的，如果有时精神的表达可以不朽，那么身体的表现也是一样的道理。我知道您想说什么，如果您这样做了，那么不只是罗伯特和安娜，其他每对相爱的夫妇都会过来声称他们也应该拥有这样的机会。但我们谈论的重点是前提条件。在我们这件事上，规则的关键不就在于存续感情、永远维护爱情吗？"

他对自己的发挥还比较满意，因为他记起了自己昨天为谈话做准备时练习的短语。保险起见，他还想从中引用其他句子。他的手指像粗笨的梳子齿那样在头发上快速地划拉了几下。

"您没有回答，"他继续说道，"您是否是想让我理解逝去的情感无法重生？但在安娜身上，这一点并不适宜。我来这里时，她以为我是属于这里的亡者之一，直到——嗯，您知道的，她是第一个为我开启这个城市秘密的人。如果没有她，我将仍处于一种懵懂无知的状态。"

这些话是他逐字逐句记住的。

他顿了顿，接着说道："正是这种认识使我们失去了纯真，我应该这样理解您的沉默吗？她发现我是一个活人，我也在战栗中醒悟自己正在拥抱着一个幽灵。我一直都避免向她透露我在担任档案管理员的工作，甚至可以说是非常小心，因为我本能地感觉到我使这里的生物感到不安——但我并没有忽视真正的原因。因此，如果安娜在最后一刻才意识到她是为了一个活人而付出了那么多，如果她现在渴望生命的甜美尘埃，那这就是我的过错。我本不想盲目地陷入内疚之中，尽管我应该知道，在这个通过解散个人达到结合的时刻，死亡正提前发生着。爱的奥秘就是死亡的圣礼——我本不应以这种破坏性的方式洗脱罪责。"

大绅依然保持沉默。两人在阳台上面对面站着，其他随行人员在档案管理员说完第一句话后就离开了。连高级专员的秘书也回到了大厅。罗伯特再次发言，并像练习时一样用近乎胜利的语调说出如下的句子：

"我没有因为安娜而忽略我的职责，也没有透露档案的秘密利益。您真的不能这么指责我。"

他的同伴认真地听着。

"也许，"罗伯特继续说，"在您看来，如果我忽略了我的职务，那就更好了。在您眼中，这本可以成为我无条件的爱的证明——正如您期待的那样。也许正如我父亲最初怀疑的那样，市政府下达的命令只是考验我与安娜之间命运的借口。她以为我是为了她而来到这里的,这种纯真的想法不无道理。我所认为的对于档案馆的责任在您的眼中显得过于正确,或者说,您对我的期待本来没有这么高。如果仍然需要证明我对于这份爱情的坚守,请您考虑我的决定:要么安娜重获新生,要么我就和她一起逝去。这样一来,您就可以说服自己,这不只是感官的游戏,我们不想分离,我也不想像俄耳甫斯那样要求我的爱人死而复生,但是如果能够延长她在这片中间国度的居留时间,那就足够了。据我所知,在这片起着过渡作用的土地上,我们以生命的形象而存在,却并不构成其全部的意义,我们同时被死亡所困,却并非无意识地深陷其中。但就我而言,您不能否认,我是既被生者拒绝,也暂时无法被亡者接受。我现在处在两扇大门之间的门槛上。玛纳斯[1]、奥德修斯[2]、埃涅阿斯[3]和许多其他人也坐过这里。他们逗留、徘徊,选择留下或返回,但安娜的命运之签是属于我的。"

大绅纹丝不动,他的头向前倾着,像在倾听或等待罗伯特后续的话语一样。罗伯特不禁焦躁起来。

"您一直沉默不语!"他喊道,忧伤地避开了大绅的视线。"您站着一动不动,甚至连笑都没笑一下!我得承认,我的努力白费

---

[1] 柯尔克孜族传说中的英雄和首领,领导族人反抗异族(契丹和瓦剌)的掠夺与奴役,为争取自由而斗争。

[2] 是传说中希腊西部伊塔卡之王,曾参加特洛伊战争,在战争第十年凭借木马计攻克城池。此后,他又经历十年漫长的旅程,历尽艰险后终于返回家乡,与亲人团聚。

[3] 特洛伊英雄,在特洛伊被希腊攻陷后,他聚集了一群人,从特洛伊逃到现今的意大利,然后成为罗马人的祖先。

了。您不相信我。您坚信，安娜的路是她自己选择的结果，因为当得到许可从城市搬到自由定居点时，她无视了市政府不要加快程序的警告——我指的不是她经历的法律程序，而是自我消解的程序。她不应该急于追逐昔日的感情。这份感情曾经就是意义所在，但是这份被我们的爱情充斥的情感现在已经在这里耗尽了自己的命运。我知道您是不想发表评论。我承认我们是意乱情迷了。我想起了父亲的一句话，这话很适合我们现在的情况。当看到安娜和我在一起时，他对我们说出了一个神圣的诅咒：没有人能逃脱自我的欺骗。我承认，在我们之间的这场对话里，我被彻底击败了。"

他顿了顿，整理了一下自己的情绪。他的脸色变得苍白。

他总结说："但是她不能在档案馆担任我的助手吗？比如莱昂哈德的职位。如果我能确定他不会因此而被驱离，那么我就想做此提议。她难道不值得被纳入这个城市的等级制度中吗？她难道不能成为一位摆脱生死轮回、见证存在永恒性的幽灵管理者吗？当我履行自己的职责，并最终在编年史中写下我在此处的所见所闻所感时，她的存在能够给予我鼓励。她给了我打开这个世界的钥匙，她的存在不止会使我感到欢欣鼓舞，还会激励每一个研究存在形态、力求一窥全豹的人。"

罗伯特讲完话后，戴灰色高顶礼帽的人，那个沉默的掌权者，以无声的鼓掌表示赞同，但他并没有给出进一步的指示。

在罗伯特说最后一句话时，那位和蔼的秘书凑了过来，向他表示祝贺，并告诉他，高级专员期待着档案管理员明天日落前的来访。罗伯特感谢秘书的传信，但并未对此表现出特别的兴致。

在戴灰色礼帽的绅士返回到紧靠阳台栏杆的位置前，他低声和秘书说了几句话。秘书恭顺地点着头。当那群随从的主人回到他们原本的位置时，他们恭敬地向这位档案管理员鞠躬，因为他竟然能够获此殊荣，和他们的上司交谈这么久。当集会的队伍重新移动起来的时候，罗伯特已经从阳台回到了大厅，然后坐到了一张空桌子旁。秘书俯身轻轻拍了拍他的肩膀，友善地说，大绅是很固执的。他的决定常常使人出乎意料。

当罗伯特抬头看着他时，秘书发现在档案管理员的眼中竟闪着和大绅眼中一样的神秘光彩。他留下档案管理员一个人独处。罗伯特双臂交叉叠在桌面上，低着头，然后合上了眼睛，将额头贴在凉爽的手背上。

XVIII

他不知道自己在筋疲力尽的状态中沉沦了多久。他将自己放空，觉得自己已经在完全的虚空之中沉陷了几个小时。然而当他恢复自我意识时，中午的太阳仍高高挂在头顶。实际上只过去了几分钟，但他感到精神焕发，仿佛刚从阿尔卑斯山的重压下被释放出来。

大厅里依旧是一片喧嚣。大绅站在栏杆旁用他的手杖控制着市政广场上重新开始的仪式。罗伯特四处寻找秘书，但在他面前站着的并不是他想要找的人，而是年轻的莱昂哈德。他偏着头，一双杏仁眼闪闪发亮，身体线条如刀刻般硬朗。他带来一份用木碗盛着的热羹。档案管理员向他表示了感谢，然后便准备用餐。交谈过程中，二人再次相见的喜悦之情溢于言表。他得知，莱昂哈德已在红脸颊秘书的指示下开始承担信使和引路人的工作。而那位秘书则因为其他的工作需要已经先行离开。

不仅是最近在档案馆中笼罩着莱昂哈德的那种不安的情绪消失了，而且随着大绅对他的全新裁定，罗伯特从一开始就在他身上感受到的那种压抑感似乎也消失不见了。在他面对档案管理员的行为举止中流露出了一份不言而喻的自信感，但他对档案管理员的恭顺态度一如往昔。在与编年史家交谈时，他没有丝毫的畏惧，给人的印象是他想做正确的事情，想要帮助编年史家完成他的工作。

罗伯特吃完饭，莱昂哈德收起碗和汤匙，然后请求编年史家陪他走一走。在穿过这栋建筑明亮的走廊时，莱昂哈德在水池里清洗了碗盘和刀叉，然后把它们夹在了腋下。他给两人准备了灯笼，一起穿过中庭，沿着一段陡峭的楼梯向地下走去。向西北方延伸的地下通道很宽敞，足以容纳他们两人并排行走。他们离市政府越远，光线就越暗，所以灯笼很快就派上了用场。

毫无疑问，这个年轻人是带着任务来的，他需要把编年史家带往某个地点，但是他对此事闭口不谈。相反，他却自愿聊起了他的那位大胡子伙伴。大胡子是他原本抽签抽中的伙伴。两个人可以说是殊途同归。他们本应携手一起步入无人之境。他是一位让年轻的心灵在世上学会了恐惧和疏远的老师。深夜里，十七岁的莱昂哈德怀揣着羞愧在海里游得太远而最终死亡。即使不是决定性的因素，这名老师的教育方法也是其中的诱因。罗伯特还记得他们上学时的那个暴君，他的小小统治欲让他们恼火不已，他的不公正使他们陷入绝望的境地。

虽然罗伯特和莱昂哈德当时还没有建立起正式的友谊，而且莱昂哈德在促进感情上的努力也因为罗伯特的无忧无虑而没有真正发展起来，但他们始终保持着良好的同学关系。现在，罗伯特希望他们和小学时一样用亲切的"你"相称。这称谓会给莱昂哈德带来温暖，可是他很难说出口。而且为了避免说错，他大多时候都会避免使用称谓用语。他发现，他们之间的陌生感存在太久了，每个人都试图掩盖这一事实，他最终定格在十七岁，而罗伯特的年龄已经比他大两倍多了。——罗伯特反驳说，他更想说莱昂哈德有一个他永远赶不上的优势，因为莱昂哈德已经待在这里很长一段时间了，而他本人只是个客人和陌生人。或许这正是偏见产生的原因。——不，年轻人说，因为他觉得是这里的人对他很宽容，而且现在大家都了解了当地人的生活状况。——所谓"大家"指的就是档案管理员。

罗伯特问："我们曾经的老师，你集会上的命运伙伴，他知道自己的罪责吗？"

莱昂哈德略微激动地说："他只注意最后毒死他的蘑菇。至于我是谁，他早就抛之脑后，忘得一干二净了。或者是他一直在假装无辜。"

复仇的问题一直在档案管理员脑袋里盘旋，但是莱昂哈德宣称，这种想法仅是生者的思想。就他而言，在卷入漩涡的那一刻，复仇、仇恨和软弱就已经停止了。他知道没有回头路了。如果要指责谁的话，他就选择归咎于现在的或幼年的自己。正是面对恐惧的胆怯吸引了他，并使他在不知不觉中制造了生活中所有的麻烦，并最终导致了他的英年早逝。

他说："外在的契机有很多，但原因终究在我们自身。"

编年史家已经在与亡者的许多谈话中见识过这种坦率的客观性，这让他不免感到震惊。现在年轻人也以同样的方式震撼了他。年轻人接着说，他从未忘记漩涡的场景和来自深渊的无情吸力。这样他也理解了那位老教师。老教师现在只知道谈论令他毙命的毒蘑菇。莱昂哈德不想普遍化地定义这种现象，但他指出，据他观察，大多数生命的最后印象直接依附在记忆中。而且即使不断地练习，早年的一切记忆也会逐渐消失，而只能借由特殊的契机快速地闪现一下。

这一点让罗伯特颇受启迪。因为在很大程度上，它对应着生活中以小见大的过程。如果在完全黑暗的房间中关闭明亮的人造灯光，那么视网膜最后捕获的物体图像在一段时间内仍保持清晰，而其他所有物体都立刻在黑暗中变得模糊，过后只有集中精力才有可能再次想起。

根据莱昂哈德的深入了解，垂死的时刻对个人在这里扮演的角色起着决定性的作用。他对时间度量的理解并不比对这个明显的过渡领域多。在这个过渡领域中，每个经历了死亡的生物都失去了生命的意识。人们认为这是持续或长或短，或困难或容易的死亡之痛，但真实的经历只有死者知道。因为如果没有这种以死亡创造死亡的神秘生物体验，那么就没人能留在中间领域。这里是必不可少的桥梁关卡。据这位年轻人所知，有些妄图骗取死亡经历的人，唯物的教条主义者、活力主义者的表现就像档案中的那些著作一样，很快就进入了消解过程。另一方面，所谓暴毙，心跳、事故、子弹——也就是人们常说的失去意识、没有感觉的情况——仍然提供了足够的空间去体验濒死的时刻。莱昂哈德可以在一定程度上证实这一点，因为有一阵子，他整理了档案中濒死时刻的记录，它们是市政府中重要的收藏品。实际上，这些几乎可以媲美地震学的记录，记载了死者从他生命的虚空领域中带来的通常是很可怕的、也常常是扭曲变形的图像。

阴暗的走廊里空气冰凉潮湿，岩壁上的水滴在灯笼的光照下闪闪发光。档案管理员禁不住打了个寒战。他把外套的领子竖了起来。

莱昂哈德鼓劲道："我们已经走了一半多的路啦，马上就到大门口了。"

档案管理员回答："没错儿。"他只是希望莱昂哈德的话能帮他减轻点途中的不适。罗伯特的思绪再一次飘回了老师那里。老师在戴灰色礼帽的绅士的指示下也得到了豁免，因为每次释放都需要把一对伙伴一起送走。

年轻人确认了这一点，并补充道，没有人知道大绅指的是两个人中的哪一个，对他自己来说也完全是临时起意。这次居留期限的额外延长，能够重新在这里立足，很有可能不是由于他的员工，而是因为那位曾经的老师。

罗伯特仍然在思考荣耀和罪责，想要弥补当初的不公正，因此不想接受这种可能性的存在。

莱昂哈德彬彬有礼地说："亲爱的档案管理员啊，你还理所当然地用生者时期的道德观念来思考问题呢。"

编年史家说："我不得不反复地规劝自己，这里的人都不是像他期待的那样根据个人素质或不足分类的。但是，如果我没理解错的话，那位和蔼的秘书说，集会是基于某种法则的。就是说，有罪与无罪之间存在普遍的平衡。——当然是整体来看，即基于全体而不是个人。"

莱昂哈德不假思索地表达了赞同，但并不认为这个观点有太多的意义。据他所知，大绅的行为方式是：并不根据亡者及其经历来进行判断。从莱昂哈德的话中可以看出，以普遍规则进行配对这种形式是为了统计，目的是证明内在的平衡。那些成双结对的人在离开大绅的场地后，他们之间的羁绊也就中断了。命定的恶魔之路必须由各人独自完成。

这时候，他们两个人到达了一扇铸铁大门前，微弱的光线在不远处的隧道口闪烁。一伙守卫裹着羊皮大衣，蹲在岩墙角落掷色子。莱昂哈德对着他们喊了一句暗号，一个家伙闷闷不乐地站了起来，用一把生锈的钥匙打开了门锁。门上的铰链嘎吱作响。门只开了一半，守卫就打着哈欠回去了。

到达露天的出口时，一堆堆瓦砾散布在他们面前，堵住了去路。天空灰蒙蒙的。乳白色的阳光照得罗伯特眼睛酸痛。他们沿着边走了几百步，瓦砾堆便陡然落进了一座雾蒙蒙的玄武岩峡谷。那里还矗立着一座由粗凿石头堆砌起来的低矮的小屋。

莱昂哈德说，这是市郊最偏僻的一栋房子。并不是每个人都像他们一样轻松地走到这儿。而且只有少数人有权利再次在这里驻足。

迎着阵阵狂风，他们奋力挪到了入口。石头轰隆隆地滚入悬崖。厚重的木门向外开了一条缝。他们先后走进门，来到了一个管状的房间。屋里浓烟滚滚，一开始几乎什么都看不清。含树脂的松木火把燃着发出微弱的火光，烟雾就是由燃烧产生的。

一个坚毅的女声高声宣布:"大部分客人已经来齐了。"

档案管理员渐渐地辨认出了一个胖乎乎的人,她的胸前双臂环抱两个套篓瓶。那个人指向一个放着洗衣机、毛巾和衣刷的角落。罗伯特放下了立领,准备在那儿略作梳洗。烟雾刺激得他不停咳嗽。

"我们这儿通风不好,"女管家说,"大厅里会好一些。现在我们可以把里面的蜡烛点上了。"说话间,她用脚勾开了一扇侧门。

罗伯特梳洗妥当后,莱昂哈德递给他一张盖好公章的羊皮纸。

上面写着:"致我们的朋友,编年史家,市政府邀请您参加最后的感恩宴。"

罗伯特走进大厅。即便这里煤烟较少,飘忽不定的光线还是让大厅里看起来模糊不清。他看到了面前的马蹄形长餐桌,隆重地装饰着旧烛台、酒碗和纸花环。墙壁是刚粉刷过的,未经装饰。席上的客人从座位上站起来,用一曲拉丁语的男女声合唱向他致以问候:"Moribundi te salutant!"[1]

编年史家循着曲调回应:"Moribundi vos salutat!"[2]

这低沉的喃语中响起一声:"Salva animas nostras et

---

[1] 意为"向您致意!"
[2] 意为"也向你们致敬!"

dona nobis pacem."[1]

档案管理员入座，而莱昂哈德又以侍从的身份站在他的身后。每位客人面前都燃烧着一支蜡烛。胖乎乎的女管家已经开始从套篓瓶里给众人倒酒。尴尬的静默慢慢消散了。

这群客人是集会后在此作短暂休息的。在他们之中，罗伯特首先认出了父亲与卡特尔的脸，还有年轻的海纳城漫游者拉赫玛和安娜的父母，他却怎么也瞧不见安娜。他觉得这是个好兆头，这说明她像莱昂哈德一样，可以在这座城市逗留更长的时间。然后他仔细观察其他的受邀人，惊讶地发现这里的每一个人都与自己有着联系，有几位在他进入这座大河背后的城市之前还跟他保持着联系。他们一定是在罗伯特在此逗留期间逝世的——他在此待的时间似乎比他印象中更长。当然，大多数人在罗伯特来这儿之前就去世了。因为没有在城市里见过他们，罗伯特还以为他们早已被遣送出去了，没想到他们现在才要出发。因此这场与他们最后的告别令他悲喜交加。

那位诗人朋友坐在那儿。他是因为时代的顽疾郁郁而终。他的额头一如既往地闪耀着光芒，嘴巴却受了不少苦。罗伯特常到他家中做客，与他探讨他的七卷诗集。那些诗集他在档案馆还见到过。第一杯酒是敬他的，罗伯特向他高呼："愿地球永存/我们灵

---

[1] 意为"拯救我们的灵魂，赐予我们和平"。

魂的诗人花园!"——这是诗人曾献给席上亡者们的话。

诗人朋友热情而略显笨拙地举起了酒杯,回敬道:"曾经,也是永远!"把玻璃杯举到唇边之前,他开口道:"遗憾的是,一切都已成往事。地球,我们苦难的美丽星星。只要人民在它上面停留,它便存在。"

"你知道的,罗伯特,"他说,"对于我来说,它最终只是个地下墓穴般的存在。我死于那些德国人的癫狂,尽管他们自己也讨厌自己的这个样子。"

罗伯特说:"你一直忠实于潘斯音乐[1]。"

诗人朋友对着虚空重复着他死前的最后一句话:"我再也没有心力了。"

编年史家挨个给席上的客人敬酒:笑声像驴子叫的德累斯顿队的演员,布拉格的建筑师,还有留着中式胡须、带着笑做鬼脸的艺术评论家利奥。卡特尔旁边坐着他年轻时的心上人爱德穆特。死于火灾的莱茵兰姑娘尤塔冲他眨着眼,意乱情迷中差点把手里的酒杯打翻。诙谐的电台朋友约阿希姆·费尔德正手舞足蹈地和贝特莱特先生聊天。在这个告别的时刻,他还看到了好脾气的博布奎因,这个善于以恰当的讽刺糊弄生活的人最后却不得不将自己聪明的脑袋塞进自制的绳套里。博布奎因后面是一位画

---

[1] 潘斯音乐(Pansmusik)是奥斯卡·洛尔克于1911年至1936年间创作的七卷诗歌中的第二卷。

家兼书法家,他素来被称为"不倦的喜悦",直到大地的叹息将他扼杀。

档案管理员斜对面坐着一个五十多岁的男人,他一直在悄无声息地冷眼旁观。他那聪明却土里土气的头颅上刻满了因思索和痛苦而产生的皱纹,鼻子上一副黑框夹鼻眼镜滑来滑去,干枯皱缩的脖子从松松垮垮的衣领中伸出来。

罗伯特说:"是您?没想到我还能有幸再见到您!"

这位曾经的天主教哲学教授说:"不确定性永不终止,冒险总会重新开始。"

"您一贯的主题!"罗伯特大喊。

芒斯特教授保证说愿意为档案管理员祈祷,以便他能蒙受上帝的恩典。而罗伯特回答说,他越来越与白人的基督教教义背道而驰了。

教授说:"从前,您将祈祷称为西方的冥想。那您就冥想吧,这是唯一可能有所助益的事情了。"

罗伯特想起了他这位值得尊敬的朋友所遭受的巨大痛苦。病痛却只使他更加虔诚。那么现在,当他真正地对大河背后的城市有所了解之后,他又有何想法呢?档案管理员觉得应该是失望,他认为现在哲学家的失望一定多于信仰,因为死后的一切安排都与他在世时所设想的完全不同。

哲学家耐心而谦虚地说道:"坦白说,这就是对我信仰的终极的考验。"

档案管理员说:"我看到,这里的一切都只是按照一部无情的法律在执行。"莱昂哈德似乎是无意间撞到了椅子,所以罗伯特回头瞄了他一眼。"难道不是吗——?"他带着疑问结束了这句话。

教授打趣道:"或者说,这是一个让我们最终学会自我反省的地方。"

编年史家握着杯子,沉默不语。

他试探性地说道:"或者说是自行消解的恩典?"

"神圣统一之前的最后一个障碍。"对方笃定地回答道。

罗伯特问:"您生前所说的最后一句话是什么?"

"我最后喊的是:变化!"哲学家回应说,"思考吧!改变吧!"他开心地和编年史家碰了碰酒杯。

门开了,一个新来的客人进入了大厅。来者身形消瘦,灰色的头发被小心翼翼地梳开,他低声的、摸索的动作使人看起来有些摇摆不定。一个仆人扶着他的胳膊,悄声地将他引到了桌旁。

"嗨,大家好啊!"他兴高采烈地招呼道。

"欢迎光临!"罗伯特边喊边握住了来人伸在空中的手,并试图掩饰自己在此处遇见他的惊慌失措。韩恩博士,是位来自吕贝克的商人,他是个盲人。

"嗯,很好!"他说:"欢迎和送别凑到一起了,这就是人们简化事情的方法。这儿有些过于严苛了。你觉得呢?"他"嘎嘎"地干笑着。

他在罗伯特对面坐了下来。罗伯特高兴地看到,博士还保留着生前那种一针见血的说话方式。罗伯特当时就很喜欢他的这种风格。

盲人说:"只不过是脑海中的灵光一现罢了。嗯,好吧。我不过是赶在内心和外表的双重崩溃前抢先到达了人生终点。嗯,临时的决定少有合适的,但既成事实至少能促成一个无法更改的局面。是的,前事是后事的准备,谁都逃不掉。"

他一只手摸索着找寻桌子上的酒杯,呷了一小口。罗伯特从韩恩博士抽象的表述中感受到了个人的意义。他年轻时曾企图自杀,因此射瞎了眼睛。三十年后,为了摆脱政治狂热分子,他第二次将枪对准了自己。这个时候,他说自己一直对这座城市的传统很感兴趣。在这儿逗留期间,最吸引他的是这个城市的架构。

他说:"这里的等级制度已经发展成为一套有机的官僚制度。这个过程真的让人啧啧称奇。嗯,是的。据我所知,这里所有的符号都又变成了单纯的客观存在。"

"您的视力又恢复了?"编年史家问。

商人回答道:"我是听别人说的,虽然我确实在城里恢复了视力。生前的肢体残缺会在这个世界里恢复。这也算得上是一种神迹吧。是的,嗯。我不喜欢用眼睛去看。想象一下,一个总是不得不依靠第三方的描述来了解面前事物的人突然放弃了这种依赖别人感官的形式,您就能理解我的困惑了。比如一个您想象中的美丽女子或爱人的形象突然之间变成了具体的样子。我可不喜欢这种形式的纠正。"

档案管理员说:"对保守派来说,您这不过是突变而已。"

"那可不是嘛。"韩恩博士说,"感谢您所做的一切,再见!对了,请代我向您的妻子问好!"

他笨拙地转向邻座,开始闲聊起来。当然,他对罗伯特妻子的问候只是一种礼貌而已。罗伯特慌乱地自言自语道,盲人指的不可能是安娜,而是伊丽莎白。伊丽莎白还活着吗?这时候,一只手臂搂住了他的脖子,接着一个灵巧的女孩坐到了他的怀里。

"我的姐姐伊丽莎白怎么样了?"女孩问他。

"埃德穆特!"他喊道。看着她瘦削的脸庞,修长的睫毛和常常倔强地抿在一起的忧伤嘴唇,他接着回答道:"我不知道她的近况,她之前可没少为你操心。"

"大家都为我操心费神。"埃德穆特说,"因为他们爱我。每个人都是,男人也都一样。我知道还有你。没有人能够理解,我为什么必须逃离自己的躯壳,进入大麻和陶醉恍惚的梦幻王国。我得不到自然的幸福,只好人为制造出一个,你们为什么总是反对我呢?"

他说:"埃德穆特,你总为自己考虑而不顾及他人。你太过执着于欲望与绝望。你想要遵从自己的内心,最终却招致了毁灭。"

她紧紧抿着嘴唇,眼睛不安地转动着,两条深深的法令纹从鼻翼延伸到嘴角。

她说:"我知道被恶魔终生蛊惑是怎么回事儿,即便到了这里也不会忘记。"

"慢慢会忘却的。"他说。

她摇了摇头。

"我原来也是这么想的。"她说,"我在这干着把石头磨成粉的活儿。对于活着的人来说,我可不是什么好榜样。"

"在我的心中早已与你达成了和解。"罗伯特对她说,"你得相信这一点。"

"我不信。"她说,"那个时候你竟然没有认出我。"

他惊讶地看着她。

她说:"我是说,我早晨站在井边取水的时候。"

"你在那群女孩中间?"他惊讶地问道。

她点了点头。

他说:"我哪里会知道你站在那儿呢!你已经去世了。那个时候,我还不清楚自己所在的城市是个什么情况。"

她说:"我们俩都没有什么可以补救的了。"

他看到她的面容像从前一样年轻,这一副承载了太多罪恶却仍显得天真无邪的少女的脸庞。

"你在我心里也还年轻着呢。"埃德穆特说。她起身匆匆回到座位时,罗伯特感到耳边掠过一缕微风。

莱昂哈德提醒档案管理员,客人的蜡烛正在慢慢燃尽。烛泪从蜡烛上滴下。罗伯特围着桌子转了一圈,挨个和老友们庆祝这最后的团圆。欢乐与痛苦的交织使他大受震撼,他几乎情难自禁。记忆的光芒五彩纷呈,而人们临别之际最后的话语仅仅是忠诚与感激的笨拙表达。他再次向拉赫玛打招呼。拉赫玛低声对他说,海纳城就像曾经的亚特兰蒂斯一样陷落了。他很高兴看到哈维尔市那位白发苍苍的老邮局局长。局长泰然自若又充满智慧地用拉丁文引用了《图斯库路姆论辩集》[1]中的一些段落。罗伯特向他勇敢的朋友尤里确认了他早先在这座城市里发现的事情:水星时代的人无法理解死亡就是生命的魔术,但是尤里根据灵魂的指示预言的世界转折点——天王星转折——现在已经开始了。

"我知道,尤里伯爵,"罗伯特说,"你的精彩著作已经保存在我们的档案馆里。"

"晚上好,罗伯特!"他听到半明半暗的角落响起一个声音,然后惊讶地发现自己面前站着一位年轻医生。他之前误以为这位医生已经从远航中平安归来了。现在他抵达了大河的彼岸。罗伯特意味深长地敬了他一杯。医生那深邃的、微微眯起的眼睛在黑黢黢的脸上闪闪发亮。因为胡须残茬的阴影,他的脸看上去更黑了。他啜了一口酒,对罗伯特热情地点点头。

"现在,"他大声说,"发现了希波克拉底的秘密之后,我可以成为一名更为出色的医生了。"

"什么秘密?"编年史家问。

医生说:"死亡是生命的法则。"

---

[1] 罗马演说家和哲学家西塞罗的哲学著作。一个虚构的学生在每本书中提出一个中心论点,一个虚构的老师,可以假设是西塞罗,在本书的叙述过程中反驳了这个论点。

过去，他常常与这位比他小十岁的皮特医生彻夜交谈。那时他的想法主要集中在人生的目标上。

罗伯特问："狂暴的结局出乎意料地降临到你身上的时候，你是否感到非常震惊？"

"出乎意料？"皮特医生一脸怀疑地回应道。他不再抱怨自己的命运，也希望多雷特也不要再为此感到愤恨。

那一刻，他们看到了那位温柔的女人和那些孤儿。女人永远不知道丈夫临死前的状况：海上的船沉了，水压不断增加。直到现在他还能感受到头上难以承受的压力。

他说："我们不分昼夜地为病人劳心伤神，做手术，诊疗。若是能成功地从死神手中抢救回一个人，就高兴得欢欣鼓舞。可是然后呢？人们挑起战争！一下子就死伤无数，哀鸿遍野！我的老天爷！要是人们一而再再而三地滥用暴力，我们挨个地拯救生命又有什么用呢！"他的眼睑不禁抽搐起来。

"聊聊你自己吧。"罗伯特提议道。

"我的一个病人，"医生兴奋地说着，就好像在进入虚无状态之前能够说出这件事对于他来说是一种慰藉，"我也许可以通过某种方式消除他的病痛，但我不能向他隐瞒他的病情。我想保护我自己，想以一种异常聪明的方式来掌控生命的轨迹，而不是让自己屈服于受控制的本能。一个人越是考虑安全率，就越会招来厄运。"

罗伯特说："你一定是把自己当成生活的病人进行了错误的

治疗。"

"是的！"皮特医生激动地喊道。"我的意思是，通过自己主动行事而不是被动接受已发生的事，这样我便可以获得一些优势。我之前告诉过你：死亡是生命的法则。这条法则不容小觑。我们不应该试图人为地去对抗它。如果我们试图逃避危机，那么优势就会不复存在。我的这种想法来得太迟了。或者你也可以说是生活让我有了这种想法。我意识到了这一点。那些发生了的事情都是不可避免的。从形而上学来讲，我一切都好。你明白吗？这是实话。"他的眼皮又抽搐了一下。

罗伯特太清楚这一点了，毕竟他可是有着档案管理员的经验呢，但那些活着的人会明白这一点，还有其他的许多事情吗？

罗伯特也和他父亲坚定地握了握手。罗伯特向父亲坦言，自己长久以来都低估了他，并请求他原谅自己。诗人朋友老早就认识这位司法委员。此刻，他也满怀深情地表示赞同，但司法委员可不想听这些。

"这里也太过于隆重了，"老人说，"你把我们的告别时间搞得太私人化了。如果你允许的话，我愿意在最后的时刻再次接管宴会事宜——"

罗伯特欣然同意了。尤里的朋友，一个秃头的高中教师，也大着嗓门亲切地同罗伯特打招呼。他信誓旦旦地说，这僵化的社会最终必定会重现生机的。

司法委员敲了敲杯子，开始讲话，但他没说几句。这是一个关于社交饮酒的玩笑式的演讲。对狂欢节和教堂集市、学生时代的农神节、商贩、敬酒、爬进水罐的回忆一一浮现。"干杯！"他发令道。他们就一起喝起来。"敬所有特别的事物！"他喊道，"把剩下的酒干掉！再满上！干杯吧！向过往致敬！"他们喝着，像以前喝啤酒一样把红酒灌入喉咙。管家来不及倒酒，他们就直接抢走了她手中的套篓瓶。他们彼此称兄道弟。"比巴姆斯！"他们喊道，"再来一杯！敬纵情欢愉！"他们为领主、市政府长官和大绅欢呼，为女性欢呼，为美好的过去、自由和生命最后的火花欢呼。人们竞相跳起来敬酒，一个比一个热烈。他们敬了又敬，碰了又碰，总也不满足。他们靠名言、成语和恰到好处的谚语的精神支撑着自己的活动，空气中处处飘浮着他们的话语。他们吵闹的声音变成了微弱的"哔哔"声，而咆哮的声音则成了"吱吱"声。他们勾肩搭背，左右摇摆，好像玩得很开心，似乎一切都很有意思，就像他们还活着似的。渐渐地，他们的动作变得僵硬、死板，开始做出各种愚蠢的表情。他们尴尬地看着对方，为自己的滑稽本性而感到羞耻。一阵狂风对着墙体吹过来，他们警觉地竖起了鼻子。

档案管理员很快就摆脱了孩子气的喧嚣，和年轻的医生一起坐在了旁边。

大多数客人都从座位上站了起来。冷气渗进来，房间里明显变暗了。皮特医生也打着冷战搓着双手。每有一根蜡烛熄灭，就会有一个客人静悄悄地离开大厅。蒙斯特教授第一个离开；留着中式胡须的利奥带走了盲人。没多久，安娜的父母也悄无声息地走了。尤塔也不见了。司法委员在敞开的门前犹豫了一下,可怕的烟雾从大厅里冒了出来,几根烛台开始更加可怕地闪烁起来。除了卡特尔之外,剩下的蜡烛前还站着来自德累斯顿的演员和来自布拉格的建筑师。他们盯着眼前渐渐熄灭的烛火。

建筑师问年轻的演员:"您准备好迎接这最后一次的登场了吗?"

"当然!"他回答道。

"那么您,"年长些的男人问,"已经研究过您的角色了吗?"

"还没有。"演员说。他平时笑起来就像骡子断断续续的尖叫声,这一次却沉默了。

只有一根蜡烛还在燃烧。酒杯和玻璃水瓶歪歪扭扭的影子在墙上晃来晃去。只剩下卡特尔和罗伯特坐在变得空荡荡的桌子边,女管家已经开始收拾桌子了。

"现在我想,"档案管理员说,"再次感谢你所做的一切,感谢你对我展现的友谊。你引导我熟悉这座城市,但恐怕我总是让你为难。如果没有你,我将永远无所适从。"

"一会儿是这个,一会儿是那个。"卡特尔回绝道,"把你知道的东西传下去吧。这样人们到达这里的时候就不用再重新开始了。要是你回来,我就试试看给你些信号。"

莱昂哈德把饭碗装满了递给档案管理员。

"我很开心。"画家说,"你现在能够带着和尚的乞讨碗四处游荡,品尝着你碗中的饭。"他又提起了他最喜欢的想法:"如果你在写编年史的时候震惊地转过身来,因为你注意到有人正越过你的肩膀看你写的内容,那么你可以放心,就算你看不到我的身影,只能听到微弱的"隆隆"声或感到一种难以名状的悲痛,那个人也一定就是我。现在——"他顿了顿,"我在胡扯什么呀。只有我待在这座城市,这一切才有可能。现在你将要奔赴的新天地,不会再有我的影子,也没有任何的亲朋好友。就这样吧。"

他站起身,将长发往脑后一甩,烛火也随之熄灭了。

女管家拿起一块松木条,把它插在一个铁壁环上。罗伯特四处寻找他的朋友,却再也找不到了。一种深深的沮丧感向他袭来。他的眼泪止不住地流了下来——烟雾刺痛了他的眼睛。

很长一段时间里,他都深陷于这个无法逆转而又不可重复的时刻。安娜不在那些已经离去的人之中。现在只有这个事实使他有信心面对未来。所以最终的决定是让她留下来!

莱昂哈德低声向女管家询问,是不是可以给档案管理员一件衣服,可以让他在路上挡挡风雨。但是女管家并没有这种东西,于是建议他向门口的守卫借一件羊皮大衣。

她说:"要是你给他们双倍的酒水的话,也许有人会借给你。"她把残羹冷炙一股脑地倒进了一个罐子里。

过了一会儿,莱昂哈德回来了,胳膊上搭着件羊皮大衣。他先让罗伯特披上它。档案管理员不屑一顾地看着他,他宁愿就这样冲向档案馆。他揣测,大绅可能下令让安娜去了那里。随后,他又仔细考虑了一下,觉得在朋友们的告别餐后自己应该顺道熟悉一下城市西北部的这片最偏远的地区,这也是市政府长官的愿望。正如莱昂哈德所说,他应该尽可能地扩展自己的足迹。

XIX

外面单调的暮色中是怪石嶙峋的地形。龟裂的灰石块在空气中飞扬，分不清白天黑夜。他们禁止莱昂哈德与档案管理员同行，于是莱昂哈德带着他在岩石高原上走了几步，来到了深不可测的深渊前。这里就是罗伯特行程开始的地方。隔着深渊，左侧不远处出现了一条上下起伏、几乎与山脉平行的山脊线。莱昂哈德又叫住了罗伯特，告诉他恶魔的幽灵之路就顺着那儿蜿蜒而下，从城市来的旅客列车就在这条路上行驶。狂风吹散了话语，罗伯特只是简单地向他挥了挥手。当莱昂哈德回到客用小屋，在大厅的角落里铺好床准备过夜时，罗伯特已经竖起了皮大衣的领子，拖着沉重的脚步出发了。

一路上，罗伯特大部分情况下都是埋头前行。由风蚀平槽板组成的岩石表层留不下任何一丝痕迹。有时石头互相堆叠，形成一个巨大的不规则阶梯。这时候，他就需要绕开或者不得不翻过去。为了不迷失方向，他一直都是紧贴着深渊参差不齐的边缘前进。雾气像黏糊糊的霉菌一样爬上倾斜的岩石，遮住了望向峡谷的视野。孤寂放大了所有声响。沟壑深处时不时传出的声音似乎来自狭窄的河道。潺潺的流水在"隆隆"作响。往右看，高原的景色常常被附近高耸的陡峭小丘遮挡。这里看不到任何生命的迹象，甚至连植物和苔藓都没有。在罗伯特看来，他仿佛正在已经熄灭的火山口之间穿越被诅咒的喀斯特地貌自然带。艰苦的跋涉还要持续多久？这条道路将通向何方？放眼望去只有无边无际的荒原，这种感觉如噩梦一般笼罩在他的身上。这种感觉对他来说并不陌生。他想起了生命中无数的孤独时刻。虚空对他咧嘴一笑；恶魔忧郁的翅膀掠过灵魂；麻痹意志的古老噩梦醒来。就是这样。

他踩在一道石梁上，凝视着这个没有色彩的世界。然后他看到深渊另一边的羊肠小道上隐隐约约有人影在上下晃动。不一会儿，他们便像走钢丝一样开始跳跃。过了一会儿，他们又停了下来，身体向一侧弯曲，仿佛失去了平衡。他们蜷缩着并绕着自己转圈，头晕目眩一般，企图阻止下一步，又突然屈膝向前滑动，像被一股引力吸住了。许多人疯狂地左右挥舞着手臂，或者双手像杂技耍球一样挣扎着乱抓。另一些人为了避开眼前的景象而将头埋在了胸前，像梦游者一样滑过。然后这列队伍便又被雾气吞没了。

有时他误以为自己听到了一些声音，无法区分是欢呼还是哀叹，那像歌唱一样膨胀的和弦——一定只是阵风吹过他的耳朵。但是，如果不是来自行进中的灵魂，风从哪里获得了呼啸的歌声、风琴般的"嗡嗡"声和咆哮声？罗伯特把自己裹得更紧了。

地势开始升高。档案管理员的脚步变得更加迟缓。疲惫从四肢蔓延到关节，双脚变得僵硬，麻木地向前移动，就好像那不是他自己的脚。对于所发生的一切，他的心底突然萌生了一种异乎寻常的冷漠。他感受不到任何与过去的关联。他被千篇一律的死寂地貌摄去了心魂，成了这荒凉世界的一部分。他踉踉跄跄地来到了一块风化的石头前，倚靠着它，屈腿蹲在地上。日光斑驳地洒下，光纹从他身边掠过。他闭上了眼睛。

昏昏沉沉的睡眠只持续了几秒钟。他眯着眼睛环顾四周，发现鸿沟之外是一片宽阔的平原。对面的山脊呈马鞍状下沉，视野开阔，一直延伸到地平线。整整齐齐的黄色麦田暴露在饱满的光线下。人们仿佛可以看到熟稔的麦穗在柔和的风浪中摇曳，马铃薯和甜菜地在较暗的田野伸出，外围种着玉米；人们似乎还可以听到芦苇叶子在"格格"作响。林荫大道环绕着农场、十字路口和小教堂。绿叶环绕的田庄、带马厩和谷仓的农场、一片色彩缤纷的花园和金银花乔木散落其中。被教堂包围的村落分外醒目。彩色的斑点在移动：那可能是穿着束腰外衣的农夫和穿着职业服的女仆，返程的满载马车，围场放牧的牛，风中飘舞着的晾干的衣物。在远处，一座大城市的轮廓显得格外醒目，摩天大楼和高塔从成群的屋顶中拔地而起，烟囱里浓烟滚滚的大片工厂区雄踞城市两侧。一片静谧的劳作和欣欣向荣的画面呈现在眼前。

突然，城市和乡村上方的空气开始流动。街上和田野上的人都指向了天空。一大群密密麻麻的候鸟在高空呈人字形飞翔，似乎正在快速飞近。他们早就"嗡嗡"作响了，大地的空间被一场苍白的尘雨覆盖。毒绿色的小云滴如猛禽的排泄物般肆无忌惮地落下。无论是田野、村庄，还是快速蔓延的聚居点，他们击中哪里，哪里就会出现烧焦的斑点。到处都是白色和黄色的火光。浓烟还未冒出，只见牲畜和人们无助地躺在地上，一副僵硬的姿势。随着一道闪电划过，这座城市已经被烧毁了。没有塔，没有摩天大楼，也没有工厂的烟囱在地平线上画出的傲然线条。一个肉眼无法辨认的糊状物出现在这座城市刚刚矗立的地方。画面蒙上了一层白纱，天空如落日一般泛红。

编年史家揉了揉眼睛，擦了擦眼镜。当他再抬头时，阴霾已经散去。他站了起来。目之所及是一片支离破碎的贫瘠草原，偶尔在某个地方长着一棵矮树，地上再没有人类的踪影。刚才他眼前的那一片繁荣景象一定是海市蜃楼。他迷迷糊糊地从这个梦境中回过神来。正准备继续前行时，他却感觉自己仿佛听到远处传来一阵隆隆声。他抬头向上望去。暮色懒洋洋地环绕着他。在他看来，也许灰色已经呈现出一种紫色的色调。

感官仿佛磨灭了，与之前全然不同了。他早就看到了山脊和峡谷另一侧逐渐变得和他一般高的通道。距离似乎在逐渐缩短，魂灵队伍很快就走了大街宽度的一段路。就连沟壑里发出的细小声响——就像水流过鹅卵石一样——也变得更加清晰了。一种不可思议的感觉驱使着他前进，就好像他和其他人一样，被一块可怕的磁铁吸引住了，没有任何抵抗力。他和那群移动的人之间仿佛有一场比赛。但他们跑得比他快，一个接一个地从他身边窜过去。直到现在，他才发现这些人身上已经没有衣服了，他们赤身裸体地走过山间小道，身体被掏空了，也没有脸。每个人都沿着前人的脚步走着，却感觉不到彼此的接近或存在。右侧不断变高的岩壁很快迫使罗伯特越来越靠近深渊，而对面的石道已拓宽为一条安全的独立大路。然而行色匆匆的魂灵并未对此感到宽慰，因为一个肉眼几乎不可见的缝隙，一个挡在路中间拳头大小的石块都足以给他们造成几乎无法克服的障碍。因石板位移而形成了一个与普通台阶高度相当的平台,而这对他们来说仿佛是要跳入无底深渊。他们在这里犹豫、内心抗拒了好一会儿,才决定迈出一小步,仿佛这一决定对于他们来说是生死攸关。

在前往亡者之地的旅行者两侧,神话世界里的生物和动物簇拥在他们周围。这些东西让人联想到狮身人面像、狮鹫、鹰身女妖和有翼的鳐鱼,它们透明的琥珀色身体中只能看到骨骼、牙齿、蹄子和角爪。他们跳到人身上,钳住他们的四肢,或者蹲在他们的头和肩膀上,不让任何人溜过。在这些恶魔的猛烈攻击下,许多人萎缩成了矮人,他们被卷入永恒的暮光之中,被抓到空中,直到他们放弃挣扎后坠落。另外一些人则不受阻碍地继续前进,神话中的生物乖巧地在他们的脚边玩耍,或者像宠物一样将他们驮在背上,载着他们前行。

死魂灵的疯狂狩猎离罗伯特越来越近,岩面几乎已经紧贴着他的脸庞。分裂的深渊变成了平坦的鹅卵石槽,其中有少许浑浊的泉水在流动。编年史家发现,他的道路与恶魔之路的汇会点距离自己只有百来步远。他停下了脚步。莱昂哈德说过:"去吧,一直走到尽头。"这里就是尽头吗?他是不是早就越过了边界——真的能够到达那个边界吗?

他想要走到道路的交会处,到两块岩壁相交的地方。如果人们没骗他的话,他想一直走到那浑浊泉水的发源地。他小心翼翼地摸索着,时不时地紧抓着岩壁上凸出的石头。这里几乎没有落脚的地方。在岩壁上一块凸起的岩石前,他犹豫着要不要跳到另一边宽阔一些的地方去,但他意识到,这样的话他就必须原路返回,于是便放弃了这个念头。他绷紧了身体,终于用左脚在岩壁边缘的另一侧找到了新的着力点。岩石消失,几步后他便来到了裂缝的尽头。

眼前裂开的地面上布满了凹凸不平的石纹,黑黢黢的岩洞像一张张大嘴巴凝视着他。这里悄无声息,风平浪静。在离他几臂远的地方,一队魂灵在地上翩翩起舞,转了几圈,然后很快就消失在山洞里。

一个身影一动不动地坐在石壁前。她像市集上的女人一样双腿叉开蹲在路边,脸上蒙着面纱。裙子像铅皮一样在宽阔的膝盖上伸展开来。偶尔某个舞动的魂灵会跳到她的面前,好像只需要她轻轻一下,就可以把他推回到苦难的道路上。

她手里握着一块圆形的界石,在膝盖上来回摇晃着。编年史家犹疑着慢慢走到那个女人面前,但起初并不敢和她搭话。他注意到,她在隔着面纱审视他、观察他。

"哎,老婆婆,"他终于说,"这条路走得通吗?"

她仍旧僵坐在那里,只是略微动了一下脑袋,不知是表示肯定还是表示否定。然后她在裙子的口袋摸索,从里面掏出个什么东西,摆放在紧绷的裙子上。那是一块面包和一坨盐。原始的食物,总是被送给新婚夫妇,象征新家永远不会缺吃少穿。面包发黑了,硬得像石头,盐像冰冻的水晶一样闪闪发光。

"非常感谢,"罗伯特说,"但我不结婚,好心的老婆婆。"

这个词就那么从他嘴里蹦了出来，因为她似乎对一切都关怀有加。

"好心的老婆婆，"路边的这位集市女贩重复道，"你们已经把我当成老婆婆了？"她要揭开脸上的面纱，但罗伯特已经抢先跪倒在地。

"安娜！"他用哽咽的声音结结巴巴地喊道。

"真不错，"她说，"你叫我好心的老婆婆。"

他疑惑地叫道："你怎么了？你是怎么到这里来的？你为什么不在城里待着？你知道我会来找你吗？你是在等我吗？"他站了起来。他想知道事情的来龙去脉，他内心翻江倒海，思维一片混乱。"是大绅派你来的吗？"他问，"是我的求情把你从恶魔之路救出来的吗？你逃出虚无之路了吗？啊，你在这里，你还活着！"

她没有回答他的任何问题。那张脸就像是用木头雕刻而成的，五官上分不清是细腻的纹理还是密密麻麻的皱纹，有时看起来很老，有时又非常年轻，有时很陌生，有时又很熟悉——这取决于观察者的姿势。她不声不响地从硬邦邦的面包上掰下一块，从盐块里挑出几颗盐粒撒在面包上，然后塞进了他的嘴里。

"这样你们就可以理解思想的语言。"她说完便把面包和盐放回裙子的口袋里。面包是苦的，在他嘴里慢慢松散，直到他可以咽下。

"现在你们知道了。"她说，"我不再是等待拯救的小公主，我不再像睡美人一样沉睡。现在我不需要别人带领我到老地方或者什么新地方去。"

在城里时，罗伯特就注意到她歌唱般的语调，尤其是当她在她父母家门前神游物外地预言到地球上的瘟疫时，她也是这副腔调。那时她低声的吟诵让他感到诧异，现在它却有了一种自然、舒缓的效果。

他看到安娜像女巫一样蹲在三脚铁架上，她脚下是将城市与生者分开的大河源头。现在，她就坐在了亡者国度的入口处，就像生命入口处的诺伦[1]和帕耳开[2]。她注视着那些魂灵，那些没有记忆的影子都溜走了，永远消失在意识无法到达的洞穴中。他们一个个地从她的身边经过，一轮又一轮地回归到生命的源头。生命在那里变得无形，宇宙的力量得以自由重生。她成为门前的守护者之一，她已经永远脱离了尘世的轮回。她睁大了眼睛，看着大河这一边的空间，她的目光映射在城市的阴影中。她的思绪融入了时间，滋养着永恒。

"你不认识我了吗？"他问。

"我不可以和作为人的你相识。"她说，"我知道你是被派遣来担任编年史家的。"

"我们曾经相爱过，安娜。"

"那是另一个现实中的事。"她说。

---

[1] 北欧神话中的命运三女神。
[2] 罗马神话中的命运三女神。

"是你把我引到这里来的,"罗伯特抗议道,"你让我成了现在的样子。"

"我像信使一样继续传达着我的想法,"她说,"你会听到的,就像你和大绅说话时听到的一样。"

"你知道我和大绅说话的事?"他问道。

她回答说:"你和他说话的时候,我已经在担任这个职位了。"

罗伯特直直地盯着她。

"好心的老婆婆。"他说到这里便沉默了。

她目光虚无地哼唱:"我们是三个女巫姐妹。一个坐在路边,另一个在她的石窟里,我坐在这儿。曾经我们叫作希望,我们叫作爱,我们叫作信念,现在我们是哀叹的老婆婆,好心的老婆婆,耐心的老婆婆。我们不接待,我们不生育,我们是……"

"希望,"罗伯特慢慢地重复了一遍,像个孩子一样,想要记住女巫的教义,"变成了悲叹,爱变成了忧虑,信仰变成了耐心。抱怨、关心、容忍——这就是你说的意思吗?"

"许多人,"女巫安娜说,"像一个被上帝遗忘的问号一样蜷缩到最后。"

她谈到了恶魔之路。在这条道路上,来自城市的逝者就被净化成了浩瀚虚无的亡者。对于那些无法摆脱自己个人重要性的人来说,这是一条糟糕的道路。而对于那些已经证明自己是自然的一部分、道的一部分的人来说,通过这条路便是轻而易举的事。任何经历过磨砺考验和身心锻炼的人,像苦行僧、和尚、瑜伽士、尼姑、烈士，都会在这最后的旅程中受益于自愿的苦修。

罗伯特犹豫着准备继续踏上前往洞穴的路。她阻止了他，因为现在还不是他的时间。他正处在她的魔法领域里。

罗伯特："你为什么要费心去记忆这半个世界？"

安娜："为了防止遗忘。"

罗伯特："一遍又一遍？"

安娜："一遍又一遍。"

罗伯特："我该怎么做？"

安娜："笑对人生。"

罗伯特："那你的职责是？"

安娜："改变现实。"

罗伯特："改成梦境？"

安娜："改成存在的法则。"

罗伯特："再告诉我一件事，人为什么而活？"

安娜："为了学会死亡。"

他往后退了几步。

女巫安娜用湿冷的手拿起圆圆的界石时，编年史家再次感受到这次相遇的诡异。

"我把它抱在怀里，"她说，"就像我们的孩子一样。"

亡者为生者服务，这个念头掠过他的脑海。

"好心的老婆婆！"他喊道。

游魂队伍中又有一个人影滑到了一边，但是一感觉到罗伯特近在身旁，她就震惊地缩了回去。面部特征消失了，就连性别特征也消失了。那个黑影不停地盘旋着，在空气中乱撞，就仿佛遇到了敌方力量的抵抗，直到她的指尖猛地触碰到了女巫手中的石头。她咕哝了一句。对于她的印度口音，编年史家并不感到惊讶："Eko dharmah param sreyah / Ksamaikä sänt ruttamä." 这句话的意思是：只有真理才是最高的善，只有耐心才是最高的救赎。游魂静悄悄地重新列好队伍，走进了洞穴王国。在罗伯特看来，逝去的灵魂手指触摸过的地方似乎形成了一个标志，一个小小的斑点标记，一个最后的命运符文。

暮色不增不减。他眺望着，原始地貌的岩石穹隆像花岗岩蜂巢一样呈现在他的面前，巨石隆起，黑色的洞窟在天际无限延伸。他把目光收回到安娜那雕像般的身姿上，走到她身边，俯身闭上眼睛在她冰冷的额头上印下了动情的一吻。而她依旧僵坐在那里，纹丝不动。

后来，他沿着峡谷边缘那条阴暗的小路慢慢往回走。他不知道，他火热的嘴唇是最后一次找到了安娜，还是只是亲吻了女巫递给他的那块巨石。

餐厅里，莱昂哈德像对待一位久别重逢的老朋友一样热情地接待了编年史家。静静地休息了一会儿之后，莱昂哈德像之前来时一样把他带回了城市里。当他们两个人到达档案馆的时候已经接近中午了。

尽管老门房间里不安的情绪已经消失，而且往日审慎的沉默又回归了，但是罗伯特总是觉得无所适从。他的办公桌看起来毫无亲切之感，架子上的文件和小册子看起来空空如也，而且仿佛充满了敌意。无论走到哪里，那股和他第一次来到档案馆时一样的陌生感都与他如影随形。

即便是面对伯尔金，他也再次感觉无比拘束。从这位可敬的助手的所有善举中，他感受到了真正的逝者所拥有的天然优越性。这是存在于生者和亡者之间的屏障。即便他，罗伯特·林德霍夫博士，置身于亡者的国度，也无法跨越。他时常会感受到那条将他孤立的分界线。他肉身尚存，而其他人不过是勉强维持形貌，以存在的思想形象从身旁经过。他正走在每个人总是困惑地看向未来的道路上；逝者已经达到了生命的有机目标，冷漠地回头观望。一股嫉妒之感突然涌上罗伯特的心头。

应档案管理员的要求，莱昂哈德在办公室为他准备了一大桶热水。罗伯特脱掉衣服，钻进了大木盆里。经历了一夜的奔波之后，他觉得自己需要好好清理一下。他不断地将热气腾腾的水浇在疲惫的身体上，这让他觉得很惬意。沐浴让他精神一振，不眠的时日被一洗而光，只有心脏还在紧张地跳动。他必须在指定的时刻去和高级专员面谈，但现在他还有一些时间。

莱昂哈德清理着浴室，打开了话匣子。他说，他很高兴能再次感受到罗伯特的信任，这种信任让他在昨天的旅途中感到如沐春风；而罗伯特总是默默地忽略他所有的愚蠢行为。他能从女巫的领地回来，这真是太好了。

档案管理员不太确定这个年轻人到底想表达什么。

"你本来,"他说,"也可以像其他人一样,我是说包括在最后一顿饭时和我交谈的那些人,像影子一样从我身边掠过,而且谁也认不出来谁。"

他的手轻轻抚摸年轻人的头发,远处的冰雪映在他的目光中。

午饭后,档案管理员又去找了伯尔金。罗伯特在凳子上坐下,默默地盯着那个正在翻阅新到文件的高级助理。罗伯特第一次对这座城市和它的档案感到厌倦。他感觉自己就像一个守卫,表面上有任务在身,但其实并没什么东西需要他来看管。他认为,其他人也只是守护他们自己的存在。无论他是否保留咨询时间、是参会发言还是放弃演讲、写不写观察报告、是否沉湎于无声的思想漩涡、是否浪费了他的知识,抑或有所隐瞒,这些对人类的进程及其历史、生者和亡者的福祉都没有任何影响。

"有时候,"他说,"我想闭上眼睛,让一切彻底沦为废墟,陷入混乱。"

"我曾经,"伯尔金审视着编年史家说,"跨越了不止一个时期、一个代际,为精神服务我从未感到厌倦。"

罗伯特不情愿地耸了耸肩。

档案馆助理伯尔金引述道:"最初,精神与神同在,神就是精神。[1]"

---

[1] 《约翰福音》原文为:"太初有道,道与上帝同在,道就是上帝。"

"我们翻译《约翰福音》开篇的方式可不太一样。"罗伯特说。

"一开始是精神,"老伯尔金重复着希腊文本,"精神与上帝同在,精神就是上帝。"

"太初有道。"编年史家强调说。

"思想,"伯尔金坚定地说,"而不是混乱——所以是精神,而不是恶魔。"

"而浮士德,"罗伯特回应道,"甚至把这句话转述为:太初有为——"

"这是个标志,"助理严肃地说,"是西方,尤其是德国人的浮士德式的渎神。未来让我们用精神坚守住它。"

"我亲爱的朋友,"档案管理员说,"他也没能逃脱桎梏。"

"你彻夜未眠,"老伯尔金说,"所以你会觉得世界轰然坍塌。"

"女巫的石头摆在我的心头,"编年史家说,"忧虑之石。"

"我们第一次见面的时候,"睿智的助理边说,边用手抚平了面前的文件,"我给你看过一份文件,是一位办公室职员写的,内容是关于人类屡见不鲜的各种愚蠢的行为——我不知道您还记不记得?"

罗伯特说:"我怎么会忘呢!你对我说过的话,每个字我都记得清清楚楚!当时你解释说,世界上真理的对立面不是谎言而是愚蠢。"

"面对盲目的愚蠢,"伯尔金赞同道,"即使是能驱除世间诸魔的钟馗也束手无策。而与愚蠢相像的另外一帮无赖,带着污浊的眼睛，目光如奴隶般呆滞，它们应该是可以消灭的，它们就是懒惰，精神的怠惰，心灵的怠惰。"

老伯尔金说话时那种神圣的热情也感染了罗伯特。

"精神的懒惰，"伯尔金补充道，"似乎是邪恶的根源之一。从中产生的不仅是迷信、愚蠢和傲慢，而且正如卷宗和命运一再向我展示的那样，同时也滋生了性情的粗野、内心的残酷和权力的兽性——简而言之：人类生活中的一切阴暗面。"

"单凭理性，"罗伯特说，"无助于思考。它还取决于强度。"

"取决于强度，"老伯尔金重复道，"强度唤起了知识脉动的幸福，对整个存在微笑的、确信的知识。"

"我明白，"罗伯特说，"死亡是衡量一切的标准。"

"如果每个人都明白这一点，"老伯尔金说，"生活的境遇会自然而然地改变。"

"这……"罗伯特说，"当玛古斯大师谈到中国西藏和印度的精神重生时，他指的不也是这个吗？"

"玛古斯大师，"伯尔金说，"许多人把他视作菩提萨埵，他知道是思想而非暴力决定了人类的行为，从而决定了人类的境况。"

伯尔金称玛古斯大师为菩提萨埵、未来佛陀的非凡王子。他还谈到了思想的力量，他说的这些东西让罗伯特不禁动容。这让他想起了安娜的一句女巫咒语：思想是力量的使者。

可敬的助手从面前的几页文件中挑出了一部分交给了编年史家。这些文件是档案馆的秘密藏品，上面的名字是他熟悉的"震撼时刻的记录"。他早些时候曾经申请阅读这些文件，但是没有得到许可。如今他可以把这些文件带到他的房间里仔细研究。其中用富有想象力的文字记录了死亡的那一刻和渡过大河时的感受。

各种各样的图像因个人想象力、解读和表现力的不同而被涂上了不同的色彩，但它们统一的一点是都显示出了一种始终如一、牢不可破的感知特征。这使它们区别于仅仅是想象力的产物。它们带着有效的知识印章。在所有人的身上都重新找到了那种似乎是难以描摹的驾驶、徘徊和滑行的感觉（这些通常被称为飘浮和被背负着）。似乎所有人都提到了旅程中迎面而来的金属般的夺目光泽。许多人称它为超越尘世的光芒、光轮，在没有其他词汇的情况下，人们经常用《新约》的宗教词汇和东正教自创的新词来描述这个过程。因此，一些垂死之人，在接近大河背后的城市时，他们相信自己看到了永恒之城的城垛在闪烁着光芒。他们最初将居民视为光的形象，视作星体，他们将其视为上层星空的天使，并把他们的理解逐渐转移到自己身上；在另一些人的口中则变成了宝石山、鬼城，万里无云的晴空里沐浴在永恒之光下的往生极乐之人和天堂美女。档案管理员想起了歌德的临终遗言，他那句话想表达的并不是对"更多的光"的渴望，而是可能想表明他的周围出现了更多的光。很多时候，惊天动地的意念中会浮现出驰骋太空的画面，融入无尽的群星和旋转的原始太阳中，仿佛人类的精神又被吸纳到了世界的伟大母性之中。

从所有的记录中可以发现，确实存在着丧失自我意志的决定性转变。与此同时,疼痛感也仿佛被麻痹了一般,但在这种情况下,生灵的躯体依旧会翻腾和抽搐。从一些描述中可以清楚地看出,在这种状态下,心灵感应的精神力量得到了发展,而用旧世界的语言来表达自己已不太可能。垂死之人的脑海中是如此地千姿百态、丰富多彩,仿佛同时发生,又像同时存在于不同层次的空间。曾经有人说过:"而我当下从未感受到,那就是生命的自由,它在最后一秒以不可抗拒的无限性一下子俘获了我。"

在这几页文件中,从未提及造成死亡的身体之苦以及与之伴随的恐惧的叹息,也没有经常谈及灵魂的痛苦。但是即使在这些情况下,人们也一再表示对过去所做的一切以及对新状态下获得解放的满意之情。在这种情况下,常常可以察觉到人们面对命运时的镇定自若,而许多照片中也流露出了一种轻松愉快的情绪。档案管理员在回想一系列的死亡者的脸谱时,发现了相似之处。他们往往呈现出轻松的、年轻化的外观,正如大众所说的容光焕发。

每当深层意识在尘世间最后的搏动终止时,震撼时刻也随之停止。凡是越过桥,到达大河背后的理智之城的人,他的思想和感情都变得无关紧要。只有在逗留期间,人们才开始回想起被遗弃的存在形式,重新审视过去,正如档案管理员工作时所观察的那样,但是过渡时期的报告对此并未披露。

他小心翼翼地把那几页文件放回了原处。即使只看到了一小部分,他还是很感谢伯尔金。这让他至少能够对正在发生的事件有所了解。这些事件同时也是一个启示，这个启示埋藏在每个人的眼中，直到逝世那一刻才能够得以体验。

当太阳即将落下地平线时，他开始动身前往市政府，随身带着那本空白的城市编年史。蔚蓝天空下的街道上，不同以往，挤满了行人。他们新到此地，在死气沉沉的屋子和院子里四处闲逛，溜进地窖入口，蹲在残垣断壁上。仿佛感受到了生活的魔力，嗅到了一种使他们不愉快的气味一般，在编年史作者面前他们低声窃语地退却到了一边。当他经过这群人时，谈话声安静下来了，就像孩子们在大人靠近时中断了他们的秘密游戏一样。"那位老编年史家，"他以为自己听到后面的窃窃私语，"那位来自档案馆的读心师！"这听起来像咒骂，他们指向他手中护着的书，就仿佛在嘲笑这世间所有的智力工作一般。但这并没有扰乱他，因为他知道这群人的困境，未实现的梦想以及如同无头苍蝇般的生存。远处的闹钟丁零零地响起了，演习时刻开始了。

他踏进了市政府的殿堂，他感觉自己对这儿的大理石房间可以说是已经十分熟悉。他在高级专员的前厅等候，没有表现出任何不耐烦的迹象。他被引领着经过了一道狭窄的侧门进入一个长方形办公室，在这儿他再次看见了那位官员的头和肩膀，如同在中世纪油画的框架中一样。而来自深山的夕阳斜射下来的光线在房间里闪烁，如同从云雾中若隐若现的市长的城堡里散射出来的一般。这些画面与他第一次会见时所经历的情况是如此接近，以至于他误以为从那天清晨到今晚持续的时间不可能超过一天。

"市长，"高级专员用他那嘹亮的嗓音平缓地说道，"让我代他向您，档案管理员先生，表达衷心的感谢，感谢您在这个委派给您的职位上是如此地尽心尽力！您从工作的第一刻起就带着极大的共情能力融入我们这个地区的社会现状，而没有滥用您本就意识到的死城的奥秘，对此我们敬佩万分。"

罗伯特并没有接受这种赞赏，他认为这只是一种和蔼可亲的客套。他说，查明事情真相比他原先设想的需要花费更多的时间。

高级专员神定气若地继续说道："我尊重您的谦虚，尽管您一开始并不想承认这些。您非常尊重这座城市与众不同的风俗习惯，并不带有任何偏见。如果说到档案馆的工作风格的话，您更多地是秉持帕尔齐法尔[1]而非堂吉诃德的精神去探知这个神秘世界，绝非讽刺而更多的是少不更事。"

档案管理员对此细细思考，却只是感受到了自己在这里扮演的角色整体上看是多么地荒谬。

他回答说："最终使我摆脱愚蠢梦想的是一段爱情经历。当然，它对我来说像大家想象的那样独特。这不过是平常的感伤琐事。"

"他们每个人都清楚地知道没有什么是永恒不变的，"这位市政府的官员开口道，"男女之间的恋爱关系也皆是如此。"他指出，正是伴随着这些状况的出现才让这些经历显得如平常小事一般。

---

[1] 沃尔夫拉姆·封·艾申巴赫的骑士小说《帕尔齐法尔》中的主人公，他最初是一个无知者和罪人，在寻找爱情和圣杯行动过程中获得知识和净化。帕尔齐法尔代表了圣杯神话中的救赎者形象。

他又说:"我们发现,最值得重视的是您如何以自己的个人命运来维护我们这个世界的寓言。我们注意到,您在观察中感受到了存在过程发生的双重基础。我的意思是说,在这条大河的此岸和彼岸存在着相关性,存在着先验性的平行时空。"

罗伯特说:"想要从这个偶然事件识别出普遍规律,想要从现实中提取真相,还能有什么别的可能吗,但是我终究还是失败了。我身处一个神秘的世界,在这里灵魂和精神具有强大的统治权。我总是两手空空地站在你们面前。您让人给我我送来了一份投诉,其中的指控让我感到十分意外。在此期间,我已经认识到这份控诉从更深层次的含义来看是确有道理的。我抽中了闻所未闻的命运之签,有幸能够以生者的身份在死者的王国逗留,但是我却并没有充分意识到这一点。"

他边说边把那本编年史递给了高级专员。他知道自己在里面只写下了一句话:"罗伯特·林德霍夫博士于今日接任新的职务。"除此之外,再没有任何的记载,只有空白的纸张。市政府的这位官员根本没打算翻看这本编年史。他发觉,档案管理员会错了意,其实高级秘书处原本只是想通过这份早就过时的控诉来给他提个醒。因为这个指控本来就是站不住脚的,尽管这为编年史家提供了在大绅面前发布演讲的机会。他们只不过是想提醒档案管理员注意一下这封信的始作俑者,他们想要告诉他的是,有些人觉得没有受到足够的重视,感觉自己没有获得理解。而当时正在对一些人员展开调查的罗伯特得知,他的助手在暗中插手此事。

"莱昂哈德！"档案管理员高声喊了出来，他现在找到了他有时表现出的害羞和紧张行为的原因。他现在也明白了，之前那个少年原本想对他坦白的事情。不费吹灰之力就能够让罗伯特确信他的意图是诚实的，尽管他的表现是那么地荒谬与笨拙。他一定在安娜身上找到了自己的感情寄托，这一点他在年少的时候曾经隐晦地向罗伯特吐露过。他可能是担心，罗伯特，这位比他年长的同龄人，会因为无知而毁掉他在档案馆的逗留。

档案管理员说："他想向我表明他的身份。要是我能料到就好了。"

官员说道："您对这封信函的担忧是多余的，您只需要打个电话就会弄清楚了。"

罗伯特笑了起来，就仿佛听到了一个很好的笑话。

他说："如果真是这么简单就好了。"

高级专员回应道："人们不必总是把所有事情都变成难题。"然后他便拿起了那本编年史，逐页地仔细翻阅起来。罗伯特羞愧地坐在那儿，看着高级专员时不时地停下来，若有所思地点点头。空白的纸张仿佛在高级专员的面前呈现出了清晰可见的字迹——而这个过程就是人们常常所说的那种能从字里行间读出真谛。

过了一会儿，他的视线并没有离开那本编年史，而是用平淡的语调说道："您记录了相当多的事件和一些单独的画面。让我们看到了生者在我们这个王国的关注点，他所认为值得保留的东西，以及他能够在多大程度上认识到秩序和有效性精神，剥离偶然事件的表层外衣，揭示规律的意图，这些都是非常有价值的工作。"他继续说道："描述的内容有一些练习课的特点，以喝粥开始，官员们的形式上的小玩意儿，女人们围绕着幻想中拥有的衣物翩翩起舞，居民们参与到孩子们的朝圣行列中，在旅店里的就餐仪式，在宗教活动中的虔诚表演——而并未透露死者因此受到什么意图的影响，即通过机械训练来维持对某些古老手势的记忆，这些手势千百年来一直保持不变。另一方面，个人一生中赋予这些手势的重要性也变得空洞起来。"

档案管理员目瞪口呆地紧盯着这位读心者。

他继续说道："这在您对交换市场的观点以及阐明两个城市工厂结构的演讲中也有体现。我非常欣赏您毫不掩饰自己在第一印象下对这种认知的反对，即所有人用双手辛辛苦苦且勤勤恳恳生产的事物不为其他目的，而只是费尽心思地将其销毁。在我们的生产和拆卸系统中，我们找到了最直接的方法——暂且不谈失业问题的自动调节功能——并且可以说借此创造一个符合自然规律的典范模板：物质实体的守恒，既不添加东西，也不能去除任何东西。我也很欣赏您并不掩藏您的困惑，这种困惑还会引导您的精神进入，更确切地说，是不得不陷入哈哈镜迷宫之中。当然还有各式各样的评论，无论是在这里还是教堂外墙上石质的世界之眼，这些都让您震撼不已，而逝者看到这些时却往往毫不在意。我们很乐意看到种种事情得到详细的讲解，例如，为什么音乐对于死者来说是不合时宜的，甚至是堕落的，尽管这些音调是一种宇宙元素。又或者是您将官员的表述引入发言稿的那些段落，正如您向我们呈现的那样，这些也在您编年史的整体风格中得到了体现。"

档案管理员禁不住差点要惊跳起来，提出异议，但他不得不耐心等待，直到高级专员把那本编年史从头到尾彻底读完。他赞赏地强调说，编年史家在档案馆里渐渐地认清了一个机构。这个机构对于死者之城来说既具有象征性，又具有代表性。这种变化和转变的主题，编年史者恰如其分地称其为"精神的宝库和陷阱"。

这个时候，高级专员又说道："这真是有趣。您对在助手和侍者之中找不到一位女性的这一问题并不表态。这样您就忽视了一个事实，那就是它始终是一个苏格拉底式的场所，一个逻辑主义的男性精神骑士团。另外，尽管您没有直接地表达出来，我们还是可以反复从您的记录当中提取出一个基本观点，即生命的过程展示了私密的求爱之旅，但是我们并不想在细节上耽误时间。我并没有想对您加以指责，您在一步步提高自身公务素质的同时，也愈来愈陷入了作秀的角色功能：比如在值得感激的会客时间；在蒙面人的地下墓穴集会上，就像您能感知并呼唤他们一样；在您参观神庙兵营的时候，您仿佛对命运产生了澄澈作用。来自市政府直属辖区的某个伟大的亡者肯定会采取不同的行动，但规则的力量在不知不觉中融入到了您的手势之中，后来，您在大绅的管理方式中也能直观地看到这一点。但是这打消了我们的些许疑虑，因为我们曾担心会出现未经批准的专横行为。您的行为证明了，任何您说过的话，写下的文字，您都将其视为权力的工具，而不是个人的愿望和意志。当这种情绪左右了您的时候，如同这里，如同我看到的一样，"高级专员指向书卷最后三分之一的某个部分，"当您在练习辩护词时，这一点就因为收拾桌子的好心人伯尔金的介入而迅速得以纠正。又或者是您在档案馆研习理论知识时，正面临着脱离和普罗大众之间命运联系的危急时刻，卡特尔——听命于我们的朋友，他的暗示就足以消除这种排他性的危险。在您与心爱的女子相遇的过程中显现出了不言而喻的缺憾，这其实也是同样如此。直到被束缚的那一刻成为永久命运的转折点——一定程度上舍弃了逝者的企盼。我非常感谢您能够将个人的幸福置于芸芸众生之下。这条道路当然是已经事先规划好了的，但是为了以自然的方式达到预先给每个人的设定，这需要您的牺牲。"

他又从编年史记的最后几页又开始往回翻看。

高级专员转身面向罗伯特说："你已经很明白了最后一次上诉的意义，但逝者在我们这里逗留的时间和选择长期任职的官员所依据的规则和条件，这对您来说似乎依旧是模糊不清。"

档案管理员说："根据蛇的智慧[1]，谁要是知道这些，就如同上帝。因为我推测其中有同样的密钥，借助于它便能够破解尘世间

---

[1] 在古希腊，蛇被认为是冥界的保护者，象征着与地球深处的宗教联系。她的蜕皮代表着重生、永恒的青春和不朽。蛇也被认为具有算命的能力。据说一条蛇将希腊药神阿斯克勒庇俄斯引向了关注各种药用植物的功效。甚至有人认为他本人是蛇形的地神。阿斯克勒庇俄斯的手杖，在其轴上盘绕着一条蛇，从那时起一直是药剂师和医生的象征。

的命途，看清那能使人英年早逝或是长生久视的天命。"

高级专员回应说："人们在这个城市的所作所为常常能够与活着的时候找到对应性，因此，如您感知的那样，许多事件以一种令您毛骨悚然的镜像形式显现。当然尘世与彼世之间在时间和等级上也有着某些平行之处，但是它们的存在极其隐秘。"

他说，逗留时间和人员挑选，并不取决于美德、性格、知识、成就以及生活中一切清晰可见的品质特征。大多数人偏向于放弃幻想，并且将自己立身于世的重要性绝对化，尽管这种重要性不会持续太久。对于所有凡人来说，死亡的高贵性是与生俱来的，这是一个秘密的迹象，昭示着他未来作为死者的模样。即使在生动的意识最终消失之前，不能低估紧随其后的生存方式，那么也不能高估它。因为每个城市个体的状况和命运的基本条件是建立在整个人类的循环之上的。它在一定程度上取决于个人无法识别的更早的存在，取决于先前的存在。

这位市政府的官员接着说道："如果您对这些东西不了解，那么您一定要更加熟悉档案馆里的重要文献。我指的是哈西德教派的传说，比方说来自贝尔兹的拉比·拉菲尔和来自罗兹的耶茨卡克·莱普，还有中国故事，泛神论神秘主义者的传说，禅宗祖师的报道。然后您会明白，上帝仁慈的原则，如同在您所处的西方国度所拥护的那样，是为了解释尘世与彼世生存的不一致，它只不过是一个借口，其实并不符合宇宙体系以及宇宙的生存规则。但是我要阻止您，档案管理员先生。依我看，在您与玛古斯大师的上一次对话中，您便部分地表达了这种想法。当时，您就提到那些亡者，那些无名者是如何再次沦为滋养生者的营养物。我很高兴，您在几近结束的时候接触到了安娜的神秘咒语。您借此着重阐释了理性统治的回归，也就是我之前提到过的，回归到母系氏族社会，母权制，又或者，撇开专业术语来说，也就是女性精神回归。"

罗伯特说："安娜为什么会成为永生的信徒呢？在尘世间她属于另一位男子，我爱她就如唐璜珍爱他的新娘一般，在中间王国，她的转变和其他无数女子并无差别。"

高级专员说："或许因为她是在无意中把死亡与生命联结起来的。"他承认，就她短暂的一生来说，人们的评论，正如罗伯特所认为的那样，并没有足够的根据。因为那时命运确实尚未发育成熟。正如他在这本编年史里说的那样，受脱离于自身控制的前世存在驱动，每个人的身上都佩戴了徽章。只有当他让罗伯特回忆一下这些徽章时，档案管理员才找到了一种可能的解释。这个时候，这位市政府的代理人说了一句话，这是一句很简单的论断，却使编年史家陷入了沉思。这句话的原文是："死亡的选民不是生命的选民。"

在高级专员合上书卷之前，他在里面写了几行字。罗伯特在这里逗留期间的所有画面在他的脑海再次闪过，这些画面就如同用炽热的钢针一样刻入了他的灵魂。罗伯特不禁发出了一声叹息。

他从沙发椅上站起来说道："但是这一切都没有写在纸上。"

这位市政府的官员吃惊地抬起头看着他。

他带着一丝压抑的怒火,和蔼地说道:"您低估了自己的工作价值,您的思想并没有丝毫遗漏。对我们来说,这一切都在那上面。——只不过对于其他读者来说,是需要用墨水重新写下来才能读懂罢了。"

他也站了起来。就在此时,扬声器里传来了断断续续、反复重复的三和弦曲调。那是档案管理员熟知的征兆,这应该是市长有话要对他说。虽然罗伯特事先早有预料,但当那金属般低沉浑厚的声音在耳边响起时,他还是情不自禁地打了个寒战。高级专员把编年史递还给了档案管理员。他犹豫不决地掂量着手里的书卷,视线瞥向地面。

音响里的声音缓缓传出:"我们感谢罗伯特大师,他帮助我们将存在延续至终。"

编年史作家想起了神秘咒语,轻声地默念道:"抱怨,忧虑,容忍,忍耐。"

音响里的声音问道:"依您看,您现在是处在道路的终点还是起点?"

高级专员将麦克风递给了档案管理员。

罗伯特回复道:"是在终点。"

扬声器里的声音继续道:"照这么说,您认为,自己已经掌握了难以理解的事物。"

罗伯特激动地说:"没有。"他感觉又在经历一次大考,但是那种必须要通过考试的感觉消失了。越过矮矮的阳台望去,在拥有三十三位守卫者的市长城堡后面，他看见了巨大的紫红色太阳隐没在了地平线之下。

扬声器里的声音又继续道："那么，您就是处在起点了？"

罗伯特沉默不语。他双手抱紧了那本编年史，双膝微曲。

"这不是我的任务。"他对着虚空喊道。

"那你任务是什么？"扬声器里的声音继续不留情面地问道。

罗伯特没有进行反驳。因为他认为，无论他现在是说"活着"还是"死去"，那个不可见的声音都会以这句话作为开头："其实这个问题最简单的答案就是——"然后讲述一些他不愿意听到的事情。原话很可能是："遵守规则"。但这到底是什么意思！扬声器里的声音很一定会追问："规则是什么？"他不得不回答："不仅仅是生命的死亡，规则是永恒的存在。"

然后又是以这种激情洋溢的方式继续下去：沿着这条路，总是在两极之间，在重生与毁灭之间，桥梁架在发源于西比尔乳房的大河之上，跨越永恒死亡的桥梁。他听够了这些大话，一种厌恶感袭上心头，他也已经受够了这种睿智和凝练的深奥思想。用生命作为死亡的信物，为观念、母亲遗产、精神的回归献上祭品——所有这些装腔作势的词汇听起来毫无新意！自由、进步、正义、人类尊严、人道与仁爱——所有这些上帝在人世间的象征词听起来相差无几，早就成了陈词滥调，根本不适用于这种会议致辞！高尚、乐于助人和善良——所有美好的教义，都无法满足对生命的热爱！当扬声器里的声音谈及任务时，他或许就是指的这些吧，而罗伯特早就已经厌倦了这些金科玉律。

此时，扬声器里的声音说道："您懂得保持沉默，这一点您做得很好。因为您已经洞悉了最后的秘密：死亡需要生命，罗伯特大师，我认为您的贡献已经满足了条件。"

罗伯特再次高喊道："不。我不值得任何的头衔和感谢。我已经厌倦了这个逝者的王国和你们这些亡灵的守卫者如此炫耀自己的智慧。诅咒将我引领到这座城市，这个死亡的前场，我应该对此进行报道！"

罗伯特说这些话的时候慷慨激昂，高级专员手持麦克风忧心忡忡地向后退了几步。

罗伯特继续激动地呼喊道："全都是假象。一个无菌的蓄水池，却与日常生活一样充斥着乌托邦式的空话！这位高级专员和傲慢市政府的所有走狗们，你们只不过是一帮装腔作势的老套伪君子！你们从我们，从活人这里借来一切，用语言将其包装为伟大的事情，如死亡需要生命的秘密，这都是文字游戏、手影游戏、圈套！我早就受够了你们这种荒诞可笑的权术把戏。"

这番话让他自己也目瞪口呆，气喘吁吁，感觉整个房间在围着他旋转。

他用嘶哑的声音继续说道："我很荣幸能够听到你们尊贵的市长的声音，但是未曾谋面。我曾经见过你们伟大的大绅，却从未听到他说出一句话。也许他们两个是同一个人，也许不是。这都无关紧要，这却表明整个情况的模糊不定。这里充斥着一等专员、二等专员和三等专员；各个级别的秘书、助手和官员；这里还有大师、工厂主、专家、受崇拜的人物、七位永生者和三十三位世界守卫者。没有人知晓他们曾经的身份，现在又是何许人物。这里还有一位匿名官僚机构的匿名长官。清醒地看，这整体上只不过是个大众供给机构。人们会时不时地找一个像我这样的人来为此进行适当的宣传。你们用神秘的机构、古怪的风俗习惯、常规的暗示美化自身，把所有进展顺利的事情置于国家机密的等级上，从而使尘世的人们惶恐不安。要么害怕你们，要么对你们心生向往。可能诸神和各种神力正是从中吸取生存的力量。不管怎样，你们成功了。自始至终，我们的最高惩罚是死刑，而不是生命教育；最勇敢的行为是殉道，而不是生存的勇气。当然，我说的这些话，您可能丝毫不感兴趣。您也完全不必对此加以思考，要不然您就是搬起石头砸起自己的脚，但是我并不想您对我全然无知。"

在情绪爆发这期间，他曾多次几近失声。这会儿，他呼吸急促，大口地喘着粗气。他的身体由于激动而颤抖。在这整个过程当中，高级专员始终将麦克风如同圣体匣一般努力递到他的面前。此时此刻，他的双手也不禁颤抖起来。他那瘦骨嶙峋的脸庞上如同戴着面具一般不见波澜，眼睛下方的脸颊部分却形成了两片铁青。罗伯特的身体抽搐着向前倾斜，防卫般伸出双手紧握着那本编年史。

这个时候，扬声器里传来一阵低沉的笑声。刚开始是从喉咙底部传来一阵越来越响的"咕咕"声，然后笑声越来越大，也越来越放肆，最后演变成为笑声的大合奏。整个房间里飘荡着各种各样的声音，所有的东西都开始颤动起来。写字桌上的金属物品开始抖动，窗户"咯咯"作响，在笑声的声浪中石板也震颤了起来。

编年史家由于羞耻和愤怒而变得满脸通红。他浑身战栗地跑到令他感觉受到嘲弄的扬声器前，并在无力的愤怒中将他手中的编年史砸向了音箱。他如同一个醉汉，用拳头奋力敲打，直到木框破裂，丝质覆盖物也变得破烂不堪。他把那个扬声器砸向地面，将它踩在脚下，气喘吁吁地把连接线缆拽了出来。笑声骤然消失。罗伯特擦了擦额头上的汗水，得意扬扬地看向高级专员，而后者正泰然自若地打量他。

正当罗伯特俯身捡起书卷时，屋子里再次响起了那低沉的笑声。从写字桌的抽屉里，从镜子、电灯、电话、文件架和废纸篓里，所有的缝隙处都传来了那种玄幻的笑声。然而，这一次的笑声里没有了嘲弄和羞辱的语气，而是如同他父亲般的从容笑声，在和弦上更加地松弛有度，悠然自在。它变成了无忧无虑、心旷神怡的微笑，不再令人难为情，而是蕴含着一种洒脱感。罗伯特疑惑地斜眼看向高级专员。高级专员似乎也被这珍珠般的欢乐笑声打动，在他僵硬的脸上挂着欣喜的微笑，他脸颊上的铁青斑块也随之消失了。他不再拘泥于僵硬的礼节，如同进入了梦幻之境，舞动着四肢。他的双脚踩着"啪嗒"作响的凉鞋，在动人心弦的笑声回音的吸引下蹦蹦跳跳地走到了露台。罗伯特也无法抵制这迷人的旋律，挥舞着手势和迈着轻快的舞步跟随着高级专员向露天阳台走去。

笑声如含情脉脉的拨弦乐一样在空中回荡，以风驰电掣之速传遍了整个大地。夕阳的翅膀和大地的条纹开始在露台前摇曳起来，从阴影中喷涌而出，流淌到平原的草地里。远处的群山俯伏在地平线上，沉重之感一扫而空。在傍晚的夜空中，刚升起的星星在罗伯特眼前熠熠生辉，如同银光闪闪的灯笼般低垂。雷鸣般的笑声也渐渐平息，纵情的欢乐仍在持续。

高级专员同罗伯特一样在露台上不由自主地跳起了舞。他也沉溺在欢乐之中，忘乎所以地把胳膊搭到了罗伯特的肩膀上。

他用一种比以往更显圆润的嗓音说道："欢乐散落在世间的各个角落，想要感受当下的永恒，人们根本不需要什么扬声器。"他像一个溜冰者一样滑了出去，留下了一道弧线。当他再次靠近时说道："阁下到头来还是白费力气。"

罗伯特回答道："直到最后还是在玩弄戏法。"然后他不得不嘲笑自己苦苦找寻解答世界之谜的行为，这还真是幼稚可笑。

"我就是个傻瓜！"他边说边鞠了一躬。难以言表的是他在向高级专员还是向素未谋面的市长鞠躬。

罗伯特将双臂撑在栏杆上，看着暮色悄悄地降临。在某个地方一定能找到这座山中城堡。群星闪耀着愈加明亮的光芒。射向地平线的光束也有可能是来自城堡的某扇窗户——但这又有谁知道呢？

高级专员回到了自己的房间。

编年史家还在凝视着远方。在目光的注视下，坐落在古老的山脉之上的神秘府邸仿佛位于一朵浮云发光边缘上，渐渐摆脱了黑暗。就如同一株含苞的花朵缓缓绽放，露出了金黄的花蕊。神圣的普法尔茨宫的宫墙也曾对世人敞开，让人们得以一窥究竟。

在繁星密布的墙壁当中，罗伯特看见了一群身着华贵长袍的富商正在举行集会。他们脱下了鞋子，站在泛着金属光泽的大地上，而大地则在他们的光脚下震颤着。他们旋转着翩翩起舞，仪态大方，温文尔雅。他们抬起脚，伸向一旁舞友的位置上时，人们可以看到地面是由无数闪闪发光的利剑组成，他们是在没有套鞘的刀刃上跳舞。有人在检查刀刃是否锋利。那个人弯下腰，将一页纸放在刀刃前，然后从中间切开。由无数把来自地底深处的利剑组成的地毯在他们的脚下延伸，但似乎对鞋底没什么损害，那些向他们迎面扑来的火焰似乎也是如此。他们茫然地低下头，微笑着看向城堡里面。他们穿过了一间没有铺设地板的房间，空气似乎比任何固体元素更加顽强地承载着他们。他们将手伸向黑夜，将星星和太阳抛向对方，如同参加一场盛大的球赛，流星的火花从他们手中划过，生命之线从一个星球延伸到另一个星球。

他们是世界上的三十三个守护者，是金色天平的守护者。有人曾告诉过编年史家，他们是从市长的山中城堡那里纵观整个人类世界的运转情况的。神圣的喜悦把他们引向了欢乐的舞蹈和星辰游戏，以便从宇宙中汲取新的力量。此时此刻，他们已经结束了这一切，回到了高耸的圆顶房间。房间里，世界天平的弧形平底托盘正在无限中摇摆起伏。

世界的守护者聚集在开阔的半圆形区域中，专心观察金色托盘的缓慢上升和下降，这自古以来就是他们的使命。编年史家常常感觉他们中的某些人与自己距离并不遥远，他甚至认为自己能从这些扁平的脸庞上分辨出一些杰出人物的特征。在他看来，看到老子、孔子、庄子、李白这些中国古代的智者和诗人，这并不稀奇；他在其中还发现了赫拉克利特、荷马和苏格拉底，还有菲尔杜西和琐罗亚斯德、但丁、奥古斯汀、莎士比亚、歌德和托尔斯泰也站在那里；那个戴着轮状皱领的人或许是蒙田，这个应该是塞万提斯；那边弗朗西斯的画像在熠熠生辉，这边维吉尔的画像也是流光溢彩；印度圣人和教祖围绕在沉思的达赖喇嘛身旁，菩提达摩或许也在其中。他把伟大的载具——大乘佛教传入中国，这个教派最早的传道者马鸣菩萨和龙树菩萨也赫然在列；《圣经·旧约》的先知们同占卜者耶赛亚斯在激烈地讨论着。很快罗伯特就发觉，这些面孔仿佛发生了变化，在永生者的变化交替中转化成其他特征。他们使人联想到斯维登堡、帕斯卡、克尔凯郭尔、伏尔泰和斯威夫特；孟子出现了，还有社会仁爱学说的东方先驱墨子，存在主义方式的后期大师朱熹；瓦尔特·封·德尔·弗格尔瓦伊德、彼特拉克、焦尔达诺·布鲁诺、伊拉斯谟斯、朱伯特、菲斯泰洛齐现在出场了，他们都在生命精神这个问题上提交了完美的答卷。

他们本来是这个人，然后又变为另一个人，而且不断持续着这种创造游戏。当他们在市长的圆顶大厅里交流思想时，他们的手势没有表现出虚假的庄重性。有时，他们的手似乎试图采取防护性动作来阻止天平的托盘在黑暗的重压下不断下沉。托盘上看起来像是笼罩着一团气态物质，颜色越来越暗，重量也在不断地增加。而另一侧托盘上的明亮物质则越来越黯淡，变得几乎失去重量。黑色的那团物质对应尘世间在人类当中发挥作用的野蛮思想，明亮的光锥周围聚集的则是精神的贮备。野蛮思想中暗藏着仇恨、不合理和不自然的混乱雏形；而精神则被思想、真理和善的纯洁源泉哺育。

即使在人类的这个时间段里，即编年史家面对着世界天平所经历的这段时间里，黑暗战胜了光明，三十三位天平守护者也不会流露出惊讶或是绝望的表情。他们并没有采取积极的干预措施，但是他们也没有停留在深思熟虑的观察之上。仅仅是他们的存在便已经起到了帮助。较轻的托盘不断向高处抬起，他们耐心地紧盯着托盘上那无比稀薄、如丝飘散的光芒。罗伯特觉得自己洞悉了他们的想法。他们知道，精神和野蛮思想是平等存在的，屈服于其中的哪一种力量，完全取决于人类自身。不断膨胀的黑暗是仇恨和野蛮本质流露的证明，它存在于许多的个体、集体和民族之中。人类因无助和无法应对自身所处的困境而迸发出无限的激情，而这种激情又唤醒了残忍的本质，它们也可以转向精神的理智世界，实现纯洁的人生。这个决定始于每个人。

编年史家观察到，光锥在逐渐增强，光芒的重量在不断增加。这意味着宽慰和行善在人类世界的力量再次增强，人类互相帮助，而不是互相打压。灯光的光晕在不断延伸，它彰显着人类的赞许、母亲的亲吻、和解的双手。光芒在不断增强，黑暗的重量随之持续减少，托盘在努力寻求平衡。因为黑暗的一侧增添了新力量，这意味着新一轮的流血、暴行和亵渎。但是明亮的一侧也汲取了新营养：顽固的内心皈依真理，意志服务于人性，欢乐在尘世间获得了权利。因此金色天平上衡量愿望和意志，思想和行为的托盘此消彼长、上下起伏。

精神的托盘常常看似完全被另一侧的野蛮思想战胜，这种现象可能会持续多天、多年，甚至是多个世纪。对于这位编年史家来说，展望未来的世纪，这是一个重要的暗示，那就是在世界的计划中，总是有希望，总是存在着可能性，去相信生命的精神力量。通过在死亡帝国的逗留，他得知尘世间一个人的善行与恶行、明智与愚蠢都不会即刻得到回报。根据重生法则，这将在数量和持续类型上找到对应物。但是金色天平的幻象向编年史家揭示了，在永恒存在的循环中，个体自愿成为智慧精神的载体还是野蛮思想的载体，这是极其紧要的。每一个个体每时每刻都在为宇宙做出贡献。

画面上方一个暗影在缓缓地从左向右移动，好像是一个陌生的天体在掠过那架天平和它的守护者。罗伯特猜想，那是市长大人又一次拉上了窗帘。

当他回到高级专员的房间时，双脚突然不听使唤。他踉踉跄跄地坐到了一个有软垫的大理石沙发椅上。高级专员打开了灯。

高级专员友好地说道:"您休息一下吧。"音调一如既往的死板生硬。

罗伯特的思绪又回到了先前,他自言自语道:"机会有是有,但是没有十足的把握。"

"您指的是生命吗?"坐在书桌那边的高级专员询问道。当编年史家谨慎地点了点头时,他补充说,这只涉及他管辖的区域,但是作为人类罗伯特还是心怀偏见。他顺便说道:"林德霍夫博士,您是继续在档案馆里工作,还是要返回您之前的国度,这由您自行决定。"他冷静地补充道:"在我们的工作中,您在这里和在那里是一样的。"

罗伯特说:"我是一个人,不是幽灵。"

过了一会儿之后,没等他的客人提出问题或是表达异议,高级专员便按了电铃按钮。

他对进来的秘书说:"给林德霍夫博士准备证件。"

罗伯特僵硬地鞠了一躬。他在离别时说:"请允许我对所有的谅解和关注表示感谢。"

那位秘书的脸颊红润,高度近视眼镜后面的小眼睛里流露出狡猾的目光。他拥着罗伯特走了出去。

当他们坐在秘书的房间后,秘书高兴地说:"档案管理员先生,放轻松,您要休个假吗?"

他把一支香烟递给了罗伯特,这种久违的享受让这位编年史家再次充满活力。

罗伯特说:"我要永远地离开了,我没有感觉有什么不妥。"

"您一定还会回来的!"秘书在签发证件时说,"您已经很好地适应这里了。"

罗伯特怅然若失地环顾了一下四周说道:"我一定会回来的,但是只有当我真的死亡的时候,我才会回来。"

秘书边在纸上盖上印章边说道:"生活中,您只是一个正在度假的亡魂。"

罗伯特深吸了一口烟,说道:"您的意思是,说到底只要我留在这里就没有什么好大惊小怪的。您说服人可真有一套。"

面色红润的秘书回应说:"我承认,我们这里的情况有些问题,但可以说是瑕不掩瑜。请您相信我,如果西方国家的人们生活得更好的话,我们这里看起来也会大不相同的。也许您会在您的书中提及这些内容。"

"在哪本书中?"罗伯特问道。

秘书说:"在这里停留期间,您一直在撰写的那本书籍里,在对我们的特征研究的调查报告里,在您的旅行小说里。"

罗伯特按灭了余下的香烟,高喊道:"您错了。我缺乏成为娱乐作家的所有先决条件。我既不会编造谎话,也不会虚构情节,我甚至不会有幸福的结局。我付出了自己的半条生命。"

秘书一边把那些官方文件折叠起来,一边开口说道:"这就是先决条件。另外,这本书或多或少是在没有您的帮助下完成的,高级专员让我负责确保您随身携带着这本蓝色的书。您的火车在午夜出发。"他把护照递交给了罗伯特。

"这可真是可笑至极！"罗伯特喊道。他再次陷入绝望："我真的疯了吗？又开始窃窃私语了吗？魔鬼应该熟悉这里的欢愉！我最后不是笑死的吗？"

那位秘书说："博士先生，您现在必须启程了。"

罗伯特激动地轻声低语道："谁能够相信我在这里所经历的一切？相信我曾经作为有血有肉的人在这个大河背后的城市驻留。对于宣扬唯物主义的世界，这不过是一个童话。相比于林德霍夫博士的死亡之旅，到访过巨人国和慧骃国的格列佛可以称得上是一个无害的神奇男孩。没有人会相信这一切，而只会称之为灵异事件。教会的信徒和军人阶层的狂热分子定然会对我恶言相向，因为我破坏了信仰和道德。逝者和最古老的亡者一定会向我复仇，因为我提前见到了他们的真实面目。"

秘书催促说："轿子已经备好了，您在档案馆里的行李会直接运到火车站。"

罗伯特依旧喃喃自语道："我对自己感到很失望。但丁至少经历过了地狱、炼狱和以前生者的天堂。他还用三行诗来描述这些经历。我到达了一个充满疑问的中间王国。我的编年史也终止于女巫。"

他的脸庞抽搐着，开始放声痛哭："我真的是和逝者在一起，日复一日，一直如此。"当他说道："我并不想危言耸听，但是现在我对自己所说的每一句话负责。"他的面孔绷紧，声音变得更加清脆有力。

当他站起来时，感觉天旋地转。当他起身进入轿子时，眼镜镜片也蒙上了一层雾气。

这时，那位秘书说："祝您旅途愉快！"

六个挑夫在夜间穿过城市，把坐在轿子里的编年史家送到了火车站后，然后便默默地离开了。罗伯特手里提着他原来的小箱子，在火车站前的广场来来回回地踱步。搭乘其中最后一辆火车到达此地的晚来者踌躇地从火车站里走了出来。冰冷、明晰的月光映照着整个苍穹。天空中闪烁的星星也因而黯然失色。零星的几盏路灯的光亮也不得不臣服于无孔不入的漫天光辉。

为了抵抗阵阵袭来的疲倦感，罗伯特强迫着自己走来走去，并机械性地数着步数。不，他并没有疯，那些逝者更是如此。

不眠之夜造成的身体疲惫和过去几个小时的经历令罗伯特感觉身体被掏空，一阵眩晕令他动弹不得。

"罗伯特！真的是你吗？"他听到有人在叫他，声音里充满着惊奇和喜悦。

罗伯特停下脚步转过了身。一个纤弱的身影从火车站那里向他斜步走来，来人的双脚同时向着一个方向倾斜。他认出这是他母亲的身影。

她说："孩子，你在等我。亲爱的上帝，这可真的是太好了。"

她的额头如同透光的瓷器一般闪烁着光芒。她捋了捋额前的一绺头发。

他说:"我遇见了你,母亲,今天我注定与你在此相逢!我在去找你的路上!"

"这是一道美丽的光!"她紧张地笑着说道,"一路上,我一直都可以看到它在闪耀。我时刻做好了准备。"

他抚摸着她的双手。

她问:"我还能再见到你的父亲吗?"

罗伯特小心翼翼地说:"他已经走得更远了。我们三个人总是彼此相隔一段距离。你明白吗?"

她说:"我听天由命了,我学会了顺服上帝的旨意所决定的一切。"

她雪白的脸上掠过一丝苦涩的陶醉,一个伟大女性梦幻般的美丽特征显现了出来。然后她的面部表情便因痛苦而变得空洞。在她胳膊上挂着一个塞得满满的小手提包,从那里面露出一本破旧的赞美诗歌集。

他对她说,自己将再一次返回人类世界。这个时候,她告诉他埃里希和贝蒂娜已经长大成人了。自他离开之后,伊丽莎白的日子并不好过。

他说:"但是,我真的离开这么久了吗?"

她茫然地看着他。

她说:"在我们看来是这样的,但是这需要由你自行决定。世界上出现了很多可怕的事情。为什么人们要互相伤害?最后,我同无数人一样,没有了栖息之地。现在我的内心无比祥和。"她深吸了一口气，说道："我亲爱的孩子。"

罗伯特向她推荐了一条穿过这座城市的路线。她十分感动，并向他道谢，但却生硬地拒绝了这个提议。

她说："已经很好了，我不需要任何的建议，我现在就去上帝那里。"但她看见罗伯特的眉头皱起，便又补充说："你当然更了解这里，但是你就别管我了。"

他点了点头。

她又说道："你要是回去了，给我阳台上的花浇点水，要不然它们就该干死了。"

他答应了她的请求。

他从身后对他的母亲喊道："如果你还有力气的话，不要忘记亲吻女巫的石头。"

他听见她说："好的，好的。"声音听起来已经远去而且夹杂着一丝不耐烦。

微微弓起的身影急切地快步走向在月光下闪烁的城市电车轨道。当她的轮廓与夜色渐渐融为一体时，他目送着她远去。直到他知道，她再也听不到自己的声音时，他才躬下身说道："谢谢你把我带到人世间。"

然后他穿过大厅隧道，来到了空无一人的平台。他原以为会被投以嫉妒的眼神，会有人向他提出好奇的问题，但稀少的铁路工作人员无疑是收到了市政府的指示。没有人来骚扰他，就连秘书精心起草的文件也没有被检查。他沿着火车走，这列火车由客车、货车和廊车组成，甚至还配有敞开的自卸车。最后，他坐上了一辆特快列车，他仍然是唯一的旅客，对此他并不感到惊讶。有人给他签发了一张到下一站的免费车票，到了那里他再看看情况。

午夜时分，火车几乎是在毫无声息中启动了。车轮在大河之上的大桥上缓慢行驶，发出低沉的声响。他透过玻璃望向窗外，泥浆如熔化的铅液一般，在月光下缓缓流向河床深处。碎石坡上也闪烁着乳白色的微光。伴随着"嘶嘶"声，由机车喷出来的蒸汽爬上了窗户，很快就遮住了视线。

罗伯特在狭长的长木凳上将四肢舒展开来。他抬起在一旁耷拉着的双腿，双膝蜷缩着，平放在身体上，然后他便这样入睡了。当他醒来时，天已经亮了。他惊讶地站了起来，看着两边的风景不急不慢地在身旁掠过。在远处的地平线上，他看到堆积起来的白云飘浮在绿茵地上。云朵如同一个巨大的蜗牛，顶着一副蜷卷起来的精致染色背壳。

当打开行李箱时，他发现里面有些零食，这很有可能是莱昂哈德装进去的。在他的物品下面是那本来自档案馆的蓝色书卷。其实就在昨天，市政府里身份高贵的读者已经阅览过了其中的内容。他把那本书卷从后往前翻的时候，发现其中的每一页都已经被他自己的笔迹覆盖。但是在书卷的最后，他看到的却是高级专员写下的内容。罗伯特轻声读了出来：

I saw the Sibyl of Cumae

— Said one — with mine own eye.

She hung in a cage, and read her rune

To all the passers-by.

Said the boys: "What wouldst thou, Sibyl?"
She answered: "I would die."

再下面是几句希腊文：女巫，你完成了什么？我完成了死亡。罗伯特再次跳过了诗句，他虽然明白了其中的含义，但它那神奇的音调却是无论如何都无法翻译出来的：有人说，我亲眼看到了库梅城的女巫。她悬挂在笼子里（应该是指悬崖上的篱笆），向所有经过的行人诵读咒语（她被抓起来占卜预测）。男孩们问："你想要什么，女巫？"女巫回答道："我想要死亡。"

罗伯特放下了那本书。

浓密的雨滴敲打着窗户。它们只是短暂地附着在玻璃上。然后这些晶莹剔透的圆珠便沿着倾斜的路线或快或慢地向下滚动。他凝视着这场暴雨带来的灰色奇观。站台旁的电报线晃来晃去。这一路上的景色越来越丰富。浮冰，针叶林，连绵的小山丘。暴雨停歇，太阳的光芒在云层间洒落。斜坡上嫩绿的三叶草田，一株株长着绿色枝芽的白桦树随风飘扬。空中鸟儿成群，乌鸦在陆地上栖息，牧场中圈养着瘦弱的牲畜，波纹铁板搭建的窝棚，凉亭。罗伯特感到一阵头晕目眩，他不得不闭上双眼。火车的速度开始减慢直至停止，这是这列火车首次停车。

在空旷的场地中央，人们用木板在站台一侧搭建起了宽阔的应急通道。难以预计数量的人群在箱子、麻袋、提篮之间聚集。背景是由铁丝网缠绕而成，看起来如同一座军营。孩子们在一排排木屋前歌唱，歌声却被嘈杂的声音淹没。一棵棵果树的树冠上开满了花朵，戴着盲人黄色袖章的流浪艺术家们倚靠在果树的树干上。许多青年男子因为少了一条腿而不得不拄着拐杖行走，还有一些人空荡荡的衣袖软趴趴地低垂着。对于护士和铁路工作人员来说，在漠然等待的人群中维持秩序并不是件难事。有人今天还没有到，没准明天就会到了。

这里不是火车站，不是城市。这里可以说是一个聚集地，一个接待营地。这是罗伯特转换到现实的第一站。

在封锁解除之后，一部分人群涌入了火车之中，罗伯特所在的车厢很快便挤满了一大帮人，许多人只能站在走廊里。罗伯特坐在靠边的座位上，观察着进来的人群，他们一脸狼狈的样子，吃力地放好行李，怏怏不乐，满脸狐疑地打量着对方。简短的几句问答中就涌现出了各种方言。

虽然他身处家乡，却再也听不懂他们说的话。虽然他们时常看起来行为鬼祟，但他们的心中充满了恐惧。一种令人窒息的氛围在他们当中蔓延，一有机会他们便烦躁地大喊大叫，想以此来掩饰自己内心的不安。

他还没办法适应衡量生活的标准。时间一拖再拖，等了许久之后，火车才重新启程。

罗伯特的对面坐着一对年轻的恋人，他们身上穿着星期天才穿的服装，那服装已然褪色。他们双手紧握，一直含情脉脉地看着对方。少女身上喷洒着气味浓重的香水。其他人则是一脸茫然地独自出神。有人从口袋里掏出一本书，开始读了起来。从慢慢开始的交谈中，不难看出旅伴们的特征和性格。例如，拿着书的男子证实是一名律师，他正打算到一个新的地方定居。另一名男子身上穿着一件带鹿角纽扣的深灰色夹克，他声称自己之前是名军官。在罗伯特的旁边，身穿丧服、较为年轻的女子是一个工匠的遗孀。一位较为年长的男子只穿着衬衣袖子，他总是下意识地扯着领带，那是一位被解雇的博物馆官员。一位头发过早变得花白的女士，目光不安地从一个人跳到另一个人身上，她试图打听到她的家人，她的丈夫、她的兄弟姐妹、叔叔内森和表姐妹的音讯，他们都被抓起来强行带走，至今下落不明。

她说，每遇到一个人，她都会询问，她会用一生的时间来打听他们的音讯。

列车开动了。

当那名寡妇向他打听下一站是不是必须换车时，罗伯特说，他觉得每个人都坐错了方向。旅客们将好奇的目光都集中到了他的身上。那名穿夹克的男子紧盯着他，这位男子可能刚刚退伍，正处于归家的路途。罗伯特转身面向人群。

罗伯特说："我来自一个没有快乐的国度。"

他声称，自己之前几乎没有离开过这里。

"来自恐怖的地带。"他说。

大家认为，这并没有什么区别。

罗伯特又说："来自一个绝望的城市。"

这时候，他们向他解释说，那么他与他们来自同一区域，这一点他们很清楚。他们无视他的反对意见，更喜欢向彼此讲述他们自己、亲戚朋友以及朋友的命运。他们在讲述时所选择的话语对罗伯特来说很中听。他们用形象的语言描述着自己是如何逃离死神的抓捕以及自己经历的可怕的事情。他们讲述着流亡的生活以及忍饥挨饿的日子，哀叹世风日下、百业萧条，感叹丢失的财产以及时代的艰辛，争论造成这一切的原因。他们一个比另一个更加凄惨。那对恋人在惊吓中彼此更加紧密地依偎在一起。

当每个人都疑惑地打量着罗伯特时，他说："我们应当按照我来自的那个国度的市政府所安排的那样来设置演习课。演习课能够强化记忆，在芸芸众生面前，小我变得不再那么重要。"

人们满怀同情地看着他。

正在找寻新工作的博物馆官员向罗伯特询问他所谈及的那座市政府的信息。

罗伯特回复道："这个市政府管理着大河背后的城市，这座城市在桥的另一边。"

前军官解释说，所有桥梁都被摧毁了，但他接受了演习课的观点，因为他期望这能够帮他实现脱掉制服的梦想。

他们对他的话题并不感冒。

少女搂着她的情郎。

"天亮了。"她说，声音听起来有点不确信。她的情郎肯定地点了点头。

罗伯特又接着说道:"我来自的那个地方,幻象得到了终结。那是一个没有音乐、没有孩子、没有幸福的暗影城市。"

那名少女哭了起来。那位少年从行李里拿出来一台手提留声机,放在膝上,特意播放了几首舞曲。

走廊里的一个老太婆从门缝里探出头来,怒斥道:"人们又不能靠这吃饱饭。"

当少年开始播放一个新碟时,律师说:"没有在就业办公室登记的人,会收到饥饿卡。"

工匠的遗孀谈到了她的丈夫,她说:"他们把他吊了起来,在他死前把他吊了三天。"她的身体颤抖着。

唱针在唱片上滑动着,发出吱吱声。

罗伯特饱受其他乘客的折磨。是什么驱动着这些人?这些人要前往何方?车厢中弥漫着一股茫然无措的气氛。无助的生物,他们看不到走出生活牢笼的出路。它摇晃着,手舞足蹈,左右摇转。它忙碌追赶,卑躬屈膝,慢吞吞地走着。它感到忧伤,渴望,忍饥挨饿,不能饱腹。它寻找着,却什么都没找到。正如他们喋喋不休,悲痛诉说,装腔作势。车轮随着节拍颠簸行驶,人们是在前行,抑或在同一个地方打转?

他看向窗外。大地之上的天空是如此宽阔。云彩遮蔽了一些一直烦扰着他的无情光芒。

他轻声地自言自语道:"人们只是还不知道。"他一定经常自言自语,那位律师虽然不叫费尔伯,但很可能以前就叫这个名字,他对其他人说道:"这位先生正在做白日梦呢。"

那位前军官说:"我知道我是一个逃兵,但是生活又会是另外一番模样。"他吹起了阅兵分列行进时的哨声。

罗伯特感到有些无所适从。

轮子发出"吱嘎吱嘎"的响声。突然一阵剧烈的颠簸,正如之前喷泉广场前的电轨一样,火车停了。旅客被通知下车,如果他们想要转车的话,就得下车步行一段距离。

少年对他的恋人说:"我们一定会找到一个家乡。"他的恋人在罗伯特的身后最后一个离开车厢。

罗伯特跟跟跄跄地越过被毁坏的站台,数千人背着包裹向前奔去,他和他们一同前进,经过一列列被烧毁的车厢和压坏的火车头。他们走在一条踩踏严重的宽阔沙石路上,穿过一片田野,田野的尽头是郊区光秃秃的废墟。太阳躲在一层薄云后面闪烁着微弱的光芒。路的两边系着打结的绳索,人们拖着疲惫的身躯前行。孩子们号啕大哭,路上一直有蹲坐的人落在了队伍后面,其他的人也是累得气喘吁吁。

在一个刚填起来的铁路路堤上停着一辆货车,由它承担运输这些人的任务。罗伯特爬上了牲畜车厢,在车厢地面上铺着薄薄的秸秆。罗伯特只看到那位穿着宽大短夹克的男士爬上了这节车厢,之前在同一节车厢中的其他旅伴们都没了踪迹。现在一个新的集体和他共享这段旅程,其中有一些人是第一次进入这个场地的。几个小时之后,列车才开始启动。推拉门半开半掩着,这让车厢里多了些许光线和空气。

前军官指着罗伯特说:"这位先生自称来自大河背后的城市。"

一位年轻的女士却没有加入到这场哄堂大笑中去。她将身子转向罗伯特,然后对他说,作为一位省级报刊的记者和通讯员,她对这件事情非常感兴趣。罗伯特只是略微提了几句。

这位女记者说:"您之前真真切切地感觉到了自己是在和死人打交道吗?"

罗伯特回复说:"是和逝者。"直至现在,他依然没有摆脱这种感觉。

"典型的被俘精神症。"女记者向其他人解释道。

罗伯特说,他觉得重新适应生活并不是件容易的事,许多东西都已经面目全非。

女记者指出,这是战争年月以及灾难时期留下的可怕印记。她猜测,罗伯特应该被囚禁了近十年。

罗伯特难以置信地质疑道:"这么长时间?"他觉得自己仿佛只是度过了无比漫长的一天。他不得不承认,自己失去了对时间的所有感知力。

女记者想知道罗伯特是否随身携带着那段旅行期间的照片。罗伯特表示没有。女记者对此感到十分惋惜,毕竟照片还可以作为证据。

罗伯特说:"关于大河背后的城市的一切都被真实地记录在一本编年史上,我随身携带着它。"

当女记者满怀好奇心想要查看那本编年史时，他说，里面的字句还需要用墨水重新绘制。这是对之前发生的事情的一个证明。

女记者认为他不过是在吹牛皮。他其实提供不了什么具体的东西。期待中的文章也并不存在。一个新的维内塔[1]或者是法伦矿山[2]里的消息。

她觉得自己也许能够展开一场采访。这样也能为他做些什么。她在通讯文稿里写下了贝蒂娜这个名字。

当她提到这个名字的时候，罗伯特想起了他的女儿，这让他感到一阵惶恐。在这期间，他的女儿肯定也长大成人了，但他并没有从这位通讯员身上找到他女儿的影子。这位女记者证实，同名的现象屡见不鲜，即使是年轻的女孩也是如此，而且她的父亲很早便过世了。

他平静的目光让她有些困惑，当火车在弯道上减速时，她敏捷地跳下了车。

他知道，这不是他的女儿，但是他的女儿很可能也是这么优秀，这位女记者代表着他的女儿出现在他的眼前。这让他意识到，

---

[1] 维内塔，是波罗的海南部海岸一座神秘城市的名称。关于维内塔的神话，它们都有一个共同点：维内塔人过分淫荡或亵渎神明的生活方式，使他们受到洪水的惩罚，洪水将这座城市带到了波罗的海底部。

[2] 法伦矿山是瑞典法伦镇附近具有重要历史意义的矿山。德国浪漫派作家E. T. A. 霍夫曼在他的故事集《谢拉皮翁兄弟》中也描绘了一个关于法伦矿山的故事，小说讲述了年轻的主人公放弃了航海工作成为一名矿工。这个故事是关于法伦矿山以及当时与矿井相关的悲剧文学传统的一部分。它还体现了德国浪漫主义对地下世界的迷恋。

一位离家多年的父亲必须回到他的家人身边。

火车慢吞吞地穿过罗伯特的家乡。

"这种情况不可忍受!"前军官怒斥道。他无时无刻不都皱着眉头,就像一块海绵,浸透了不满的情绪。

熟练的双手在车厢的另一边搭建起了两个长凳。在侧墙上凿开了一个四方形的洞,打造成了一个小窗户。他们说,现如今人们无论在哪儿都要布置得很舒适。这是一群由拓荒人和工匠组成的垦殖者,他们在寻找自己的幸福。罗伯特和他们相处得非常愉快。

火车停止,火车行驶。

"我们正在构建新的现实。"其中一位正在赶往一场集会的代表说道。一位海报画家设计了一些言辞乐观的横幅标语。一位曾在精纺纱厂工作的红发代理人正在兜售着抹布。他说,人们必须重塑自己来适应贫穷的境遇。

临近的车厢里驻扎着一个流动话剧团。当看到他们那些华丽的戏服时,大家相互撞撞胳膊说:"他们这是要在我们面前上演生活大戏啊。"

路边的景色如同一个蒙着面纱的布景从旅客的眼前掠过。

临近傍晚的时候火车停了下来。有人通知他们说,交通在夜间停摆。乘客们纷纷从火车上爬了下来,开始在站台旁的狭长地带休息。人群聚集在一起,一边是孩子们为壁炉收集木柴,一边是妇女们从被烧毁的农庄的水井里打水。各色人群混在一起,组成了一个旅行大家庭,其中的另外一些人从食品手推车上拿来了食物。罗伯特也加入到了他们的行列。远处厚厚的云层在堆积。罗伯特注意到，这里的天空从暮色初显到陷入黑暗的过渡过程要比那座城市里僵硬的天空缓慢地多。他放眼望去，大地上到处是五彩斑斓的景色。

到了晚上，他们中的大多数人都睡在牲畜车厢里，在薄薄的稻草堆上辗转反侧。睡意蒙眬的人们在微弱的晨光中站了起来。代理人发现自己脚上的靴子被人偷走了。他精明地用分得的汤交换了一双木鞋。火车行驶一段时间后，穿夹克的绅士不见了。有人窃窃私语说，在露天过夜的他被人谋害了。

下午时分，那群垦殖者下了火车，登上了一辆在稀疏的松树林边缘处停靠的篷车。罗伯特试图加入他们，然而被宣布已经满员。因此他只能留了下来。一个人在向他道别时给他留了一张吊床。这位前档案管理员把它固定在车厢的角落里。

第二天，火车在露天停了下来。年轻的乘客，无论男女都得到了锄头和铲子，并被严厉地要求在附近的某处参加为期一周的清理工作。争论无济于事，圆滑一些的人借助一包准备好的烟草溜了出去。那些措手不及的人们已经在平原上齐步前进了。

很快，另外一些人登上了运输列车。晚上，罗伯特睡在吊床上。这让他感觉很开心。

他越来越不想同其他人一样，在其中的某个站点下车。他起初打算直接回到以前的住所，但是在遇到名为贝蒂娜的女记者之后，他开始动摇了。如果他没有猜错的话，他并没有离开大河背后的城市，回归到往日熟悉的生活。他在永恒中被放逐得太深，以至于无法再从短暂的瞬间找到满足。这不是人们可以任意驱除的梦境，也不是人们可以随时终止并重返市民社会的冒险旅程。

他是否应该走到伊丽莎白面前说："我又回来了！"她如何能理解这件不可思议的事情！可能会有眼泪或者无声的责备，还有嫉妒甚至放弃的痛苦。贝蒂娜现在可能是某个办公室的职员，埃里希可能终日在田间劳作。"我没有回来，伊丽莎白，我根本不在这里，我只是在女巫那里得到了一次缓期，一个额外的时间期限，我不知道任务是什么，我不再属于你们，不再属于老房子。"

最好还是像以前一样下落不明。这样处理更加妥当。中间王国并没有放过他。在这列火车上安顿下来，向前行驶，一直停留在旅途之中，这样也许更加合适。我们无法在自己曾经离开的地方继续生活，并假装在此期间什么都没有发生。他并不适合在一个地方定居，无论是在老地方还是在新地方。不论是列车一如既往地在夜间停顿，还是过了一两天后，列车在旁轨处停车。下来漫步一小时，有休息和思考总是好的，尽管独自度过这个季节，但是知道旅行还在继续总是好的。

罗伯特乘车穿过了他的国家。一条条路，一道道风景，平原，沼泽，荒野，丘陵山谷，河流，林木繁茂的山顶，远山的轮廓。他乘着火车一路前行。带有倾斜十字架的巨大墓地，被砍伐的森林，被吹散的垃圾堆，毁坏的工厂，无助的棚屋，拥挤的宿营地。人们目光呆滞地蹲坐在肮脏的街道上。杂草丛生的废墟，无人之地。成群结队的流离失所者，被各家各户驱赶的乞讨者。流浪者，抢劫者和强盗。

有时周遭的大地仿佛都生病了，人们就如同在一所漫无边际的医院里穿行，设施破败，大家吵吵闹闹，却没有人知晓他自己的病痛究竟在哪里。像人一样高的柳茎就像是根被丢弃的拐杖，开裂的树干上缠着枯草，在光秃秃的树枝上长着如幽灵般飘动的灰色苔藓地衣。阳光用它那金闪闪的长矛刺穿了灌木丛。

村庄从眼前掠过，美好的地方如同荒原之中的一片原始的绿洲。老人们弓着背在耕作。青年目送着火车离去，偶尔会有人挥手致意。为下落不明的灵魂祈福的游行队伍，为了获得面包而进行的饥饿游行。列车绕过大城市和被破坏的地方行驶。停靠点大多位于小城镇附近的开阔区域或在到达老城区之前的地带。

夏天的气息已经登上了树梢，池水泛起阵阵涟漪，夜晚吹来暖洋洋的风。庄稼生长着，秸秆已经可以收割了。他每天都被清晨的鸟鸣给唤醒。鸟儿喉咙里传出叽叽喳喳的声音，生机盎然的大自然传来的各种声响：啁啾声，嗡嗡声，树木、风、水发出的如施了魔法般的声音，雨水的敲击声，树叶的回响声，这些声音他都百听不厌。有时候，某节车厢被卸了下来，停留数日，直到它们连接在一起形成一个新的列车。

长期以来，罗伯特乘坐的那节车厢似乎是他自己的专享，而其他乘客几乎不会占用。渐渐地，他把它变成了一个休息室，配有一张桌子和一个洗涤台，还用几个脚垫替代了干草堆。一个非常实用的木箱被用来放置餐具和日常用品。在车厢里面还放着一个可以用来准备食物的铁炉子，盘绕的管子穿过车顶，插入车顶上的一个可以旋转的风帽。机车室给他提供了一些煤炭，他还弄到了一条毯子。吊床在角落里欢快地摇晃着。他还需要什么？一无所有地度过一生真是美妙。

他的奇特之处很快就在人群中传开了，于是他的身上便笼罩上了一层传奇色彩。人们称他为旅行者罗伯特，他们争相传述着关于他的各种事情，例如，他有一本用他人不可见的神秘墨水写成的魔法书；他擅长耐心地倾听任何人，人们认为，这和在忏悔室的牧师不一样，他的做法让人备感亲切，就如同大自然的回应。他们甚至还流传，他知道方法来克服对死亡的恐惧。

列车员很快就认识了他，据说这位神秘的客人来自一个位于世界边缘的遥远国度，可能来自印度或中国。当局默许他留在这列货车里。几乎没有人来盘查或是询问有关印章和证件的事情。有人对合法的入住许可证、居留证和永久居留证没有任何要求，并且不需要一般的居民住所，高层似乎也对这种情况表示欢迎。看起来他们好像是在和一个怪人，一个托钵僧，一个朝圣者，一个现代的旅行圣人打交道。

每当火车在夜间停留或者他的宿营车在旁轨处停留几天时，周围的人们都会来拜访他，这渐渐地成了惯例。在一些地区，例如施瓦本，人们似乎一直翘首期盼着他的到来。人们带着某种关切、担忧、渴望从附近的村落里赶来。他们想知道，其他地方的人们命运如何，关于正义与不公，关于愤怒与喜悦，关于不安与未来。其中也不乏一些猎奇者。旅行者罗伯特细心周到地为他们一一解答。他知道如何快速地把注意力从个人转移到普罗大众，从瞬间转移到永久。他的话不多。他想起了伯尔金或者是玛古斯大师提到过的一个观点：虚荣者对这句话不屑一顾，聆听者将它视为金科玉律。现在他将这个想法抛在了脑后。因为他拒绝了所有的邀请，来访者便纷纷向他展示了各种善意。他们把他的膳食起居照顾得十分周到，帮他清洗衣服，烟草和一种已经很少见的饮料在他那里也不是什么稀缺物资。

从这时起，即使他和他的宿营车只是在那里做短暂休息，也会有一群人围绕着他。大多数时候，他都会双腿悬空，在宿营车敞开的推拉门那里席地而坐，而围观者则是蹲坐在轨道旁的草地上。如果附近有湖泊，他也会和他们一起在芦苇岸上闲逛，或者邀请他们去林间的空地走走。

后来，这节车厢便很少与普通载人列车相连，而通常是在运输货物时被带着一起前行。在下雨天以及较冷的季节，不断更换的这一群旅伴就在车厢的里面聚集。罗伯特的讲话仅限于朗读他书中的场景和段落，并让图片和幻想的意义在他们身上起作用。他们常常在听完后会默默地分散开来，却又会时常聚在一起讨论事件的意义。激励人心的是，听众对逝者的王国了解得越多,他们对自己的生活就越有信心。

那还是第一年的秋天,缓慢的旅程将他带到了海边,强烈的蓝光让他常常想起亡灵世界头顶的天空。冬天里,他更多的时候是一个人独处。四处飘移的乌云如幽灵般低垂,这让他常常以为自己是在去往女巫那里的路上。他与女巫进行着那场昔日的对话。"你还在迷雾之中慢慢守候着吗,好心的老婆婆?"他在覆盖着白雪的大地上高声呼喊。"把你的想法传达给我!"他请求道。他感觉自己从飘下的雪花中听到了低沉的应答声:"如果世界上没有死亡,"这听起来像是安娜的声音,"这个星球上的生命就会停止。"周遭天寒地冻。"我在路上。"他自言自语道。乌鸦发出了悠长的"嘎嘎"声。

春天的时候,旅行者罗伯特接近了威斯特伐利亚,他曾多次在这片红土地上穿行,每一次的逗留都会有越来越多的人在他身旁聚集。尽管年长者也乐意听他朗读"死亡的前花园",这期间人们给他的诵读冠上了这个名字,但主要还是年轻人会在晚上前来聆听他的教诲。他们是年轻的教师,工会的秩序维持者,小职员,大学生,移民,技术员,化学家,机械工程师和男女学徒。天平在无限空间中飘浮,承载光明与黑暗的托盘因人们的行动和思想而不断摇摆变化,这些给观众们留下了难以磨灭的印象。

他经常被问到,在经历了这么多之后,生命的意义是什么。他本可以回答:意义就在于变化,每时、每天、年轮的变化，七年的周期变化[1]，时代和永恒的变化，他想起了那位强大的沉默者，大绅。他对这些问题始终保持沉默，让每个人通过自己的命运为整体做出贡献，同时在整体中理解世间的宇宙秩序。变化就是法则。从一种状态到另一种状态的转变：固态化为液态，液态化为固态；欢乐化为痛苦，痛苦化为欢乐；石块化为尘埃，尘埃化为石块；物质化为精神，精神化为物质；死亡化为生命，生命化为死亡。

在那些年里，大河背后城市里的档案员和编年史家在尘世间成为旅行者。因为与他相遇，许多西方人的观点发生了变化，他们的思想习惯了另一种维度的生活价值观。邻近的大河后面的世界的寓言故事也和他那个时代的形象相符合。倘若说真的有这种变化，那么这必定与罗伯特的听众们有关。

他反复地叙述着他从逝者身上和从亡者的高级守卫者那里发现的事情，这既不是他的意愿也不是他的功劳。乘车从一个地方到另一个地方，从一个国家到另一个国家，甚至这也不是他自己的决定，他只是听从女巫的咒语：微笑着画出生命的痕迹。没有人知道他是不是有时宁愿放弃他那令人陶醉的命运，去亲吻活着的安娜。

---

[1] 数字七在西方有着特殊地位：白雪公主童话中的七座山后的七个小矮人、世界七大奇迹、一周的七天和创世中的七日创世等都和数字七相关。在巴比伦、希腊和罗马文化的所有伟大神话和基督教、伊斯兰教中数字七被认为是一个特殊数字。希腊人、罗马人在中世纪也已经提及七年周期的发展阶段。

不断有人声称，旅行者罗伯特在自认为无人窃听且没有世俗的目击者的情况下，放声歌唱。在深夜，或是当列车的车轮滚过铁轨时，他张开双臂站在敞开的车门里歌唱。歌词和旋律仿佛在瞬间诞生，发自肺腑。也许他唱的是准备迎接死亡的生命力之歌，存在的不间断性，从玛雅[1]的面纱后释放出这样一丝气息。

一个山谷成了铁轨的天然终点，他在那里停下来休息了一下。在列车再次下行之前，有人在周围村庄的一个小墓地里看见了他。一些丘陵上长满了青草和野花，上面的一些牌子刻着曾经不幸丧生的登山者的名字。出生——死亡。也正是在那里，在这人迹罕至的地方他找到了安娜的坟墓。他蹲在地上，伸手抚过四处蔓延的三叶草。远处的山峰清晰地映入眼帘，他让那些风化而又微微结块的沙子不停地从掌心中流过。

"她以前并不属于这里。"他听到了一位老妇人的声音。这位老妇人已经观察这位旅行者很久了。当他抬起头时，老妇人在胸前画了个十字。

"她现在也不属于这里。"他和善地说道。但是戴着头巾的那位老妇人已经远去，听不见他的话了。

他沿着草地间的小径慢慢向下走去，这条小路从村庄一直蜿蜒到车站。薄雾在山坡上翩翩起舞。它抛出面纱一样的罗网，仿佛

---

[1] 玛雅是印度哲学的一个术语。它被认为是婆罗门的深不可测的绝对创造力。玛雅的概念体现了整个现象世界，包含所有二元性，包含人类的正面知识和负面无知。

要抓住他一样。矮松中传来一阵窃窃私语。他停下了行进的脚步。这时候，他听到一阵强风从远处带来了低沉的吟唱声。云雾在对面的山脊上空翻腾。

那位老妇人正在村庄前的十字路口等着他。这时，她开门道："谁听从雾中的女子胡说八道，雾中的女子就会将他带走。"

"我知道。"他边说边笑着举起戴着手套的双手在空中挥舞了几下。女巫的思想，已经成为他人生旅程的一部分，不仅充盈着他的本性，而且他也察觉到了，她的秘密在其间被不止一个人说出。他蹦蹦跳跳地继续向下大步走去，当他登上站台上的列车时，几道闪电划破了天空。他从列车的车门处看到了自然元素的永恒标志。

火车开动了，他将身子探出车外，并在离别时喊道："现实是最大的奇迹。"

雷鸣声仍在山中回荡。这时，火车从山上驶入了下沉的平原。木材、零担货物和牲畜被装载到了列车上。一部分留在这里，另外一些摆在那里，货物堆放在混凝土大厅里，起重机吊起货物，机器发出"嘶嘶"的蒸汽声。车站的彩色海报引人注目。人们咒骂、嬉闹着。即使在晚上，交通也没有停止。

古老城市熟悉的名字映入眼帘，花园的土地在膨胀。房屋从杂草丛生的荒地中向外延展出来。难民和四处流散的人们再次找到了简陋的工作场所。尽管白天很清醒，但他们无法扼杀夜晚的魔力。逝者的灵魂进入梦境，展开警告与探求。当罗伯特躺在他的旅行列车上时，他们还守护着罗伯特的梦乡，和枕头下泛黄的编年史。如同置身幻境之中，他仿佛再次看到了那架金色天平。在城市的最后一个夜晚，他从市政府阳台上曾看到过这幅景象，而现在明亮一侧的托盘似乎更加耀眼。于是他开心地躺下了，直到早上他家乡的站名被大声报出的时候，他还一直保持着躺卧的姿势。他似乎在绕圈行驶，现在又回到了原点。

　　一辆调动机车停在了他的车厢前，然后将他推入了一个玻璃屋顶大厅里，那里等候着一辆列车。在车厢旁边的站台上站着各类人群，他们手持鲜花和花环。就在罗伯特的旅行车与火车连接的时候，几个穿着深色衣服的人，默默地伸出手，来到了半开的门前。罗伯特在不知不觉中抬起了头，认出了他的两个孩子，埃里希和贝蒂娜。伊丽莎白站在他们身后，如果没有弄错的话，伊丽莎白旁边的那位先生一定是梅尔滕斯教授，一位外科医生，安娜的丈夫。其他人的头变得模糊起来。他看到贝蒂娜的怀里抱着一个孩子，埃里希的手里也牵着一个孩子。孩子们开心地采摘着花朵。埃里希将他的孩子举起，仿佛是让孩子看得更加清楚，那个孩子发出了一阵幸福的欢呼。大人们迷惘地望向车里。罗伯特想要再次挺直身体，却感到左侧的胸口出现一阵麻痹般的疼痛，在死者王国撰写编年史的那几年里，他有时也会感受到这种拉扯般的疼痛，只不过这次的眩晕感更加强烈，反应也更加严重。

"我在哪儿？"他结结巴巴地说道，但没人能听到他的声音。

他伸手去摸自己的心脏，头猛地向后仰去。伊丽莎白似乎还想说些什么，却用手帕捂住了嘴。在集中运输的列车开动、车门自动关闭之前，人们把花环和鲜花从宽宽的门缝塞了进去。在火车驶离玻璃顶棚的大厅后，罗伯特可以透过墙壁看到在站台上目送的人们渐渐离去。

他的震撼时刻已经被记录了下来。

当火车驶近河上的一座大桥时，他走到了窗户旁。当他所在的车厢缓缓驶过大河时，他把从一本书上撕下来的一堆纸扔了下去。最后，他的手里只剩下那本书卷的蓝色封皮。纸张在空中飞舞，漂浮在散发着霉味的水面上，然后逐渐分解。

这个时候，旅客们已经在终点站下车了。他是众多旅客中的一个，在黎明的曙光中走向一个他极其熟悉的城市，尽管他已经不记得自己之前曾经来过这里。

目录

卡萨克的生平与影像　■ 04

关于赫尔曼·卡萨克　■ 08

评《大河背后的城市》　■ 28

卡萨克的作品与评价　■ 40

卡 萨 克 的

生　平　与　影　像

赫尔曼·罗伯特·理查德·尤根·卡萨克
Hermann Robert Richard Eugen Kasack
德国作家、诗人,利用广播媒介进行文学创作的先驱

1896年	7月24日,出生于德国北部城市波茨坦。
1914—1920年	在柏林洪堡大学学习国民经济和文学史。
1915年	在《行动》(Die Aktion) 杂志上发表自己的第一首诗。
1917年	与画家瓦尔特·格拉马特 (Walter Gramatté) 和诗人奥斯卡·洛尔克 (Oskar Loerke) 开始了终身的友谊。
1918年	出版他的第一本书,名为《人》(Der Mensch) 的诗集。
1920年	开始在波茨坦的古斯塔夫·基彭霍伊尔出版社 (Gustav Kiepenheuer Verlag) 担任文学编辑,第一部戏剧《悲剧的使命》出版。

1924年	具有争议性的戏剧《文森特》(Vincent) 上演。
1925年	在柏林滑稽特技剧院 (Funk-Stunde) 工作。
1926年	戏剧《姐妹》(Die Schwester) 首演。
1927年之前	一直担任S. 费舍尔出版社 (S.Fischer Verlag) 的董事。
1941年	接替奥斯卡·洛尔克,担任S. 费舍尔出版社的文学编辑。
1943年	诗集《永恒的存在》(Das ewige Dasein) 出版。
1944年	接管了S. 费舍尔出版社的领导权。
1947年	卡萨克第一部也是最著名的小说《大河背后的城市》(Die Stadt hinter dem Strom) 出版,两年后因此获得柏林市的冯塔纳文学奖,成为文学界的焦点,真正开始引人注目。

1949年	叙事小说《织布机》(Der Webstuhl) 出版。
1952年	小说《巨大的网》(Das grosse Netz) 出版。
1953年	故事小说《伪造品》(Fälschungen) 出版。
1955年	诗集《来自中国图画书》(Aus dem chinesischen Bilderbuch) 出版。
1956年	散文集和演讲集《马赛克石》(Mosaiksteine) 出版。
1953—1965年	担任德国语言与文学创作学会 (Deutsche Akademie für Sprache und Dichtung) 会长，卡萨克还是德国笔会中心 (German PEN-Zentrum) 的创始成员。
1956年	被授予黑森州歌德奖章 (Goethe-Plakette des Landes Hessen)。
1966年	1月10日，于斯图加特去世。

关于赫尔曼·卡萨克

作者: 约翰·R. 弗雷
　　　美国伊利诺伊州立大学
译者: 王梓涵
载《今日世界文学》,第31卷,
第1期(1957年冬),
弦外之音,第24—28页。

赫尔曼·卡萨克是战后德国文学界最引人瞩目也是最著名的人物之一。自1918年以来，卡萨克一直活跃于文坛。1953年以来，他一直担任德国语言与文学创作学会会长。

作为创作过多部戏剧、小说，尤其是诗歌的作家，卡萨克长久以来一直启迪着新人，并备受其他作家尊敬。但直到1947年，他的第一部小说《大河背后的城市》才得以出版，并且一炮打响，使他在文学界崭露头角，让人们看到了他真正的才华。事实上，这部编年体小说风格独特，格外吸引人，它是德国甚至欧洲最绝望、最严酷时期噩梦般的象征和存在主义的代表。在德国文坛历史上，几乎没有哪个时期的文学作品能像这部小说一样，引起如此多的讨论，也没有哪个类型的文学作品像这部小说一样被翻译成如此多的语言。值得注意的是，这部小说激发了许多著名作曲家的音乐创作灵感，并于1949年获得了柏林市颁发的冯塔纳文学奖。

继这部巨作之后，卡萨克又创作了多部作品，其中包括叙事小说《织布机》(1949

《巨大的网》

年)、关于德国诗人奥斯卡·洛尔克的研究论文(1951年)、小说《巨大的网》(1952年)、故事小说《伪造品》(1953年)、诗集《来自中国图画书》(1955年)以及散文集和演讲集《马赛克石》(1956年),由于其不同寻常的特质和风格,这些作品被认为是一种机会主义的实验。

然而,实际上,卡萨克早期的作品,尤其是他的诗歌,早已为他奠定了充分的存在主义基调。

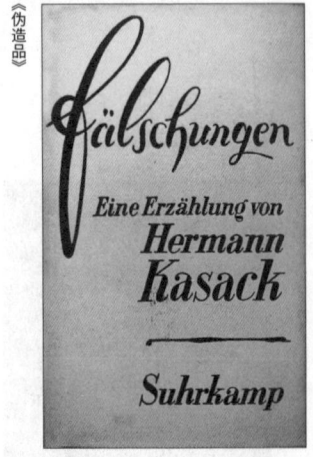
《伪造品》

这位诗人以其敏锐的眼光始终如一地用自己的作品反映西方现代世界存在的问题。在描写具有实时象征意义的生活时,作者时常利用类似超现实主义的手法,他大多会根据新的现实和充分描绘它们的必要性来扩展与强化他在创作实践中的表达方式。诚然,这些具有争议的作品总是被挥之不去的卡夫卡阴影笼罩,但毫无疑问,这些作品的非凡本质所展现和反映出的是真正的艺术,而不是一时的异想天开。

卡萨克以形而上学为导向的理念和思想始终被生活中的一些问题困扰着,并反映在他的作品中,成为主导性的主题。这些问题主要集中在西方人的精神错位上，即他在所有存在中的孤立。这是一个对未来影响巨大的困扰，它不断引发一种个人存在性的幻想，这种幻想与所有存在事物的和谐相调和。但是，自我实现的途径、获得有意义人生的途径，无论是通过与另一个人完美结合，还是通过形而上学的交流，都只能让人在"纯粹存在"的范围内短暂逗留，因此这种存在状态并不被列入西方世界普遍存在且有毒害性的生命二元论范畴。

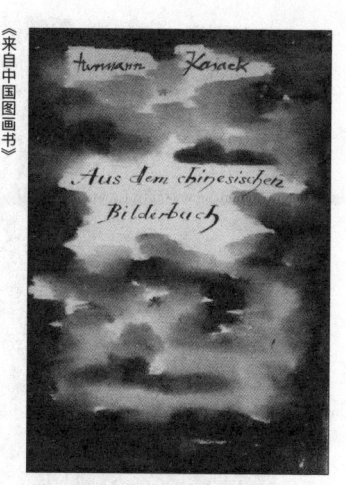

《来自中国图画书》

这些途径总是在孤立的忧郁孤独中被终止。以这样的人生观来看，卡萨克与他那些有着相似理念的同时代人不同，因为那些人比他更乐观、更积极。而卡萨克显然受到了令人怀疑的反思性思维引导。如果说他第一次出版的诗集《人》(1918年)起了一个典型的表现主义标题，那相比之下，他的第一部戏剧《悲剧的使命》(1920年)标题则更为鲜明而生动。即便在他早期辛勤的创作过程中，也充满了对和谐的追求，

《马赛克石》

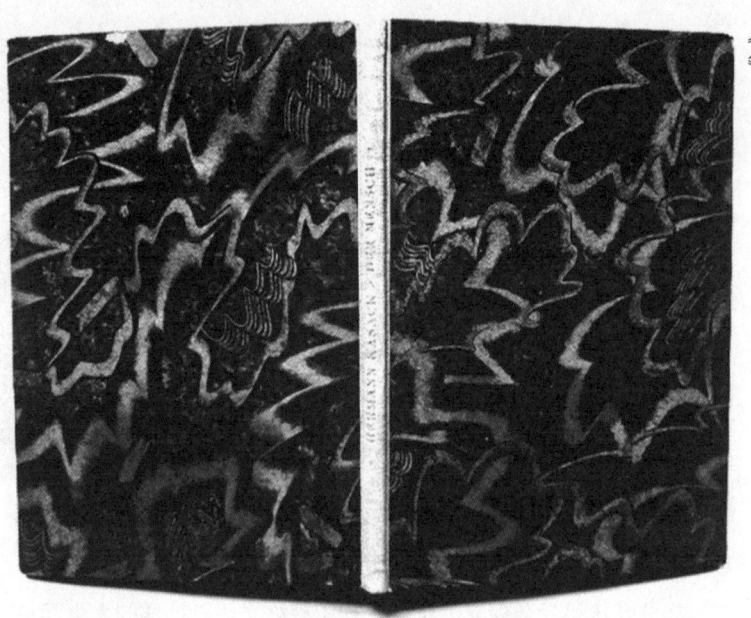

同时伴随着兴奋激昂的语调,以及对现实存在与理想存在之间悲剧性和不和谐的痛苦认知,而且无论是诗歌还是其他文学体裁都隐含着一股充满渴望的隐忍和压抑力量。

他对当时在文坛上活跃着的被称为表现主义的文学表示同情,但这种同情并不足以让他在自己的作品中也运用或呈现这种表现主义风格和特征。阅读卡萨克的作品能让人领略到一种非凡的完美无瑕,一种平衡和形式之美——然而他在一部关于描写梵·高一生重要时期的杰出戏剧中却将写法转向了现实主义,而这种处理突出的是创造性思维的孤立和友谊的问题(高更)。

引起质疑的这部戏剧名叫《文森特》(1924年)。顺便提一句，阅读卡萨克的诗集《永恒的存在》(1943年，1949年再版)，能让人在不同程度上感受到荷尔德林、霍夫曼斯塔尔、里尔克和黑塞的身影。与此同时，这部诗集里的诗并不是兼收并蓄的折中主义，而是影射了20世纪三四十年代的政治现实。尽管他热爱真正的艺术，但他并不认为"纯诗"与"杂诗"是势不两立、不可调和的。有鉴别力的读者不难辨别出作者在诗中对纳粹政权的隐晦抨击。这里可以附带提一句，从1933年起，曾经与卡萨克密切合作的电台被明令禁止再与卡萨克有任何接触。事实上，尽管他在第三帝国不受欢迎，但他与彼得·苏尔坎普一起，被公认为是S·费舍尔出版社的中流砥柱，这家出版社一直遭到官方的怀疑和迫害。卡萨克持续不断地在《新观察》杂志上发表文章，为其发声。

当卡萨克关注于死亡时，他明确无误的深思卓见和带有哲学色彩的象征主义，最能渲染和呈现出神秘的味道。由于死亡之谜永远无法在纯粹理性的基础上得到充分的解答，因此诗人有时倾向于将其看作一种自我中心论，比如进行主观推测或艺术加工。卡萨克对死亡之谜着迷不已，但他太过专注于寻找心灵领悟普遍需求的答案，而忽视了理性反思的重要性。他变得越来越深信，未能认识到死亡的真正意义是西方人心智和心灵上的主要缺陷。在他看来，人类必须意识到，关于死亡的最重要一点是，人们要在一个本质上理智而有序的普遍存在结构中保持平衡。与生一样，死亡也遵循着永久性变异的原则。卡萨克进一步认为，我们可以通过亚洲心灵和生命哲学中固有的智慧，借鉴其万物皆和谐的理念，引导我们对万物存在之谜以及个人存在的短暂性有一个理性而健全的见解和看法。

由于历史戏剧性地推翻了卡萨克对西方人内心世界的怀疑性评价，因此上述观点理所当然地成为小说《大河背后的城市》的中心思想，这部小说写于对欧洲命运攸关的时期（1942—1944年和1945—1946年）（期间之所以有中断，是因为这时候S·费舍尔出版社的领军人物彼得·苏尔坎普遭到监禁，而作为中流砥柱的卡萨克人身安全也岌岌可危）。河对岸想象中的城市是一座亡灵之城，就像我们最终从主人公林德霍夫身上看到的那样。林德霍夫被当地政府召到那座城市负责管理官方档案。这个地方的表面样子和表面"生活"、各类机构以及城市的氛围构架出一个如现实一般的虚幻世界。

整个画面有种诡异的透明感：大多数房屋都只剩下空荡荡的外壳和虚假的外表，从而突显出房前的景色；对于提线木偶般的民众来说，这就像生活在地下墓窟一样，一切都由一个冷漠、不近人情、架构良好的行政机器系统地控制着，而这个行政机器掌握在一个只闻其名、不见其人且权力无边的行政长官手里；两个工厂拥有庞大的奴隶队伍作为劳动力，在制造和研磨大型建筑石头方面有着越来越高效的生产方法；通过疯狂的物物交换，每个人最终都拥有了自己的初始财产；完全没有音乐，也没有儿童，只有断断续续的儿童游行；一支精英档案管理队伍一直默默地致力于筛选和归档有关人类精神与灵魂的巨作，从古至今，包罗万象——这就是充满困惑的档案管理员林德霍夫所看到的画面。在这个满是焦虑和毫无人生意义的地方，他是众多人形幻影中唯一活生生的人。当他在自己和他所爱却得不到的女人之间想要爱却不能圆满的那一刻，他才发现这一点。通过这种对实现的否认，卡萨克再一次表明，使人类达到持久和谐状态的，并非人类短暂存在期间的持续力量——我们称之为爱，而是对生与死之间关系的直观认识。让档案管理员充分了解这一点，这才是他在城市中留下来的真正目的，之后他才会再次回去短暂地与活生生的人分享他最新的领悟和见解。

《大河背后的城市》是一本令人很不舒服的书，主要是因为它传达了一种形而上学式的恐怖。造成我们不安感的另一个更微妙的因素是，我们意识到卡萨克描绘的利莫里亚文明呈现出的是可怕的现实，而不仅仅是美妙的诗意。死亡之城是在世界末日、幽灵般的环境下，任何真实的城市以及城市里的人向超现实、向形而上学范畴的投影。因此，我们不能轻易地将这本书视为纯粹的荒诞文学。无论是古典文学中对"地狱"的描写，还是奥威尔的《1984》和瓦尔特·简斯的《不: 被告的世界》(1950年)中对未来事物的描写，通常都没有如此直观深刻且如此诗意地描绘出恐怖的经历，令人毛骨悚然，仿若身临其境，尽管《大河背后的城市》跟这些作品有很多共同点。

应该强调的是，《大河背后的城市》并不是人为臆造的幻想。正如作者所揭示的那样，他最初的创作冲动来源于他在1941年某天做的一个梦——仿若由特殊的玻璃架构出一种特殊的氛围，里面人影幢幢，荒凉无边且毫无生机，就像垂死之人可能会拥有的那种景象。从这个角度来看，城市可以被视为一个象征性的站点。在经历了从生命的完全觉醒到完全泯灭的整个过程之后，垂死的人早已经过了这个站点。换句话说，是经过了介于存在和不存在之间的一种形而上学的过渡过程。这种准科学的基础理念绝对没有想过让城市黯然失色，但显然，卡萨克关注的不是景象本身，而是对现实在象征层面上的展现。另外，这也为卡萨克提供了一个他认为最合适的有利位置，让他能够畅通无阻地了解世间万物和生命的真实本质。虽然这座城市象征着我们这个时代最糟糕的生活，但那两座工厂则代表着事物的永恒秩序。因此，这部作品的象征意义是令人信服的，表达直接且形而上学，其隐藏的含义既反映时代又经得起时间考验。不过由于没有对仁慈的耶稣基督心怀坚定的信念，也没有乐观且充满激励的疾病治疗系统，卡萨克想要传递和表达的信息少得可怜。他深信亚洲智慧的引导力量，在这方面，他毫无疑问能找到志同道合的伙伴（如黑塞等），不过这种信念说服不了太多人。但无论卡萨克的努力有没有吸引力，这些做法都是一个具有高度反思能力和本质上就对一切事物持怀疑态度的人发自内心的一种尝试，并想要传达他对精神力

《大河背后的城市》1960年德语版

量坚不可摧的信念，同时也提供了一些积极的办法，指引西方世界那些精神贫乏到近乎破产的人如何找到有意义的人生道路。在此引用卡萨克一首诗再适合不过了，因为卡萨克认为这首诗最能深刻表达他在《大河背后的城市》中想要传达的最深层含义：

> In ihren Brunnen steigen
> Die Wasser, cisig-klar.
> Wir schöpfen aus dem Schweigen
> Den Tag, das Jahr.
> O Nüchternheit und Erbe
> Am Rande dieser Zeit!
> In einer letzten Scherbe
> Spiegelt sich Ewigkeit.

> 碧泉升腾，
> 清莹澄澈。
> 我们从沉默中汲取
> 日月，年岁。
> 哦，清醒和遗产
> 在这个时代的边缘！
> 在最后一块碎片中
> 映射了永恒。

尽管卡萨克关于存在即有价值的理念看起来有些消极被动，但正如之前所说，作者绝非是个逃避现实的人。在20世纪中叶作家的职责和作用这个问题上，他并不急于表明自己的态度和看法。他尖锐地批评了德国当代文学中的保守主义和折中主义，他认为作家必须描写当下的现实。作为一名卫道士，他必须通过真实描写我们这个变化的世界中新的人生理念来塑造这个世界，而不是通过臆想预先描绘。在这个世界中，个人不再是衡量所有事物的标准。和其他德国作家一样，卡萨克传达了一种信念，即文学描写中的心理刻画方式已经过时了。作家必须重视的不是个人，而是公众关注的问题、各种类型的人以及我们这个时代的本质和精神。就作品而言，如今唯一适合的文学形式是卡萨克所选择的被称之为"乌托邦"的体裁，这种形式和体裁能表现出看似更近乎实际、更高层次的现实。他谈到用卡夫卡式充满张力的描写刻画人物的类型，这是"纯诗"和"杂诗"的一种综合。

对于《大河背后的城市》这样的作品来说，卡萨克的写法非常有效，即战后德国先锋主义。在描述"这边"的生活时，这种方式往往会构成一种理想的抽象概念。讽刺寓言小说《织布机》就是如此。这部冷静持重且充满讽刺的编年体小说讲述了一个不知名的人几个世纪以来的生活轨迹，及其对异教团体崇拜、逐渐增长的过度自负，等等，但作者没有对小说每个人物进行细致的描写。主人公的这些经历象征欧洲文明从曾经的社会、文化与政治和谐稳定，堕落到令人难以忍受的官僚主义和生产狂热型社会——一个充斥着权力、剥削和最

终毁灭的行尸走肉般没有灵魂的机器。从理性上来说，人们可以理解作者的写作意图，人们可能会发现其基本论点是有效的；然而，作为一部具有创造性的作品，卡萨克在故事叙事方面有所欠缺。由于没有《大河背后的城市》那样大量充满暗示力的描写——特别是某些场景的描写，与之相比，讽刺寓言就显得透明得多。卡萨

克描绘了一幅生动的简图，传达到我们的脑海中，并让我们想象出与现实生活类似的令人信服的表象。人们会产生同样的感觉，就像走进一间德国药店，隔着玻璃看着橱窗里的人体模型一样。那些人体模型整体构造与人类一样，甚至血管里还有血液的标志，表示血液的循环，但这些人体模型没有生命，也完全不能变成大活人。有趣的是，卡萨克特意在他的小说《巨大的网》中引入了人体模型的概念，对人物进行细致的描写。

　　生动的示例表明了卡萨克对当今文学的本质和功能的理念，这种对生活的尖锐讽刺和刻画，其基本思想可以追溯到1947年，并在

关于卡萨克的报道：赫尔曼·卡萨克阅读诗歌与散文

很多方面都与《大河背后的城市》相呼应。如果说当今社会的座右铭是"人皆须生"而非"人皆有死",那么甚至可以说当今的社会和文化正在走向消亡。从结构上说,《巨大的网》又是城市编年史体裁的作品,而不同的是,这一次是战后的德国偏远城镇,这个城镇在一年的时间里发生了许多不同寻常的事情。就这一点而言,这样一个小镇实际上可能位于欧洲的任何地方。出于一名卫道者的职责,即反映当今社会现实,掀开社会表面的伪装,揭露隐藏在深处的真相,从而警告大众小心潜在的危险,卡萨克想出了一个绝妙的计划,成立了一家实力强大的外国电影公司——IFE,并得到了国内外政府当局的秘密支持。他们将这个公司当作实验室,拍摄和制作反映我们这个时代的纪录片,记录下处于十字路口的欧洲形形色色的人们。这个未受惊扰和重创、平静祥和的小镇始终保持着"正常"的生活轨迹,而IFE逐渐系统性地将其转变成战时和战后的状态,最终达到严重剥夺和完全管制的结果。人们对IFE的真实性质一无所知,也没有发现其对他们的生活行使了绝对权力的迹象和证据,于是他们接受了这一新秩序,虽然并非没有怨言,但也没有强烈地反抗和抵制。没有人——甚至是神秘组织的中心人物伊克斯 (x) 先生,对自由有清晰的认识和概念。因此,每个人都被"大网"罩住了。当IFE的骗局终于浮出水面时,"欧洲研究所"(实际上是国际电影出口公司)另外兼顾旅游局和博物馆角色,并在这三重角色的作用下,建造出一座"人类花园",展示了构成人类社会的人生百态;也打造出一个统计学院,致力于研究各种人类行为。人们将参与电影拍摄当作热闹的节日来庆祝,并认为自己因被记录在电影胶片上而永垂不朽，而不是对自己所扮演的卑微又可怜的喜剧角色进行反思。女巫狂欢日的高潮是一个可怕的讽刺悲剧，一枚误判的磁力炸弹在IFE激发的节日最高潮时刻爆炸，夺去了数千人的生命。美丽却沉默、柔弱的"欧洲小姐"本应是节日的主角，但在节日开始前不久死去，尸体默默地倒在这个被摧毁的小镇集市上。

现实主义和乌托邦主义的元素巧妙地融合在一起，强势地将情节推向高潮，只要具备必要的幽默感和开放的心态，人们就无法逃脱这种融合所产生的魅力。当前的现实与纯粹的虚构事件相结合，然而这些事件显然植根于最近的历史事实。因此，看似幻想的东西又基本上是真实的。当然，作者的意图并不是预测未来事件，而是用尖锐的讽刺和挖苦手法再次进行描写和刻画——而这一次描写的是欧洲的精神状态和氛围与普通人的非个性化存在。重要的不是具体事件，而是这些事件所象征的总体状态。

如果说战后德国文学没有真正与法国存在主义相对应，那么存在主义思想理所当然表现在卡萨克对我们存在的根本问题和价值观的关注上。只要这种关注在他的作品中极力强调寓言性和讽刺性，那结果就不再是传统意义上的"纯粹文学"，但可以肯定的是，这并不是有意为之的。这一点很重要，因为像卡萨克这样缺乏诗意和创

赫尔曼·卡萨克阅读诗歌和散文的唱片

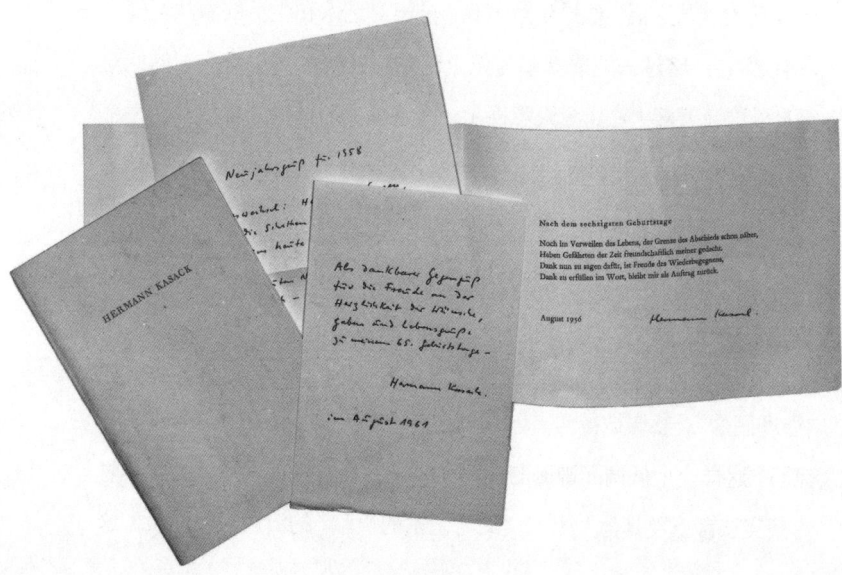

卡萨克不同时期的通信

20世纪五十年代的卡萨克

造力是一回事,而作为一个将作家视为时代良知的卫道者,以自己的方式实现自己的文学理念又是另一回事。

卡萨克仍然明确地专注于价值观问题,但偏离抽象的理念。在《伪造品》这部作品中,他以简单而精妙的笔法传递了新的积极主张。该作品讲述了克莱门斯·桑德伯格的故事,他是个一心钻研古董的著名收藏家,不愿理会世俗,历经几番痛苦之后,他终于意识到,自己对艺术和生活的看法可能是"错误"的;将过去的成就奉为无上荣耀,并视为真正价值观的绝对标准,这会蒙蔽人心,令人忽视了一个事实,即持久的价值观在每个时代和阶段都会削弱其自身的有效性,包括我们自己的价值观。桑德伯格坚决停止了自己"对旧时代的浪漫崇拜",并做出了巨大的牺牲,放弃了自己珍贵的藏品,但最终他并没觉得失落,反而得到了一种收获的满足感。

卡萨克希望他的文学作品被视为"地震仪"的反应,而不是一种"心理图像"。感谢彼得·苏尔坎普,在卡萨克60岁生日之际以"马赛克石"这样一个低调而谦逊的标题,将卡萨克在获得冯塔纳文学奖时的获奖感言以及其他关于"文学与艺术的贡献"的演讲对外发表。这本演讲集让我们看到了卡萨克是一位文学造诣极高、分析能力极强、洞察力惊人且见解深远的观察者和评论家。我们一次又一次地体会到阅读清晰练达的言语和文字，尤其是当欣赏抒情诗时的畅快淋漓。还有特别是卡萨克的宇宙观和艺术观，比如初次发表在《新观察》杂志上的文章《艺术中的中国人》(1941年)，简直令人醍醐灌顶。这篇文章是卡萨克多年来研究东方艺术、哲学和精神的成果。毫无疑问，他迄今为止的最后一部创造性的作品名为《来自中国图画书》。尽管对人生充满各种疑问，但卡萨克所相信的平静的宇宙秩序，在这部杰出的作品中以优美的诗歌形式再次得以展现并升华。这些诗歌构成了他整部作品中的一个恰到好处的环节，即使数量不多，但皆是精髓，起到了画龙点睛的作用。

20世纪六十年代的卡萨克

可以理解，作为一个极具创造力的人，卡萨克无法完全摆脱他所在时代带来的深刻影响，以及多年来在编辑环节上给他造成的损害和不愉快。然而，也许能令他感到欣慰的是，尽管有这样的经历和遭遇，他最终还是通过出版杰出且有价值的作品而取得了巨大的成功，苦尽甘来。这些作品自他担任德国语言与文学创作学会会长以来，一直由该学会提供资助。

1949年，坐于桌头的卡萨克参加德国笔会中心的一次会议

卡萨克参加会议时与友人交谈

评《大河背后的城市》

作者： 艾弗·约瑟夫·德沃雷基
Ivor Joseph Dvorecky
译者： 黄夏
　　深圳技术大学德文系助理教授
　　慕尼黑大学文学博士
载于《签名》杂志
(*SIGNATUREN-MAGAZIN*)

> 如果说人们经常草率地对待"大师杰作"这个术语，那么这里的情况被证明是不负众望的：因为叙事者的确是大师，我们生存状况的描述大师。
>
> （威廉·莱曼）

长篇小说《大河背后的城市》经常被视作德语文学内心流亡(Innere Emigration)时期最重要的作品，至少是那个时期被讨论和翻译最多的文学作品。小说前十二章写于1942年至1944年间，另外八个章节则从1946年起开始创作。1947年，小说根据预先发表在日报上的样章出版，获得了第一届冯塔纳文学奖(Fontane-Preis)的同时，被人搬上了歌剧舞台。小说还经常让人与神秘主义文学相混淆。

小说的开头，正如它的结尾，讲述的是东方学专家罗伯特·林德霍夫(与逝者一起)来到一个大河背后的城市：当火车横越河桥以后，"旅客们"就在黎明破晓时分到达终点站。这种循环往复不仅仅体现在旅程的描述上，还包罗了整个小说宇宙的建构：一切由人手艰难精确制造的东西，都无一例外将归于艰难精确的毁灭目标。这种循环体现在城市居民的强迫行为上，即城市边缘的两座工厂上演了一场荒谬的制造、销毁、重新制造的比赛，还体现在小说中关于轮回的学说，等等。

小说宇宙被两个梦魇洗劫一空：永恒的循环和已成定局的死亡。它们各自的发挥空间均归功于作者想要将人的意义一笔勾销的缜密思路。循环适用于一系列不可改变理念的不可改变性——它宣告了我们在宇宙中的精神贡献是虚妄；而死亡适用于一切被创造物——它宣告了我们延续的希望是虚妄。

对精神财富的规模和数量的计算方式，自然就像计算地球上的沙砾那样。如沙砾一般，想法的储备不会减少或者增加。只是想法出现的形式有所不同，某个想法重生的强度有所波动。

小说宇宙中一望无际的隐含意义来自有限量的理念创造和无限量的形式创造，它们与其说属于文学的场域，不如说属于另外一个领域。同是国际象棋爱好者的作者卡萨克也认为，没有一个棋局可以复刻另一个棋局。但希腊人早就提醒过我们存在这样有限的宇宙，并沉着地表示，人们一定会与宇宙其中的一个可能性不期而遇，所有可能性的形式都将精准再现。它带着尼采回归，并循环至今。

小说的暗线和明线都是对持续性的一种渴求。这种毫无希望的柏拉图理念在物质世界的表现形式就是记忆。对任何人和文化的永存而言,记忆都是决定性的,因此记忆在小说中扮演了一种核心的角色。在大河背后的城市一栋一分为三的建筑物里,档案馆展示了一种集体的记忆。它是死亡主管单位管区的对立面——这种对立同时也是自然图景和国家社会主义图景的对立——而创世游戏将在山麓中卡夫卡式的城堡里运行下去。

人们是彩印画和世界时钟计时沙漏里的沙砾,他们的作品最多只能保存一段时间。档案馆是某种绝对的、非个人的权威,它决定了每个创世成果的有效期限,就像管区决定了人类生命的效力和时长。创世性的成果,是永恒真理的最接近的复刻,与之相反,所有原属于人类的成果都是空洞的,终遭毁灭。在档案馆最深处的拱顶地窖中,玛古斯大师向继任者罗伯特·林德霍夫传授,沉睡诗人们的灵魂是如何滑入档案馆进行誊写的。

《大河背后的城市》的作者患上了一种古老而让人敬仰的疾病:对此在的不确定不把握。他祈求一种可靠的受难——在一种机械式的精神法则之下。出于同样的原因他拒绝了神的宽宥。赫尔曼·卡萨克在追求始终不渝的途中严格区分了现实和真理;后者必须一锤定音。这种现实标准在可经验的世界里最接近死亡。"我学会了",罗伯特说,"死亡是一切事物的尺度"。

死亡在小说中无处不在。它甚至在逝者之城也没有停下脚步——我们意外得知，逝者也可能死去。大河背后的城市不是持续存在的场所。当模仿空洞宇宙的、毫无意义的劳作将城市居民所剩无几的生命意志耗尽以后，他们将在城市边界另一边的冥界洞穴中不复存在。他们的生命经验将变成非个人宇宙中的原材料，引领着下一步的轮回。正如大河区分着生者和逝者，在区分着逝者和无物的源头之处，罗伯特·林德霍夫向库梅城的女巫提出了那个关键问题：

"你为什么要费心去记忆这半个世界？"
"为了防止遗忘。"
"再告诉我一件事，人为什么而活？"
"为了学会死亡。"

　　针对作品神秘主义倾向的指责，小说的拥护者替其辩护称，由于作品的诞生时间敏感，一种特殊的加密是必要的。而作者本人也声明，写的并非是神秘主义之书，更多的是一种对欧洲阴森恐怖的人类现状的白描。接二连三出现的新废墟、死亡的官僚习气和一场文学彼岸的大规模游行，反而是次要的。赫尔曼·卡萨克更想表达的是——根据档案馆的规定——"书中涉及的是现实的象征物，这些象征不受表现形式的束缚，拥有普遍适用性"。小说通过绕道描述宇宙的运行法则来突显国家社会主义时期阴森恐怖的现实。当作者将第三帝国受害者的罪责推到以三十三位世界守护者为化身的宇宙法则身上时，小说抵达了它那令人头晕目眩的高潮。读者从中不难发现布拉瓦茨基夫人和贝赛特夫人的所谓"大师智慧"。

了解这一点后，罗伯特发现，白种人通过两次可怕的世界大战在欧洲战场上制造的数百万亡魂，便被纳入这场浩大的精神旅程之中。他们，一定是在这种肆意妄为中逝去的——一股寒意慢慢从罗伯特的心中升起——以便为即将来临的重生让出空间。一大批人被提早召集到一起，以便他们可以及时长成种子，作为人造的新生命，在一个迄今为止还是封闭的生活空间中重生。

这个想法有些令人不安，但同时又令人有些欣慰，因为它给了不断出现而又毫无意义的事物一个计划、一个形而上学的命令。自我毁灭，切腹自尽——这种欧洲在二十世纪干的事儿，意味着——如果他正确地理解了玛古斯大师的意思——那无非就是为已经独立自主的亚洲大陆重新掌控这一领域做好了准备。

小说以此揭示了欧洲人对理性 (Vernunft) 的浮士德式

的转向才是西方没落的真正原因。在逝者之城聘请一位终身都在研究《吉尔伽美什史诗》的东方学者绝非偶然。在他首次踏入档案馆的时候，一直在虔诚倾听的罗伯特·林德霍夫就被劝告，将理智的知识像甲板上的压舱物一样扔掉。理智和技术奴役了人类（通过赋予人类毁灭自身的自由）——真正的自由只有通过向精神法则弃械投降才能获得（对他而言意味着接受一次校准的毁灭）。只有流传下来的神话和诗歌以它们的年岁和经久不衰才有资格被称为真理的源头。为自证，赫尔曼·卡萨克征用了几乎所有文化时期、不同类的作品名和人物名。他也没有忽视代表自身文化的名字：赫尔曼·黑塞被一同提及，与此相反的是，由始至终未被提及姓名的托马斯·曼的"空洞"作品则在罗伯特眼前化为尘埃（罗伯特也是作者的名字）。

小说的批评者则将《大河背后的城市》归入一类不明确的存在主义作品之中，他们当中的技术倾向者将其视为神秘现实主义作品，不感兴趣者则将其视为超现实主义作品。小说最打动人的一幕出现在，书中最生动的一个角色，一个塔莉莎·库米，死去的安娜，奋起反抗了死亡（管区）不可逃避的法则。她自杀未遂，恳求爱人动用活着的力量，将她带回桥那边生者的世界，一个唯一真实的世界。她还承诺会比活着的时候更爱他。

你是特使。你曾将你的手放在我身上,而且唯有在你面前,我才能复活,才能像睚鲁的女儿一样发生改变。我的影子将变得充实,与以前相比大不相同……

就像圣徒彼得一样,罗伯特三次都没有理睬安娜的恳求,就像俄耳甫斯一样,他拒绝拯救爱人,读者也隐约意识到,将东方学者征召入逝者之城的现实力量,很早就已经让他不能将安娜奉为爱人。安娜未完成的爱情可以跨越生死的边界,但档案馆官员的不足之处并没有抓住生命中一次千载难逢的机会,当然也是偶然的一次,让他足以逃避秩序去理解个中真意。因果报应的律例自始环绕这对爱人。安娜的记忆逐渐变得苍白,她不再记得罗伯特的小名,而罗伯特的爱褪色为同情,他再也没有见过安娜。

罗伯特·林德霍夫终于决定反抗管区的死亡权威,却为时已晚。当他在阳台出席逝者移居出城典礼的时候——一次令人毛骨悚然的意志的胜利——他在死亡独裁者面前说出了熟记在心的恳求:"请您释放安娜"。灰色大礼帽下的大绅沉默不语,大自然此时露出了它迷人又洁白的兽牙。东方学者引用了先例欧律狄克。自然好像在倾听,却依旧一言不发。然后罗伯特·林德霍夫以自杀相要挟,换取安娜平安。大绅沉默依旧,罗伯特·林德霍夫宣告自己平时那套滔滔不绝的神话学说辞以失败告终。大自然寂静鼓掌，并安然离场。

罗伯特·林德霍夫对大河背后城市健谈形式的考察是一系列启发性的投降行为。对于在他之前到来的、人数已经有所减少的、他有时因此会嫉妒的逝者来说，一个逐步移除生命气息的过程正在发生。对他那些可爱的缺点和反抗的描述可以更好地帮助读者代入他的角色。如前面那些百万级别的死亡场景一样，当读者对此感觉不适的时候，作者会用不加掩饰的断言强制他们保持镇定。

玛古斯大师述说着他对客观事实的理性论断。当罗伯特听从他的想法时，心中一刻都没有怀疑过它的真实性。他感到这些事情是合乎逻辑的，是不可避免的。

在书中的终结部分，作者赫尔曼·卡萨克大胆要求了一个最终的认可。他预判了读者们听天由命的反应，出人意料地让罗伯特·林德霍夫爆发了去激烈反抗管区法则的勇气。就在这个惊恐时刻，扬声器传来行政长官的声音。高级专员，大河背后的城市，直至山麓的整个地区，都被他清脆的大笑声笼罩。高级专员像穿着溜冰鞋的小丑一样围着绷脸生气的罗伯特·林德霍夫跳8字舞,他——也即读者——于是彻底放弃了对死亡哲学的幼稚反抗。预设的内心净化效果,即通过紧握生命的严肃和将人生意义归于荒谬,却并没有实现。

一个存在主义者(很有可能是一个法国存在主义者)会从缺失的先决条件中骄傲地判定并推导出自由和责任,而赫尔曼·卡萨克的宇宙则由一个机械的先天规则管控,他所承诺的无约束的自由是彻底从死亡中解放,世间万事都与之毫不相关。卡萨克想要成为一个东方的智者,却也无法阻止成为一个西方的不可知论者——他是存在主义的先驱,是一位带着叔本华印记的悲观主义者。对人道主义来说这里缺失了一个最后的理由,所有关于爱和有效同情的插入语均保持暧昧不明。罗伯特·林德霍夫从生活的不确定性里找到了出路,他用理性的折磨换取了最终知识的救赎般的幸福。

"单凭理性,"罗伯特说,"无助于思考。它还取决于强度。"

"取决于强度,"老伯尔金重复道,"强度唤起了知识脉动的幸福,对整个存在微笑的、确信的知识。"

1957年小说重新修订出版,删节了若干说教和推理的片段。文学的新发展将那些失望透顶的内心(或者在外)流亡的作者甩在身后。赫尔曼·卡萨克,这位坐在档案馆拱顶地窖阅读中国尤其是西藏文献绝对多于西方文献的读者,一定得知了德国公民转向消费主义社会和亚洲世界转向西方生活方式的消息。与之后那些战后文学时期诞生的小说相比,《大河背后的城市》在现实意指上败下阵来。值得庆幸的是,正是这种"失败"使得这本诗意小说历久弥新。当这个时期的其他作品逐渐丧失了其现实意义,卡萨克的小说却在21世纪初被重新出版,一个崭新的读者世代在互联网上讨论这本归属奇幻文学类别的小说那令人心情沉重的厚度。书中描述的生存的全无希望是他所处时代的诗意见证,也是人的境况(conditio humana)的见证。我们并非信其阴暗的形而上学,而是信其不可逃脱的死亡。

　　罗伯特·林德霍夫又在此岸乘坐火车踏上了被战争蹂躏的土地。废墟城市相当于逝者之城。人们在火车站台期盼着远方的神秘主义遁世弃绝者,这个人诵读着他空无一字的书——《大河背后的城市》。这是零时刻,新生的时刻，重新寻找意义的时刻。但对罗伯特大师而言，这个世界仍是一场宇宙幻影的游戏。

在深夜，或是当列车的车轮滚过铁轨时，他张开双臂站在敞开的车门里歌唱。……也许他唱的是准备迎接死亡的生命力之歌，存在的不间断性，从玛雅的面纱后释放出这样一丝气息。

最后在火车站等待他的，是他从前的家人。当罗伯特大师看见他们以后，他捂住了心脏，向后倒下。车厢门随之关上，火车启动。花朵透过门缝落了下来，好像透过棺材缝隙一样。他编年史的空白页随风飘动。

这部旅行小说终止于——正如它起始于——罗伯特·林德霍夫到达大河背后的城市（这次作为合法的居民）：当火车横越河桥以后，"旅客们"就在黎明破晓时分到达终点站。这种循环往复不限于小说本身，它也包罗了我们的宇宙万象……

卡 萨 克 的

作 品 与 评 价

《马赛克石》

关于"文学和艺术的贡献",附彼得·苏尔坎普后记

卡萨克本人多才多艺,风度翩翩,生动活泼,对具有启发性的轶事具有显著的感知力。在我看来,卡萨克将1915年以来的文学生活和事件看作马赛克,在其中他经常与自己的人性存在和艺术存在交织在一起。在这种情况下,许多石头显现出来,他们在文学史上要么从未被看到,要么很快就被遗忘。他能够看到他们,因为作为散文家和艺术家,他对无与伦比的事物具有感知力。

汉斯·亨内克

《巨大的网》

读者一次又一次地被讽刺和怪异时刻的不断交替吸引,一次又一次地被类似寓言故事的情节吸引,火烧眉毛的事情,笼罩着我们的危险,折磨着我们的耻辱,都浓缩于这些故事情节中。这部讽刺、辛辣、时而愤世嫉俗的小说以惊人的洞察力标记了巨大危险领域的所有要点,这是德国诗人对我们的时代危机做出的贡献。我认为,赫尔曼·卡萨克凭借这本书进入了伟大的道德哲学家行列。

弗里德里希·拉舍

《织布机》

现在，当今世界的一部分真的可以在表达中用符号表示了，这个符号广泛而全面，可以用多种方式来解释，而且极其准确。

赫尔曼·黑塞

这真是一部杰作，有着幽灵般的讽刺！一切都有其梦幻般的真实性和现实性。人们很久都没有读到如此完整且全然成功的作品了。

伊丽莎白·朗加瑟

《伪造品》

这则短篇小说的惊人之处在于卡萨克的写作方式脉络清晰，而且他精通多个领域。这本书写得引人入胜，轻而易举地就触摸到了我们这个时代的脉搏，揭示了其中存在的严重问题。

沃尔夫冈·伊尔滕考夫

尽管小说的叙述者看起来镇定自若，但无论是对于较小圈子的艺术爱好者，还是对于更大圈子的生活爱好者来说，以及喜爱他奇特的、混乱的、有目标追求的戏剧的人来说，这些"伪造品"都毋庸置疑是一本令人兴奋的书的组成部分。

约翰·弗雷金

《永恒的存在》

卡萨克的诗歌和他的小说一样独特。富有远见的力量,原创的表演与有关西方文化和远东文化精华的渊博知识相结合,形成一个形式上和思想上完美的鼎盛时期,这些是其他当代德国诗人几乎不具备的。

过去和现在,近处和远处,在诗人的"魔法咒语"中作为更高现实的标志被点亮。

弗朗茨·瓦尔特·穆勒

《来自中国图画书》

赫尔曼·卡萨克在他的《来自中国图画书》中,将非常现代的欧洲情调转化为中国诗歌的语言。他的言辞辛辣,具有中国诗歌特有的轻柔诗韵。卡斯帕·内赫的绘画使这本书成为藏书家手中的珍品。

威廉·威斯特克

尹岩松 《大河背后的城市》译者

山东威海人，文学博士，郑州大学外国语与国际关系学院副教授、硕士生导师，驻瑞士使馆的教育领事。主要研究方向为德语语言文学。在各类学术期刊上发表科研论文二十余篇，主持教育部人文社科基金项目一项、厅级项目五项，出版专著一部、译著六部。译有《德米安：彷徨少年时》《夏日尽处》等作品。

版权声明：

《文学的使命》为图书附赠品，不单独销售。其中涉及赫尔曼·卡萨克本人不同时期的图片，因信息繁杂，公司通过各种路径均无法获得著作权人的准确信息。请版权拥有者联系我们，本公司会及时处理相关事宜。联系邮箱：bjhztr_alphabooks@163.com。